谨以此本日记祭奠四位逝去的双亲，并代言天下的儿女缅怀父母似海的深恩，慎终追远，永矢不忘。

孝行没有等待

何庆良 著

辽宁美术出版社

◎青年时代的父亲

◎青年时代的岳父

◎青年时代的母亲

◎青年时代的岳母

◎20世纪50年代的父亲

◎风华正茂的岳父

◎老年时代的父亲　　　　　　　著名摄影家焦波拍摄

◎老年时代的岳父

◎老年时代的母亲

◎老年时代的岳母

◎父母在重庆

◎岳父岳母在杭州旅游

03 25 2006

目录

二〇二一年七月

四	五	六	日
	1	2	3
	四十四、劝说无果，反唇相对（2021年10月1日至10月4日）/ 214		
7	8	9	10
14	15	16	17
		四十八、岁岁重阳人不同（2021年10月16日至10月20日）/ 236	
21	22	23	24
四十九、生命的烛光摇曳不定 / 239	五十、自行竟是一种享受 / 241	五十一、梦回重庆话当年（一）/ 245	五十二、梦回重庆话当年（二）/ 251
28	29	30	31
	五十六、魂牵梦绕故乡情 / 297	五十七、父亲的父亲 / 303	五十八、喜忧参半的一周（2021年10月31日至11月7日）/ 311

四	五	六	日
11	12	13	14
18	19	20	21
25	26	27	28

四	五	六	日
16	17	18	19
23	24	25	26

一	二	三
29	30	31
	七十、岳母临终的日子（2022年8月30日至9月8日）/ 377	

二〇二二年八月

一	二	三
5	6	7

二〇二二年九月

一	二	三

二〇二二年十月

四	五	六	日

四	五	六	日
8	9	10	11
		七十一、驾鹤西翔逢中秋 / 384	

四	五	六	日
		1	2
			七十二、苍天有泪，入土永安（2022年10月2日至10月3日）/ 391

衷心感谢我的好友、重庆摄影家协会主席冯建新及女儿冯佳，著名网红视频摄影师朱兴宇提供的重庆网红打卡地照片

荐序

尽孝总在力行中

高　鹏

冬日寒夜，跨年节点。

灯光下，作为第一读者，我翻开了《孝行没有等待》厚厚的书稿。连日来被"奥密克戎"新冠病毒突然来袭搅得寝食难安的心，顿时稳了下来。一种感动渐渐地从字里行间涌出，不由自主地被带入了书中那一幕幕牵动人心的、真实的、深切的、细微的、生动的、准确的记录和场景之中，从那些朴实无华的文字所叙述的真实而生动的情景中追忆到了你、我、他或早或晚、或多或少、或近或远、或深或浅置身其中的曾经。

好一个心性纯良的庆良，他跨越了十几年的历史时光，从《孝心不能等待》的追悔中走来，从《父爱如山，母爱如海》的感怀中走来，从《儿子，爸爸伴你一起成长》的诉说中走来。从这三本书几十万字看似淳朴平实却直击心灵的述说中，读者可以在跌宕起伏的文字中窥见作者以稳踏的步履走过从儿子到父亲的人生历程，与爱相伴，与孝同行。在送别母亲14年之后，又圆满地完成了一个67岁的儿子为96岁的父亲养老送终的庄严使命，而最为难能可贵的是，他又用泣血般的心和着泪水、感怀写就了孝道系列作品中的最后一部《孝行没有等待》，奉献给父母，奉献给后代，奉献给天下的儿女，奉献给当今的社会。

纵观两部作品，横比《孝心不能等待》与《孝行没有等待》，我认为：从前者到后者，这是作者从情感的追悔到救赎的省悟，更是从心灵顿悟到尽力践行的转变。这是一个本质的转化，是人性的升华！作者弥补了不会写字的母亲、不会写书的父亲，还有虽曾是雷锋所在连队文化教员的岳父和以会计为终身职业的岳母都不能也未曾给自己留下些许人生痕迹的缺憾，用椎心泣血的情感填补了四位老人人生记录的空白。他们在离开这个世界后，却依然能够成为活在千秋流传的两部书中的主要角色！

谁能使万千读者由此书的阅读而去怀想和追忆自己父母的音容笑貌并产生强烈共鸣？谁能将我们曾经失而复得的中华民族的优秀的孝道文化，在身体力行的同时又通过活生生的文字去记载、去传播、去继承？庆良不仅做到了，而且将它完整系统地记录下来，整理付梓，奉献给天下的父母和儿女，激励一代代后人。这真是善莫大焉！恕我见识短浅，或许庆良是我不多见的第一人。

未识其人，先识其书。我和庆良的初识大约在2012年。记得某一天，我偶然看到了《孝心不能等待》这本书，它是作者写于重庆但影响遍及大江南北、书名成为网络热搜的一本书。我听说，作者是刚从重庆调回辽宁政府工作的，学历较高、阅历丰富、口碑不错的大连籍人。由书及人，对此人我产生了一种好感，平添了几分敬重。

不久后，听说作者回到辽宁后又创作了《孝心不能等待》的姊妹篇《父爱如山，母爱如海》。这是他传播孝道文化系列作品的第二部。基于对作者的好感，我冒昧地给并不熟悉的庆良打电话，向他求赠新书一睹为快，不承想庆良爽快地送来了十几本新书，我十分珍视地将它们放到自己的办公室，像无价之宝一样转赠给志同道合的友人。

大约过了两年，庆良将他的又一部新作《儿子，爸爸伴你一起成长》送给我，这使我对德才兼备的庆良更加理解、更加敬重。我坚信：一个好儿子、好父亲，一定是一个好人、好官、好朋友。

"悠悠岁月，欲说当年好困惑。"如果说，当年一些人对于庆良放弃在重庆赢得嘉许，风头正劲时却从重要的工作岗位平调回家乡辽宁，全因"为了照顾84岁的老父亲"的理由有什么不解的话，今天通过十多年的岁月检验，通过他力行孝心的事实，通过这本书记录的每一个日月星辰、寻常百姓家的人间烟火，一切都能得到诠释。正如庆良在本书中所说："在孝道和仕途两种选择上，选择前者，行孝道会终生无悔，求仕途可能遗憾终生。"他离开重庆后发生的事件证明了"天佑善人"。由此，我对不慕权势，一心干正事，并且用行动践行孝道的庆良，在政治上又增加了几分敬重。

我与庆良真正的接触，是在他兼任政协辽宁文史委副主任之后。因工作关系，我们在多次工作中开始有了深入的交流，并逐渐成为知心朋友。庆良为人正派忠诚，视野开阔，其文化修养、政治素养、工作能力自不必说。庆良在履职尽责的同时，又精心照护高龄老父亲向百岁迈进，悉心抚育幼子成人、成才，做出超出常人、加倍的付出，更是让人度其不易，竖指点赞。

《孝行没有等待》这部作品如同他的其他作品一样，是不忘初心力行孝道的明证。那些情动于衷、践行于孝，那些数也数不清的一桩桩、一件件小事，哪一桩不是真情至性？哪一件不是推己及人，像鲜花一样铺满了这场历时一轮时光（12年）的敬老孝亲的"马拉松"比赛的行程？

《孝行没有等待》这部全真日记体的记录作品将几乎人人都经历过或者未来一定要经历的对长辈的陪伴一点一滴地记录下来，看之是陪伴日记，其实也是家风家教的最好教材，是力行孝心的真实记录，也是讲给后代的生动可信、可学可效仿的故事。

虽然全书是以陪伴父亲临终前半年的经历为主线，真实鲜活地讲述了父亲在养老院90天和4次反复住院的过程、体验和感受，描述了两个家庭、四位老人不同的生活经历和人生结局，但这也是打开了一道门，让镜头由近及远，由今天回望昨天，又由历史走到当下。书中全景式地展示了何家几代的春秋史，再现了母亲的美德、父亲的精神、岳父母的修养和为人处世，用真实的记录既嵌入了家史，又让读者感受到子孙对优秀孝道文化创造性的转化和传承。

本书之所以令人刮目相看，并不在于简单地、原始地、本色地记录，而是在于让读者在掩卷之余沉思品味的过程中，看到的并不是仅仅陷入其中的个人情感，而是从中领悟到，一个家庭把根留住，不仅仅是留下传承人，更重要的是留下生生不息的家庭美德、文化根脉、不变的初心，以及奋斗、发展、兴旺的动力之源。

当然，那些感人至深的无数个细节、数不胜数的一个个点滴，构成了对即将走向人生终点的长辈全部的接纳、理解、包容、温暖和亲近。诸如，组织上至百岁下至一岁的全家人去拜谒清代祖陵，圆了爷爷最后的一个梦。那些深藏于内心、难以启齿却见诸所有照顾的细节，那是发自内心自觉自愿的爱的外化。病房里为父亲垫上双腿以促进其下肢血液循环，每天从头到脚为父亲清理卫生、擦拭、按摩全身，给父亲带去家中小院的黄瓜；把所有的用药一一全部记下，熟知各种药品的功能和用量，这是常人在陪护中难以做到的；在贵州六盘水出差时，为了给父亲买药，步行了两个多小时……除此之外，令人更为感叹的是竭尽全力让父亲怎么高兴、怎么舒服怎么来，帮助年过九旬的老父亲学会了使用手机和微信，教老人学会了"打滚子"扑克游戏，使九秩老父亲能潜移默化地感受到精神的滋养和老有所学的内在成长。庆良为老父亲留下了上千段日常生活的视频和逾万幅照片，使父亲最后的时光没有被湮灭在人生的记忆中，赋予了年迈的父亲和岳母的生命以精彩繁盛。正如庆良所说："对老人的陪护，不仅是生命的长度，更是生命的质量。"他做到了，他们全家在他的带领下都做到了，做得很好。

做得好，不仅仅是要有钱，更要有爱，有能同甘共苦、共克时艰的好妻子。庆良的妻子李红在书中的形象鲜活生动、可敬可爱，每逢家中有事、老人有难的时候，李红都义无反顾、主动承担责任，从书中《儿媳的劝说》一节可以读到，李红苦口婆心地劝慰老人，话语平实却感人肺腑。她把公公视为自己亲生父亲一样对待，从没有因为老人看病养老让丈夫为难，从不计较与其他的兄弟姐妹如何分配责任和义务，这在当今家庭琐事处理上是难得一见的，称得上是传统女性美德在当今时代的典范。何家人代代相传的美德已如接力棒一样交到了她手里，像她的婆母一样，她不仅不会让它失传，还会做得青出于蓝而胜于蓝。妻子为丈夫提供了更强有力的物质支撑、能力辅助、情感支持、人文关怀。两个人画出了力行孝道的同心圆。夫妻志同道合的核心价值理念，带动了两个家族群，兄弟姐妹，老少三代，各尽所能，吹响了敬老孝亲的集合号，唱响了争先恐后奉献爱心的主旋律，如书中刘韵、安琪等优秀的下一代，让人们感到延续优良家风的希望所在。

乐善好施、与人为善、诚挚待人的品格，同时带来了良朋益友的无私帮助，书中所提及的王学谦这位救人于水火的年轻医生所发挥的作用是无人能替代的，在敬老孝亲的路上，良友和良医缺一不可。

在这部看似平常却干净、朴素、透明的日记体作品的前后两个部分，庆良在自序和后记中对力行孝道和"养老是道难迈的坎"进行了全方位的系统思考，深度宏观地分析了传统孝道文化在当代中国家庭代际更替中的价值和作用；面对当下社会养老难的现状，做了多层次和多角度的剖析，并提出了做好养老事业的政策性建议，其分量不亚于全书的其他内容，充分表达了庆良一贯的政治理想、社会关怀和赤子之心。

当下的中国，正在经历百年未有之大变局，千家万户的家风水平、家教高度、道德能力应该成为中华民族伟大航船的压舱石。人性更高的精神追求体现在普通百姓一点一滴的日常生活中。家庭的和乐和美、社会的和谐安宁，是老百姓对人世间美好生活最基本的普遍的追求，而实现这一美好的期待，孝道文化是万万不能缺席的。正如本书的书名所昭示：孝行没有等待！

积善之家，必有余庆。庆良的家族是有着优良家风传统和长寿基因的家族，这样的家族，这样的人生，是美好的、幸福的。

作为老大姐，我有幸先睹为快，且受邀能为这样的家庭、这本《孝行没有等待》说点什么，能为推动中华优秀孝道文化的传播尽一份绵薄之力，尽管水平不够，力不从心，我却感到欣慰，也分享到了幸福。

2023年元旦
于沈阳

自序

孝行真的不容易

何庆良

如果说，《孝心不能等待》是我对母亲未能尽孝在心灵上刻骨锥心的追悔；那么，《孝行没有等待》就是我对父亲尽我所能在行动上无悔无憾的救赎。

从"不能"到"没有"是人生的感悟，是心灵的升华。这个演变的过程，是一个儿子倾心竭力的付出，也是一个心灵无怨无悔的回报。

父母在，人生尚有来处；父母去，人生只剩归途。

从2007年到2022年的十五年里，我先后陪伴了四位双亲的临终时刻，感同身受地经历了他们的痛苦，目送了他们的辞世，完成了他们的后事，留下了无尽的人生感叹。陪伴老人度过的晚景，让我真正认识到尽孝难，难尽孝——尽孝真的不容易！

"夕阳无限好，人间重晚晴。"而今，年近古稀的我，已经行走在人生的归途上，与父母的结局或许只有一站之遥。站在人生暮年的夕阳里，不得不面对"只是近黄昏"的垂暮，四顾回望，抚今追昔，感慨万千，思绪难平……

人生的晚年，不得不面对一个"孝"字。

百善孝为先，孝为德之本。

"孝"在人类文明史上，东西方有着不同的经典。纵观历史，横察中外，东西方文明有着各自的"圣经"。

中国传统文化的"圣经"可以说就是"儒家十三经"，即《周易》《尚书》《诗经》《周礼》《仪礼》《礼记》《左传》《公羊传》《穀梁传》《论语》《孝经》《尔雅》《孟子》。《唐书·艺文志》云："自孔子在时，方修明圣经以绌缪异……"历代研究十三经的学问被称为经学。

而代表西方文明的《圣经》则是全球极畅销的书籍之一，世界上共有一千八百多种语言的《圣经》译本，几乎所有民族的语言，甚至地区方言都已包罗，译本语种覆盖人类总人口约百分之九十五。《圣经》拥有一代又一代的千千万万的读者，这部书的发行量毫无疑问在古往今来是首屈一指的，这部书对于世界历史尤其是西方文明发展的影响也是无与伦比的。

"孝"作为人类文明共有的人伦道德价值取向，中国传统孝道与西方基督教孝道有不少相同之处，同有悠久历史，具体体现在《孝经》和《圣经》中。但《孝经》和《圣经》产生于不同的历史文化背景，其内涵和核心价值有所不同，对人类社会的影响也各不相同。《孝经》教诲人伦，《圣经》说教人道。前者重在赡养父母终老，后者求得上帝的宽恕。

何谓"孝"？中国传统文化中"孝"的观念源远流长，殷商甲骨文中就已出现"孝"字。中国最早的一部解释词义的著作《尔雅》下的定义是"善父母为孝"。西汉贾谊的《新书》界定为"子爱利亲谓之孝"。东汉许慎在《说文解字》中解释："善事父母者，从老省、从子，子承老也。""孝"字就是由"老"字省去右下角的形体，和"子"字组合而成的一个会意字。

孝在中国早期的典籍《诗经》《尚书》中多有记载。《诗经》中有"永言孝思，孝思维则"（《诗经·大雅·下武》），又有"孝子不匮，永锡尔类"（《诗经·大雅·既醉》）。《尚书》中有"奉先思孝"（《尚书·商书·太甲中》）。可见孝道在殷周之际已有极其重要的地位。经过先秦儒家的发展，孝道逐渐形成一个完整的体系。秦汉以后，把孝道提到天道、地道、人道的高度，影响了中国两千多年的文明史。

《孝经》传统认为是孔子所作。后世有说作者是曾子的、子思的，还有说是孟子及其门人的。据考证，《孝经》应该成书于秦汉之际，正如《四库提要》所说，是孔子"七十子徒之遗书"。仅有数千言的《孝经》，以孝为纲，历陈"五等之孝"，提出了天子、诸侯、卿大夫、士、庶人各个等级所应遵守的基本规范，成为两千多年来的文化经典之一。

《孝经》被誉为"使人高尚和圣洁""传之百世而不衰"的不朽经典。《孝经》千百年来被视作金科玉律，上自帝王将相，下至平民百姓，无不对它推崇备至，产生了人伦文明的伟大力量，成为独特的中国孝道文化。

《孝经》在"十三经"中字数最少，但内容周全（共有18章，1799字）。它以孝为中心，从各个方面阐明孝的本质、意义、方式、方法，集中阐发了儒家的伦理思想，并将之推及社会，使之规范化、伦理化。

《孝经》在中国古代影响很大，是一本专门阐述孝道和孝治思想的儒家经典著作。东汉时被立于学官，和《论语》一样，《孝经》是童蒙的经典，从帝王到百姓，人人必读，为"儒家十三经"之一，唐玄宗曾亲自为《孝经》作注。历代王朝无不标榜"以孝治天下"，《孝经》成为儒士研习之核心经书。在整个封建时代，《孝经》是国家规定的教材，开科取士的考评依据。

这是一部凝聚中国人亲情的经典，它塑造了中华民族的精神气质。《孝经》是儒家经典中最薄的一本书，但它却承载着最厚重的一个字——孝。

《孝经·开宗明义》中讲"夫孝，德之本也"。孝是什么？"天之经也，地之义也，民之行也。"这个孝，天经地义，它就像日月经天、江河行地一样，是永恒的。

"孝道"，孝后面为什么要加上一个"道"？因为中国传统文化已经把孝上升到一个道的层次。道是什么？道是我们生命中、宇宙最根本、最核心的规律。对于人，做人最核心的是人道。

中国传统孝道文化是一个复合概念。"孝道"是儒家的核心思想之一，内容丰富，涉及面广，既有文化理念，又有制度礼仪。概括来说即敬亲、奉养、侍疾、立身、谏诤、善终这十二个字。

1. 敬亲。孔子曰："今之孝者，是谓能养。至于犬马，皆能有养。不敬，何以别乎?"中国传统孝道的精髓在于提倡对父母首先要"敬"和"爱"，没有敬和爱，就谈不上孝。

2. 奉养。中国传统孝道的物质基础就是要从物质上供养父母，即赡养父母。"生则养"，这是孝敬父母的最低纲领。孝道强调老年父母在物质生活上的优先性。

3. 侍疾。侍疾就是老年父母生病，要及时诊治，精心照料，多给父母生活和精神上的关怀。

4. 立身。《孝经》云："立身行道，扬名于后世，以显父母，孝之终也。"儿女事业上有了成就，父母就会感到高兴，感到光荣和自豪。大孝是尊严! 反之，终日无所事事，一生庸庸碌碌，这是对父母的不孝。

5. 谏诤。《孝经·谏诤》章指出："父有争子，则身不陷于不义。故当不义，则子不可以不争于父……"在父母有不义的时候，应谏诤父母，使他们改正不义，这样可以防止父母陷于不义。

6. 善终。《孝经》指出："孝子之事亲也，居则致其敬，养则致其乐，病则致其忧，丧则致其哀，祭则致其严。五者备矣，然后能事亲。"儒家的孝道把送葬看得很重，在丧礼时要尽各种礼仪。

孔子论孝道三种境界，堪称经典。

孝的第一重境界——以礼。儿女对待父母，不能有违于礼数，不能有粗暴言行。

孝的第二重境界——以悦。儿女对待父母，时刻都要和颜悦色，不躁、不怒、有耐心。

孝的第三重境界——以静。儿女对待父母，要营造能让他们内心安静的氛围，即不让父母为子女操心。否则，父母心难静，心难静则难安，难安则难寿。

孝的三种境界是什么？

1. 孝之始：养身。对父母的"孝"，最低境界是让他们吃饱穿暖，有基本的医疗保障。

2. 孝之中：养心。对父母的"孝"，第二个境界是尊重他们、理解他们，让他们心情愉快。

3. 孝之终：养志。对父母的"孝"，最高的境界是能够继承父志和成就一番事业。

孔子论孝的三重境界：

1. 养亲是孝的最低层次。养父母之身，属于物质层面，能养是对父母孝的基本要求。养亲就是奉养父母，保证父母物质需要的供奉，这是传统孝道最基本的含义。父母含辛茹苦地把子女养大，子女成人后应当不忘养育之恩，尽心竭力供养和照料双亲，保障父母物质生活的需要，使他们安度晚年。

2. 敬养是孝的较高层次。怡父母之心，属于精神层面，"敬"着重发自内心的自觉自愿。不能认为为父母提供住宿、衣食，或不定期地给他们一些零花钱就是孝，这只能算养。子曰："今之孝者，是谓能养。至于犬马，皆能有养。不敬，何以别乎？"孔子认为孝顺父母，不仅要养，更要敬。承欢父母膝下，和颜悦色，博父母欢心，开解父母胸中愁烦，使父母保持精神愉快。

3. "继志述事"是孝的最高层次。是行父母之志，属于事业层面。牢记父母教诲，发扬父母德业，实现父母志愿和期望，弥补父母不足，不懈努力，完善自身，以求报效社会国家。

这三个方面融会贯通并行不悖，才是真正意义上的孝道精神之所在。

继孔子之后，儒家的另外两位大儒孟子、荀子对孝文化的解读也做出自己独特的贡献。"孝"的价值观得到以孟子和荀子为代表的儒家学者的积极传承，从家庭伦理推广到政治哲学，从而影响整个中国文化的核心价值，成为延续民族文化血脉的有机组成部分。

孟子论孝道，强调用"孝悌"来教化百姓，使百姓懂得孝顺父母、尊敬兄长的伦理道德。"孝子之至，莫大乎尊亲。"孟子反复论证"谨庠序之教，申之以孝悌之义"的社会功能和作用。孟子提出"世俗所谓不孝者五：惰其四支（肢），不顾父母之养，一不孝也；博弈好饮酒，不顾父母之养，二不孝也；好货财，私妻子，不顾父母之养，三不孝也；从耳目之欲，以为父母戮，四不孝也；好勇斗很（狠），以危父母，五不孝也"（《孟子·离娄下》）。即懒惰不劳动、下棋好饮酒、贪财偏爱妻子儿女，不赡养父母；放纵声色、寻欢作乐，给父母带来羞辱；逞强斗殴，危及父母的安全，这些都是不孝的行为。

荀子论孝道，同样重视"孝悌"观念。他认为"兴孝悌"是达到安民、理政的措施之一。荀子也强调对父母的孝，不只是"养"，更要做到"敬"。荀子十分重视按"礼"来行孝，"礼"与"法"是荀子思想中的两个核心观念，上自君臣，下至庶民百姓的一切行为都不能离开"礼"。荀子按照"礼"的规定，对实行"三年之丧"做了阐明。荀子说："故丧礼者，无他焉，明生死之义，送以哀敬，而终周藏也。"还说："凡礼，事生，饰欢也；送死，饰哀也；祭祀，饰敬也……"（《荀子·礼论》）由此可见，荀子关于"孝"的一切主张，都体现出十分丰厚的人文精神，不论是"饰欢"，还是"饰哀""饰敬"，都是如此。

朱熹是儒家思想的集大成者，在继承儒家传统孝道思想的基础上，吸收、融合了佛道思想，构成一套系统的、严密的、哲理化的道德教育思想。他提出孝、悌、忠、信、礼、义、廉、耻。他把

"父子有亲，君臣有义，夫妇有别，长幼有序，朋友有信"作为"五教之目"。朱熹把学校教育分为小学（8～15岁）、大学（16岁以后）两个阶段，无论小学、大学，都以"明人伦"为目的。他主张小学要学习"洒扫、应对、进退之节"，遵守孝、悌、忠、信等道德规范。大学要"明明德"，修身、齐家、治国、平天下。

20世纪初，以孙中山、章太炎为代表的资产阶级革命派进一步提出"道德革命""家庭革命"口号。孙中山又提出了"忠、孝、仁、爱、信、义、和、平"这"八德"道德规范，重新解释并赋予其民族主义的新内容。

综上可见，上下五千年，孝道贯百代。孝道已成为中华民族繁衍生息、百代相传的优良传统与核心价值观。

反观与《孝经》相应的《圣经》，它对人类社会的文明直接或间接的影响之大同样不可低估。

基督教孝道同样有悠久的历史。《圣经·出埃及记》中"十诫"的颁布，将"当孝敬父母"作为法律条文明确地提了出来，这是大约在公元前15世纪中叶，即中国的商朝。《圣经》的《旧约》记载的是犹太教视角下世界和人类起源的故事传说、犹太民族古代历史的宗教叙述，以及犹太教的法典、先知书、诗歌、格言等。在其中的《创世记》里就特别记述了约瑟行孝蒙福和迦南不孝遭咒的故事。

基督教也认为孝是众德之首。《箴言》是一本教导道德伦理原则的书，该书内含智慧之言，哲理耐人深思，被纳入《圣经》。在《箴言》的序言之后，开宗明义："敬畏耶和华是知识的开端，愚妄人藐视智慧和训诲。我儿，要听你父亲的训诲，不可离弃你母亲的指教。"作者在这里指出了全书的主题，即"敬畏耶和华"和"孝敬父母"，由此可见孝在基督教伦理中的地位。《圣经》中将敬畏上帝和听从、孝敬父母并列在一起，充分说明《圣经》对孝道思想的高度重视。

基督教孝道把奉养看作基督徒最基本的责任，也特别注重尊亲，《箴言》论孝多提到尊亲。

孝道思想在《圣经》中也有着极其重要的地位。孝敬父母在《圣经》中被尊为人伦之首，是上帝以必须遵守的诫命的形式提出来的。《圣经》指出："人应该服从上帝的诫命孝敬父母，孝敬父母者必得到上帝的悦纳而蒙恩。"《圣经》中还有许多有关为人子女者应如何行孝的教诲以及践行孝道的典型事例。

孝道思想也贯穿于《圣经》的始终。在《利未记》中，上帝说"你们个人都当孝敬父母，也要守我的安息日"；在《申命记》中讲"当照耶和华你神所吩咐的孝敬父母，使你得福，并使你的日子在耶和华你神所赐你的地上得以长久"；在新约的《马太福音》中说"当孝敬父母，又当爱人如己"，另外在《马可福音》《路加福音》《以弗所书》《提摩太前书》等许多章节中屡次提到"孝敬父母"这一重要诫命，足见此在人伦关系中具有极其重要的地位。

《圣经》中有着丰富的孝道思想，虽不一定与中国孝道有相对应的内容，但其内容绝不仅限于服侍父母。《摩西十诫》中第一次将孝道以律法的形式提出。《十诫》的第5条就是"当孝敬父母，使你的日子在耶和华你神所赐你的土地上得以长久"。这一条诫命实为人伦关系之首，其重要性在其他人与人关系的诫命之上，与中国传统道德观念中的"百善孝为先"有着异曲同工之妙。

《圣经》中对孝行也有诸多论述。《圣经》指出，奉养父母是行孝的最基本要求。《圣经·提摩太前书》中写道："如果有人不看顾亲属，就是背了真理，比不信的人还不好，不看顾自己家里的人，更是如此。""若寡妇有儿女，或有孙子、孙女，便叫他们先在自己家中学着行孝，报答亲恩，因为这在神面前是可以悦纳的。"在《圣经·马太福音》中，耶稣批评那些不奉养父母的法利赛人时说，"无论何人对父母说，我所当奉养给你的，已经作了奉献，他就可以不孝敬父母，这就是你们借着遗传，废了神的诫命"，是应该受到严厉惩罚的。

上帝的儿子耶稣作为《圣经》中践行孝道的榜样，对于上帝天父的孝行自不必说，他对圣母玛利亚的孝行也值得人称赞和效仿。《圣经·约翰福音》中记载，当耶稣被钉在十字架上的时候，虽然痛苦万分，但他没有忘记十字架下的母亲。在临终前还念念不忘自己的生身母亲，把母亲托付给自己心爱的门徒，完成自己在家庭中的责任，践行孝道至生命的最后一刻，堪称遵守上帝"孝敬父母"诫命的完美典范。

综上所述，尽管《孝经》和《圣经》产生在不同的历史年代和文化背景之下，中国孝道与基督教孝道仍有许多相同之处，这是人类文明伦理道德的共同价值取向决定的。但是，由于二者是在不同的民族、文化及不同的意识形态下所产生的，二者势必也有不同之处。

中国孝道以人为本，基督教孝道以神为本。其最根本的不同之处在于，中国孝道基于"性本善"的理论，其动力是人的"良知"。而基督教孝道则以神为本，主张人之所以要行孝，是因对上帝的敬畏；人之所以能行孝，是上帝的赐恩。基督教的孝道，可向圣父、圣子、圣灵和圣经来汲取能力，所以行孝的力量甚大。这是基督教孝道与中国孝道最大的不同。基督徒行孝是上帝的启示，是上帝赋予人的神圣使命。

但是，孝敬父母、顺从父母这是古今中外孝道最基本的准则，也是人类共有的精神内核。

孝，是中华民族的传统美德。

孝道，是中华文明的神圣传承。

孝文化，是中华民族极具认同感的文化之一。

中华文明绵延至今不曾中断，历经蹉跎不掩辉煌，其原因之一就在于这种最为本源的文化记忆、最为深沉的文化认同。

然而，孝行真的不容易！

孝心是情感，孝道是标准，孝行是实践，孝顺是色难。

行孝难，难在一个"敬"字上。很多人以为给予父母足够的钱，尽量满足父母的物质要求就是孝。《论语》里子夏问孝，子曰："色难。有事弟子服其劳，有酒食，先生馔，曾是以为孝乎？"孔子认为，"色难"。"色"指和颜悦色，"难"即困难，就是说，子女要确实出于敬爱之心，真心实意孝顺父母。侍奉父母时，要做到和颜悦色，不给父母摆脸色看是最难的。孔子认为，能一直对父母和颜悦色是孝的最高境界，是很精辟到位的！

儿女内心真正的孝顺，是一种内在的深刻涵养。孝顺，最难做到的就是在父母面前保持和颜悦色。这是一种看不到却可以感受到的无形的情感。子女在行孝时，可以通过种种物质和方式，比如给父母买东西、帮父母做事，但却很少和父母有耐心地沟通，甚至被多唠叨几句就开始不耐烦。

现实中，有很多人能把最美的笑容、最温柔的言语留给领导、老板、同事、朋友或合作伙伴，却往往把最不耐烦的脸色甩给父母，还毫无顾忌地对父母说着最伤人的话语。相信百分之九十的人，面对父母的唠叨都曾说过一句最伤父母的话："我的事，你别管了！"

这种不耐烦的脸色很容易在与父母的日常生活中不经意地流露出来，让父母受到伤害。所以孔子说，在父母面前保持发自内心的和颜悦色是最难的事情。

冷语伤人六月寒。说不让父母管了，就是告诉父母：你们已经没有能力管子女了。有谁留意过你说出这句话时父母的表情？父母本来还有话想对你说，但听到这句话，他们往往咬着嘴唇，怅然若失地怔在那里或默默低头离开。

父母随着年纪的增大，他们的口头禅就是"老了，不中用了"。对最关心你的人，说不用他们管了，叫他们情何以堪！有时候儿女对外人可以客客气气，却常常用冷酷的方式对待父母，用惯了冷言冷语。这种对父母心灵带来的伤害，是再多的金钱和物质都弥补不了的。不能忘了，父母才是最需要儿女以温暖的笑容相待的人。对父母的和颜悦色是从给父母一声亲切的问候、一个微笑开始的。

著名美籍华人教育家刘墉曾经说过："爱总是向下流动的。"我们会竭力地把爱倾注在自己的下一代身上，却往往忽略了对父母的呵护与关爱。"哀哀父母，生我劬劳"，我们怎忍心在父母日益衰老的时候让他们心伤呢？"色难"就难在，我们总是忘记父母正与我们渐行渐远，比我们想象的更脆弱、力不从心。今天的你就是父母的依赖和靠山，一言一行都牵动着父母脆弱而敏感的神经。真正的孝行，是从灵魂深处尊敬父母，认真倾听他们的诉求，最终以实际的行动报答父母的养育之恩。

诚然，中国传统的孝道文化并非尽善尽美，它是一个复杂的理论体系，既有人伦理性的精华，也有封建意识的糟粕；既有合乎人伦道德的内核，也有陈腐过时的形式。自新文化运动以来，孝道文化屡遭批判和谴责，以致孝道文化在中国逐渐淡化。甚至可以说，当今社会，孝已成为一种失落的文化，在某些人的眼中，孝道就是封建意识。而在年轻一代的心中，孝道只是一个含糊的概念。伴随着人类社会的进步和东西方文化的相互融合，旧的道德规范与新的时代变化正在日益碰撞、磨合，重塑现代道德文化体系和伦理精神。我们对传统的孝道文化要坚持继承和批判相结合，汲取精华，扬弃糟粕，根据时代变化与时俱进，赋予新内容。

客观现实中，老一代父母中也不乏像电视剧《都挺好》中的苏大强那样的父亲和电视剧《孝子》中刘英那样的母亲。影视剧中的这些老年人的表演是现实生活中老年人晚年生活的折射。上一代的父母进入老年生活后，由于生理和心理的变化，会产生许多让儿女难以接受和理解的行为和要求。这是考验每一个儿女所面临的道德选择。

我非常认同著名作家周国平说过的一句话："一个人无论多大年龄上没有了父母，他都成了孤儿。"人生最可悲的就是"子欲养而亲不待"。在我们成为孤儿以前，谁也不能预知，此生还能拥有多少与父母共处的时光。

他们暮年余生，年老力衰，不但需要人扶持，更需要精神上的体贴和安慰。作为儿女和晚辈，平时应对父母的问候，讲话和颜悦色，外出和父母道别，回家与父母打招呼，同餐时先请父母入座，替父母盛好饭菜，再忙也要想办法多陪陪父母，陪伴是最真情的孝敬。

要细致入微地照顾和关心父母：70岁当作少儿，80岁当作幼儿，90岁当作婴儿，百岁的老人当作初生儿去对待。日益年迈的父母最害怕子女不再需要他们，把他们供起来。要让父母有一种被需要、被尊重的感觉。儿女要真心实意地尊重父母，让他们找到存在感，以减少他们老年的孤独感和与现实的脱离感。

孝敬父母，是我们一生的修行。所以，趁父母还在，把暖心的话说给父母听，尽情地宠着他们慢慢变老吧！

《孝行没有等待》以我陪伴父亲临终前半年的经历为主线，讲述了我陪伴父亲在养老院的90天和4次住院过程中的体验和感受，也概述了两个家庭四位老人不同的生活经历和他们的人生结局，揭示了老龄社会给家庭带来的影响及子女尽孝面临的各种难题。

全书以日记体的笔法真实、完整地记录了临终老人的心理和生理变化，以及子女及家人面对老人的衰老和病痛所做的各种努力，展示了当今社会养老难这道坎的现实场景和心路历程。

我试图以个人和家庭的养老经历揭示当今和未来社会将要面临的一个重大的、不可回避的社会现实问题——子女、家庭、社会、国家对已经老龄化和逐渐加重的老龄化社会要如何应对？

《孝行没有等待》不是真正文学意义上的创作，既不是小说，也不是传记，没有任何虚构和联想，而是父母晚年生活的全真记录，其中的生活细节、人物角色、场景环境、对话交流、医疗过程、服药输液……都是真真切切的现场实录。

为了还原和保持全书的真实性，我用了六个月的时间逐年、逐月、逐日查阅了二十多年的日记和十几年拍摄的老人的上万张生活照片和几千个视频，复制了父母临终前三年微信上保留的文字、照片等。其中父亲临终前半年住院治疗的过程都是当天和当时的现场文字记录和视频的还原。父亲的少年、青年、壮年、中年、暮年及晚年的生活都是按照父亲给我的口述历史记录的。

　　这样全真的写作较之纯粹的文学创作更加费时费力费神，舍弃文学创作必需的灵感和想象，不用艺术加工的手法和文学创作中的联想、想象、象征、比较、对比、衬托、反衬、以小见大、借景抒情、伏笔铺垫、前后照应、间接描写、扬抑等创作手段，把平凡的生活转化成没有虚构的文字是非常难以落墨的。寻常百姓家的日子、人间烟火的家长里短、父子之间的代际差距、医患之间的寻医问药等，所有这些在常人看来鸡毛蒜皮的寻常琐事要在字里行间找到结合点，绝非易事。我常常会字斟句酌、搜索枯肠地思索如何把现实的场景图画转成文字，既不是流水账，又不枯燥无味，还不失真，这对大半生以文字为职业的我是一个挑战和难题。然而，全真的实录，虽然没有文学的虚构，但却不乏现实意象和意境的陈述，这对枯燥平凡的日常生活和护理照料的着墨给了些许的感染力度，让有同样经历的人会有身临其境的回忆和感同身受的联想。

　　这种自信是从虎子发给我的一段微信文字中感悟到的，他说：

　　"我看了爸爸写的纪念太爷逝世十周年的文章很感动。我非常遗憾没有看见太爷的最后一面。但是太爷能够活到100岁已经非常不容易。我还记得我和爸爸、爷爷、太爷一起去新宾拜祭努尔哈赤祖先的情景。因为太爷高寿，我们家族里五世同堂，在如今也是很少见的。十年了，我非常怀念太爷。

　　"父爱如山！去年爷爷去世前，我非常非常想和爷爷说话，问爷爷一声好，但是他不能说话了，我好希望能够听见爷爷说话。无奈啊！！！

"我没能看见爷爷和太爷的最后一面，为他们送上最后一程，是终身的遗憾！希望我长大以后能陪爸爸妈妈到老，我一定会努力的！"

本书涉及两个家庭，四位双亲，三代子女。囿于实事记载的史料不完整，各自的文字长短不一、内容各异，既是缺憾也是必然，但其真实性是一致的。

四位双亲都是平凡之人。父亲可敬，母亲可爱。他们各是天下父母的一员和化身，有着人间父母的共性。正如许多文学作品刻画的形象一样，其中可以看到朱自清父亲的背影、杨绛母亲的忠厚老实、冰心像树一样为家庭遮风挡雨的父亲、丰子恺负担家内外一切责任的母亲……

从文学价值的意义来讲，本书与梁晓声老师的《人世间》差之云泥，但从平凡真实人生的意义来说，它就是实录生活的《人世间》。

我的父亲不是一个完美的人，也有着如同《都挺好》中的苏大强一样的个性，也有让子女无可奈何的时候，这既是他生活的那个时代的命运决定的，也是老年人几乎共同的特点，或许也是我们晚年的覆辙，无可厚非。父亲有能年过百岁的生理条件，但却没有享受天年的心理素质，父亲没有如我们所愿成为期颐老人，这不能不说是他人生悲剧性的结局。

如今已进黄昏之年的我，大半生与文字为伍，写过的无数官样文章在打印出来之时就已经成为过眼烟云。但值得庆幸的是，我留下了能够让自己引以为豪的博士论文《先秦诸子传播思想研究》，并为生我的人和我生的人留下了三本人生记录：为母亲写作了《孝心不能等待》，为父亲撰写了《孝行没有等待》，为儿子记录了从呱呱坠地到十八岁成长历程的《儿子，爸爸伴你一起成长》。古人说得好：敝帚自珍！这几十万字在常人看来不足挂齿，但是对于我来说，大半生躬耕于字里行间，没有落得个颗粒无收的结局，总还可聊以自慰吧。就此封笔也就无憾了！

　　本书的写作期间，正值新冠病毒肆虐横行和疫情防控措施严宽腾挪转折之际。不断变异的病毒像洪水猛兽横扫了全球的每一个国家和族群。这场人类社会史无前例的疫情像一面照妖镜，彰显出人性的丑恶与善良，是无耻之尤与高尚情操的伦理对决。

　　这场人类历史上空前的疫情灾害，危害最烈的正是那些年事已高、疾病缠身和健康欠佳的老人。这些垂垂老矣的父母或许本该还有享受晚年幸福生活的时光，儿女们也许还有报答父母养育之恩的孝心期待，但无情的病毒却将这一切的等待都化为乌有，让无数的家庭留下了悔之晚矣的终身遗憾。

　　不期而至的病毒让所有的家庭经受了折磨，让天下的儿女都面临了孝行的考验，让世人皆知了"生命本身有不堪一击的脆弱"。

　　善良是一种人性的选择，孝行是善良的最终体现。不同的家庭、各种儿女都有各自的抉择，这是人性无法逾越的天道轮回。古人云"天道酬勤"，依我看，天道酬善更甚于酬勤。孝敬父母不能仅存于心、说在口，而是应化为行。孝行没有等待！

2022.11.22
于盛京

◎ 2021年6月20日，星期日，阴，阵雨，沈阳

一、父亲节里的父亲

今天是星期日，也是今年的父亲节。

清晨，我和李红像工作日一样正常起床，到2千米以外的早市去给老父亲买水果。李红也买了渴望已久的油条和豆腐脑。因为我一直排斥在早市上买油炸的不健康食品，所以，李红想吃油条的念头一直受到我的限制。

因为今天是父亲节，所以，我把这个限制取消了。

早餐之后，我陪同李红去给她闺蜜的老父亲买一个父亲节的礼物。随后，我们把礼物送到了闺蜜的家里，就驱车前往养老院，看望老父亲。

今天，养老院安排了沈阳师范大学的学生前来慰问老人。父亲当天的兴致也很高。

我们在养老院坐了一个多小时，就和老爹告别，开车前往李红的办公室开会。

会议从下午2点开到了4点半。随后，我们驱车前往文安路的养老院给岳母送助行车。

我们在养老院停留了仅仅半个小时，父亲的养老院护理部何主任打来电话，说："何爷爷的小腿肿胀得非常厉害，现在已经溃破流水，袜子都湿了。护工都束手无策，只好打电话征询如何处理。"

接到电话后，我和李红急忙起身和岳母告辞，在文安路的一家药店买了醋酸泼尼松，紧急送到父亲所在的养老院。

见到父亲时，他面部表情十分痛苦。看着肿胀发亮的小腿正在渗出黄色的液体，我顿感情况的严重性，随即拨通了中国医科大学附属第一医院心内科主任田文医生的电话。不巧，田文主任正在开

会，无法接听电话。我立即给他发了语音，把父亲的情况做了说明。

大约10分钟后，田文主任回话说，这种情况必须做双下肢的静脉彩超，以确认是否有栓塞的情况发生。

此时，已经接近晚上7点。李红问养老院是否有绑定的三甲医院，回答是，没有。

李红又问，养老院是否可以派员工护送前往医院检查，回答是，要按小时收费。

李红说，按小时收费可以，请他们马上派人协助我们一起送老人去医院。结果是养老院没有安排员工护送，而是打电话去找外边的护工代劳。

李红见此情景，当机立断，决定开车前往沈北路上的一家民营医院盛京雍森医院。

离开养老院的时候，李红给女儿安琪和女婿小洪打了电话。安琪昨天在井冈山拍摄纪录片素材，午夜刚刚返回沈阳。今天晚上，本来我是答应给他们包素馅儿包子，来家里一起过父亲节的。但此时只能爽约，让他们过来帮忙送老人家一起去医院就诊了。

此时，已是万家灯火。我们选择了最近的路线前往雍森医院。马路上的灯光似乎比平时幽暗了一些，路面低洼的地方有些积水。李红不断地提醒我不要太快，注意安全。

大约用了一刻钟，我们就赶到了雍森医院。（图1）

李红急忙前去挂号，同时，让我送老人前往急诊室。

刚刚到达急诊室门口，安琪和小洪就赶到了医院。

接诊的李旭峰医生开了双腿静脉、动脉的彩超检查单。

小洪接过轮椅，送老人上二楼做彩超检查。

二楼的彩超检查室空无一人，房门紧锁。安琪焦急地四处找人。敲了一会儿门，从里面出来一个年轻的医生，告诉我们要按铃呼叫才有人出来接诊。

年轻的医生十分耐心地检查了大约半个小时。躺在检查床上的老父亲有些忍耐不住，发出痛苦的呻吟声。小洪轻声地安抚老人说，马上就要检查完了。

检查诊断的结果是双腿的深静脉都有栓塞。

带着检查结果，我们又回到了急诊室，把检验报告单交给了李旭峰医生。（图2）

李旭峰医生接过检查单一看，显得一脸无奈。他立即拨通电

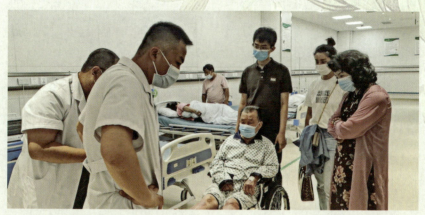

图1　安琪和小洪陪同送老人就诊

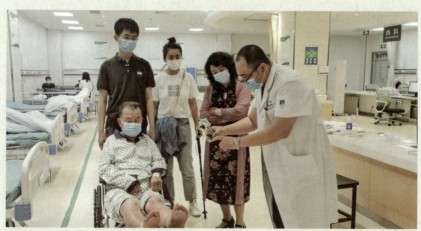

图2　父亲在雍森医院就诊

话。大约5分钟过后，来了一位年纪稍长一点儿的医生。

医生仔细地查看了老父亲的双腿。他说，没有见过这么严重的情况。他需要请示一下科主任，看看是否能够接收老父亲在医院治疗。（图3）

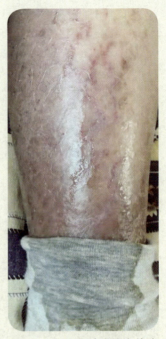

这位医生拨通了电话，随即就离开我们，到诊室外和他的主任沟通去了。

大约15分钟以后，他回来非常抱歉地说，老人的状况实在是太严重了，本院没有能力做康复治疗，建议去中国医科大学附属第一医院或者盛京医院就诊，那里有专门的血管外科的专家。

图3　父亲的腿肿胀渗出体液

无奈之下，我再一次拨通了田文主任的电话，让田文主任和这边的医生做进一步的专业沟通。

经过一番交流，医生将电话交给了我。田文主任说，现在血管外科的床位非常紧张，估计是没有病床，况且入院要先做核酸检测，即便是今天晚上做的检测，也要明天上午才能拿到结果，结果出来以后，才能到医院做各种检查，确定能否入院。

田文主任还说，血管外科不是他的专业，确实是爱莫能助。

我丝毫不怀疑田文主任给我讲的这些情况。因为每当我有困难需要帮助的时候，他都尽其所能，给了我最大的帮助。八年前是田文主任救了老父亲一命。当时，父亲患了急性肺栓塞，我是从铁岭出差回来以后，听说父亲呼吸困难，马上决定去医院的。但父亲当时的病况有所好转，不想去医院就医，我还是执着地把他送到了医大一院。经验丰富的田文主任立刻断定，老父亲得的是肺栓塞，必须立即手术。当时已经是晚上八点多，值班的田文主任找来医大一院最好的手术医生给父亲做了手术，挽救了父亲一命。事后，我才知道肺栓塞是比脑梗和心梗更危险的。此后许多年，父亲的用药都是在田文主任的医嘱下进行的。但今天，田文主任已经感觉到爱莫能助了。

唉，看来真有绝人之路啊！

望着痛苦万分的父亲，我感到无比内疚和无助。

站在一旁的妻子看到我焦急的样子，随即拨通了电话。电话的另一端，听了李红的介绍之后，立即告知她明天一早即带着老人到医院就诊。

看来天无绝人之路！

返回养老院的路上，李红一边安慰我，一边安慰老人。她告诉父亲，明天一早就会给他安排最好的医生看病。今天晚上，已经没法找到医生治疗了。让老人回养老院好好休息。

看着我们疲惫的样子，父亲也很听话地跟着我们回到了养老院。

回到养老院，我找到了当夜值班的护理员小李，并且加了她的微信，希望随时保持联系，以使我们得知老人晚间的可能发生的任何意外情况。

我给老父亲服了利尿的呋塞米片，将老人安顿睡下，我们才怀着惴惴不安的心情离开了房间。

走出养老院的大门，回望老人房间的灯光，步履沉重，不忍离去。

回家的路上，我强忍泪水，避免模糊视线，影响驾驶安全。

妻子知道我此时此刻的心情，默默地坐在我的身旁，一刻不停地望着我，生怕我走神。

回到家里，还没来得及洗漱，学谦就打来电话，要到家里来询问老人的病情。我把老人目前的严重情况向学谦做了陈述。学谦听完后，沉吟了片刻，给我讲了整整半个小时关于这种情况中医的处置方法。他认为，不能单纯求见效快、用过度医疗的方式去处理。

快速地消肿，如同庄稼在大旱之后用大水浇灌一样，效果适得其反。这样，不但救不活庄稼，反而会促使庄稼迅速地死掉。因此，他建议老人在住院期间依然用中药做调理，因为有医护人员的专业护理，他可以更有把握地观察中医的疗效，对症下药。

时间已经到了午夜，我劝学谦早点儿休息，我也简单地洗漱了一下，上了床。

这一夜，我几乎没有入眠。

午夜时分，我给值班的小李发微信、发语音都没有回答。老人此刻的情况全然无知。最后，只好硬着头皮又给护理部的何主任发了语音，告诉他，我已经联系了值班的小李，但没有回复，希望他能够提醒小李，定时到老人的房间观望一下，看看是否有意外发生。

今年的父亲节是我永生难忘的一天。我也是有资格过父亲节的父亲。早晨不到8点，在美国加州大学戴维斯分校读书的儿子就给我发来了微信："爸爸，祝您父亲节快乐！"

作为父亲，我感觉到欣慰，因为自己是在儿子的心里的。

我庆幸的是，自己还是有父亲的父亲。老父亲今年已经90岁了。如果按照身份证1926年出生来算，今年他就是95岁了。父亲的父亲活到了101岁。我们衷心期待着我的父亲能够活过他的父亲。

爷爷100岁的生日是我在老家给操办的。当时，他是这个家族和村里从来没有过的最长寿的老人。亲朋好友来了100多人，甚至有远从重庆、北京、山东和辽宁大连、沈阳等地来的亲友。我还将爷爷100岁去抚顺清永陵谒祖的照片做成了影展。亲朋好友看了无不为之赞叹……（图4）

让自己的老父亲也能活到100岁，这个愿望一直保留在我们的心里，甚至妻子为老父亲买的衣物都是按照100岁去购置的。

如今，李红还有一个母亲，我还有一个父亲。这两位老人是我们在人世间最亲情的寄托。我们精心呵护着这两位老人，希望他们能够颐养天年，让我们每天依然还有回家的怀想和期待……

今夜，我失眠了。脑海中翻腾着各种各样的念头和以往父亲、母亲留给我的记忆……

东方不知何时已经发白，尽管一夜几乎是在蒙眬中度过的，但此时我已经完全没有睡意。只盼着天能够尽快大亮，我早一点儿把父亲送到医院，让父亲节里的父亲能够在医院里得到最好的治疗，转危为安！

图4　四姑陪同爷爷参观自己的百岁影展

◎ 2021年6月21日，星期一，阴，沈阳

二、全日制守护

闹铃没有响，我还是翻身下了床。头一件事，就是翻看手机里的微信。

昨天晚上，手机没有做静音设置，万幸的是，一夜没有铃声的呼叫。

打开微信，看到了值班小李发来的语音信息，说父亲昨天晚上睡得可以，腿上的肿胀也消了很多。父亲说今天可以不去医院了。

护理部何主任发语音说，昨天晚上因为充电器接触不良，手机没电，没有及时给我回话。今天早晨去看了一下父亲，现在情况比昨天好多了。

看着这些反馈的信息，我如释重负，赶忙准备早餐。早餐以后，我们去养老院看看老父亲的情况。

等我和李红赶到养老院时，父亲的状态确实比昨天好了很多，但双腿依然肿胀着。

李红见状，说还是去医院吧。

我们开车把父亲送到医院时，章院长和宋彤主任已经在门口等候了。

医院仍然处在疫情的特殊管控时期。进入医院的人都要进行扫码和登记。我们一行人测了体温就直奔主任办公室。

对老年病有着丰富经验的金星主任和宋彤主任检查了一下老人的体征以后，感到情况还是很严重，认为必须住院治疗。（图5）

章院长叫来了周慧凌护士长，直接带领我们去了二楼一病区一病房的五病床。

这是一个面向大街的单人病房。病房里明亮宽敞，整洁干净。

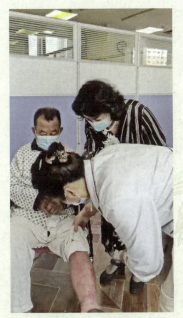

图5　父亲在做入院检查

这让我一颗紧绷的心放松下来。

这样的条件有利于老人的治疗，特别是陪护。

随后护士送来了病号服，开始测体温、量血压、抽血化验。

李红去了楼上，与章院长详细介绍老人的病情和对治疗的一些意见、想法。

医院要求老人现在的治疗必须有家属陪护。毫无疑问，只有我留下做全日制的陪护。

李红离开医院后，没有直接去辽北中医院注射约定的第二针疫苗，而是去了养老院。

李红约谈了养老院的丁经理，开诚布公地表达了对养老院管理方面存在问题的意见，指出了养老院在医养和护理方面存在的种种问题。丁主任对医护方面存在的问题表示歉意，并承诺今后要努力改善对老人的医疗护理。

中午时分，金医生送来了下午的检查通知单。

下午1点半，一位医导员来到病房，引导我们到负一楼，首先给父亲做了心脏彩超，然后做了双源CT，最后做了心电图。

一系列的住院检查结束之后，我们返回了病房。

父亲躺在病床上，开始回忆母亲生前的点点滴滴。他给我讲述了很多妈妈年轻时候孝敬太爷、太太、爷爷、奶奶和照顾年幼的姑姑、叔叔的故事。

爸爸说，妈妈年轻的时候特别能干。她每天都要下地干农活儿，帮助爷爷照看菜园子。一个冬天，妈妈要长时间地在菜窖里料理2万多斤准备出售的大白菜。

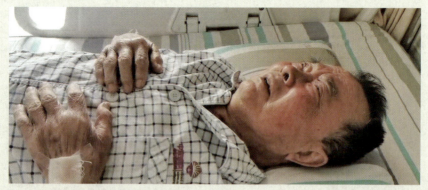

图6 父亲含泪给我讲母亲的故事

　　每天早晚，妈妈要照顾年长的太太和太爷。同时，还要打理正在上小学和初中的姑姑和叔叔的饭菜……

　　爸爸说他最近一段时间经常会梦见妈妈。

　　我问他："妈妈和你说什么了吗？"

　　他说："没有。你妈妈只是静静地看着我，什么话也没说。"

　　爸爸今天特别动情，涕泪横流地诉说着妈妈的故事。（图6）

　　有的事情，我也是头一次听说，有的事情已经听过好多遍了。

　　爸爸的故事还没有讲完，金医生就进门打招呼，让我到他的办公室去一趟。

　　到了医生办公室，金医生非常客气地让我坐下，然后，语气平静地对我说，老人的情况十分严重，很可能发生意外，现在需要家属在病危通知书上签字。

　　金医生给我列举了发生意外的情况，以及医生可能采取的急救措施：包括切开气管、上呼吸机、电除颤、心脏按压等。（图7）

　　这种情况我在妈妈临终前已经遇到过，所以，我非常慎重地告知金医生，这些非正常的手段都不需要。如果万一发生不测，我们希望老人有尊严地离去，不再忍受医疗手段的折磨。

　　金医生说，如果家属不同意医院的急救措施，需要在病危通知书上签字。

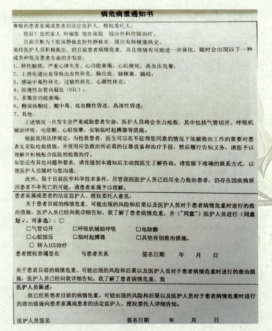

图7　父亲的病危通知书

我说，签字可以，但是请给我一点儿时间，我需要跟在美国的两个妹妹和在大连的大妹妹做一个沟通，征求她们的意见。

金医生说，请我尽快给他们回复，以便他们在抢救准备上有足够的时间。

我征得了金医生的同意，把病危通知书拍了照片，发到了家人的微信群里。

此时是北京时间下午4点半，美国休斯敦时间早晨4点半，美国洛杉矶时间凌晨1点半。

小妹燕玲依然没有睡觉，在焦急地等待着父亲救治的信息。她很快答复说，同意我的治疗意见。

正在大连进行非遗传承教学的大妹妹燕文给我发来信息，她已请假，乘坐今晚7：29的8069次高铁，于21：22返回沈阳。

不久，二妹妹燕平也从美国洛杉矶发回了信息，表示尊重我对老父亲抢救采取的意见。

护士李梦妮带着另外一位护士来给父亲做青霉素过敏的皮试，随后又送来了一瓶螺内酯片，叮嘱了用药的方法。

我跟随护士到了护士站，要求给老父亲的小腿溃破处做消毒处理，以防止发生交叉感染。因为老父亲的双腿和双脚现在的微循环受到了严重破坏，几乎见不到任何正常肤色的皮肤了，全是一片黑紫皲裂粗糙的皮肤。在这种情况下，如不做及时的医疗消毒处理，稍有不慎，就可能发生不可逆转的感染等恶果。

几分钟后，护士带着硫酸镁液浸泡的纱布来到病房，给父亲敷在小腿和双脚上。果然，这种处理很快产生了疗效：溃破的伤口开始结痂，肿得发亮的小腿也开始消肿。（图8）

因为忙于老父亲医疗救护的处理，我和父亲错过了医院病号饭的时间。从早上到现在我们几乎没吃什么东西。

去护士站询问，超市在什么地方，护士告诉说，超市傍晚5:00就下班了，医院两边的大街也没有超市和餐馆。无奈之下只好求援，让李红下班以后给我们送点牛奶和面包。

李红晚上8点才结束当天的工作，赶到医院已经是晚上8:30多了。她让司机刘家壮去给我们买肯德基。

图8 用硫酸镁液治疗父亲肿胀溃破的双腿、双脚

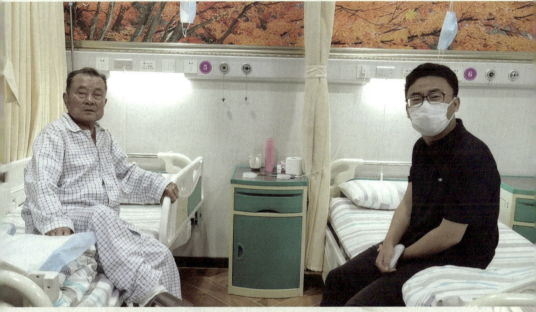

图9　学谦到医院看望父亲

　　20分钟以后，学谦结束了当天的门诊，从沈北新区正义路的云水堂国医馆赶到了病房。

　　这个被父亲称作"神医"的小中医，这几年来一直是老父亲的保健医，使老父亲能够保持4年的时间没有去过医院。（图9）

　　父亲对学谦的医术打心眼儿里信服。学谦从病理到心理给老人做了一番疏理和疏导，老人的情绪得到了改善。

　　时间不知不觉地就到了午夜11点。我急忙催促他们离开医院，回去休息。

　　众人离开以后，我安排老父亲躺下，用被子叠成一个脚垫，这样抬高父亲的双脚，血液循环会顺畅些。

　　午夜后，我准备关灯休息，但父亲不喜欢熄灯。其实屋子里的照明还是挺亮的。因为马路的灯光和隔壁病房的灯光映在屋子里，室内的各种物品一清二楚。但是老父亲不让关灯。我只好关闭了他的床头灯，打开了我的床头灯。

刚刚躺下不久，就听见父亲的床铺有窸窸窣窣的声音。转身一看，父亲正要起床。我连忙起身帮助他下地。

小解之后，父亲回到了床上。

我躺在床上却怎么也睡不着，蒙眬中仿佛听见父亲又在起床。

我赶忙下床，把父亲安顿好后，就迷迷糊糊地进入了梦乡……

没想到，刚刚熟睡不久，又被父亲的呻吟声所惊醒。

我问他怎么了。

他说自己的左小腿很疼。

于是，我起身站在父亲的床前，给他做起了按摩。

按摩的作用大概减轻了父亲的疼痛。大约40分钟以后，他就熟睡了。

看着父亲两只难以忍看的双脚，我的泪水无声地流了下来……

在各种医药和护理的作用下，父亲的双脚和双腿开始消肿了。

清晨5点多钟，父亲起身要去卫生间洗漱。我陪他到卫生间，给他从头到脚做了清理。

经过一天的治疗和早晨的清理，父亲的精神面貌好多了。

6点刚过，值班的护士就进来测体温。

在床上躺了一夜的父亲，想到沙发上坐一会儿，休息一下。于是，我又把他安顿到沙发上。

随后，我去走廊给父亲买早餐。

父亲今早的胃口不错，吃了一份鸡蛋羹和一个鸡蛋。他的精神状态也和昨天判若两人。

父亲的变化给了我一种感悟：父子之间除了血缘和亲情之外，还有一种能量的转换。

有生以来，这是我第一次超过24小时全程陪伴父亲，经历了生死轮回的考验，我用全力的付出唤来了一个濒危生命的复苏。

◎ 2021年6月22日，星期二，阴，沈阳

三、大洋彼岸的奉慰

清晨起床不久，护士就开始了例行的查房。

查房过后，我给父亲准备了早餐。他觉得这里的饭菜比养老院的口味要好。

此时，是大洋彼岸美国洛杉矶时区的下午5点多钟，二妹燕平发来语音说，她手里还有些人民币，想试着通过微信看看能否发过来给老父亲。

几分钟后，二妹发来了2000块钱。

我点击了接收。

万里之外，女儿对父亲的一份心意收到了。

紧接着，二妹又发了3000元人民币。

8：15，护士来给父亲输液。（图10）

父亲的双手和小臂因为常年服用抗凝药华法林，到处都是暗红色的紫癜，几乎找不到一处清晰可见的血管。这样的病人对护士来

图10　护士在给父亲寻找输液的血管

说，输液是一件让人发怵的事儿。为了减少父亲的痛苦，护士准备给父亲预埋针头。这样可以反复用几次，免得每次都要扎针。但父亲担心针头留在皮肤上不小心就会碰到。（图11）

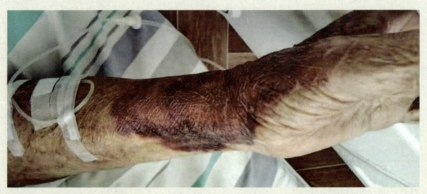

图11 华法林造成的紫癜

护士征求我的意见，我说，先用一个预埋针头试一下吧。

9点刚过，宋彤主任就到病房来查房。她仔细地查看了父亲浑身上下的湿疹和紫癜，语气沉重地说，这样重的情况应该做医疗处理了。她告诉护士要做好破损皮肤的护理，防止感染。

临近中午时分，电话里传来了安琪气喘吁吁的声音。女儿说："老爸，爷爷那边需不需要我去帮助护理？"

我回答说："你安心做你的大型纪录片吧，这里不用你操心，有我和你妈，还有你姑姑。"

安琪又说："要不让小洪去照顾爷爷吧，他照顾爷爷方便些。"

我说，不用了，让小洪安心做他的博士论文，现在正是做开题报告的关键时刻。

话音刚落，家壮和大妹燕文就先后来到了病房。

大妹是昨天晚上9点多钟从大连返回沈阳的。她本来还要在大连继续做非遗传承的教学，但是接到病危通知书后，立刻买了返回沈阳的火车票。今天上午她来替班，让我回去休息。

我带着大妹妹去午餐销售点买了父亲的午餐，交代好父亲需要的各种内服和外敷药。

离开医院，我和家壮又去了养老院，从父亲的房间里取了一些必需的日用品和那天没来得及带走的药品。

返回家里，我洗了澡，顿感一身轻松，仿佛把几天的疲惫都清洗掉了。接着，又把父亲换洗下来的衣服清洗干净晾晒好。

困倦袭来，我倒在床上酣然大睡。

一阵铃声把我从沉睡中惊醒。

李正为医生告诉我，父亲身上的皮肤非常脆弱，极易发生褥疮，所以要给老人换上充气的床垫。同时要求我明天上午9点以前到达医院，邀请皮肤科的专家给父亲做会诊，需要我配合回答一些相关问题。

我应允李医生明天上午准时到达。

我翻看手机的信息才发现，在14：24和15：07外甥刘韵和他的妻子陈聪先后给他们的姥爷发来了6000元人民币。

刘韵生下来以后就和姥姥、姥爷生活在一起，直到12岁离开姥姥、姥爷远赴美国与母亲团聚。（图12）

姥姥去世后的这些年，刘韵几乎每年都要回来看望姥爷，给老人买营养品，送红包。虽然远在万里之外的大洋彼岸，但是刘韵对姥姥和姥爷依然有着割舍不断的感情。

微信的视频里还有大妹发来的护士给老父亲换充气床垫的情景。

看完手机，我打开房门走进院子。仅仅三天无人打理的院子一副破败的景象。

花盆里的喇叭花已经没有了怒放的鲜亮，有些打蔫儿的叶片已经开始泛黄。花盆里的土也已经完全干透了。

凉亭上葡萄和猕猴桃的落叶随地可见，长凳上的各种花盆上，铺着七零八落的叶子。

图12 刘韵到姥爷家看望姥爷

最让人感到震惊的是，菜地里的野草因为今年的雨水充沛生长旺盛，已经把矮棵的青菜覆盖了。

几天没人采摘的黄瓜悬吊在黄瓜架上，虽触手可摘，却无人光顾……

望着昔日被我收拾得井井有条的园子，今天却有几分荒芜的景象，我的心有些无奈……

平时晚饭后在小区林荫路上散步的时间没有了，李红的视频工作会整整开了两个半小时，直到9点半多还没有结束。

趁着父亲还没有睡觉的时分，我给他发了两个视频通话，向大妹妹询问了今天一整天父亲的基本情况，得到的回答是，父亲的身体正在慢慢地恢复，开始向好的方向转化。

李红上楼后，在佛龛的香炉里燃上了三炷香，祈祷菩萨保佑老父亲能够转危为安，让我们的生活恢复平静和正常！

四、往事并不如烟

今晨醒来，比平时早了一个小时。

李红躺在床上对我说，老爹这次出院如果不愿意去养老院，就搬回家跟我们一起住吧，把一楼的榻榻米拆掉，换上一张床，让老爹在一楼住。

我说，一楼只有一个房间，老人一个人住在楼下，没人照顾，仍然是不安全的，最好的选择还是回养老院。

李红又说，如果实在不行，我们就把现在的房子卖掉，换一个新房子，在一楼安排两个房间，一个给保姆，一个给老爹住，将来把进出门和到院子的过道都做成可以走轮椅的无障碍坡道。

李红对老人这份孝心，源自她对自己父亲的发自心底的热爱。

岳父的离世曾让她悲痛欲绝。因为岳父是她的精神支柱，他们之间是可以在灵魂层面对话的父女关系。（图13）

图13　李红陪同父亲游览辽阳广佑寺

岳父走后，我们每年都要在民俗日和忌日去给老人扫墓。甚至有时候在李红想念父亲的时候，我们也会去观陵山墓园扫墓，在那里待上个把小时，让她尽情地倾诉对老父亲的心愿。刚刚过去的这个父亲节早晨，李红突然放声大哭，把自己哭成泪人一样。她说，为什么要有父亲节，把父亲节取消了吧。李红的这种愿望，让我真心地感受到她对父亲那种深深的挚爱。

　　吃了一顿简单的早餐，我们就从家里出发了。

　　尽管司机开得很快，从家里到医院还是用了45分钟。

　　李红和我一起上楼看望了老父亲，详细地询问了老人一天来的状况，问清各种内外用药情况后，我要求大妹赶快回家休息。

　　大妹妹随着李红一同离开病房，搭车前往地铁站，返回家里休息。

　　大约9：30，金星主任邀来了皮肤科主任杨春光教授给父亲做会诊。（图14）

　　杨主任仔细地检查了父亲全身的皮肤，又询问了身上的紫癜和湿疹发生的时间和病程，然后给我提出建议，说改用新的外敷药，其中有一种是比较贵的自费药。我说，只要能够减轻父亲身体的痛苦，可以拿来试一下。

　　杨主任和金主任走后，父亲开始像交代遗嘱一样给我讲，如何处理大连的房子。大的那一套让我去处理，另外那一小套留给大妹妹。因为大妹说，她每年还要回大连给母亲扫墓，总要有个

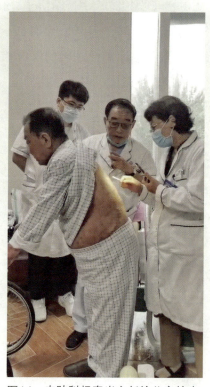

图14　皮肤科杨春光主任给父亲检查

落脚的地方。同时那也是父母曾经生活过的地方，给她留个念想，这一套就不要卖了。父亲说到这里很伤心，一边说一边老泪纵横。

这些话，我听得很凄然，但我强忍着泪水安慰父亲不要这样去想。因为我们大家都在期盼着，你能跟我们一起度过百岁生日，活得比爷爷还长。

过一会儿，老家八叔的儿子超良发来信息，要来沈阳看望病重的父亲。我劝阻他说，现在医院在疫情防控期间不让探视，再加上农村正是农忙季节，就不要来沈阳了。

超良说，八叔和父亲是手足之情，八叔生前经常和父亲通话，还来沈阳看望过父亲。八叔生病在中国医科大学附属第一医院住院期间，九十多岁的老父亲还抱病前往医院探望，让八叔一家人十分感动。所以，他要来沈阳替已经过世的父亲看望大爷。（图15）

图15　老家的八叔到沈阳来看望哥哥

没多久，姑姑的女儿小洁打来电话，也要来沈阳看望舅舅，让我给她发一个定位，并要了父亲住院的病区、病房和床号。

中午，我和父亲两个人吃了一个10元的套餐。

午后1点多，金熙成主治医生来病房，给父亲涂抹青鹏软膏。这是一种藏药，主要用于治疗湿疹。

李梦妮护士又用浸有硫酸镁液的纱布给父亲的双腿和双脚做湿敷，加快肿胀的消退。（图16）

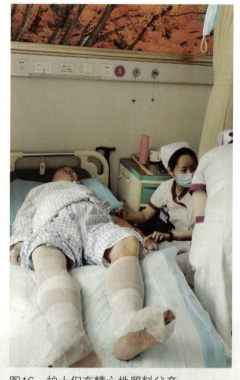

图16　护士们在精心地照料父亲

午休过后，父亲头脑更加清晰，他给我讲述了将近50年前发生的故事。

那是70年代末，在"文革"结束之后，国家进入了经济建设的发展时期，城市的建设得到了迅速的发展。位于城乡接合部的老家院子成了城市扩张的建设用地。老家的房子被大连中心医院的住院部选中，这处房产被列为拆迁户。

这处院落是父母用了将近20年的时间精心打造出来的一个城市里的世外桃源。独门独院四间瓦房，房前屋后有将近一亩的菜地，还在自家的院子打了一口压水井用于浇灌菜园。全家人虽然住在城市，却过着田园生活。一年四季各种北方的蔬菜完全自给自足，这在物资供应短缺的年代，是一种奢侈和令人羡慕的城市生活。

院子里有一棵每年可以收获200多斤"龙眼"的葡萄树，还有枣树、桃树等其他果树。父亲每年冬天还自己挖菜窖，储藏冬菜。

"文革"期间，各种主副食和日常生活品大都是凭票供应的。尤其是猪肉，更是每个寻常百姓家都垂涎欲滴的荤腥。为了家里人常年能够吃到猪肉，老父亲还在院子里盖了猪圈，养猪养羊。父亲告诉我说，因为家里人都喝不惯羊奶，嫌弃味道太膻，所以就用羊奶喂猪。这在今天对于居住在大都市的人们来说，是一种天方夜谭式的奢侈。

父亲一向以这种亦工亦农、亦城亦乡的生活方式感到自豪，他已经完全习惯了这种城市里的田园生活。当中心医院提出要用楼房和他换这个院落时，父亲断然拒绝了。

医院建设部门做了很多工作，父亲依然拒绝接受交换的条件。迫于无奈，医院和父亲的工厂达成了协议，给工厂提供建设一栋六层楼职工宿舍的建材，以换取父亲所在的这个院落。

但是，工厂把这栋6层楼的地基建好之后，却被城建部门制止了，因为这是一个未经批准的违规建设项目。

中心医院因为有了跟工厂的协议，所以就开始动工拆除了家里的大院围墙，并且围绕着房子周围开始了地基挖掘，原来的老宅就成了建设工地上的一个孤岛，从家里进出需要搭木板才能通过。显然施工方想用这种方式迫使父亲搬出老宅。

但是，父亲依然死守着老宅不肯离去。医院最后要求工厂对父亲采取强制搬迁的方式，于是车间主任派了六位工人前来家里搬家。父亲在问明他们的来意之后，锁上了房门，走到院外的大街上，向前来围观的左右邻居讲述了医院征地的前因后果，以及工厂前来强行搬迁的做法。围观的人群都是多年的左邻右舍，其中还有一些我初中同学和他们的父母都与父亲熟识。他们听了父亲的陈述，不约而同地站到了父亲的一方，几个同学齐声高喊："耐火厂，想要抢！"中学生的高喊激起了围观人群的愤怒。工厂派来的工人见状只好悻悻而去……

躺在病榻上的父亲情绪激昂的讲述让我颇为震惊，这是我头一次知道在我当兵之后家里竟然发生过这样的事情。

爸爸说，当时迫于压力，由于着急上火，他的腰椎间盘出了问题，疼痛难忍，每天拄着拐棍行走。

父亲的讲述，使我的脑海里浮现出自己曾经历过的城市强拆的景象。想不到，这种景象居然在自己的家庭也发生过。

因为是50年前发生的事情，我担心父亲的记忆会有误差，我特意询问了大妹妹。

大妹妹和我一样，几十年前家里发生的事情有些并不了解。但大妹妹说，父亲只说了事情的一半，而另一半事情父亲没说，那就是几次搬家给母亲造成的压力。因为父亲提出要让医院给他找一个同样有院落有菜地的老宅置换，这对于医院来说，是一个十分棘手且难以满足的要求。医院为了劝动父亲能够搬离老宅，安排院办一位姓葛的主任整天在家里对父母做说服工作，提出用医院新建的搬迁楼里面积最大的套房置换老宅，但父亲就是不同意。

母亲是一个通情达理的人，在那个年代能够住上新的楼房，不用挑水，不用买煤，冬天还有暖气，这是城里住平房的人的渴望。妈妈很可怜年幼的妹妹要接替我去挑水买煤，所以很希望能够搬上楼房去住。但是由于父亲的执拗，母亲实在是没有办法让父亲和医院妥协。

后来经过多方努力，爸爸终于在李家村找到了一处有四间房子的院落。房子的主人因为出身不好，房子被人强占着。无奈之下，房主同意将房子卖给父亲，但是强占户提出要用同样的面积置换楼房，才同意从房子搬出去。

最后，经过反复艰苦的谈判，医院终于同意了强占户的要求，把房子转手出让给了父亲。

得到了一处破旧房子的院落，必须翻修。经过翻来覆去的谈判，医院终于同意给提供部分建材，由父亲自己出资翻修一处有四间房子的院落。

大妹妹告诉我，由于父亲的执拗，这次置换搬迁中发生了诸多的矛盾和纠纷，而这些矛盾和纠纷都是由母亲出面解决的。

　　父亲在这儿费劲巴力、苦心得来的新居仅仅住了两年，李家村又成了大连首批集中住宅小区的征地。

　　这一次依然不死心的父亲，企图还向远离城市中心的地区搬迁。但是，母亲这次铁了心，坚决不同意再搬家了。

　　1978年2月，我作为"文革"后的首批大学生考入山东大学外国语言文学系以后，每年暑期都回大连度假。那四年，我每次回来都到一个新家居住，但我并不知道其中发生的故事。

　　直到50年后，我才从躺在病床上的父亲的口中知道那些往事。而那些如烟的往事仿佛就在昨天……

　　今天夜里，当我们进入梦境时，大洋彼岸的小妹在我的微信里给父亲发来了5000元。

　　父亲的安康，是万里之外的女儿心中割舍不下的牵挂。

◎ 2021年6月24日，星期四，晴，沈阳

五、女儿补过父亲节

清晨5：20，我从睡梦中醒来，看见父亲还在熟睡着。

昨天夜里的前半夜，他起了三次夜。凌晨一点多钟，他发出痛苦的呻吟声。我起身问他有什么事，他告诉我上身痒得厉害，要擦裂可宁药膏。这是方伟中先生自主研制的核心配方，主要用于干裂、脱皮，防粗糙和止痒。

这几年，父亲一直在用这种裂可宁药膏滋润皮肤和止痒。（图17）

我起身用棉签给他上药。他觉得这样太慢了，不解痒，要用手大面积地去涂抹。于是，我按照父亲的要求给他上身前后涂了一遍裂可宁药膏。

安顿父亲睡下，我重新上了床。但过了不久，听见他又在辗转反侧。我起身问他又怎么了，他说，屁股和大腿痒得难受。我只好按照前次的做法，给他又涂抹上裂可宁药膏。

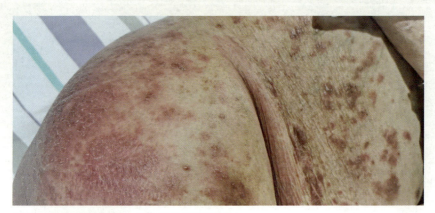

图17　因为药物过敏，父亲浑身都是湿疹

可能是这种药膏起了作用，父亲从下半夜三点以后一直睡到早晨将近六点。

父亲醒来以后，我用温水把昨晚涂抹药膏的地方全部清洗了一遍，使他的皮肤感到清新舒爽。

因为要裸着身子擦洗，只好把病房的空调关掉，40分钟下来，我浑身上下汗水淋漓。

给父亲服用了今天的西药：艾多沙班（1片/天），依巴斯汀片（3~4片/天），螺内酯（1片/天）和维生素C（2~3片/天）。服药后，又让他吃了半截自家园子里摘下的黄瓜。

父亲已经两天没有大便了，因为卧床肠胃不蠕动，便秘是自然的。他试图用力，但也没有成功。我及时制止了他，因为怕他用力过猛出现意外情况。

于是我和他商量是否使用开塞露帮助通便。父亲感觉到已经无能为力了，只好同意了。

9：05，护士李梦妮开始给父亲做青霉素输液。

随后金熙成主治医师送来了四张彩超检验通知单。要求父亲明天一早做一次抽血化验，看看服药以后的抗凝情况，同时也检测一下双下肢动静脉栓塞的情况。

家壮和大妹燕文10点钟来到了病房。

我给大妹妹详细介绍了各种用药的方法。

我和家壮一起离开了病房乘车回家。

本来，我和家壮说过，回家的路上去养老院一趟，给父亲取些开塞露回来。但是，坐上车以后，我就酣然入睡了。等家壮把我叫醒时，我发现，已经在自家的车库门外了。

事后，家壮告诉李红说，我上车以后就酣然大睡，一路上还说着梦话，根本不知道自己是如何回到家里的。

回到家里，我先到院子把菜园里的杂草清除了一遍，将没有来得及吃、已经老了的水萝卜全部拔掉了。

望着自己的劳动成果就这样白白地糟蹋掉，心里也有几分别扭。

我做完院子里的劳动，回到卧室洗了个澡。然后，把父亲换洗下来的内衣裤清洗干净，晾晒好。

紧接着，我和在美国学习的儿子通了一个视频，就入睡了。

没想到，这一觉竟然睡到了傍晚5点。

赶紧起身下楼，打开水龙头，准备清洗一下两只鸟笼和凉亭。

因为父亲曾经喜欢养鱼养鸟，所以给他买了两只鸟笼。但是，父亲现在的身体状况，已经不能自己打理鸟笼了。

两只鸟笼分别养着一只八哥和一只鹩哥。两只小鸟都会说话，而且也特别通人性。

每天早晨起来，八哥见到我和李红都会说："早上好，我是八哥。"看到我们穿好衣服拎包准备出门，就和我们说"再见"。

鹩哥会模仿李红的声音，用不同的嗓音喊着我的名字。李红打趣说，你听这个鹩哥喊你的名字的声音多么暧昧，这肯定是只母鹩哥。

这两只鸟儿会做出各种招人爱怜的动作和眼神。父亲也特别喜欢这两只鸟，有一次，他给鸟儿喂樱桃，居然被鸟儿把手啄破了。

这几天，一直没有时间照料这两只鸟儿。鸟笼底部已经污秽不堪了。

我把鸟笼拿到室外进行清洗，刚刚清洗完，李红就回来了。

她衣服都没有来得及换，就开始收拾鸟儿留在客厅的污物。接着，又去菜地，把拔下来已经打蔫的杂草清理出去。

平时，我和李红是有分工的，室内的卫生她负责，室外院子里的活儿全部由我承包，她基本上是不插手的。今天，李红二话不说，居然干起了园子里的活儿，而且干得非常投入，让我觉得有点儿不知所措。

已经到了做晚饭的时候，我只好和李红说，园子里的活儿你先干着吧，我回屋做饭。

李红回来时，在附近的饭店里买了两个菜，今天晚上安琪要回家，给我补过父亲节。

父亲节那天，父亲生病，把我们原来的安排全部打乱了，父亲节的聚会没有搞定。女儿和女婿今天要回来给我补一个。

于是，我从园子里面摘了黄瓜、茄子、辣椒，拔了油菜和小白菜，给女儿和女婿做自己生产的绿色有机蔬菜。

女儿结婚后，出去单独立户，每周都回来和我们团聚。这是我和李红一周最期盼的一天。因为这个家里平常只有我们两个人。只有双休日的某一天，才有一种一家人的感觉。

在这样的家庭聚会上，我们可以畅所欲言，其乐融融，感受到家的真正含义和意义所在。

◎ 2021年6月25日，星期五，阴，沈阳

六、病房里的生日聚会

昨天晚上，回家在自己的床上睡了一个好觉。按照正常的作息时间做早餐。

突然想起园子里的西红柿秧还没来得及绑缚，今年的雨水特别好，西红柿的长势非常旺盛，主干长得像树枝一样粗壮。但是，这些日子因为没有及时打理，已经长疯了。我给家壮发个微信，跟他商量是否有时间来帮我绑缚一下西红柿秧。

他回答说，一会儿就到。

趁着我们吃早餐的时间，家壮把西红柿秧全部绑完了。

今天早晨，管委会召开专题会研究产业园建设问题，李红必须在9点之前赶到办公室，所以我只能一同前往。

到了沈抚示范区管委会的大楼，放下李红，我们就掉头开往医院。

大约用了50分钟，我们赶到了医院。

大妹燕文告诉我，今天早晨护士给父亲抽了血。她带父亲做彩超时，父亲感觉到左小腿疼痛难忍。大妹扶着他的手臂，感觉他在浑身发抖。我说，可能是B超的探头太凉，触发了他的神经疼。

接过大妹手中的父亲，我让家壮把大妹送到了地铁站，然后返回公司待命。

我让父亲做好准备，护士李梦妮来给他输液。

输液刚刚进行不到10分钟，表妹李小洁打来电话，她已经到了医院楼下，但是被门卫挡在了门外，不允许探视。

接到电话后，我让表妹在门口等待我下楼去处理。

门卫口气坚决地说，现在是疫情防控期间，医院不允许探视。

我说，医生已经下了病危通知书，亲属是从大连专程赶到沈阳来看望老人的。

门卫说，那必须有主治医生的电话和同意才能放行。

我说，你给金熙成主治医生打电话吧，病危通知书是他下的。

门卫拨通了金医生的电话，果然得到了应允，表妹才随我一起上楼。

表妹是带着正在沈阳师范大学读大一的小女儿泉鸣一起来的。表妹带来了从旅顺买来的大樱桃，还有从老家堂妹燕秋大棚里摘下的葡萄。这些水果都带着浓浓的家乡情谊。

家住在旅顺的表妹，高中毕业时在大连工作。和小妹年龄仿佛的表妹住在舅舅家里两年，每天和姐妹们生活在一起，与舅舅的一家人亲密无间。（图18）

表妹和父亲聊了一个多小时，与他家长里短地谈起了家里的琐事，劝说父亲不要着急上火。表妹说，家里的子女都这样关心他、孝顺他，让他多替子女想想，不要让子女为难。

表妹的这些话都是有所指的，她希望父亲能够按照子女的精心安排，颐养天年。

但是，好像父亲并没有把表妹的话听进去，而让表妹替他做一件表妹不愿意做的事情。

图18　表妹小洁带着女儿泉鸣到医院看望父亲

父亲的举动让我想起了电视连续剧《都挺好》中的苏大强。苏大强虽然是一个影视剧当中的主角，但现实生活当中却不乏各种各样的苏大强。

　　两年前《都挺好》播映时，我和妻子一集不落地把这部电视剧看了一遍。平时我们俩几乎是不看电视剧的，但这部电视剧吸引了我们。苏家兄妹三人和父亲苏大强之间的矛盾，其实就是现实生活的真实写照。

　　家家都有一本难念的经，许多家庭都有让子女无奈的苏大强。其实这是一种人间常态。按照佛经上所说的因果轮回，其实就是凡尘中的人生往复。人的一生从呱呱坠地，受到父母双亲的呵护和爱怜，再到父母行将就木时的返老还童。父母早年的付出，在晚年是要得到回报的。这是一个生命周期的轮回。所谓"老小孩"之说，就是让儿女体验一下自己幼年时的行为给父母造成的无奈和麻烦。

　　今天，我和妹妹们正在经受这样的一个轮回考验。

　　表妹来的一个用意，是因为今天是李红的生日，她想替我照顾老父亲，让我回去为李红过生日。但父亲的要求把表妹吓跑了。

　　父亲这两天输液都不顺利，大概是下针时找不到合适的位置，每分钟输液的滴数大大低于标准。正常情况下一个半小时可以输完的一袋儿青霉素药液，他却需要输三个多小时。被迫长时间躺在床上的父亲显得很烦躁，加之他的血管非常脆弱，稍微一动针头就会刺破血管，在手臂上肿起一个血包。今天上午的输液又是如此，当我让护士来重新处理时，父亲拒绝把剩下的青霉素输进去。

　　午后，我安顿父亲睡去，自己也稍歇了一会儿。

　　下午4点，李红打来电话，说她已经买好了生日的饭菜，正在赶往医院。

　　我和父亲正在等待李红时，铁成提前赶到了。因为医院门卫的防疫检查，他被挡在了门外，我只好下楼去接他。

　　铁成是我的内弟，我们相处得非常和谐，亲如兄弟。铁成带来

了四大袋水果，送给老人。(图19)

不久，李红和家壮赶到了医院。他们前脚刚到，学谦后脚也赶到了，他是来给父亲把脉开中药的，同时也来给李红庆祝生日。(图20)

李红准备了非常丰盛的生日宴，把两个床头柜拼在一起，还摆不下买来的饭菜。(图21)

时间已经快到6点了，但是女儿安琪和女婿小洪还没有赶到。因为此时正是下班的高峰期，安琪行车的路线正是堵车集中的路段。

大约20分钟后，人终于聚齐了。一场在老人病房的生日聚会开始了。李红说，这是她人生第一个在病房中度过的生日。这话让我有一种由衷的感动，今天的儿媳能做到这一点，应该说是为数不多的。

图19　铁成到医院看望父亲

图20　铁成和学谦到医院看望父亲

图21　李红准备的生日晚餐

一切都是按照正常的生日仪式举行的。点蜡烛、唱生日歌、吹蜡烛、举杯庆生、拍照留念，一样不少。

一向沉默寡言的父亲并没有显出多么高兴，还是默默地看着大家给他的祝福。

鉴于这里是病房，隔壁又有其他的病号，我们的生日聚会简单而又简短。

望着满地各种各样的水果，我决定把这些水果全部分送给大家，冰箱已经没有空间了，父亲也吃不了这么多的水果。我把水果分成了6等份，让大家带回去分享。

把各位亲友送到楼下，我望着远去的车尾灯，心中有一种不舍的感觉。

猛然间，我抬头看到了天上的圆月。今天是农历五月十六。

一轮满月高挂在天空，清辉洒向人间，医院标识牌上的字清晰可见：中置盛京老年病医院。

2020年的今天，李红的阳历生日和父亲的阴历生日恰好是同一天。儿媳和公公一起过生日，真是巧合。那个生日过得其乐融融，令人难忘。（图22）

今年李红的生日比父亲的生日早了一周。李红原来的安排是把老父亲从养老院接出来，几家亲友聚合在一起过生日。不曾预想，这个生日宴居然改到了医院的病房里。

一周之后的7月2日是父亲的生日，父亲今年的生日是阳历和阴历恰好同一天。

我对天文历法没有研究，不知道这种巧合多少年才有一个轮回！也不知道这种巧合预示着什么？

图22 2020年，李红和父亲恰逢同一天过生日

◎ 2021年6月26日，星期六，大雨，沈阳

七、暴雨连绵的周六

昨天夜里，沈阳下了入夏以来最大的一场暴雨。

昨天晚上，父亲第二次青霉素输液后，由于按压针孔的时间不够，结果形成了一个凸起的血包。他感觉到疼痛难忍，于是我叫来了护士给他用硫酸镁液纱布止痛。为了防止在夜间睡觉的时候不小心弄破这个比保鲜膜还薄的大血包，我给他戴上了一次性塑料手套。（图23）

晚上，大妹打来电话询问父亲的情况。因为一句话，大妹妹给我讲了整整半个小时发生在父亲身上的事情。有些事情我有察觉，有些事情也有耳闻。但是大妹说的更多的事情是我闻所未闻的。大妹妹说得很生气也很激动。我非常理解她的情绪为什么如此激动，这让我想起了《都挺好》中的苏明玉，对于她的父亲苏大强，兄弟姐妹都是没辙的。父亲今天的一些做法也是现实版的苏大强。

夜里父亲起了三次夜，前两次都是我帮助他完成的。第三次他起夜，我完全睡熟了，不知道他是什么时候起来的。

夜里3点多钟，父亲浑身痒得难受，在床上翻来覆去。我被动静惊醒，起身去给他上身涂抹去痒的药膏。（图24）

药膏的止痒疗效让父亲安然入睡了，直到早晨6点他还在酣然大睡。

6点半多，父亲才醒来，我赶紧给他洗漱，争取在护士查房前完成早晨的清理工作。

早饭过后，护士刘佳欣来给父亲输液，我把昨天晚上输液留下的血包展示给她看，让她小心一点儿，尽量找个好一点儿的皮肤下针。

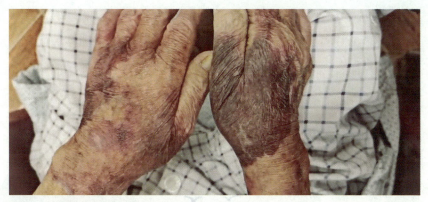

图23　父亲因输液失误造成的血肿

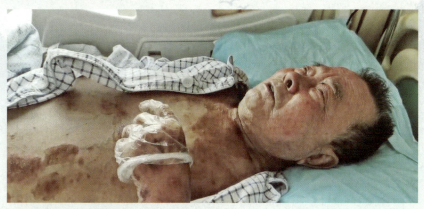

图24　父亲严重的湿疹使他整夜难以入眠

趁着父亲输液休息期间，我给在美国的小妹妹发了语音，把昨晚大妹妹讲的一些事情告诉了她。

俗话说，远来的和尚好念经。因为小妹妹常年在美国，所以她的一些话父亲还是可以听得进去的，无论轻重父亲都可以接受，至于改不改，那是另当别论，最起码父亲不会"选择性失聪"。如果是我和在他身边的大妹妹指出他身上的一些过错，老父亲就会装着听不见，故意装聋作哑，让我们有时候感觉啼笑皆非。

大妹妹10：25到了病房来接班。

大妹妹把我叫到病房外，从一个塑料袋中拿出了家里的两个房产证和三张存单。大妹告诉我，这是父亲让她交给我的。房产证上的户主是父亲的名字，大妹告诉我，父亲要把这个房产过户到我和她的名下。另外三张存单是父亲精心藏匿的，总共有三万块钱。父亲让大妹把这个存单转交给我。

看着眼前的房产证和存单，我的心酸凄然而生。

这是父亲在交代后事！

一个多月前，他积存的十二年大约五六十万元退休金和各种补贴，还有儿女晚辈逢年过节给的十多万元礼金和红包，已经被人不辞而别地取走，只剩下零碎的分毛钱在银行存折上。

如今，他又把仅有的三万块钱拿出来交给我们。父亲成了真正身无分文、孑然一身的老人。

我和大妹说，这些钱和房产将来处理后都归父亲所有，我一分钱也不要。大妹说，这些钱留给老父亲今后住院和养老用吧。

时间不知不觉已经到了中午12点。但是，李红今天在省卫健委的会一直开到中午12点之后才来接我。

回家的路上，李红提出吃顿便饭，到沈阳最有名的老四季去吃一顿久违的鸡架面条。

老四季的餐馆附近停满了就餐的汽车，我们开出去好远，才找到一个停车位。返身走回老四季一看，让我大吃一惊，餐馆里排了很长的队伍等待购买鸡架和面条。这在今天的餐馆里是很难见到的景象。

我们三人仅仅花了60块钱，吃得心满意足。

司机刘家壮的儿子今天是中考头一天，考生的家长都在考场外等孩子。

我们很理解家壮此刻的心情，当车行驶到省实验中学校园大门口时，我们让家壮下了车，陪伴孩子下午考试。

我接过方向盘，冒雨开往养老院。在父亲的房间里，我又收拾了一些他常用的药品和生活用品，准备给他带到病房去。

连绵不断的雨还在下着……

天气预报说，这场雨从25日夜里一直下到30日，屈指一数，整整六天。这样的雨，让我仿佛又回到了重庆那些阴雨连绵的日子。

回到家里车子刚刚停稳，洪涛就打来电话，他正在给父亲送中药的路上，电话询问父亲在哪个病区、哪个病房。

我让家壮把父亲的病区和病房的照片转发给洪涛，又给大妹打了电话，让她下楼去接中药。

父亲的琐事处理完，我才感觉到困意的来袭，于是倒在沙发上酣然大睡。

一觉醒来，发现李红正在打扫家里的卫生。

曾经在日本学习生活过六年的李红，或许是受到日本家庭主妇的影响，对家里的卫生和清洁非常苛刻。她要求每天家里的地面像镜面一样，不能有任何污垢。每天起床都要把寝室和卧具用吸尘器彻底地清理一遍。每逢有客人来访前，她都要做一次大清理。客人走后，她不顾招待客人的劳累，会把客人用过的用品和房间全部清理一遍。

我的同学和战友，还有朋友都有在家里暂住的时候。客人来临之前，她会把卧具清洗干净，把客房收拾得井井有条，让客人有宾至如归的感觉。客人走后，她又会把所有使用过的东西彻底清洗，绝不会让下一位客人用没有清洗过的床单、被罩和床上用品。

其实，在实际生活中，我也是一个比较讲究和爱清洁的人，这是二十年军旅生活养成的好习惯。但是我依然达不到她要求的标准，常常被她批评。时间久了，我也有点儿死猪不怕开水烫的耐力。

生活就是这样的五味杂陈，我也开始逐渐地适应了李红的生活方式。

我们用了一个多小时清理了整个厨房、客厅、卫生间和走廊。

望着铮明瓦亮的地板，我又想起躺在病床上的老父亲，给他通了一个视频电话，让他早点安然入睡……

不知何时，窗外又响起了沉重的雨点声，敲打着已经沉睡的夜色。

◎ 2021年6月27日，星期日，雨，沈阳

八、星期日陪护双亲

今天是星期日，李红不需要到办公室去上班了。

早晨起来，李红把今天的安排告诉了我。上午10点，我们先去政府大院处理一件事情。然后，我们去文安路的万佳宜康养老院看望岳母。此后，我们去医院替换妹妹照看父亲。

今天的早餐吃得很简单。早饭以后，我们冒雨驱车前往政府大院。

此后，我们沿着北陵大街和青年大街一路向南，开到了文安路的万佳宜康养老院。

万佳宜康养老院是李红的朋友赵海林创办的养老机构。岳母在这个养老院已经住了四年多。

岳父是2015年正月初六去世的。原本就有阿尔茨海默病的岳母起初由保姆陪伴独立生活。李红和我，还有弟弟铁成每周轮流几次回去照看岳母。

我们每次回去都给岳母和保姆带些日常的生活用品和蔬菜水果。最初的几个月，岳母和保姆虽然有些小摩擦，但还可以和谐相处。但是，此后两个人的矛盾就开始升级了。

无奈之下，我们只好给岳母换保姆。但是，好景不长，几乎十天半个月，岳母和保姆之间的关系就开始紧张、冷淡、恶化。连续换了几任保姆，结果都是如此。

坦率地说，岳母和保姆之间的不和谐相处，不完全是保姆的责任，也有的是岳母的阿尔茨海默病造成的。岳父在世的时候，对岳母的关照无微不至，可以宽容老人一些不尽如人意的做法，但这是保姆不可能做到的。已经习惯了被岳父百般照顾的岳母，无法忍受

保姆的一些举止行为和做法。儿女在家的时候，保姆可能会容忍老人。但当她们独处的时候，保姆就未必能够容忍岳母的一些说辞，必然会反唇相讥，甚至激烈争吵。受到保姆顶撞的岳母自然是忍受不了，就会怒火中烧，引发心脏的各种宿疾。

为了缓解岳母和保姆之间的矛盾，我们曾经将老人和保姆一起接到家里和我们居住大概一年的时间。但是好景不长，一段时间，我们十天内打了四次120急救。

救护车风驰电掣地开到北部战区总医院、医大一院或辽宁省人民医院。结果在急诊室候诊的时候，岳母就一切恢复正常了，总是让我们虚惊一场。

看来让保姆照顾老人，这种居家养老方式不能继续下去了。李红抱着试试看的想法，到朋友赵海林兴办的养老院去询问如何安排老人养老的问题。

赵海林非常热情地接待了我们，说可以把老人送来住一段时间试一试。如果适应了，就在这里住下；如果不适应，再回家。

虽然这是一个两可的选择，但我们还是很为难。说实话，把老人送到养老院，我们感到是没有尽到孝道；居家养老，保姆和老人之间的矛盾又是难以调和的。

我们怀着忐忑的心情把岳母送到了养老院。想不到的是，岳母在这里住了一个礼拜之后，居然把养老院当成了自己的单位，不再提回家的事儿。

于是，李红给岳母交了一个月的试住费，同时还是做好了随时接老人回家的准备。现在，老人在这里已经住满了四年。

四年里，老人基本没有犯过病，而且血糖、血压、心脏的各种指标都非常稳定。她喜欢这里的生活空间和环境。这里年轻的护理员都是经过专业培训的，他们有爱心、有耐心，还有细心，态度和蔼，服务得体。偶尔老人发脾气，他们懂得如何哄老人高兴。久而久之，老人把养老院当成了自己的家。

老人没有疏离感的一个重要原因，就是李红和铁成每天都要去养老院看望母亲，除非特殊情况，几乎没有轮空的时候。李红给老妈妈唱小时候她教给自己唱的评剧《刘巧儿》《小女婿》等，陪着老妈妈聊天。铁成则和老妈妈做游戏，带着老妈妈做操，逗着老妈开心。有时候，铁成带着海澜和子骏一家人，一起去看望老人家。安琪结婚以后，也经常和小洪去看姥姥。即使在疫情禁止探望期间，李红也争取每天和老人在微信上视频。让老人感觉到时刻都和子女生活在一起，没有疏离感。（图25）

　　老人虽然身居养老院，但我们在精神层面创造了一个老人和家人共处的氛围，让老人家没有寂寞和孤独感。

　　今天，我们给老人带去了自家菜园里产的黄瓜。老妈妈一口气吃了一根鲜嫩的黄瓜，连连竖起大拇指称好。

　　离开岳母的养老院，我们就开车去了医院。

　　李红上楼替换大妹下来。我开车把她送到了沈阳站地铁站，然后绕行南三马路回到了医院。

图25　李红陪同妈妈聊天

因为昨天夜里帮着李红拟了一个汇报提纲，所以睡得很少。李红让我抓紧时间补个觉，她则陪老父亲聊天。（图26）

李红海阔天空地问了许多老家的往事，父亲一字一句地给她讲起了几十年前那些雪藏的陈年旧事。父亲的话语中流露着自豪和兴奋，完全忘记了自己的病痛。

从父亲的回忆看，他的头脑还是非常清晰的，记忆也非常好，甚至连人名和时间也能说得非常清楚，没有任何糊涂和痴呆的迹象。

李红十分耐心，笑盈盈地看着老父亲，像一个热心的倾听者。这是十多年来，父亲头一次和自己的孩子们在一起，这么开心地回忆往事。（图27）

父亲说到开心时，竟然把他一些平时对我们掖着、藏着的小秘密也都告诉了李红。

15：40，护士查燕平来给父亲打点滴。面对父亲两只布满紫癜的双手和胳膊，护士不知道该如何下手，结果第一针还是失败了。我看到护士有些紧张，就对她说，慢慢来，不着急。

第二针果然成功了，父亲说进针没有痛感。

趁着父亲输液的期间，李红又开始了她的工作讨论和调度。

17：50，家壮来到医院接走了李红。我则留下来，陪伴父亲度过今天的夜晚。

图26　李红在病房跟父亲聊天

图27　父亲给李红讲家史

◎ 2021年6月28日，星期一，雨，沈阳

九、首鼠两端的抉择

昨晚的雨，淅淅沥沥地下了一夜。

我是昨天夜里零点才躺下的，直到今天早上5：40才醒来。

这一夜，是父亲入院以来最安稳的一夜。

昨天晚上入睡前，我一边给父亲洗漱、涂抹药膏，一边把我压抑在心中的许多话，一股脑儿地说给了他听。因为父亲又想按照他的意愿，迫使我去做一些让我无法接受的事情。我实在忍无可忍，只好把自己的真实想法全部都告诉他，让他知道，他的想法是让我们子女无法接受的。作为父亲要有自己的尊严，也要维护子女的尊严。

我的语气很平和，但我的态度很坚决，让他知道我不会接受他的要求，因为按照他的要求去做，会给父亲和子女造成无法解脱的困扰和难堪。

我滔滔不绝一口气讲了半个多小时，父亲显得很平静，没有任何反驳和不高兴的样子。显然他知道我的态度很坚决，是不会按照他的要求去做的。

我把父亲全身上下清洗干净，又给他涂抹了治疗湿疹和止痒的药膏，他就静悄悄地入睡了。

看着父亲已经入睡，我走出病房来到医院的走廊，续写今天的陪护日记。

昨天晚上，是我陪护父亲住院以来最安稳的一夜。从午夜之后，我一直睡到早上4：50。夜里父亲没有叫醒我，我也没有被惊动过。

但是，早上醒来时，我从尿壶里的尿量推测，他夜里大约独自

起来三到四次。为了让我能够得到休息，他还是尽力去做自己力所能及的事情。

我翻身下床，去卫生间洗漱了一下，走出病房。医院的走廊一片寂静，长长的走廊，只有屋顶灯光投射下的光影，走廊的尽头是一间手术室。我沿着长长的走廊走了一圈，回到病房，父亲依然还在睡觉。

外面的雨，还在淅淅沥沥地下着……

早餐时间，我和父亲开诚布公地谈了整整一顿饭的时间。

我问他，昨天晚上我和他说的话，他生不生气。

他说不生气。

接着，父亲当着我的面，头一次把他的想法告诉了我，我才知道他心里的真实想法。俗话说"知父莫若子"，其实，即使是生活在同一个屋檐下的两代人，父子二人也是在不同的精神空间中生存的。

早餐刚过，金星主任就带着皮肤科的杨春光主任和眼科的侯卫红主任来给父亲会诊。他们仔细地检查了父亲的眼睛和身上的皮肤。（图28）

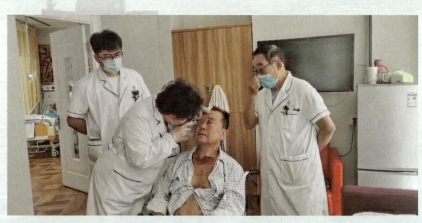

图28　眼科侯卫红主任在给父亲检查眼底

杨春光主任建议，明天手术将父亲背后的一个痦子和一个黑色素瘤切除，做病理检查。

侯卫红主任则建议，父亲到眼科诊室做进一步的检查。

金星主任安排金熙成医生陪同我们一起下楼，去侯卫红主任的诊室做眼底检查。（图29）

图29　专家主任给父亲会诊

8:53，我们到了负一楼给父亲做彩超眼底静脉血管检查。

9:28，我们从彩超室出来回到了病房。这时，我发现一条血流从父亲的左眼角流向了眼窝。

原来是在做彩超的过程中，由于耦合剂的浸泡和探头的摩擦，将父亲眼角的一个刚刚结痂的伤口擦破了。

我赶紧让护士李梦妮给父亲做消毒处理。

小李拿着碘伏和棉球棒仔细地擦拭着创口。但是，破损的伤口却血流不止。小李总共用了5个棉签都沾满了鲜血，还是没有止住。

父亲的凝血机制太差了！

9:30，大妹燕文就来接班了。她从家里带来了给父亲做好的芸豆炖排骨和米饭，想给父亲改善一下伙食。

不一会儿，护士李梦妮推着护理车来给父亲输液。

10点刚过，金熙成医生就带着手术通知单来到了病房，向我讲述了给父亲做皮肤手术可能发生的几种危险的情况，要求我在手术通知单上签字。

鉴于父亲刚才眼角创口血流不止的情况，我和大妹商量了一下，决定这个手术不做了。因为这个手术的部位恰恰在父亲背部最承重的地方。如果手术后血流不止，或长期不愈合，那必然会产生非常严重的后果。现在，父亲身后的这个瘊子和黑色素瘤没有任何的不适感觉。如果给他做了手术，可能适得其反，让他承受更大的痛苦。

11：25，护士长周慧凌请来了护理部主任吴靖查看父亲因为输液留下的紫癜。她建议，在父亲的颈部埋一个可以重复使用的输液针头，以避免每天上、下午两针输液对皮肤和血管造成的损害。我和父亲都接受了这个建议。

中午11：40，家壮来到医院接我返回家里休息。

返回的途中，我们又去了一次养老院。因为爸爸房间的冰箱还有一些治疗病毒性角膜炎的眼药水。

今天上午，专家检查眼睛以后，给开了八种口服药和眼药。其中的几种眼药，我们还有剩余没有用完，所以就谢绝了开新药。

回家的路上，我把决定父亲明天不做割除皮肤瘊子和黑色素瘤的消息告诉了在美国的妹妹。结果引起了一场讨论。因为二妹在美国做了将近20年的营养师，所以对医疗方面有比较多的了解，她上网查了黑色素瘤可能癌变，如果不及时处理掉，就可能产生不良的后果。这样围绕着要不要做手术的问题，各抒己见，各说各理。一时不知如何是好的争论，最后还是统一了意见，不做为上策。

我的理由是，父亲已经90多岁了，他身体的机能在全面退化，因此癌变的可能性也极小。即便是有癌变的可能，也有一个发展的过程，需要几年的时间。这几年的存活时间，对于一个90多岁的老人，也足矣了。没有必要让老人接受手术的痛苦。

回到家里，我赶快洗了一个澡，吃了两块饼干，喝了几口凉开水就睡着了……

刚刚进入蒙眬状态，电话铃声响了。

大妹妹告诉我，医生送来家属签字的通知单，要求给父亲输自费的曲克芦丁注射剂。大妹妹问这种药多少钱，医生回答说一毛多。大妹妹对这么便宜的注射剂是否有效感到不知如何是好。

我稍微清醒了一下说，告诉医生就不要打了。因为父亲现在的皮肤和抗凝都非常差。他本来对每天上、下午的两次输液都感到厌恶，现在又要增加一次输液，除了再挨一针之外，父亲又要被迫在床上多躺两个小时，这会使年迈体衰的他感到非常不适。

这个信息，通过微信很快传到了美国。二妹也迅速表态拒绝注射。大妹妹只好委婉地告诉医生，这个曲克芦丁注射液不需要了。

在医院里，医生和病人是站在不同的立场和角度非对称去思考问题的。病人的家属面对医生的医嘱和患者的病痛，往往是首鼠两端，不知如何抉择。拒绝，是一个难以启齿的词汇；但是，面对父亲这样一个行将就木、浑身上下千疮百孔的老人，我们只能说：不！

今天晚餐，我给李红做了一顿高粱米水饭，吃的全是自家园子里生产的绿色蔬菜——黄瓜、辣椒、茄子、蒜苗。一顿清淡简单的家常便饭，李红吃得心满意足。她感觉，这些从地里直接进到嘴里的新鲜蔬菜比丰盛的满汉全席还要可口。

其实，生活就是这样，换个频道就是完全不同的感觉！

◎ 2021年6月29日，星期二，阴，雨，沈阳

十、陪护的是生命的质量

早晨不到6点，李红就醒了。今天，她要向视察项目工地的领导做个工作汇报，心里有点儿小忐忑，她希望自己出彩不出错。

她让我帮她再捋一遍汇报的思路。她是个完美主义者，希望把自己负责管理的工作做得尽善尽美。

打开手机，看见大妹发来的视频，说父亲昨天晚上睡得很好。

早饭之后，我随同李红的车一起去了办公室施工现场。尔后，家壮送我去医院替换大妹。

路上，汽车的电子显示屏提示，后轮的刹车片需要马上换了。刹车是行车安全的保障。我让家壮把我送到医院后，立刻去修理厂更换刹车片。

来到病房，大妹妹向我交代昨天给父亲开来的各种眼药的上法。

我抬头看见冰箱上放着大小高矮各种型号不同的眼药瓶和药盒，下面是一张医生写的上眼药顺序的医嘱。

我把父亲现在用的药都拿出来，摆在了冰箱上，数一数，一共19种。为了更准确，我又重新一个一个地点一下，确定就是19种！（图30）

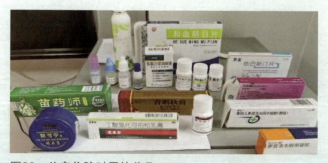

图30 父亲住院时用的药品

这还不包括父亲注射的青霉素，外敷的硫酸镁液，还有二妹从美国寄来的维生素B族、鱼油、骨痛宁和钙片。

　　曾几何时，大约十五年前，父亲还是从来没有进过医院的人。父亲一向自诩的就是，自己年轻的时候几乎没有去过工厂的卫生所，没有三高，更没有一般老年人的常见病。

　　父亲年轻时从事的是重体力劳动，在耐火厂的压力机车间做工，每天工作八个小时，站在齐腰深的压力机坑底，每个班次要搬动三吨半左右的耐火砖。下班之后，父亲还要挑水浇菜园做农活。

　　还在上小学的时候，我曾经到父亲的工厂去过，也到了父亲的车间。在我的记忆里，那个车间的厂房很高大阴暗。走进车间的时候，需要几分钟的时间来适应室内外光线造成的视觉差。透过车间顶部的天窗射下来的光柱可以看见浓密的灰尘在空气中滚动。车间里充斥着压力机工作时沉闷有力的轰鸣声。走进父亲的工作区，能够感到沉重的压力机每一次压制耐火砖时引起的地面抖动。迄今为止，我还能记得父亲站在压力机机坑里工作时的情景和形象。

　　父亲的一生没有什么爱好，酒不喝一口，烟不抽一根，只有一个爱好，就是干活。

　　父亲在工厂的时候，年年都是先进生产者，多年下来得到的奖状，屋里的墙上都贴不下，每逢搬家，父亲就把多年的奖状认真地用塑料薄膜包好，铺在床底下，给自己垫底。每天夜晚，躺在自己的功劳簿上，心满意足，安然入眠……

　　父亲虽然吃的粗茶淡饭，但都是自家种的新鲜蔬菜，加之勤劳好动，所以，父亲身体一直都很健壮。在我们的记忆中，父亲从来没有住过院。

　　父亲退休以后，还修了十多年的自行车，起早贪黑，严寒酷暑，蹲在地下修车，给腰腿落下了疾病，身上的其他主要零件都是蛮好的。

　　回想着父亲的以往，看着眼前这些药品，心中不禁感慨万分。

父亲自从2013年得了肺栓塞之后，因为药物过敏又得了非常严重的湿疹病，这两种病需要长期服用华法林和激素，给父亲造成了严重的后遗症。华法林使父亲的凝血机制非常差，稍微一碰，身上就会产生出血点，形成紫癜。而激素让他形成了满月脸，此外，不加控制的饮食，让他胖得大腹便便，完全没有了健康老人的体型。（图31）

为了治疗湿疹造成的奇痒，我四处寻医问药，从各种广告中给他挑选了几种药膏，但这些药膏只能够暂时止痒，中药和西药都不能根除。

后来，父亲两只眼睛又得了白内障。我们请了省内最好的眼科医生张劲松教授给父亲做了晶体移植和白内障摘除手术。2019年7月4日，第一次做了父亲左眼的复明手术。第2天（7月5日）又做了第二次右眼的复明手术。术后复明的效果非常好，父亲非常开心，因为他又可以坐在电视机前看他喜欢的体育节目了。前不久，父亲因为一件意外的麻烦，着急上火，眼睛又得了严重的病毒性角膜炎，本来已经恢复视力的右眼几乎失明。后来经过医大眼科医院的治疗，眼疾开始逐渐好转。（图32、图33）

图31　父亲已经没有了健康老人的体型

图32　送父亲做复明手术

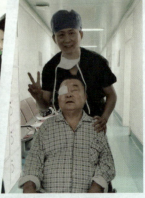
图33　张劲松院长为父亲做白内障复明手术

这次住院则是因为双腿深静脉栓塞造成的严重肿胀。

入院检查会诊后，湿疹和病毒性角膜炎也一并被纳入了治疗的范围。

治疗眼睛的滴药有：左氧氟沙星滴眼液（每天三次，一次一滴）、溴芬酸钠滴眼液（叙清）、阿昔洛韦滴眼液、氧氟沙星滴眼液、更昔洛韦眼用凝胶（丽科明）、重组牛碱性成纤维细胞生长因子滴眼液。（图34）

俗话说，是药三分毒。在这些药物的综合作用下，治疗的病症可能会减轻或者消除，但潜在的和诱发的疾病或许正在不知不觉中产生。面对父亲的药物治疗，我陷入了二律背反的旋涡中难以自拔。治与不治都对，也都不对。

从护理方面说，面对一个危重病人或者失能的老人，也不是一件轻而易举的事情。

父亲虽不是失能老人，但也是半失能状态。自己能完全独立做的事情已经不多了。所以，从早到晚的24小时基本是没有精神放松的时间。除了打针、换床单这些护士完成的事情之外，其他的事情都是要靠陪护来完成的。

清晨起来，要先给父亲从头到脚清洗一下。因为白天会有医生查房，专家会诊，护士输液。必须保证老人的身体是清洁的，身上没有味道。

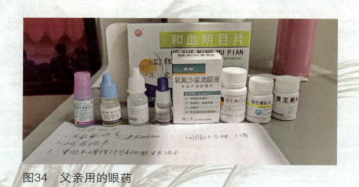

图34　父亲用的眼药

早晨清洁之后，要给老人打饭，伺候吃饭，收拾残局。

　　此后，就开始了一天的治疗。父亲用过早餐，半个小时之后要喝中药，吃西药螺内酯片、艾多沙班（里先安）、3/4的依巴斯汀片、维生素C片、维生素B₁片、维生素B₁₂片和血明目片。白天，要给他的湿疹抹青鹏软膏，这是一种藏药。晚上，要给他涂抹丁酸氢化可的松乳膏（尤卓尔），重组人表皮生长因子凝胶（酵母），这种简称叫作"易孚"的凝胶又是隔天敷用的药膏。

　　每天上、下午，还有可能要送父亲去做各种仪器的检查，比如超声波、心电图，还有双源CT等。

　　下午和晚上的用餐前后，要安排父亲洗手刷牙。此外，还有每天喝水、吃水果等治疗之外的事情。

　　到了晚上，父亲睡觉之前要带他去厕所，回来以后给他清理身子、擦药膏，然后，才能安顿他睡觉。

　　从晚上10点入睡到第二天早晨5点起床，父亲大概要起夜4～5次。

　　夜里，可能因为瘙痒还要起来1～2次给他涂抹苗药师和裂可宁药膏或是二妹从美国寄来的芦荟膏等。

　　这些都是每天例行要做的事情，此外还有许多无法预测和临时发生的事情。

　　总而言之，一天的时间是在紧张和不安中度过的。

　　晚上的睡眠基本是在半睡半醒之间，因为不敢睡得太死，老人随时都可能起身，要防止他坠床、跌倒，因为老人现在是处于高风险状态。

　　因为有陪护母亲、岳父临终前的经历和陪护父亲重病住院的两次感受，我懂得了陪护的真正意义：

　　陪护不是生命时间的长度，陪护的是生命最后的质量。

◎ 2021年6月30日，星期三，雨，沈阳

十一、在忙碌中等待

昨晚李红下班很晚，直到7点半多才离开办公室，到家已经8点多了。

8：20，我给李红打电话，问她吃饭没有，她告诉我家里的厨房下水管堵了，流了一地的水。她把下水管道卸开，里面涌出了一坨泥，脏水流了一地。她正在清理厨房的地面，还没有吃饭。

今天早上我们走得太急，来不及刷碗，就把碗泡在水池中，想不到囤积的水惹了祸。下水道里的泥坨，应该是这一段时间从菜园里拔出来的菜在清洗时逐渐积聚的。从表面来看，这些泥都顺水流走了，其实是堆积在下水道的弯管处。正是这些泥堵住了下水，才发生这样难堪的场面。

让劳累了一天的李红回家收拾这样的残局，到现在还没有吃饭，我心里感觉到非常愧疚和难受。

8：24，李红给我发了一张图片，这是她的晚餐，只有几根面条和西红柿残汤。

图片下面是她留给我40多秒钟的一段语音。她语气轻松，乐乐呵呵地跟我说，她都处理好了，以后注意不要把洗菜的泥流进下水道里。她让我告诉父亲说："你看看李红到底能干不能干？"

昨晚8点半，我开始给父亲清洗、整理和涂药，然后安顿他睡觉了。

昨晚，虽然睡得早，但我睡得并不好，半夜起来两次，看见父亲似睡非睡，还比较安静。午夜2点以后，我一直睡到了早上5点多一点儿。

看见父亲已经醒了，我就问他，昨晚睡得如何。

他说还行。

看一下尿壶里的尿量，只有200CC，觉得他夜里好像起得少。父亲说，他去了一次厕所。

今天要做入院十天以来的第三次双腿深动静脉彩超和第三次抽血化验。

我仔细地给父亲清理了全身，把昨晚刚换上的短裤又重新换了。因为早晨要做大腿深静脉彩超，不能让老人身上有一点味道。

父亲自己要求刮胡子，这是他每天的例行公事。虽然他不能外出，整天只宅在家里，但是保持个人卫生一直是他的良好习惯。（图35）

父亲每天早晨起来要刷牙，一天三餐之后也要坚持刷牙。

前几天，父亲因为卧床便秘。这两天让他多吃一些水果，昨天大便了三次，还有一次拉在短裤上。

我在厕所外面等的时间比较长，觉得里边应该有事儿，打开门一看，果然父亲自己把短裤脱了。

赶紧给他擦了屁股，又换了一条新短裤，把他送回房间，马上把短裤洗干净晾上。

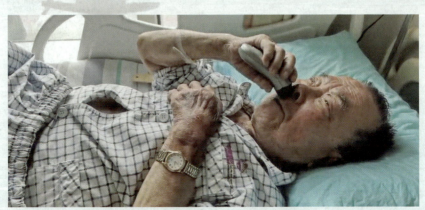

图35　父亲在病床上也要保持仪容整洁

早上6:18，护士温晴就来抽血。她说，父亲的胳膊找不着好的地方可以下针。抽血之后按压了五分钟，针眼儿还在渗血。护士只好重新给他换一个消毒贴，结果轻轻一拉，皮肤就撕破了。护士无奈地说，皮肤的弹性太差了。

8点整，金星主任带了两位医生来查房。金主任说，今天的彩超检查是为明天齐国先院长来会诊做准备的。

八年前，父亲的肺栓塞手术就是在齐国先院长做主任的中国医大一院心内科做的。这次父亲住院治疗后，田文主任又给齐院长打了电话汇报了父亲现在的情况。明天，齐院长要亲自到病房给父亲会诊。

8:15，我带父亲到负一楼去做彩超。彩超整整做了37分钟，医生非常仔细地从大腿根一直查到脚背。

父亲躺在床上，刚开始的表情还比较平静，到后来就满脸痛苦。在影像检查中，彩超是无创、无痛检查。父亲却显得非常痛苦。检查完后，我问他为什么这样，他说他那条腿酸胀，非常难受。（图36）

这话对于一个正常人来讲是难以置信的。但是，我非常理解，因为当年我因为颈椎压迫神经根有过类似的体会。

医生检查完告诉我，父亲的大腿动脉有斑块，小腿有比较严重的静脉炎。他对自己的诊

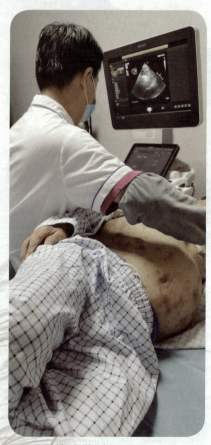

图36　父亲在做B超

断不敢肯定，所以准备让科主任再给确认一下。医生让助手留下了我的手机号码，让我回房间等待。

回房间的路上，我遇到了金星主任。我告诉他说父亲的彩超做完了，但是还需要科主任给确认一下。金星主任告诉我说彩超科主任是这方面的权威，她的水平很高，让她做一下更准确。

8：57，护士李梦妮带着她的助手一起来给父亲输液。她们从左手一直检查到右手，好不容易找到了一个下针的地方。（图37）

图37 护士们在商量从哪儿下针输液

小李的技术不错，每次扎针父亲都说下针不疼。这次在父亲不知不觉间输液针头下完了。

当父亲知道针头已经扎好，开始输液的时候，他居然笑了，说一点儿都不疼。

10：10大妹来接班，我向她详细交代了今天和明天的相关事项。

随后，我和家壮前往中山路和苏州街交会处的老杨家熟食店购买明天聚餐的熟食。

明天，是我们省政协几个老朋友每年例行在家里聚会的日子。但今年的情况比较特殊，父亲在医院住院，凤羽兄曾经给我来电话，建议取消今年的活动，但我还是坚持按既定的承诺去操办。

当我在长长的购买队伍中排队时，高大姐打了电话告诉我，明天参加聚会的每人带一份自家的拿手菜，让我不要准备太多的东西。我告诉大姐，我正在买沈阳最好吃的老字号的熟食。大姐听了非常感动。

接着，我们又去了文化路一方广场的家乐福买了饮料等食品，又去了沈北的鑫大刚超市买了水果。

所有的采购任务完成后是下午1：43，把所有的事情安顿好已经是2：20。

其实，从离开医院到现在的这段时间内，我的听觉神经一直处在高度警觉的状态，因为彩超室的医生告诉我，他要打电话通知我，彩超科的主任给父亲进一步确诊，但是直到现在也没有一点儿消息。

在等待中，我洗了一个澡，又吃了一块饼干。坐在沙发上，我竟然不知不觉地睡着了。

我醒来时已经是傍晚5：27了。

打开手机一看，大妹发来视频，父亲已经去做了彩超的复查，是主治医生直接到病房把父亲带去做的彩超，没有打电话通知我。

看了这个信息，我才了却了一份心事。

心随事转，明天的聚会又上心头……

◎　2021年7月1日，星期四，多云，沈阳

十二、不平凡的聚会

　　昨夜的睡眠不好。午夜前睡下，凌晨4点多钟就醒了。

　　时辰还早，却怎么也睡不着，脑子里想着今天准备聚会的相关事情。越想人越清醒，索性起床了，拿起手机一看才5：02。

　　来到院子里，发现凉亭昨天一夜又落了些枯叶，清除了败叶，开始布置聚会的用具。

　　早上7：30打开电视，央视正在直播天安门广场的"七一"庆祝建党100周年大会实况。

　　时间不允许我驻足或者坐下来看电视直播，只能把电视的声音调得大一点儿，边干活边听"广播"。

　　上午10点刚过，凤羽兄打来电话说，他和高大姐已经到了，但是走错了小区。于是，我放下了手中的活，到小区外去迎接他们。

　　我们刚刚进了院儿，淑珍大姐随后就到了。

　　大家一边喝茶，一边聊天，述说着观看今天电视直播的感受，随后春晓和大伟兄也先后到达，只有白老弟因为参加学校的活动，接近12点才到达。

　　大家齐聚一堂，开怀畅饮，其乐融融。不知不觉这场聚会一直持续到下午3：10。午后的阳光，透过绿篱散落下斑驳陆离的光影，投射到凉亭里的方桌上，也随着阵阵微风在蛋糕的雕花上轻轻地掠动。今天早上，春晓兄特意去取回预订的一个生日蛋糕送给大家分享，其意味深长，不言自明。聚会的最后，在众人瞩目下，凤羽兄笑逐颜开地切分着蛋糕，让每个人分享着这个特殊生日的礼物。大家都觉得今天这场聚会意义不同，意犹未尽。高大姐建议今天的聚会到此结束。

吩咐家壮把高大姐一行送回家。我们赶紧收拾清洗餐具，打扫卫生，等待家壮的返回。

大妹从医院打来电话，说社区通知她今天要去登记，明天打第一针疫苗。

因为家壮还有一个小时才能返回，所以大妹先离开，让老父亲在床上休息。

4：30，我和李红从家里出发直奔医院。5：50，我们到达了医院。

推开病房的门，发现父亲正在拿着一个药盒，要去垫电冰箱的底座，因为他觉得这个冰箱不平，来回摇摆。

这就是一个病情稍微好一点儿就要找活儿干的老父亲。

我赶忙接过他的药盒把冰箱垫好，他看了看，笑着说这下就好了。

我和李红赶快给父亲拿出从家里带的饺子、牛肉和猪蹄，让父亲吃晚饭。他告诉我们，他从冰箱里拿了两块蛋黄酥，当作晚饭吃了。

送来的晚饭，父亲只吃了两个饺子。

李红把绑在老父亲腿上的硫酸镁纱布清理干净后，就赶往万佳宜康养老院去看望老妈。

大约一个小时以后，她在视频里发来了给岳母剪发的照片，经过梳理的岳母显得精神多了。

安顿父亲把今天的中药和西药服下去以后，我拿起手机，爬楼看了一下大妹昨天发到群里的视频和信息。

原来，昨天下午我一直在等待的电话，因为彩超室的医生记错了我的手机号码，没有打通。所以就直接找值班医生让父亲去重新做彩超了。

因为第二天上午，齐院长要查房会诊，所以他们的彩超做得非常认真。

今天上午10：30，齐院长如约到病房给父亲会诊。他仔细地查看了父亲身体上的湿疹和紫癜，询问了用药的情况，认真对比了最近两次彩超的结果，提出父亲不再输青霉素，将抗凝的艾多沙班改为利伐沙班（1.5片/天），同时增加头孢克肟胶囊（达力芬），每日两次，一次一片。

按照我的叮嘱，大妹把父亲重做彩超和齐院长来会诊的实况录制下来，转告家人。

没有想到，这引起了医护人员的误会，以为家属是在录视频作证据，居然让院长给李红打来电话追问此事。

李红向院长做了解释，这完全是一个误解。家里的两代人中一半在美国生活学习。这次医院给父亲下了病危通知书，他们都心急如焚，因为疫情不能回国，又因为彼此两地有十二个小时以上的时差，所以在群里发一个视频或者照片，就可以让万里之遥的家人及时了解父亲治疗的情况。同时，因为疫情防控期间医院不让探视，家里的亲属也不能来医院探视，利用微信的传递功能就能化解这些担心、挂念和困惑。所以，我们一直用这种方式记录老父亲的医疗过程，并及时转发告知亲友放心，而没有医护人员误解的那种用意。

因为大妹下周必须返回大连，迎接领导检查非遗传承教学工作，所以陪护就落在了我一个人身上。

李红非常担忧我的身体这样持续熬下去会出问题，就给养老院的丁经理打了电话请求援助。

少顷，丁经理就给了回复，询问何时派人到医院来帮助陪护老父亲。

又一个困扰老父亲陪护的问题化解了。

十三、九十岁生日忆往昔（一）

今天，是父亲90周岁的生日。

从昨天开始起，父亲不再输液了，他感觉解放了。

早上8点，护士长周慧凌带着护士们来查房，当着小护士的面，我给大家解释了为什么在她们护理老父亲时拍视频和照片。拍视频的目的并不是为了医疗事故取证，而是为了给远在美国的亲人及时传递老人住院治疗的信息。护士们听了都嫣然一笑，好像放下了包袱似的。

早上8点30分，护士来给父亲的双腿敷上硫酸镁液纱布以后，他就睡着了，而且睡得很沉稳、安静。

10：30，虎子从美国给爷爷发来祝福生日的语音视频，我怕影响父亲休息，赶紧起身去隔壁和虎子通了话。

父亲这一觉睡到将近11点。这是他入院以来从来没有过的。父亲醒来以后，精神很好。

11：20，我出去给父亲买午饭。

午饭之后，我坐下来和父亲开始聊天儿。

话题是从父亲的生日开始说起。今天是父亲的生日，可巧的是阴历和阳历都在同一天。（图38）

父亲的身份证上的生日是1926年7月2日，按照这个算法，父亲今年是95周岁。因为我们从小就知道父亲属虎，直到母亲去世以后，才知道父亲属羊，不是1926年生人，而是1931年生的。

父亲的生日以往都是按照农历（五月二十三）去过的。我按照万年历去倒推，查实父亲出生的那一天是1931年7月8日，农历五月二十三（小暑）。

图38　在病房给父亲过生日

　　诗人杜甫在《曲江二首》中有"酒债寻常行处有，人生七十古来稀"的诗句。

　　父亲九十岁的人生，可以折合成32867天。这3万多天总可以折成他人生的几个篇章。

　　我从父亲的出生跟他聊起。有些事情可以勾起我幼年朦胧的记忆。

　　父亲说，他出生在老家刚刚落成的新房子里。父亲出生的房子也是我的诞生地。这个老宅至今还在熊岳九垄地联合村，二爷的老儿子居住在那里。

　　父亲说，为了盖这个新房子，他的爷爷卖掉了两天地。天是旧时东北地区农村计算土地面积的俗称。一天地等于两垧，一垧折合15亩地，两天地就是60亩。

　　这座新房子成为家道中落的起点。因为借的高利贷，利滚利，父亲的爷爷又赔进了一天地，同时，还把家里的两个骡子和一辆大车也卖了还债，还解雇了一个姓车的伙计。

　　父亲的父亲从16岁就开始接管家业。父亲9岁才开始上小学，在村里念了一年之后，小学就迁到了邻村的厢蓝旗村。因为同族有一位亲属在熊岳城教育局任职，一年以后，这个小学又迁回了本村（旧称"号房"）。一个小学这么搬来搬去地折腾，迁回本村的小学一时不能备齐课桌和椅子。于是，父亲和另外六名小学生就到老师的家里上课，父亲说当时叫上私馆，不叫上学。勉勉强强父亲算上了三年学。

在今天，12岁的孩子是父母的掌中宝。但在那个时候，12岁的孩子在爷爷的眼里是好劳力。春种夏耘，秋收冬藏，一年四季，父亲成了家里必不可少的壮劳力。为了让自家的生活富足，爷爷除了让父亲干自己家里15亩地的农活之外，还承揽了另外三户人家的一些农活。

三天打鱼、两天晒网的上学和无休无止的农活让父亲渐渐跟不上学习的进度，失去了继续上学的兴趣。

于是，从14岁开始，父亲成了家里的车老板。父亲说，他每年冬天到城里去卖菜，凌晨3点钟就起床，装满一车白菜送到熊岳城里。从本村到熊岳城大约有7.5千米，要途经大小三道河流。当时的熊岳河没有大桥。父亲只能赶着车横渡河道。夏天遇到汛期，河水往往都漫过了车辕。年少的父亲过河时，吓得心惊肉跳，浑身发抖，但还是得硬着头皮往前赶。

父亲说，因为早晨起得太早，有一次，他坐在车辕上居然睡着了。老马识途，每天都走同样路线的一头骡子在无人驾驭的情况下，居然安全地走到了平常卖菜的地方。父亲猛然醒来，发现赶车的鞭子丢了。他惊慌失措，不知自己身在何处了。幸好父亲的二叔赶到了，把父亲从懵懂中唤醒。父亲在提心吊胆里度过了四年的时光。

18岁，到了男孩子谈婚论嫁的年龄。一位同村的远房亲戚做了媒人。

姥爷兄弟六人，排行老四。每个兄弟都有待字闺中的女儿。姥爷家三个女儿，还有两个儿子，母亲在女儿里排行老三。媒人说，老赫（姥爷姓赫）家一群女儿中，母亲是唯一一个家里家外和针线活儿都拿得出手的。媒人认定，要找一个比父亲年长四岁的媳妇。

图39 父亲的结婚照

图40 母亲的结婚照

　　这桩亲事正合爷爷的心意。因为此时爷爷已经在家里雇了四个长工耕种土改后分来和此后买来的田地，找一个大媳妇进门就可以干活儿。这是爷爷求之不得的事，就这样，父亲在1948年闰七月的初八同母亲结婚了。（图39、图40）

　　婚后的母亲成了家里的壮劳力，是爷爷最有力的帮手。正值壮年的四个长工干起农活儿都不及母亲，母亲的农活儿干得又快又好。

　　当时爷爷和他的兄弟没有分家，两家人在同一个锅里吃饭。父亲的叔叔小爷爷两岁，14岁就到熊岳城里当伙计，后来跑到了哈尔滨的呼兰区谋生。年轻时的二爷英俊帅气，识文断字，写得一手好书法，又有绘画的天赋。不久，就在招募警察时谋得了一个职务。1945年日本投降后，伪满洲国覆亡，二爷跑到了关内的石家庄谋生。一年以后，二爷的大儿子出生，漂泊流浪、居无定所，迫于无奈，二爷回到了故乡。

　　从小没有干过农活儿的二爷，对爷爷精通的农活完全是外行。此时的母亲成了整个大家庭的主妇。上一辈人有父亲的爷爷奶奶和父母，父亲这一辈是两家兄弟姐妹十几个孩子。上有老，下有小，母亲对内要照顾这一大家子人吃喝拉撒，对外要起早贪黑下田劳作，还要应酬乡村的各种指派事务。

1950年父亲离开故乡，到大连独闯天下。

起初，他在寺儿沟的油脂化工厂做工。父亲说，榨油的车间常年要保持不低于28℃的温度，这样的温度出油率才高。50斤一块的豆饼，一次要扛6块，300斤重。还要把30块豆饼摞成一摞，高度几乎顶到了屋顶。这种繁重的体力劳动，父亲居然成了车间里的主力。一些年龄大的老工人因为体力不支，往往把计件的活儿让给父亲干。为了能够多挣钱，父亲往往下班以后，经常被别人找去替班。父亲说，他曾经连续干过24个小时。

本来初到工厂只能拿4级工工资的父亲，每月都能拿到7级工的薪酬，仅比最高的8级工差了一级。

车间主任非常欣赏这个吃苦耐劳的小青年。他让父亲把户口从老家转到大连。父亲在转户口的过程中，车间主任给父亲多报了5岁，当时也不核对户口，也没有身份证，这5岁就贸然地加上了。

父亲说，在油脂化工厂这4年期间，是他挣钱最多的时候。父亲给自己买了心仪已久的英纳格手表，给上学的叔叔买了自行车，给学裁缝的姑姑买了缝纫机，还给家里买了一架德国的留声机和大量的戏曲唱片。每逢年节，家里的亲属都聚集在爷爷家里听"戏匣子"。

父亲在这段时间留下了一生最帅气、最时髦的照片：笔挺的中山装、时尚的毛衣、有裤线的呢子裤、锃亮的皮鞋，上衣口袋

图41 英姿飒爽的父亲

别着钢笔。那气派完全不像一个农村走出来的打工青年，活脱脱一个工程师的气质。（图41）

母亲晚年卧床不起时，曾经抱怨过，父亲每年回家从来没有给她买过一件像样的衣物，只买过一条围裙。

父亲当年工作的油脂化工厂紧挨着大连港码头，附近的春和街、北斗街、荣民街和学士街一带，集中了四五家油脂化工厂。同行是冤家，优胜劣汰，彼此竞争得非常激烈。

父亲在油脂化工厂工作期间，有一位姓孙的师傅和父亲的关系非常好。父亲经常帮助孙师傅干活儿，孙师傅是朴实忠厚的山东人，非常喜欢这个吃苦能干的东北小伙子。当父亲提出要把母亲接到大连时，孙师傅答应把自家的房子拿出一间租给父亲。1958年，刚刚出生不久的大妹跟着母亲来到了大连，我则习惯了农村和爷爷、奶奶、姑姑、叔叔在一起的生活，继续留在农村，跟爷爷奶奶生活在一起。

后来，孙师傅帮助父亲找到了邻近的一家住房。房主从前是一户有钱的人家，家里养着大车运输拉货，在大连市中心也有房产，这一处房产租给了姓黄和姓王的两户人家。因为房主的出身不好，所以两位租房户都赖着不给房租，在那个年月出身不好的人只能吃哑巴亏。房主无奈只好把房子卖掉。为了置办下这处房产，母亲卖掉了自己结婚时陪嫁的金手镯，又把积攒下的100个鸡蛋卖掉了，凑足的钱买下了于姓老太太的这处房产。

父亲搬进刚刚买到手的这处旧居时，一半的房子被大连钢厂一个王姓的七口之家占住着不走。父亲无奈，两次到大连钢厂的工会协商，最终工厂给了这个王姓人家一套住房，他们才从占据了两年的房子搬走。

至此，身无分文、独闯大连的父亲，经过10多年的打拼，终于有了自己的立足之地，为我们全家人安置了一个自己的家。

父亲完成了他人生的第一个重要阶段——成家。

◎ 2021年7月3日，星期六，阴转雨，沈阳

十四、九十岁生日忆往昔（二）

昨天晚上，我们给父亲过了他90年来头一个西式生日。

大妹买的是一个蛋糕和熟食——猪蹄，这是父亲的最爱。只是父亲在啃猪蹄的时候抱怨，一个猪蹄有32块骨头，净是皮，没有肉。大妹打趣说，老爹，以后买海蜇吃吧，一点儿不糟践，没骨头，全是肉。

李红让家壮买了六份肯德基。安琪又专程从学校赶来送来高档水果。（图42）

这个生日简单，但是充满浓浓的亲情。

图42　李红和安琪在给老人准备生日晚宴

这是父亲有生以来在医院过的第一个，或许是唯一的一个西式生日。

今天我又和父亲唠起了他的从前……

父亲有了属于自己的住所。这个家通信地址我至今还记得：旅大市沙河口区春柳迎春街道4委7组546号。

有了自己的住所，从成家到建家，父母开始了齐心协力建设自己家园的阶段。

1962年，我已经7岁，到了可以入学的年龄。四姑让二叔把我送回大连上学。结果已经习惯了在农村老家生活的我，在叔叔要返

回老家时，居然抱着叔叔的腿不让他走。叔叔无奈又把我带回了老家。

四姑把叔叔数落了一顿，翌日，又把我送回了大连。

小学招收新生入学时，妈妈送我去注册。接收新生的老师说现在入学年龄是满8周岁。我还差一年，需要第二年才能上学。

妈妈不想再和我骨肉分离，所以，就极力劝说老师能够接收我。老师说我年纪小，学习能力还不够。

妈妈说，我认识很多字，100之内的加减法也都会做。老师试探着考了我一下，结果发现我果然认识不少字。经过商量就同意我入学了。

多年以后，我真的感谢母亲当初的执着。如果不是母亲的执着，我的人生轨迹可能和今天就是完全不同的。

因为1972年我中学毕业时（当时是10年一贯制，小学6年，初中和高中共4年），正值知识青年上山下乡的年代。应届毕业生中，除农业户籍的学生以外，城市户籍毕业生都要下放到农村，到广阔天地当中去。结束国民教育以后的我，步入社会的第一站就应该是农村。

没有想到的是，1972年的7月，大连造船厂、大连贝雕厂、大连玻璃制品厂要从应届毕业生中选调一批优秀的学生去工厂生产线的一线岗位，我在入选的名单当中。对当年中学毕业后几乎要全部下乡的毕业生来讲，能够进工厂是求之不得的好事。我们班级54个同学当中，只有4个同学入选，我是其中之一。我是完全可以到工厂去当工人的，这在工人阶级领导一切的那个年代是无上光荣的事情。

就在我心情激动的时刻，班主任杨振序老师把我叫到了办公室。他说，据市教育局的领导说，今年年底可能会恢复招收一批高中毕业生直接考大学，如果我这次招工去工厂，可能将来就没有机会考大学了。但这个消息不确切。如果不恢复高校招生，那么未来只有下乡一条路。如果从保险来讲，还是先去工厂。去工厂还是准备考大学，他让我回家和父母商量一下再定。

老师的话顿时让我感觉到不知所措。去工厂，可能会错过考大学的机遇；不去工厂，如果不恢复高考招生，我只有下乡一条路。这好像是我人生的第一个赌注。

非此即彼，二者必居其一。母亲非常开明地说，你自己选择吧，去工厂或者继续读书，准备考大学都可以。

在那个年代能有这样开明想法的母亲是罕见的。能到工厂，尤其是大连招工的这几个热门工厂是多少人望眼欲穿的渴求。几乎所有的父母都会百分之百地坚持让孩子去工厂。

但是，母亲把选择权给了我。上大学，是我心中的一个梦。虽然，我从小生活在农村，但是，我的上一辈人出了几个大学生。他们是妈妈心中的偶像。

母亲因为从小没有上过学，她时常悔恨这件事情，也抱怨姥爷不供家里的女孩子读书。妈妈因为没有文化，到大连以后几次失去了到医院做护士的机会。这是她一生的遗憾。

为了弥补妈妈的遗憾，我一直把上大学作为自己的人生目标。

经过半天的思考，我告诉老师，放弃招工的名额。

结果，1972年底高校没有恢复招生。所有高中毕业生一律上山下乡。

面对这样的结局，我没有后悔，母亲也没有抱怨。我在班级带头第一个写了下乡的决心书，并且和班里的几个学习比较好的同学组织了一个青年点。父母开始给我准备上山下乡的用品。记得当时给下乡知青发放的物品有一个脸盆、一个草帽，其他的物品都是自己准备的。

我为下乡当知青做好了思想和物质上的所有准备。

就在我准备下乡出发之前，部队应征入伍开始了。1971年，因为"九一三"事件，部队没有招兵，1972年底恢复招兵。但是招兵的条件是年满18周岁的适龄青年。我们班里有六个同学应征入伍。

我不在其中，因为我不满18岁。

机遇又一次与我失之交臂，但我没有任何沮丧的感觉，仍然信心百倍地准备下乡。

就在我做好了一切下乡准备的时候，一个意想不到的机遇到来了。海军某部要在大连招募31个小兵，条件是年龄在18岁以下。

命运又一次发生了奇迹般的逆转，而且是意想不到的，并且是母亲10年前送我上学时就注定的。

因为我的学校大连三中只有一个征兵的名额，符合条件的人很多，所以有关系的人都在通过各种渠道千方百计地竞争这个名额。特别是有部队背景的子弟更是争先恐后。

但是，学校的领导（包括当时的工宣队领导）和我的老师坚持按标准、按最优的条件选送。于是，我有幸于1972年12月15日，通过层层筛选和竞争拿到了入伍通知书，成为一名光荣的中国人民解放军海军战士。

事后证明，我的老师告诉我恢复高考招生的事情并非空穴来风。因为第二年（1973年）就发生了两件震惊全国的事件，一件事是张铁生交白卷事件。另一个事件，就是"黄帅事件"。

1973年的"高考"，是十年动乱中唯一的一次。这次考试中，"白卷英雄"张铁生的出现影响了当年大学招生的路线。

黄帅事件是指1973年12月12日，《北京日报》以《一个小学生的来信和日记摘抄》为题，发表北京市中关村第一小学五年级学生黄帅的来信和日记摘抄，并加了长篇编者按语。根据姚文元的指示，《人民日报》于12月28日全文转载了《一个小学生的来信和日记摘抄》和《北京日报》的编者按语，并再加了编者按语。此后，各地广为传播《人民日报》编者按等材料，在全国中小学掀起一股"破师道尊严""批判修正主义教育路线回潮"的浪潮。

我的大学梦直到1977年恢复高考才得以实现。

我所在的部队大约去了五十几人在北京延庆中学参加77级的首

届考试。最终录取了来自大连的三位同年兵：梁志海、吕宁思和我。

1977年高考录取27.3万人，报名参加考试人数570万，录取率约4.8%。而我们所在的北京考区，因为报考人数多于全国各个省区市，所以录取的比例更低。

"77级"——恢复高考后首届大学生的代称，是中国高等教育史上的一个特殊群体。恢复高考——这一发生在1977年的重大事件，改变了当时全国的人才选拔制度，是国家拨乱反正，向知识、文明回归的标志，是一个国家复兴的拐点。因此，"77级"不单纯是一届大学生的代称，而已经衍变成一个重要的历史符号，成为一个时代的象征。我有幸成为其中之一。

我参加报名考试，从准备到录取，整个过程父母并不知情。直到我入学一周后，才用山东大学的专用信封给他们发去我考入山东大学的信息。

父亲念念不忘当年他接到我从山东大学发给他的家信的情景，给我讲了不知多少遍当时他和工友们见到这封信时的情景。从他的语气中我能体会到父亲当年是多么高兴和自豪。

1982年2月，我大学毕业的那一年，父亲从耐火材料厂退休了。父亲从1955年开始到1982年，整整在耐火材料厂工作了27年。（图43）

1955年，我出生的那一年，父亲从油脂化工厂调到了大连耐火材料厂。当时从油脂

图43　父亲的工作证

化工厂一同调到耐火材料厂的，还有父亲一辈子的好友陈东志和王景行两位师傅。父亲所在的油脂化工厂合并解散时，有的被分配到了大连搪瓷厂，有的被分配到了大连文化教育用品厂。但父亲为了多挣工资，养家糊口，选择了重体力劳动的大连耐火材料厂。

1982年，父亲退休后，先在冶金部疗养院绿化队干了四年。然后，又到大连十三中学基建队干了一年。不论在什么地方，父亲始终保持着不耍滑偷懒、不弄虚作假、不谋公家一分私利的本分，因为拒绝和个别想揩国家油的人同流合污，父亲宁肯选择了辞职。

辞职后的父亲，在离家一公里多的繁华的交通十字路口修了十年自行车。

直到母亲去世后，他才彻底放下了这门手艺。

自从父亲买下属于自己的房产，置下这份家业以后，我们开始了新的生活。

父亲渴望独门独院的田园生活。父亲买下的这个老宅是一个无门无院的破败老房子。

父母首先从建设一个四面合围的院落做起。两米多高的院墙需要大量的石头。父母用了五六年的时间，到处捡石头。父亲利用工厂夜间休息的空档，借了手推车，到四千米远的东海头去捡大小不等的石块儿。那时候，如果路上遇到一块儿石头，我都会顺手捡回家。

就这样日积月累，大约用了五年多的时间，父亲凑足了石料，每天下班以后，开始一尺一丈地砌墙，母亲和我是帮手。大约用了两年的时间，一个封闭的院落建成了。父亲还自己动手做了个大门。

父亲的第一个愿望实现后，就开始琢磨着改建老房子。

那是一座有四五十年历史的老房子。屋顶的瓦有些剥落，下雨时屋里会漏雨。我记得当年下雨的时候，我们经常把脸盆、饭盆端出来，放在漏雨的地方接雨。

房子的墙壁不是砖石结构，而是用木板钉制的。天长日久，木板已经起翘、开裂。木板里面的墙体是用土坯砌成的，经过多年的寒来暑往、风吹日晒，里边的土坯已经开始粉化了。用今天的话说，那是一座危房。

父亲的第二个愿望就是把这个危房重新改建成牢固的、冬暖夏凉的新家。

我记得从那时起，父亲就开始从工厂购买废弃破碎的耐火砖，又买了大量的珍珠岩粉，用于覆盖屋顶以起到绝冷隔热、冬暖夏凉的作用。

这项准备工作大约用了两年的时间。父亲准备盖房子的各种建材，母亲则储备大米、白面和豆油，积攒肉票和豆腐票，准备在工友帮工建房时，给他们做米饭、馒头和有肉的菜品吃。

大约是1965年的7月份，父亲找了七八个工友，用了两天的时间，拆掉了旧房，盖起了新房。记得拆除旧房那天晚上，我们睡在院子里的塑料布上。

这些从来没有盖过房子的门外汉，在没有设计、没有图纸，更没有任何安全措施的情况下，居然在父亲的指挥下把一座崭新的四间房盖完了。

至此，父亲又完成了他人生的第二个重要阶段——建家。

十五、九十岁生日忆往昔（三）

今年入汛以来，沈阳的雨，下得缠绵，持续，且有规律。

昨夜，又是淅淅沥沥、哗哗啦啦的一夜雨。

从目前的天气预报看，到本月17号，每天不是雷雨、阵雨，就是阴。让人搞不明白东北的沈阳为什么成了西南的重庆。

我曾经开玩笑说重庆和沈阳是两个相邻最近的大都市。听这话的人，丈二和尚不解其意地问为什么。

我说重庆的区位电话号码是023，沈阳的区位电话号码是024，这两个城市不是紧挨着吗。

有人问：为什么会这样呢？

这还真是一个谜，为什么天玄地远的两个城市，电话号码居然是相邻的，不知道电信部门分配电话号码的时候是怎么编排的。

至于沈阳今年的天气为什么像重庆……

上海的战友王斌跟我开玩笑说，我把重庆的雨带到了沈阳。这个玩笑开大了，我哪有那么大的能量？

哭天抹泪半个月的老天终于哭累了，黎明之前停止了哭泣，天空虽然没有放晴，但已透亮。

我5：20就起床，直到6：18才把父亲叫醒，用了20分钟时间把父亲全身清洗干净，帮他穿好衣服下床，坐在沙发上看会儿电视。

7：20开始吃早餐。早餐过后，我给家壮打电话，让他把车库里一个迷你打气筒带过来，父亲的轮椅右侧车胎气压不足。

9：26，护士刘佳欣又开始了例行的护理工作。

10：15，李红带着大妹来到了病房，我向大妹交代了一下用药和护理的情况，五分钟以后就离开了病房。

今天是星期日，李红和我去看一个脚踝受伤在家休息的朋友。然后，我们去万佳宜康看望岳母。这是李红几乎每天都要做的一件事情，除非特殊情况，这是她必做的一件心事。

　　岳母入住这个养老院已经四年多了，是这个养老院里唯一几乎每天都有儿女和下一代去看望的老人。老人虽然得了比较严重的阿尔茨海默病，但是看到自己的孩子们来还是非常高兴。（图44）

图44　安琪和小洪给姥姥送花

今天，我们给老人带来了自家产的黄瓜，老人吃得很开心。一边吃着黄瓜，一边竖起大拇指夸我有能耐。平素不敢给老人吃水果，因为她有严重的糖尿病，只能吃含糖量较低的西红柿等几种稀少的水果。黄瓜介于蔬菜和水果之间，含糖量不高，对于老人来讲是安全食品。

昨天是星期六，上午是大妹陪护。中午取消了原来的安排，我和李红匆匆赶到医院，因为友人夫妇要到医院看望老父亲。

大妹告诉我，老父亲现在的病情比较稳定，心情也比较平和，状态比入院时好多了。

我们来到医院时，父亲正在沙发上坐着看体育节目。没有任何体育特长的父亲，这些年迷上了体育频道，天天守着体育节目不换台。我原来以为他只是看热闹，后来才发现他也懂一些体育的比赛规则，并且还能说出些门道，这让我刮目相看。

客人来访时，父亲表现得挺健谈，说出的话也很连贯，很得体。这让人看上去他不像一个90多岁的老人。

晚饭，我给父亲买了一穗鲜嫩的玉米和西红柿炒鸡蛋，他竟然全部吃完了。

吃完饭后，父亲不愿意躺在床上，还是要坐在沙发上看电视。

过了很长时间，父亲说他要自己上厕所。我说，你去吧。

父亲推着轮椅自己出去了。过了一会儿，他推着轮椅回来后，嗫嚅着对我说，给他把裤子换换吧。

我问："怎么了？"

他说："我把裤子尿了。"

我用手一摸，果然裤裆湿漉漉的。我赶忙给他换下裤子，准备拿去洗干净晾干。

不巧，这时手机铃声响了。铁成打来电话说，他和海澜要来看老人。

我说，不用来了，老人现在挺好的。

铁成说，我们已经在路上，再有10分钟就到了。

于是，我抓紧时间给老人清洗一下身子。让他在沙发上坐好，等待客人的来访。

不一会儿，铁成和海澜就到了。铁成进门一看老人的状态，就夸口老人精神如何好，劝慰老人好好配合治疗。

因为海澜明天还有飞往杭州的班次，他们坐半个小时，我就把他们劝走了。（图45）

图45　铁成和海澜到医院看望父亲

铁成夫妇走后，我让父亲上床躺下，给他清洗一下身子，涂上药膏，安顿他早些入睡。

然后，我去卫生间把刚刚换下的裤子和内裤洗干净晾上。

看到父亲已经躺在床上闭上眼睛，我就轻轻地走出门外，到走廊的凳子上续写今天的日记。

昨天夜里，父亲睡得还可以。早上5：30，他起床去厕所后，回来又倒头大睡了。

6：18，我起床给父亲开始今天的清理。一个小时以后，我们开始吃早餐。收拾完餐具，我和父亲又开始聊起了当年……

砌起了围墙，翻新了老房，我们一家有了属于自己的田园。父亲开始雄心勃勃地经营起自己的家园。

房前屋后大约有将近一亩地的园子。三年困难时期，父母曾在远离自己家的地方到处开荒，甚至开到了离家四五千米以外的石门山。这是两块加起来只有十几平方米的贫瘠山地，既没有肥也没有水，记得父亲只在那里种了一茬地瓜就放弃了。后来在家附近开垦的三块菜地也逐渐放弃了，因为自己园子里的菜足够了。

房前屋后的园子里，父亲几乎种了北方所有的家常蔬菜，可以说商店里能买到的菜，我们家里都种。一年四季，我们不去菜店买菜，这对生活在城市的人是不可思议的。

种蔬菜与种大田的最大的区别就是肥和水必须充足。父亲把旱厕里的粪肥进行发酵，自家的肥料不够使，父亲甚至跑到别人家的厕所去淘粪，拌上炉灰和黄土。家的院子里每到冬天都会有一个粪堆。粪堆做成梯形，四边整齐干净，来年春天就把这些粪肥下到地里。

给蔬菜保证充足的水分就成了一大难题。那时只有一个办法，那就是挑水浇园。我大约八九岁的时候就开始跟父亲一起挑水浇菜园。起初，父亲给我找了两个油漆桶作为担水工具。十一二岁以后，我就开始跟父亲一样挑成年人用的水桶。每个水桶大约装40斤水，一副担子能挑80斤水。

父亲那个时候三班倒，他喜欢上夜班，这样白天可以多干些院子里的农活。

那个时候，我们家住在沙河口区的大侯家沟和王家沟的接壤地，是城乡接合部。左邻右舍家里或多或少都有一块菜地。自家种菜，自给自足成了一种风气。但是带来的问题是，每到夏天干旱的时候，各家各户都争先恐后地去我们这个居民区的唯一一口水井去挑水。

几十户人家一起涌到一口水井去挑水，井台上就排起了长长的水桶队伍。这样担一次水，重新排队就要用很长的时间。父亲和我就肩上担一副水桶，手里提一副水桶去排队。这样排一次队就可以打四担水，节省了一半的时间。

那时，父亲下班以后的主要任务就是挑水浇菜园子。"文革"期间，学校一天只上半天的课，我也同父亲一起挑水浇园。后来，父亲为了解决浇地的困难，决心在自己家的院子打一口水井。父亲从四姑的老家请来两位会打井的亲属来帮忙，用了一天的时间就挖了一口6米多深的汲水井，挖到6米多深时遇到了岩石层，为了能够打出更多的地下水，两位亲属在井底向一侧移动了1米5左右的距离，试图躲开岩层，继续深挖下去。母亲坚决制止了这种企图，因为直立的井壁随时可能坍塌，万一发生事故，就会井毁人亡。于是，这口水井打到6米多深就回填沙石封井了。

自从有了自家的水井，挑水的任务减轻了许多。除了大旱的季节，多数时间还是可以利用井水浇地。

父亲把自己的家建成了一个世外桃源。我离开家以后，父亲还在院子里养了羊，养了猪。父亲告诉我那只羊有一个怪脾气，特别喜欢顶人，母亲每次去喂羊手里都要拿一个小棍棍，防止被羊顶倒。全家人都嫌弃羊奶的味道膻，把羊奶掺到猪食饲料里给猪吃，这在今天听来，都是一件奇闻。

父亲在自家的院子里种菜养猪，养鱼养鸟，过着亦工亦农的城市田园生活，实在是令人羡慕。

但是，父亲告诉我，后来"文革"期间，他在工人班组会上受到了不点名的批评。

今天回顾起那一段生活，是父母这一辈子最高兴的日子，也是我们全家最开心、其乐融融的日子。

这是父亲人生的第三个阶段——兴家。

◎ 2021年7月5日，星期一，雨，沈阳

十六、九十岁生日忆往昔（四）

按照父亲的意愿，李红在星期日向章院长提出了父亲出院的请求。章院长当即表示同意，可以在周一出院。

早上8：30送完李红到办公室之后，我就直接去医院办理出院手续。

我先后找了金星主任和邹慧凌护士长向他们辞行，表示感谢。

10：36，我和大妹带着父亲离开了医院。11：20，我们返回了养老院。

我让大妹在养老院陪同父亲吃午饭。让他有一个心情和环境缓冲的时间。

回到家里，我把这些日子在医院使用的物品收拾好。

放下手中的活计，困意顿时袭来。不知不觉，我竟然睡了两个小时。

我赶紧穿戴整齐，下楼发动汽车，前往养老院照顾父亲。

大妹因为社区通知打疫苗登记，所以中午之后就回去了。

我找到了护士小陈和新来的护士长胡小红，向她们详细交代了各种药品的使用方法和注意事项，并且详详细细地填写了用药委托书。父亲的用药整整填了两页纸，共14种。每种药都有不同的用途。

直到5：34，我才离开了养老院。回来的路上顺路去看了一下大妹，这些日子因为陪护奔波的疲劳，加上父亲回到养老院以后中午不吃饭，让大妹着急上火，头疼得很厉害。

望着大妹拽着一摞空塑料桶，步履沉重地走回小区大门的身影，心中不禁一阵酸楚。为了陪护病中的老父亲，她也在尽力而为。

开车回家的路上，天空又零零星星地下起了雨。抬头望着灰

暗的天空，思绪不知不觉又回到了今天早上饭后和父亲回忆的往事……

父亲之所以能为我们一家营造出城市里的田园生活，用今天的话说主要是区位优势。我们所居住的区是沙河口区，在大连是一个亦工亦农、城乡结合的区域。这个区域总共48平方公里，以我家为中心半径5公里的范围内，又有诸多的大工厂，如大连机车厂、大连起重机厂、大连针织厂、大连搪瓷厂、大连玻璃厂……与我就读的大连第三中学紧邻的有大连冷冻机厂、大连低压开关厂，附近还有大连耐酸泵厂、大连橡塑机厂、大连耐火厂和大连酿造厂……各种排不上名次的小工厂更是不计其数。

而我们家的东南西三面，则是被红旗公社的菜地包围着，是个典型农村包围的城市民宅。我们的左邻右舍有不少就是农村户口，我们班里的同学有1/5就是农村户籍。

正是这样一个特殊的地理环境和条件，父亲把它发挥到了极致。我们一家是城市户籍，却过着乡村的田园生活。（图46）

图46　1978年全家合影

记得我小时候生活在一个宽敞的大院子里，我曾经盖过两个兔子窝，养过兔子。我的同学王兴义建议我养长毛兔，说长毛兔子的兔毛很值钱。结果养了一年多，没有挣到兔毛钱，反倒赔了买兔子的钱。妈妈每年春天会抓十几只小鸡雏，我们兄妹四人各分四只喂养。小鸡也是有灵性的，随着慢慢长大开始区分了各自的主人，主人走到哪里，自己抚养的小鸡就会跟到哪里。我们也会千方百计地给自己的小鸡吃一些独食，甚至有的时候会偷偷地抓一把米喂自己的小鸡。

为了驱赶别的前来抢食的小鸡，我和妹妹都会采取一些驱逐的手段。记得有一次二妹喂小鸡时，小妹的小鸡前去抢食，被二妹泼了一身水。被泼了水的小鸡跳到窗台上，使劲地抖动自己身上的水。妈妈下班后，小妹告状，小妹一边学着小鸡的样子，一边说着："俺不，俺不……"

我们被小妹传神的动作乐得前仰后合。

我们的园子里有各种各样的蔬菜，黄瓜和西红柿都是摘下来擦一擦就吃。

家的院子里有两棵葡萄，紧靠东墙的葡萄是玫瑰香，正对大门的一棵是龙眼葡萄。

父亲只允许我们摘玫瑰香葡萄，因为这是一棵结果较少，品相也不好的葡萄。

正对门口那棵高大的龙眼葡萄却不允许我们染指。父亲对这棵葡萄格外地精心。葡萄长得又多又大，每年中秋节前后，葡萄采摘之前，站在大门口向里一望，是密密麻麻的一层带着白霜的紫葡萄。

父亲不让我们吃、不让我们动的原因在今天看来是不可思议的。他认为，这么多令人垂涎欲滴的葡萄能够整整齐齐地挂在葡萄架上，说明这个家里的孩子有规矩、有教养。

父亲把采摘下来的葡萄送给左邻右舍、亲朋好友，还把一部分储藏起来，等到春节的时候带回老家过年或者招待客人。我们能吃到的就是一些父亲看不上眼的葡萄串。最优质的葡萄都成为送人的礼品。

父亲一辈子就是这样的人，宁肯自己不吃、孩子不吃，省吃俭用，也要把最好的东西送给别人。

我们家里因为院子宽敞，从小学开始，寒暑假就是课外学习小组必选的场地。恰恰就是这个学习小组曾经救了母亲和三个妹妹的性命。

那个时候父亲上早班，早晨5：30就离开家。寒冬腊月的5点钟，外面是一片漆黑。

有一年冬天的一个早上，爸爸上班走以后，妈妈没有及时地关门。正在母亲埋头忙活厨房的活计时，房门突然被推开了。我们家邻街一个姓倪的四疯子，手流着鲜血闯了进来。

母亲吓得魂飞魄散，不知所措。四疯子让母亲帮他包扎手，母亲惊慌失措地把他打发走了，吓得半晌缓不过神来。

从那以后爸爸上班一走，母亲就紧闭大门和房门，想不到险些因此酿成一场大祸。

一天早上，送走父亲以后，母亲就关闭了房门，又上床补觉。意想不到的事情发生了。母亲和三个妹妹煤气中毒，昏死在屋里。学习小组的同学按时来到我家学习，发现大门紧闭，大声呼喊却无人应答。

就在这危急的时刻，大队辅导员来检查课外学习小组的活动。孩子们把情况告诉了辅导员。她立即意识到家里出了问题。于是，大队辅导员让孩子们翻过院墙打开大门，立刻直奔家门。拍门、拍窗都没有反应。辅导员当机立断踹开了屋门，母亲和三个妹妹已经人事不省，昏迷在炕上。辅导员和同学们七手八脚地把母亲和三个妹妹抬到了院子里。

大难不死，母亲和三个妹妹都苏醒过来了。

还是因为家里院子大的条件，父亲的一个鱼友把他的三个孩子和老岳父白天放在我们家里做幼儿园。

父亲的鱼友叫李骠，广东人，是抗美援朝时的一个连长，转业以后在侯家沟粮站做主任。妻子刘美是春柳商店的营业员，其老父亲在日伪时期曾是个译员，中华人民共和国成立后被定为历史反革命，她的母亲从此和这个父亲划清了界限。矮小瘦弱的岳父住在风雨飘摇的小棚子里，只能靠捡垃圾度日。女儿可怜父亲的生活困境，就把三个年幼的孩子委托给老人照顾，白天让老人带着三个孩子在我们家里的院子里玩耍，晚上把三个孩子接回家。我们家四个孩子和他们三个孩子一起游戏玩耍，其乐融融。刘阿姨在商店卖糕点，每个星期都给我们带一次破碎的饼干和糕点渣，让我们都很期待。

我们家这个小院落，不仅是孩子们的学习园地和幼儿园，还是父亲的菜园、果园，甚至办起了畜牧场，把猪和羊都养到了院子里。这在今天的城市里是不可想象的。

这样的生活从60年代初期一直持续到70年代末。"文革"结束后，以经济建设为中心成为国策，城市的建设迅速扩张。

1978年夏天，我们家就被划入了征地范围。大连中心医院的住院部恰好在我们家的位置。医院多次派人到我们家里做工作，让我们尽快搬迁，并提出了让我们家到回迁楼选大套房的优惠条件。但是，父亲不为所动，已经过惯了田园生活的父亲，对住楼房没有任何兴趣。他还想一如既往地过着独门独院的田园生活。

我们和父亲的想法则完全不同。我们想过上不用挑水、不用生炉子，有自来水、有暖气的城市人生活。

但是，父亲生性倔强执拗，是九头牛都拉不回来的那种脾气。母亲无奈，只能顺着他。

经过两年左右时间的腾挪，父亲终于又在离家一公里远的李家村找到了一个旧院落。房子的主人也是因为出身不好被别人占据着房子拿不到房租，只能出卖给父亲。

改造这个旧院落，父亲用了将近一年的时间。可是好景不长，刚刚住了一年多的时间，这个地方又被划进了大连首个最大的居民新区选址。父亲的田园美梦只持续了不到两年的时间又被打破了。

按照父亲的意愿，还想往更远的地方搬迁，甚至远离市区。这一次，我们都和母亲站在了一边，坚决不再妥协了。

带着极大的不情愿，父亲无奈地住上了楼房。都市里的田园生活从此画上了句号。

父母和我们家人都开始了新的生活。

这是父亲人生第四个阶段——搬家。

◎ 2021年7月6日，星期二，阴转雨，沈阳

十七、九十岁生日忆往昔（五）

昨天晚上还是下了雨。天亮时分，雨才慢慢停歇下来。

天还没有放晴，空中依然飘着灰蒙蒙的云层。

趁着无雨的时机，赶紧下到园子里，把已经疯长了几天的黄瓜秧子整理好，绑缚在架杆上。

父亲昨天出院，返回了养老院，这让我们的心情放松了许多，减轻了往返医院、昼夜陪护的压力。

今天早上给养老院的护工打了电话，询问父亲的情况，一切都正常。

我给父亲通了电话，告诉他，上午我在家里处理一些家务，下午去养老院看他。

接着，我又给大妹打了电话，问了一下她的身体情况，今天是否去养老院看望父亲？

大妹告诉我，按照社区的安排，今天必须去做核酸检测，核酸做完以后，再定是否去看老父亲。

我告诉大妹，如果她要去看老爹就通知我去接她，一起去看老父亲，如果她不去，我自己下午去。

今年夏天的雨水特别充沛，造成地下室湿度很大，尽管一部除湿机日夜不停地除湿，每天都要倒掉几桶水，但是地下室的书房依然有湿漉漉的感觉。这个夏天心事都放在两位老人的身上，地下室的除湿机时常会被忽略。今天清晨，蒙蒙眬眬的我，忽然想到存放在书柜里几十年的日记本，不禁有些担忧会不会受潮。

收拾完室内室外的活计，刚刚坐定一想，猛然间想起地下室书房里那些几十年的日记本不知如何。起身下楼，打开书柜门一看，

不禁连声叫苦。因为今年夏天忙于照顾老人，忽视了每天定时除湿，以至于一些日记本表面都集聚了一层水珠，有些日记本的边缘已经受潮起翘。翻开一看，有的日记本里边的字迹已经模糊不清了。

这是我绝没有想到过的灾害！

往事如烟——这是人的记忆能力所无法克服的淡忘。

为了留住那些曾经的岁月，我从在国务院台湾事务办公室工作开始，就养成了记录工作日记的习惯。因为工作，那时往往需要提供准确的大事记，留下文字记录是弥补记忆淡忘的一种手段。

如今几十年过去了，积累下几十本工作日记。虽然这些日记不是物质财富，也没有什么使用价值和历史价值，更成不了什么文物，充其量就是人生走过的轨迹。即便如此，我依然感觉到这个损失极其惨重。因为日记中记录了母亲走后这些年来有关父亲的生活和轨迹，查询其中的记录，可以让我准确地回忆和描述父亲的晚年生活。

这些日记本再也不能放到楼下的书柜里了。于是，我开始把这些日记本一摞一捆地搬到三楼小书房里。然后，又把这几十本日记本铺展到地下，仔细地清理掉日记本封皮上的霉菌，摆放在地上晾干。

时间过得真快，不知不觉已经是下午2点多了。

我赶紧洗个澡，又蒙眬地睡了一小觉。

翻身下床，下楼发动车子向养老院出发。

车行半路，突然接到大妹妹的电话。她说，正在沈北中医院做核酸检测，马上就要做完了。大妹说她也要到养老院去看父亲。

于是，我只好掉头开车去沈北中医院接上大妹，一同前往养老院。

我让大妹陪着老父亲聊天儿，我则到护士站去找新聘任的护士长。我向护士长详细介绍了父亲的身体状况以及病因、病程和病况。同时，我还向护士长强调了用药的安全性。

护士长非常认真地听完我的介绍，表示一定要精心照顾好老人。

我和护士长双方加了微信，告诉护士长可以全天随时向我反馈老父亲的身体和健康状况。

回到父亲的房间，看到父亲正在和大妹聊天，精神和情绪都尚可。

我告诉老父亲，时间不早了，我们就不在这里陪他聊天了，一会儿养老院就吃晚餐了。这些天我们都没有好好吃饭，今天晚上我回家包饺子，明天早上给他送饺子吃。

父亲说不用送了，养老院的饭也够好了。他劝我们赶紧回家做饭，自己起身推着轮椅送我们出门。

看着如今年迈的父亲依靠轮椅，步履蹒跚，老态龙钟地行走，心中不觉一阵凄然。

回想起当年的老父亲，可谓身强力壮。他曾为我们这个家过上丰衣足食的日子而竭尽全力。

1979年年中，我们家搬进了当时大连市最大也是最新的居民小区。全家人入住134号楼4单元3楼1号、2号。

楼房生活和有院落的平房是完全不同的，父亲勤劳好动的秉性却始终如一。没有了打理菜园的活计，父亲开始给家里的窗户安装围栏阳台。夏天在阳台上种花草，用锰钢打制各种厨具，家里的锅、铲子、勺子、刀具都是父亲自己打制的。因为锰钢刀具锋利无比，远比市场上卖的刀好用得多，父亲就打刀具送给亲朋好友以炫耀自己的做工。我在北京的家里用的就是父亲打制的锰钢刀。父亲还自己动手做拖把、扫把、苍蝇拍……甚至给家里的客厅做了宫灯式的走马灯，吸引着楼下过往的路人驻足观望。

父亲退休以后干的时间最长、最累的一件事是修自行车。父亲的动手能力很强，从某种意义来说，他是一个很好的钳工。退休前的父亲在工厂修理各种工具。退休后，父亲就开始了修理自行车的行当。

八九十年代的中国是自行车的王国，几乎家家户户都有一辆自行车，每一栋楼下都摆满了自行车。大街小巷到处都是骑自行车的人。会骑车的人很多，但会修车的人很少。于是父亲就捡起了这门手艺。

位于沙（河口）周（水子）路上的春柳是交通繁忙的十字路口，是成千上万辆自行车的必经之路。父亲瞄准了这个有利的地形，摆上了修车摊儿。于是，过往有故障的自行车都跑到了父亲的修车点。

父亲干活儿的特点是非常认真，从不马虎，而且收费很合理，手到病除的小毛病和打气，父亲都不收费，经他修理的自行车车主都非常满意。天长日久，父亲成了信得过的修车师傅，回头客也越来越多。

但是，这个修车点离家有近三里地，最困难的是从修车点到家的路上，有一个150多米长的大上坡。记得小时候每逢有卡车经过这里上坡的时候都非常吃力，速度也很慢，总有一些淘气的孩子抓住汽车尾部的挡板，跟着溜到坡顶再松手跳下来。

这样的坡度，上下都需要推着手推车，下坡的时候父亲一个人拽不住，上坡的时候，父亲一个人推不上来。于是，母亲就成了每天帮助父亲送车和接车的主要帮手。

父亲自己做的手推车比一般的手推车的体量要大，他要把全部修车的家当都装进这个手推车里，加之修车用的各种零配件，手推车的全重相当重。我曾经帮助父亲推过这个车，感到这个车平地推起来都很吃力，已经退休的父母要把这辆车每天推上来推下去，是要付出极大体力的。好在那个时候的父母身体都很健壮。

父亲修车到了不顾一切的程度，无论酷暑严寒、风霜雨雪从不误工。遇到严寒雨雪天气，母亲总是劝父亲休息一天，但父亲执拗着要去修车。（图47）

父亲这样执着的秘密，是这次住院时我和他聊天时才解开的。

图47　退休后，父亲修了10多年自行车

父亲告诉我，他修车最好的时候，一天可以挣到100多块钱，平均每月每天是五六十块钱。而父亲那时的退休金每月只有62块钱，这相当于父亲修一天自行车是每个月的退休金。

重赏之下必有勇夫！每天五六十块钱的收入在八九十年代是绝对的高收入。夏天无论多么酷热，冬天无论多么寒冷，父亲都坚守在这个修车点上。后来，父亲有了竞争对手，两个退休的工人也干起了修车这个行当，他们与父亲的修车点毗邻，各自招揽自己的主顾。于是，父亲和这两位同行对手展开了没日没夜的竞争。早晨，竞争谁先到；晚上，竞争谁最后收摊。

父亲每天要蹲在地下干十几个小时的修车工作，修车点附近是春柳最繁华的商业街区，小吃店一家挨一家。可是，父亲却舍不得去小吃店吃一碗面条和一个烧饼。他坚持让母亲每天中午给他送饭，经常是一边吃饭一边修车。

父亲这种不顾一切的修车方式，让母亲十分辛苦。早晨要给父亲做饭，然后把他送到修车点，回来再给两个年幼的外孙、外孙女和家人做饭。早饭收拾完后，要送外孙女图图上学，送外孙子刘韵去幼儿园，然后去买菜回来，再给父亲做午饭，送饭。

下午，母亲做完家务要去接孩子，然后，抓紧时间做晚饭，接着，又要去接父亲回家。

父亲的执着是母亲的无奈，一辈子对父亲包容忍让的母亲，偶尔也会对我抱怨几句。我听了之后，总是劝说父亲不要这样干，毕竟他们已经过了退休的年龄，身体大不如从前。可是父亲根本听不进去，依然我行我素。

　　楼上的一位大叔曾经劝父亲不要这样干，现在孩子都已经工作了，何必这么吃苦呢。但父亲说，孩子都很听话，我越干越有劲儿，如果孩子都不成才，我就不修自行车了，退休金也足够我们老两口花的。

　　父亲修车的质量和合理的收费赢得了众多顾客的认可，口碑也越来越好，以至于感动了这个片区管理交通秩序的交警战强，得到了他的认可。他原是严格管理父亲修车点定位的，不许占道经营。后来时间长了，他和父亲成了朋友。经请示领导，居然同意父亲在中心医院一个偏僻的角落打造一个修车小屋。这个修车小屋子解放了母亲，可是父亲还是作茧自缚，越来越没日没夜地干。

　　父亲的修车经历了十多年，直到母亲去世的前两年，在我的极力劝阻下，也因为城市管理更加严格，修车小屋被拆除了，父亲这才收摊不干了。但是还有一些老客户会追到家里。春节我回家过年时，几乎每天都有在楼下喊父亲下楼修车的老主顾。

　　父亲彻底洗手不干，是在母亲去世之后。2007年5月14日上午10：40，母亲离开了我们。

　　母亲是这个家里的核心和灵魂。母亲生前操持着家里家外所有的事情。母亲的离去，让我们没有了家的感觉，让父亲像一个落魄的孤魂，魂不守舍。

　　自此以后，父亲完成了他人生的第五个阶段——持家，开始了他人生的第六个阶段——离家。

◎ 2021年7月7日，星期三，雨，沈阳

十八、九十岁生日忆往昔（六）

　　清晨起床，匆忙洗漱做早餐。

　　按照防疫部门的通知要求，今天我要打第二针新冠疫苗。早饭后，李红陪我到沈抚创新示范区人民医院（李石医院）打了第二针疫苗。上午9点后，又赶去文安路的万家康大药店给父亲买艾多沙班这种特用药。

　　匆忙中，竟然把父亲的医保卡落在了药店。一直开到了养老院门前才发现，幸好回药店又找到了父亲的医保卡。

　　按照惯例，我们每天都轮流去文安路万佳宜康养老院看望岳母。岳母在养老院里每天过着格式化的生活，非常有规律。她唯一高兴的就是我们到养老院去看她。岳母满脸笑容地望着我，告诉护工，"大姐夫来了"。在岳母那里，从来不喊我的名字，而是按照铁成的称呼叫"大姐夫"。我也欣然接受了"大姐夫"这个称谓。（图48）

　　岳母现在是养老院里少有的几个可以下地行走的老人。每一次去，我们都尽量带她到外边的过厅活动一会儿，和她一起喊着口号齐步走，或者原地高抬腿踏步，锻炼腿部肌肉，防止老人长期坐在椅子上看电视造成肌肉萎缩。坦率地讲，老人能活动的方式非常单调，但即便如此，也能给老人带来一种心理的愉悦。因为她可以和儿女在一起享受天伦之乐。

　　活动之后，安顿好老人午休，我便离开了万佳宜康养老院，转而又奔向九如城养老院，去看望在那里的父亲。

　　走进父亲的房间，就发现他的脸色不对。现在已经是中午12：50了，父亲还没有吃午饭。因为父亲不去餐厅吃饭，工作人员竟然

图48　岳母最高兴的是儿女去看望她

忘了给父亲送餐到房间。看见父亲生闷气，我只好想个办法，让他跟远在美国的二妹和孙子通话。通过微信视频，父亲和二妹还有虎子聊得很开心。借此机会，我赶快找到了养老院的丁经理，协调给父亲送午饭的事。

10多分钟后，养老院给父亲送来了简单的午餐。因为父亲在这里不吃荤菜，就吃一些清淡的稀粥和咸菜。其实，父亲这样做是故意在较劲，因为他觉得养老院的饭菜没有味道，太淡了。一番劝说之后，让父亲吃下了午餐，安顿他睡午觉。

直到下午2：30，我才离开了父亲的养老院。回家的路上，不禁又想起母亲走后的那两年。

母亲走后半个月，为了平复父亲的心境，让他能够适应独立生活的新环境，我让姑姑把父亲带到德州去住些日子。2007年的5月28日夜间，父亲在姑姑、姑父的陪同下一起去了德州。父亲在德州小住了一个月的时间。

这期间，几乎每天早晨，姑父都带他到小区东边一个阳光美食街去吃早餐。美食城里有各种各样的熟食，十分可口。父亲特别喜欢吃老豆腐。每天早上，父亲能吃一两个火烧和一两碗老豆腐。那时，父亲的食欲很好，吃得很开心。白天，四姑在家里陪着父亲唠家常，老家从前那些陈芝麻烂谷子的往事娓娓道来。兄妹俩互相回忆着曾经快乐幸福的过去。

姑父有时也带着父亲到城东的经济开发区去观光。新建的开发区到处是一片繁荣的景象，父亲看到这些宽阔的马路和整齐的楼房，赞叹这里的地又开阔又平坦。开发区的集贸市场里面有许多农产品，又新鲜又便宜，父亲经常在那里买些蔬菜水果。

郊区新农村的建设，也让老父亲着迷。以往的农田中水沟河汉都被改造成绿化带，修建成一条一条的沟渠小桥，铺上了鹅卵石路。这样的农村新貌，让父亲看得很兴奋，很惬意，经常恋恋不舍，流连忘返。

京杭大运河在德州市城西穿城而过。姑姑一家人也经常带着父亲到京杭大运河去观光。虽然那时的京杭大运河德州段并没有通航，水位也比较低，但是，姑父给父亲讲京杭大运河的历史和今后疏浚扩建的改造前景，让父亲听得也很开心和向往。

在德州逗留期间，姑父还带父亲去了德州享誉中外的景点——苏禄国东王墓。苏禄国东王墓坐落在山东省德州市城区北部的北营村，安葬着苏禄国（今菲律宾苏禄群岛）的一位国王（巴都葛·叭嗒剌，谥号苏禄国恭安王）和他的王妃（葛木宁）以及两位王子（次子温哈剌，三子安都鲁），是中国境内仅有的两座外国君王陵墓之一，也是我国唯一的驻有外国王室后裔守陵村落的一处王陵。苏禄国东王墓是现存明朝初年国王陵墓中保存较为完好的一座。

今天的苏禄国东王墓，是一处以王陵、享堂、御碑亭、牌坊神道和清真寺、碑廊为主的陵园式古建筑群，布局错落有致，交相呼应，别具一格。苏禄国东王墓，肃穆壮观，周围护陵松柏常青。明永乐帝朱棣御笔撰写的神道碑在神道南端东侧。王妃葛木宁及东王次子温哈剌、三子安都鲁之墓在王墓东南侧。

明朝永乐十五年（1417），苏禄国是一个信奉伊斯兰教的酋长国，国内分为东王、西王、峒王三家王侯，以东王巴都葛·叭嗒剌为尊。东王率领家眷官员共340余人组成友好使团，"梯山航海，效贡中朝"，远渡重洋，从福建泉州登岸，经苏州、杭州沿京杭大运河，过德州至北京，受到了永乐皇帝朱棣的隆重接待。苏禄国王使团在京居留27天。东王辞归，永乐帝派人专程护送。是年九月十三日到达德州以北的安陵时，东王突患急症，不幸染病殒没。讣告到京，明成祖朱棣深为哀悼，派礼部郎中陈世启赴德州为东王举行了隆重的葬礼，赐谥号为恭安，并为其在德州城北十二连城九江营的西南部择址建陵。明成祖亲自撰写碑文。碑文赞誉苏禄东王"聪明特达，超出等伦"，说明苏禄东王访问中国的功绩是："光荣被其家国，庆泽留于后人，名声昭于史册，永世而不磨。"

明王朝为苏禄国东王在德州北郊修建的陵墓，庄严肃穆，巍峨壮观，整个陵墓和明代礼制所规定的亲王陵墓的规格大致相同。清朝入关以后，清政府继承明朝法统，对苏禄王的后裔仍然给予特殊照顾。清政府礼部同意苏禄国东王守墓人等子孙以温、安两姓入籍德州，发给永久执照。从此，苏禄东王的两支后裔温、安两姓就以华籍苏禄人的身份在德州安家落户，与当地汉、回民族和睦相处，成为中华民族大家庭中的一员，虽然人数不多，但也生齿日繁，聚村而居。

1997年，德州市政府投资完成了苏禄国东王、王妃、王子墓扩建工程及御牌楼维修工程。修整后的苏禄王墓已成为一座古朴肃穆、松柏环绕、整洁美丽的陵园。

苏禄国东王墓的这些典故对父亲来说都是闻所未闻，听了导游小姐和姑父的介绍，父亲就像出国旅游一样高兴。

母亲走后，我让父亲在德州度过的这一个月的适应期，这个安排还是比较成功的，让父亲多少有了母亲缺失后的心理上的适应过程。因为在父亲的五个兄弟姐妹中，父亲与四姑的兄妹关系亲情最近。四姑对父亲也最为挂念和关照，在东北物资供给非常匮乏的年代，四姑每逢过年都从德州给父亲家里寄猪肉和熟食。四姑和母亲的关系亲密程度胜过亲姐妹。在母亲临终前的一个月里，四姑夫妇专程从德州赶到大连陪护母亲，直到处理完母亲的后事，才陪同父亲一起回到德州。父母都以四姑夫妇为家里亲人而骄傲，总是夸口他们是一对郎才女貌的佳偶。父亲也非常欣赏姑父的书画天赋。记得小的时候，我们家里的墙上就挂着姑父书写的老一辈的题词。父亲见了姑父，总有说不完的话。姑父对父亲的评价是：老实忠厚，心地善良，对亲人、对朋友都是一片真诚。

父亲这一次离家的时间虽然仅仅只有一个月，但这是父亲自成家以后头一次离开自己的家，客居在外。从德州归来的父亲，再也没有从前母亲在世时那种感觉了。

自此，父亲丢失了他的精神家园和心灵港湾。

傍晚，妹妹的女儿囡囡去养老院看望姥爷直到19：30才离开。

想不到的是，20：15，护理部的何贵清主任打电话告诉说，父亲这一会儿工夫已经摔了两跤：一次是去卫生间刷牙，另外一次是去关窗户。

我问清楚了父亲摔倒后的情况，然后叮嘱何主任安排护工关注父亲的晚间起夜，防止再次发生摔倒的事故。

◎ 2021年7月8日，星期四，雨，沈阳

十九、儿媳的劝说

清晨起床后的第一件事，就是给养老院的护理部何主任打电话，询问父亲昨晚的情况。

何主任回答说，只是胳膊摔破了，护士已经做了伤口处理。从目前症状看，应该没有发生骨折的现象。（图49）

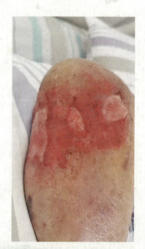

图49　父亲摔倒后造成的损伤

听到这样的消息，我心里的重负稍微放松了一下。

清晨收拾妥当后，我立刻驱车前往养老院。

在养老院见到的父亲，又让我感到不知如何是好。原本可以自己轻松地去上厕所，如今却要两个护工抱着走。父亲好像完全没有了自主行动的能力，一夜之间，面目全非。（图50）

看到老人这幅情景，我不由得有一种说不出的无名火。昨天晚上离开养老院之前，我曾经反复地给他交代过，有事找护工，千万不要自己下地做事儿，结果还是自己下地关窗、刷牙。外甥女囡囡昨晚去看姥爷的时候，我还专门叮嘱她问问老人，有没有什么事情需要办，干完以后再走。结果外甥女刚走不到半个小时，老人去刷牙就摔倒在卫

图50　护工蒋晓丽和大冯夫妇照顾父亲上床

生间里。被护工扶上床后不久，他又自己下地关窗，结果再一次摔倒。两次摔倒把腿和胳膊都摔破了。

这样的情境，让我感到无奈。实在忍不住，我就在一家人的群里发了几句牢骚，同时又把父亲数落了一顿。父亲并不认账，对我的批评还感觉到生气。看到父亲生气的样子，我只好又安慰他几句就离开了。

下午4:05，我看到李红在一家人群里发了一段话。她说："全体人员注意，一切以老爷子高兴为原则，以对待幼儿的耐心对待老爷子，不许教育老爷子，要发扬雷锋精神，无私奉献，全心全意为老爷子服务。"

二妹立即跟帖："遵命。"

我也赶紧发了一个表情包：表示服从。

我又打电话叮嘱外甥女，让她和前台的服务员沟通，同时让她告诉姥爷现在到养老院来，要适应新的生活，有什么需求及时跟护工说，不要自己洗衣服、去做原来自己在家里做的事情，我们在这里就是花钱买服务，有什么事情让护工来帮助你，或协助你，不要自己亲自动手；对于食堂的饭菜有什么要求，可以事先告诉护工，你不说护工是不知道的，所以服务就不会到位，这样就会引起他的郁闷。

因为昨天晚上的事故引起了养老院的警觉，护理部何主任亲自到房间安慰老人，护士也来给老人换药。

下午5:51，王学谦医生又派洪涛给父亲送来熬好的中药。

外甥女给我发信息："学谦哥哥的老弟又给姥爷送药来了，多少人为我姥爷忙前忙后。刚才我姥爷还告诉我，到养老院来，舅妈一次性付了8万多元的全年费用。我姥爷心里有数，他告诉我了，能住进来的人都不一般，讲得可好了。"

我发信息让二妹去做父亲的工作。我说，老爹在养老院这么折腾，人家也受不了。丁经理跟李红和我都提过，让老爹到别的养老院去住吧。

二妹回复说，她马上要上课，下课就给老爹打电话。

同时，我又把护工蒋晓丽夫妇抱着父亲上厕所的视频发给了二妹。二妹一看就说，老爹的脚怎么又严重了。

我回复说，在医院住院还没这个样子，刚回来两天就下不了地了。我禁不住情绪又发了几句牢骚。老爹因为我批评了他，也不愿意理我。我只好回家做饭了。

李红看到我的情绪不对，立刻发语音批评我。告诉大家下班以后，她去养老院做老爹的工作。

群里的一家人听到我发的语音以后，都七嘴八舌地表达自己的看法，其中不乏对老人感到闹心，开始了批评。

看到大家的各种想法，李红禁不住发语音："哎呀，刘韵，咱们都别闹心，咱们得平静一下，看看你姥爷这个事得怎么解决，他都90多岁了，这老人不抗造啊，再这么郁闷下去也不行啊。我们现在要做的，就是让老人顺利地把余生就这么几年好好过，争取活到100岁就成功，大家都不留遗憾。"

小妹回复李红说："一想到你们在老爹身边照顾的亲人更闹心，太难了。"

李红回复，说："再难，我们也得想办法让老爹高兴。"

20：55，下班以后直接去九如城养老院的李红发语音：

"跟大家汇报一下啊，我刚从我老爹那里往回走。我现在的感觉是，反正老爹被我哄好了啊，大家都继续哄。我是这么想的，我也不知道，我说了大家能接受不。我觉得毕竟老爹90多岁了，咱这么大岁数了，还有个老爹。咱也不能要求说，老爹你应该懂事儿，老爹你应该怎么样，不用这样！我觉得我们就是哄他开心，哄他高兴。他高兴了，我们大家都高兴，不用说老爹不应该怎么样。

"我今天哄的全都是正能量。我说，老爹，你以前有多能干啊，那么辛苦操持这个家，从农村到大连，然后盖房子，又打井，就是这一路走来，全是辛苦。今天说得老爹都挺高兴的，因为老爹年轻时也确实吃了不少苦，一直是出大力，不像干部在办公室坐着。我说老爹你真的不容易。

"另外，我觉得咱们得庆幸了，我们的爹现在没有老年痴呆，也没瘫在床上。90多岁了，耳朵能听，眼睛能看，吃饭也挺好，这就行了，不要求老人太多。大家都要哄老爹开心，哄他高兴。他高兴，我们就完事了。

"我的一个原则就是：不跟老爹讲理，没理可讲！对于外人，甚至说是跟咱们不怎么相干的人，我们都不跟他一般见识。对吧？那么对咱爹咱更不能这样了，是不？我今天也跟老爹讲了，大家都不容易，国外国内的都不容易，老爹也理解咱，还没糊涂。现在就是需要大家不断地哄一哄，就当小孩一样哄一哄，你越哄他越开心。

"这样的话呢，小玲和燕平啊，继续每天跟老爹视频电话，跟老爹聊点开心的事，聊点小时候的事。从明天开始，你哥不是在写日记吗？也是写老爹的一生，每天给他念一段，让他回忆回忆从前高兴的往事，再问他一些当年的事情。老爹的记忆力那么好，再讲一讲，他就开心了，就不想不高兴的事情了。

"而且毕竟爹是咱亲爹，所以呢，没啥啊。老人有老人的小脾气，有老人的性格，这么大岁数了也改变不了了，那就好好哄。将来咱大家也没有遗憾，让老爹高高兴兴快快乐乐地活到100岁，咱们也都算成功，对不？

"另外，老爹就这么被甩了，实际来讲，老爹相当于失恋了！真的咱们得理解一下老年人的情感，他也受不了啊，对不对？怎么说呢，就是很多东西，咱就别太理性了，咱就多多理解老爹吧，今天老爹也哭了，也感到有点委屈。咱都从年轻过来的，你说要是失恋了，钱也被另一方给拿跑了，心里得多难受，对不？他还是念着对方的好，这也都是人的正常的情感。你说咱爹的神志都很清醒，他肯定是正常的思维，他也没老年痴呆，所以说这一系列的表现，有时候若有所思啊，这都是正常的。所以咱就得引导他，他一高兴就不想了。

"另外一个，燕文啊，有很多东西我们也得理解，老爹这个年龄的人，跟我们想的不一样，这个年龄的人都知道，自己可能是即将要走向人生的归途，心情一定是焦虑的，一定是很容易郁闷的，因为这个年龄的老人总是想过一天是一天，所以，我们也得理解老爹。在他这个年龄段，想的问题肯定跟我们是不太一样的。像这个年纪的老人呢，他想的都是自己还能活几年？自己还能活不活到明年？自己还能不能看见哪个孩子回来？他想的都是这些。所以，从这个角度来讲呢，老年人很可怜！真的，将来我们也都会老，可能等我们老了那一天，就深刻地理解老爹了。

"所以，我就想我们大家都要让老爹高兴。那么，老爹即使说将来有一天百年之后，我们也没有遗憾，心里也得劲儿。"（图51）

李红对家人说了这一番推心置腹的话，又把她跟老爹的对话视频转发给我们。

在视频里，她满怀深情地对老爹说：

"老爹，您这刚出院，怎么一回到养老院就又出事儿了呢？在医院还没像现在这样严重。刚回来两天身体就比在医院还要糟多了。

图51　病房里的生日聚会

"庆良和我们大家不是跟你说过很多次，有事儿你找护工吗？你有什么事儿，就拽这个呼叫器，一拽他们就来了，你别自己下地。你下地摔一下子，胳膊和手破了这么多地方，多遭罪呀！幸亏没摔骨折了，要摔骨折了，又得住院去了，后果就更严重了，也许今后你就起不了床了。你不管有什么事儿，都尽量喊人，不能一个人自己下地。

"接到你从床上摔下来的消息，庆良昨晚一宿也没睡好，今天早上血压到180mmHg，吃了两片儿降压药。我劝他说，'不行的话，你也上医院吧'，他坚持不去。你儿子也是快七十岁的人了，身体也不如从前了。上次你住院，他开车去看你，因为疲劳过度，回来的时候路上不是出车祸了吗？人开着车突然就昏过去了，逆行撞了马路对面儿的两台车，要是迎面撞了大卡车，那人就没了。他现在也都不禁折腾了。老爹，你知道吧？他已经不年轻了，年轻时还禁折腾，现在已经不行了。燕文岁数也大了，也60多岁了。你的这些孩子都不容易，在美国的也不容易，大家都是跟你报喜不报忧，说的都是好的，秧歌戏的（装模作样），都说自己这么好那么好，其实难事儿谁也不愿意给你说，怕你上火。（图52）

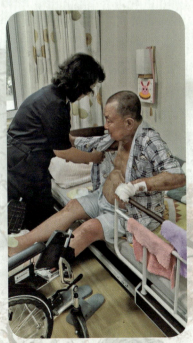

"老爹，说实话，你在的这个养老院各种服务还是挺好的，收费也很高，住的都是些老干部和退休金比较高的医生和工程师。如果你要再不开心，我也没办法了，我也没辙了，我该做的做了，该花的钱也花了，不该做的也做了。完了，

图52　李红到养老院照顾父亲

你还不高兴，我也没招儿了。如果你就想让那个老太太再回来，你就直说，别闷着，咱们研究怎么办。

"老爹，你说现在咱的养老条件，是相当不错的。住在这里的差不多都是老干部、老领导。现在你的养老生活条件这么好，老爹你就要开心啊。你开心，我们全开心。要不然的话，我俩也上火，检测血压都高了，闹得晚上没法睡觉。你昨天摔了两跤，前边刚刚摔了，接着又出事了。整个晚上，我们都不得安宁。这么大岁数了，你摔一下子意味着啥呀？老娘不就是摔一下子，就再没起来，然后就走了吗？所以，你得保护你自己，你为了这些孩子也得保护自己。

"你说，这些孩子大家都不容易，哪个对你都很好，你就该满足，天天高兴，对不，老爹？你说咱谁都不能让你掉地下。你有病了，大家都特别紧张，全都给你汇钱，刘韵、燕玲、燕平、陈聪都从美国给你寄钱。所以，老爹，我跟你说，你是最有福的老爹。（图53、图54）

图53 李红给父亲买了10年都用不完的内衣

图54 外甥媳妇陈聪从美国赶回到医院看望做白内障手术的姥爷

"你现在要好好吃药，好好配合养老院护理，千万千万别再自己下地了。这个事儿啊，不是要强的事儿。你说，我要强，你毕竟都90多岁了。咱这就不错啦，有人伺候，不挺好的吗？其他的事儿啊，你就别考虑那么多，把自己活得快乐，那叫能耐，对不，老爹？咱活一天，就乐呵一天，真的不想那么多心思。

"只要你高兴了，我们就都不上火了，知道吧，老爹？你一不高兴，我们这都迷糊。咱全家不都跟你连着吗？都是心连心的。你说，你这些孩子从来没惹你生过气，从来都是孝顺，所以你负责高兴就行了，老爹，真的。

"我们会让你过上最好的晚年生活，你高高兴兴的，千万千万别上火，想不明白事儿啥的，你就说啊。老爹，咱们90多岁了，还有啥想不开的呀？你看，你那些老邻居、老工友都没了，你还活着，多好啊。他们都

图55　李红到养老院陪父亲打纸牌

没了，你这都活过90多了，你咋也得跟爷爷差不多大呀？活过100多岁呀！你身体没什么大毛病，就是腿有毛病，你心脏啊、心血管呀、血压呀，都没事儿。（图55）

"老爹呀，你所有的一举一动啊，全连着这些孩子的心呐！你摔了，他们都吓屁了！真的，以后吧，老爹，咱听话行不？不让下地咱就不下地，等脚彻底不疼了，咱再下地溜达。脚疼，咱就不下地；有事，你就摁铃儿，护工就来给你服务了。尿壶就摆床头，他们过来就都帮你弄完了。咱岁数大了，不用要强，知道吧，老爹？咱不用要强，这把年龄能像你这样就不错了。咱不是四五十岁、六十来岁的时候，咱要强。现在，咱这么大岁数了，要啥强啊？老爹，咱得服老，开开心心地过好每一天。老爹，我知道，你说庆良

每天开车来看你费汽油，那都是小事儿。老爹，你说，我爸没了，我就你这么一个爹了，我该把你照顾好。对不，老爹？

"我们对你没别的要求，只要你开开心心的就好。其他杂七杂八的事儿都别想，你就负责开心、高兴，其他不开心的事儿就不想了。有什么需要我做的，你就吩咐。我们所有的人都希望你健康快乐。要不然，你说燕平他们在美国多担心呐，牵挂你，他们又回不来，你要是天天乐乐呵呵的，他们全高兴，都乐呵，一天工作都有劲儿，对不，老爹？

"老爹，你的身体没什么大毛病，千万别有什么想法，医生说你肯定没事儿。你要是有什么心事，你就跟我讲，这样可以吗？我就要求你坚持吃药，现在的病肯定会好的。听护理员的话，你自己别下地小便，就都用尿壶就得了，不管什么事儿，你就摁铃儿；要是大便，你也要摁铃儿，他们那些小伙子都有劲儿，就过来帮你了，没事儿。（图56）

"老爹，你答应我，你就开心高兴。这么大岁数了，不要想那些乱七八糟的事儿。这养老院的人对你这么无微不至地照顾，伺候不对的地方，你就说，你说应该怎么样，他们就改，按照你的要求做，你的腿过两天就好了。你看那些卧床的，你不比他们强多了

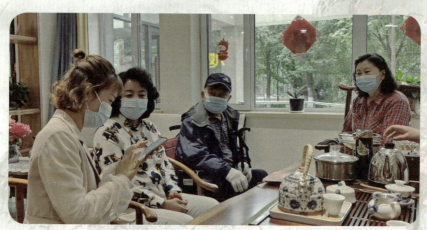

图56　陪同父亲到养老院考察

吗？咱就得这么想，别跟着外边儿那些能走路的人比，你岁数大，有点小病，有点儿这疼那疼的都能过去。现在对你的要求就是一个事儿，别上火，天天乐乐呵呵的。有什么事都跟我说，我能办的我全办，你就是一个事——别上火！

"你每天高高兴兴的，我们上班都有劲儿，挣钱也有劲儿；你要不高兴了，大家都没劲儿了。你说，大家过日子，不就过的人吗？对不对，老爹？

"真的，老爹，你在每个人的生活中很重要，我们两家就剩这一个爹啦，大家都是一心想让你天天快乐高兴。你得听我的话，不让你下地，你就坚决别下地！就是吃饭也让他们给你整到这屋里来吃。等过一段儿时间，腿好了，你再去饭堂吃饭。

"老爹，你的腿没事儿，马上就好了。现在的肿，是暂时的，肯定是血栓有点堵了。你的情绪好了，你腿就好了。老爹啊，你就想高兴的事儿，对吧？你说，谁家的孩子有咱家的孩子这么孝顺，一般人家真的难做到。你老最有福，你跟爷爷比，你跟你叔叔比，你跟你家所有的老人比，你是最有福气的，老娘都没有你有福，早早就走了。老家那边像你活到这个岁数的有几个呀？太少了。

"老爹，你这岁数了，耳朵还好使，眼睛也能看电视，还能打牌，心脏没毛病，多好！对呀，咱就满足吧，老爹。

"老爹，你要答应我，开心点儿，你就想好事儿，咱什么事儿都满足，是吧？

"我们做儿女的得尽孝，到别人家算咋回事啊，对不？我们怎么舍得你去别人家里过晚年呀？

"老爹，我保证你没事儿。你老高高兴兴的，我们就全高兴了。老爹，你就满足吧，你跟你那些老邻居比，咱们是不是太好了吧？咱90多了，身体还能这样式儿的，就挺好啊。对不对？左邻右舍的老人都没了，八叔那么年轻都没了，你这90多了就挺好。咱这么乐呵呵儿的，儿女又都孝顺，咱就高兴，咱就心满意足。你这种小病很快就过去了，慢慢儿就好了，我估计你也就一个礼拜就好了，这两天将就一下，在屋里吃饭，有事儿就摁铃儿。这几天，大家都来陪陪你，晚上你记得吃学谦给你开的中药。吃完药再喝点水，少喝点儿，也不能喝太多，喝多了晚上起夜，休息不好。

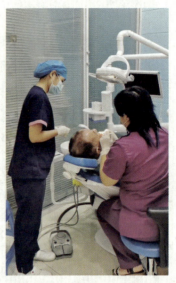

图57　陪父亲修补牙齿

"庆良现在天天写陪护你的日记，正在回忆过去你怎么受苦，怎么给自家盖房子、打井，怎么不容易修自行车，他把你写得老伟大了！明天，我让他给你念念，你听听看，他写得对不对？（图57）

"儿女对你都孝顺，你是我们的老爹。你答应我呗，老爹。从现在开始，你每天高高兴兴的，这些病就慢慢儿地好了。只要你高兴，病立马儿就会好多了。

"我这两天有点儿太忙了，单位的事儿太多，全是破事儿。过来看你有点儿晚。你就高高兴兴地在养老院住着，有什么事儿打电话给我。明天有时间我再来。白天来不了，晚上来。你看，行不，老爹？"

听了李红一番苦口婆心、催人泪下的劝说，大妹燕文回复说："嫂子说得有道理。"

小妹发文："刚才听嫂子说的这些话，感动地流下了眼泪，伟大的嫂子给我们大家做出了非常难以想象的榜样，作为我们兄弟姐妹，更要感谢嫂子的付出、包容、理解和爱，一切为了老爸高兴吧。"

二妹燕平发文："我把所有的录音都听了一遍，很为嫂子的大爱所感动，嫂子为老爸做到了儿女都做不到的事情，而且想的也很周到。"

◎　2021年7月9日，星期五，雨，沈阳

二十、重返故里，力尽孝行

昨夜，李红对父亲和家人那一席苦口婆心的劝说，不仅感动了三个妹妹，也让我辗转反侧，难以入眠。

自从17岁当兵离开大连，在北京工作了30年（其中四年在山东济南上大学）。2001年7月从北京到重庆工作。从首都到重庆，地域和环境都发生了迥异的变化，但自己的工作热情和投入的状态始终没有变化，也从未想过还要回到故乡的念头。正所谓："埋骨何须桑梓地，人间处处有青山。"

但2007年5月14日母亲离世以后，父亲的生活状况和心理状态让我的心态逐渐改变了，由最初的犹豫不定，到最后下定决心回到父亲的身边。这一切都源于父亲的变化。

母亲走后，我让父亲到山东德州姑姑家调整一下自己的心态，以便他适应新的生活。但是父亲从山东回来以后，可能是睹物思人，回到他那个曾经熟悉的生活空间里，已经完全陌生了。没有了母亲的家庭，父亲就像一个孤魂，无所依附。从前家里家外的事情都是母亲一手操持，父亲只管上班和修车挣钱，其余的事情都不放在心上。

母亲一走，父亲变得六神无主，终日窝在家里连楼都不下。他经常躺在床上，一个人对着天花板发呆。大妹在街道的"巧媳妇作坊"做手工布艺品，每天下班很晚，但回到家里锅灶是凉的。父亲躺在床上，一声不响。即使是把饭做好了，也是喊几次才下床吃饭，而且经常为一些鸡毛蒜皮的事情跟大妹妹发无名火，整得父女俩剑拔弩张。大妹妹无奈，也经常在电话里对我诉说苦衷。

我几乎每天都给父亲打电话，电话的那一端，经常不知哪句话

触动了父亲的神经，就会在电话里听到他的抽泣声。这是母亲在世的时候从来没有发生过的。

从前，我一直认为父亲是一个很坚强的人，没想到母亲走后，父亲变得非常脆弱。这让我也很无奈，我曾经在电话里多次对父亲说："我妈走了，你应该是这个家里的主心骨，把这个家扛起来。你现在这个样子怎么行，让我们感觉到这个家已经塌了。"但这些话并没有改变父亲的状况。

无奈之下，我只好求助姑姑去做父亲的工作。姑姑鼻涕一把泪一把地劝解哥哥，但父亲却对姑姑说，他想去妈妈那个地方。言外之意，就是说他不想活了，觉得活得没意思。

从父亲的这些言行中，我判断出，他已经得了老年抑郁症，如此下去，他真的就会追随母亲而去。面对这样的结局，我不得不思考一个问题：那就是要不要离开重庆，回到父亲的身边。

坦率地讲，我来到举目无亲的重庆工作了八年，用自己的付出和努力，赢得了领导和同事们的认可和嘉许。自己在工作上也风头正劲，从来没有要离开现在的工作岗位回到故乡和父亲身边的念头。现在我面临的选择就是，为了工作舍弃父亲，或者为了父亲舍弃工作。二者必居其一。

我也曾经将父亲带到重庆住了大半年。这半年里，我白天上班，经常把父亲带到办公室附近的三峡人民广场和重庆大礼堂休息游玩。节假日也带他到重庆的一些旅游景点去游览，也经常安排他和同学同事好友一起聚餐。但是这些都没有从根本解决问题，只是给父亲带来了短暂的些许的快乐。（图58）

图58　2009年春天的父亲

在重庆住了大半年以后，父亲开始变得焦躁不安，反复地提出要回大连。其实就我内心的想法是，把他在重庆稳住，能够和我一起生活居住，给他养老。但是父亲告诉我，他不习惯这里的气候和饮食，尤其听不懂当地的方言。实话说，父亲这些理由都是借口。这些都是地域环境和文化决定的，人是可以适应的。与父亲交流的亲朋好友都尽量用普通话，以免造成语言上的隔阂和障碍，只是他们之间交流时用重庆方言，但是父亲却感觉很不习惯，仿佛是在异国他乡。

　　父亲每一次提出要回大连，我都找一个理由给他婉拒了。但到了2009年6月初，父亲变得不耐烦了。他把自己的身份证和钱交给司机，让他帮助订票回大连。

　　父亲执拗的决定让我下决心回到故乡工作。当领导和好友知道我的申请以后，都真心诚意地劝我，这样的选择牺牲太大了。对我而言，这种选择所付出的代价是不言而喻的，重换一个地方和工作岗位，等于一切归零，重新开始；等于高三即将毕业，又重回初一复读一样。但是，自己从16岁离开父母，几十年来为他们做的事情确实很少。从某种意义来说，为了工作牺牲了母亲。如果我一直在母亲的身边，或许她今天依然健在。换句话说，我已经为了工作，为了事业，失去了一个母亲，不能再失去父亲了。人不管走得多远，飞得多高，其实根还是自己的家，父母永远都是自己的牵挂。

　　2007年5月，母亲走了以后，我在第二年的母亲节那一天（汶川地震的第2天）出版了《孝心不能等待》。这本书原先是留给自己和家人作为纪念而写作的，并没有打算公开向社会发行。但出人意料的是，这本书在2008年几乎每个月都印刷一次，仅重庆出版社一家就先后印刷了43个版次。此外，江苏文艺出版社还出版了青年时尚版。

　　"孝心不能等待"风行一时，成了当时各大媒体和门户网站上的热搜词。浏览互联网页可以看到，各行各业、国内国外、海外留学生，甚至宗教寺庙禅院的网页上都有此书的介绍和读后感。这种强烈的社会反响，是我始料不及的，个人的一本日记的发表，竟然唤起了天下儿女对父母孝心的激情。此后，我又将热心的同事和好友从网站上收集的一些文章编辑成书，出版了《父爱如山，母爱如海》，此书由中国社会出版社出版，先后印刷了5次。（图59）

诚如民政部原部长李学举对此书的评价：这本书对个人、对社会可以说是一本"醒世""警世""劝世"之作，是一本启发人"自省""自责""自悟"之作。

诚哉斯言！自省、自责、自悟，反求诸己，孝心不能等待，应该从我做起，身体力行。在孝道与仕途两种选择上，应该是前者而不是后者。行孝道，会终身无悔；求仕途，可能遗憾终身。

经过多方努力，我于2009年8月回到了辽宁沈阳。俗话说，人往高处走，水往低处流。回望自己一生的工作轨迹，从北京到了重庆，最后又回到了沈阳。从城市的排位看，这是一个下行曲线，但我却没有遗憾，因为我如愿地回到了父亲的身边，让他找到了依靠。

人在蒙蒙眬眬的回忆中度过了大半夜。

清晨4：37，养老院的护工李珊珊打来电话，告诉老人今天夜里在厕所里又摔了一大跤。

图59　为纪念母亲制作的视频光盘

◎ 2021年7月10日，星期六，雨，沈阳

二十一、双休日里的必修课

前天接连摔了两跤的父亲，昨天晚上又摔了一跤！

三天摔了三跤，平均每天一跤。这真是让我不知所措了。

早晨6点多钟，我就给父亲通了一个微信视频。

结果出乎我的意料，老父亲的精神状态比昨天还要好，说话的声音也比昨天响亮。

我问父亲："摔坏了没有？"他说："没有。"

我问父亲，为什么不让护工陪他上厕所。父亲说，他摁铃了，没人答应，所以就自己去了。

听到父亲说没有大碍，我一颗悬着的心才放下来。

按照李红的生活习惯，周六要搞一次家务大扫除。室内室外都要彻底清理一番。一番作业下来，几乎一个上午就没了。午间稍作歇息，我们就开始了双休日的必修课：去两个养老院探望和照看老人。

我们开车50分钟，先去了文安路万佳宜康养老院看望岳母。这个养老院里住了10多位失能和半失能的老人。岳母虽然有多种老年疾病，并患有阿尔茨海默病，但却是这十几位老人中能够自由下地活动的老人。此时的岳母还可以跟我们进行简单的生活对话，思维能力幼稚化，但却不失逻辑，甚至还可以跟我们说笑。李红有时也故意调侃老人让她高兴。老人的笑声让这个近乎死寂的空间有了一点儿活力，也让那些平时形容枯槁、神情木然、呆若木鸡的老人有了一点儿羡慕和嫉妒。（图60）

李红就像幼儿园里的阿姨和小朋友逗趣一样变着法地让老妈妈高兴。眼前的一幕时常让我感叹人生的轮回：我们的今天曾经是老

图60　李红和女儿安琪给老人讲笑话

图61　"再来一口，多吃点"

人的昨天；老人的今天也将是我们的明天。（图61）

　　陪同老人吃过晚饭之后，又送她去养老院专设的水床按摩。这是一款从日本进口的按摩水床，有不同的按摩手法和强度，同时还可以加热和播放催眠音乐。岳母每次躺在水床上，大约10分钟就可以酣然入睡。

望着熟睡的岳母，我们悄然地离开了养老院，又驱车赶往九如城养老院去看望父亲。

父亲今天的状态好多了，显然是昨天李红的思想工作起了很大的作用。前两天疼得不敢着地的左脚也敢落地站立了。护理员大冯今天下午还给父亲洗了澡。护士长也来给父亲的伤口换药。护理员今天还给父亲理了发，看上去年轻了不少。听说父亲又摔了一跤，隔壁的李阿姨也到父亲的房间来看望。李红陪着李阿姨唠家常。

李阿姨就住在父亲隔壁的105房间。她和老伴共同住一间。李阿姨原来是医院的护士长。她的老伴因为脑卒中，长期卧床，已经处于半植物人状态，只能靠李阿姨照顾。她长期守护着一个植物人，连个交流的对象都没有，这里的护工说李阿姨现在也有一点抑郁状态。李红知道这种情况后，就想让李阿姨多到父亲的房间来和父亲唠唠家常，减少两个老人的孤独感。所以，李红每次见到李阿姨都特别热情，和李阿姨聊天儿，邀请李阿姨到父亲的房间来坐坐。李红的用意很明确，就是想让这里的老人能够相互照顾，相互安慰，增加老院之间的好感，以减少老人的孤独感。

趁着李红和李阿姨聊天的时候，我仔细询问父亲，为什么又一次下地上厕所摔了一跤。

原来，夜里父亲要起夜，拉了三次护理的响铃，等了半天也无人应答，实在憋不住了，父亲只好自己下地去厕所，结果摔倒在厕所里。躺在地下的父亲自己无法站立，他说自己在地下躺了足足两个小时，护工才过来，把他扶到床上。听到这个情况，我立刻到服务台询问昨天晚上谁在当班。找到当班的护工时，他告诉我，因为昨天晚上有另外一个老人在解大便，所以他没有听到父亲呼叫的声音。后来是到房间巡查时，他才发现父亲躺在卫生间里。

听到这种解释，我也感到无语和无奈，对父亲三天摔了三跤的事情似乎也有了一些无可奈何的容忍。

二十二、姑嫂同频，统一共识

昨天下午，我和李红去九如城养老院看望老父亲时，我把和父亲一起对话聊天的照片和视频发到一家人群里。

凌晨1: 56, （美国得州下午1: 56），小妹发来信息说："感谢大哥嫂子对老爸的细心照顾和陪伴，昨天我和老爸视频了两次。看出他心情很不错，一直在说嫂子为了能让他住进养老院，骗他说这里很便宜，每月只需要600元。其实，嫂子给他交了8万块钱的养老费用，还找了关系才住进来的。老爸心里很清楚，也很自豪。他说，家里的儿女都很优秀，很孝顺，非常难找。这里的老人都羡慕他，看来老爸不糊涂。很难看到他今天大笑了好几次。我表扬他头发剪短了，非常时尚很年轻。我看到老爸很开心地大笑起来。

"我又告诉老爸，大哥在日记里写到你年轻的时候，为家里吃苦受累，为家里的生活好起来，做了很多我们都不知道的事情，让我们晚辈了解了家里的历史。我说是老爸的辛勤耕耘，才有了我们的幸福生活，再一次看到老爸开心地笑了。非常感谢大哥、嫂子、大姐及家人的陪伴和照顾，我们都按照嫂子的要求来做，一切只为了老爸高兴。"

清晨7: 24，打开手机看到小妹的留言，我回复说："你嫂子的那些话是打开老爹心结的灵丹妙药。老爹听了很见效，一天之内发生的变化好大，让人感觉到吃惊。前天我都绝望了！昨天晚上我和你嫂子去看望老爹，他好像变了一个人，当然理发了也有关系。总之，你嫂子开出的药方是对的，就是一个字——哄。（图62）

"你嫂子说老爹都90多岁了，辛苦了一辈子，干吗不让他高高兴兴地走完一生？我们该做的都做了，还不让老爹高兴，这是不应

图62　父亲生日的红包

该的。你嫂子没有把老爹当公公，而是像父亲一样照顾。我们都应该学习。我现在开始转变，不再和老爹讲理了，要尽孝就顺吧。"

大妹看到我的留言回复，说："大哥说得对，我们都照办，嫂子是榜样，我跟着做。"

我回复妹妹，说："以耐心，了天下之多事。以无心，息天下之争心。"

小妹接着回复："大哥说得对，我们都照办，嫂子是榜样，我们跟着做。我们自己都没有想明白，嫂子一席话点醒了，我们向嫂子学习，嫂子万岁。"

李红看到后，回复了一个笑脸，写道："哈哈哈，我只是做了该做的。所有人要把老爹失落的心情给补上。"

早晨8：04，二妹发来信息："我们家太有福气了，有嫂子在这个家，不但出主意，还实实在在出力，真是我们的榜样。我们一起努力把老爸哄得乐乐呵呵的，他老人家开心了，健康状况就会好很多。"

小妹接着发信息："嫂子说得对，我们做了应该做的事，还惹老爸不高兴，是我们情商不高，由嫂子带头，我们大家一起努力，让老人家开心。"

小妹又说："哥，我看老爹总是挠痒痒，给他买个老头乐吧，买那种可以伸缩的，杆特别小，放在哪里都方便。"

中午12：45，老头乐如愿送到了父亲的床头，李红用视频展示了给老爹送来的老头乐。

小妹回复："谢谢大哥，买来了。"

李红回复："原来家里就有，早就给老爹买过了。"

父亲的喜怒哀乐、健康和平安，从来没有像今天这样成为家人时刻关心的话题，成为身处不同时空里的儿女们的牵挂，成为姑嫂之间和谐共振的同频。

其实，李红跟三个妹妹之间的日常联系并不是很多。尤其是两个在美国的妹妹大多是逢年过节的微信联系。二妹最近几年回来过两次看望父亲。小妹妹还未曾与嫂子见过面，但李红对妹妹们的情感和关心使我想起了母亲和姑姑之间的关系。

母亲在同辈人当中是长嫂，母亲嫁到何家来的时候，姑姑和叔叔还都是少年儿童。那时的母亲既要赡养年长的太爷和太太，还要照顾年幼的姑姑和叔叔。在他们幼小的心灵里，长嫂如母，因为他们的吃喝拉撒都要嫂子照料。日久天长结下的那份姑嫂之情如同姐妹。妈妈和大姑在奶奶60岁后，每年都要结伴回老家给奶奶过生日，一直到奶奶93岁过世。每当久别相逢，妈妈和大姑之间就有说不完的话，叙不完的情。

2006年3月，四姑和姑父曾经在重庆逗留了三个多月。在那段时光里，四位老人，忆往昔，说家常，说古论今，谈笑风生。妈妈风趣幽默地讲述陈年往事会引得大家开怀大笑。从四姑爽朗的笑声中，可以感知他们当年相处的融洽和青春的活力。妈妈和姑姑的相聚让我这个曾经一直是寂寞无声的居室，充满了生活的气息和欢乐

的笑声。那种其乐融融的姑嫂之情，像一幅永不褪色的画面一直感染着我。（图63）

如今妈妈走了，庆幸的是妈妈那种贤惠温良有了继承人。李红把当年妈妈对长辈的孝敬和同辈的关爱做得如出一辙，甚而有过之。可以问心无愧地说，父亲得到了儿女们尽其所能的照料和孝敬。李红以自己的言行带动了姑嫂同频，统一共识，让父亲最后的时光沉浸在幸福和温暖的氛围里。

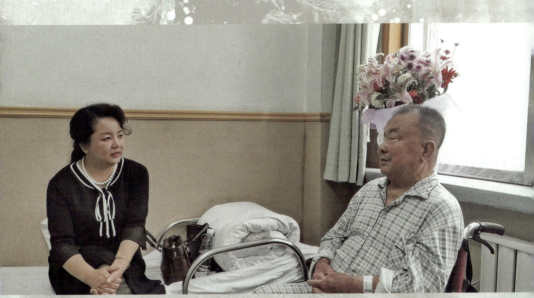

图63　李红到医院看望白内障手术后的父亲

◎ 2021年7月12日，星期一，晴，沈阳

二十三、虎子今天24岁

对于我们来说，除了双方的两位老人外，其实最大的牵挂就是远在美国上学的虎子。

今天是7月12日，是虎子24岁的生日。

昨天，虎子从美国给爷爷打来电话，问候爷爷的身体情况。父亲对着微信视频里的虎子，又是一番重复了不知道多少遍的谆谆教导：诸如什么"好好学习""刻苦努力呀""不要乱花钱""好好吃饭睡觉啊"……对于年过90的父亲来说，这些叮嘱已经是竭尽所能的关爱了。（图64）

虎子在和李红的对话中说，他明天就过生日了。

李红关切地问虎子，明天的生日怎么过。

虎子说，他给自己买了一个比萨作为生日的礼物。

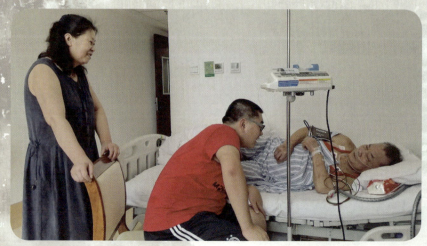

图64 虎子到医院探望病中的爷爷

李红告诉虎子，要对自己好点儿，给自己买个蛋糕，庆祝一下自己的生日。

虎子回答说，不用了，一个比萨足够了。

李红仔细地询问了虎子的生活情况。

虎子回答说，他一切都好。

一切都好！

这对我们来讲是最大的宽慰了。

凝望着坐在床上的老父亲，我不禁想起了六年前虎子即将离开沈阳去美国留学的情景：

那是2015年8月28日，星期五。我带虎子去办公楼取书。从办公室出来，虎子提出要去沈阳军区总医院（现北部战区总医院）看看奶奶（李红的妈妈）。这几天，他听说奶奶因为心脏病发作住院后，曾多次提出要去医院探望。我们去花店选好了一个花篮，便前往医院。

虎子提着花篮上了7号楼7楼，他大步流星地奔向了心血管病的南区，到了100号病床。

岳母见到虎子，像见到自己的孙子一样，她让虎子坐在床边抱着聊天，足以见到老年人对晚辈的疼爱。

当天晚上，我们又到医大一院父亲的病房，为虎子举办了一个送别晚餐。

晚餐之后，虎子伏在病榻上爷爷的身上道别。父亲不禁老泪纵横。他没有想到会在病榻上与他疼爱的孙子分别，本来他明天是要去桃仙机场给孙子送行的。（图65）

虎子依然平静地劝爷爷别哭，或许他不能理解老人此刻的心情。

我懂得父亲的眼泪，深知他此时内心涌起的是怎样的感情，懂得了祖孙分手时，老人的情感世界中最无法言表的感情，我的眼泪控制不住流了下来。

2015年8月29日，星期六。今天是虎子远赴美国的日子。

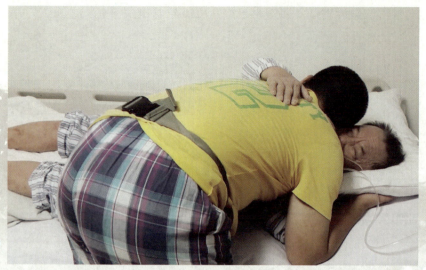

图65 虎子临行前和爷爷深情地拥抱告别

昨夜设定的闹钟还没响，人就醒了。定神一听，虎子早已起床，正在厨房煮饺子。

虎子和李红两人挨着，吃送行的饺子。尽管李红的口气还算平静，但还是流露出依依不舍的关心。

昨天夜里，表面上坚强的李红却突然伏在我的肩头失声痛哭。她说："虎子明天就走了，真舍不得他走。"

其实，这何尝不是我的内心感受呢？

虎子到了要远走高飞的时候了，任何的难舍都不能阻挡他高飞的选择。

虎子很快吃完了饺子，开始准备自己的行装。

送往机场的路上，李红不停地叮嘱虎子旅行中的各种注意事项，这是妈妈给儿子送行的忧心忡忡。

在校友温小鸣的帮助下，虎子通过机场的工作人员，顺利地办完了登机手续。

拿到了登机牌的虎子十分兴奋，径直奔向国际航班的安检口，没几步就把送行的人落在了后边。

我对虎子说："慢点儿，等等姑妈他们。"

虎子放慢了脚步，等到送行的家人们一起前行。

走近安检的隔离口，虎子转身和家人一一握手，他的脸上挂着幸福的笑容，没有离别的伤感。

他转身正要走入隔离区。

"虎子——"突然李红再也抑制不住感伤的泪水，冲上前去，紧紧地抱住了虎子。

虎子却用平静的口气拍拍李红的后背，说："妈妈，别哭，别哭！"

看到此情此景，我的眼睛顿时模糊起来。

虎子要飞走了，他带着远行的兴奋。

虎子要飞走了，他带着温和的笑容。

虎子要飞走了，他带着亲人的嘱托。

虎子要飞走了，他带着我和李红的忧虑和期待。

走入隔离区，虎子就脱离了我们的视线，送行就此结束了。

10：16，虎子发来视频，说："我现在已经登机了，请亲友们放心，我到日本再联系。"

14：51，虎子发了语音："我已经到达成田机场，现在在56号登机口等待上飞机，完毕。"

这个信息让我们很放心，因为虎子已经顺利地完成了转机程序，下一站就是飞往洛杉矶了。

15：04，虎子发来语音："谢谢爸爸、妈妈，谢谢家人，到洛杉矶再联系。"显然，他已经登机等待起飞了。

此后是长达近12个小时的等待。

时间在等待中慢慢地到了凌晨2：45，这是美国洛杉矶当地11：45，应该是虎子落地的时刻。但此时没有收到信息，因为虎子要忙于下飞机取行李，过海关和移民局。

凌晨3：32，手机微信里传来了虎子落地后和接站的刘韵哥哥相见的视频。一颗悬在空中的心，终于随着虎子传来的视频落地了。

时间过得真快，一晃5年过去了。

这5年的时间，虎子在美国收获了很多知识，也慢慢地学会了生活自理的本领。除了自己办理在加州大学戴维斯分校上学所需要的各种手续，还利用暑期到洛杉矶和圣地亚哥探亲访友，横跨北美大陆到北卡罗来纳州的杜克大学实习，还自己办理过境手续，去加拿大温哥华参加马拉松比赛。

所有这些能力，对于一个曾经是自闭症的孩子来讲，可以说是奇迹，其中的付出和艰辛，我都将它真实完整地记录在《儿子，爸爸伴你一起成长》这本书里。

虎子能有今天的成长和进步，离不开亲朋好友、学校老师和很多关心爱护他的人共同努力。但最可贵的是李红的付出，让虎子有了走向人生新阶段的保障。

李红是在虎子赴美前开始接手他的一切的。虎子虽然不是自己的亲生儿子，但却视如己出。虎子的衣食冷暖，成长进步，无时无刻不挂记在心。对于虎子在美国所需要的学费和生活费，李红想尽一切办法及时解决，从没有影响他在美国的生活和学习。

对于这一切，父亲是感激不尽的。对于虎子的成长，今天的父亲已是心有余而力不足。但庆幸的是，他有了一个好儿媳，虎子有了一个好妈妈。

◎ 2021年7月13日，星期二，晴，沈阳

二十四、父的喜好，儿的负担

清晨醒来，我先给父亲打了一个电话，询问他昨天晚上睡得怎么样。

父亲说，睡得挺好。

我又问父亲，您感觉到身上有什么地方不舒服吗？

父亲回答，都挺好，没有不舒服的地方。

我和父亲说，我今天上午就不过去看你了，在家收拾收拾园子，再把你的花鸟鱼也都清理一下，一个多礼拜都没清理，太埋汰了。

父亲告诉我，不用来看他了，在家干活儿吧。

早饭以后，我开始打理菜园里的各种蔬菜，采摘了一些黄花菜、辣椒、黄瓜和西红柿准备送给同事徐振东，又清理了垄沟里的杂草，将生长过盛的黄瓜秧和西红柿枝条绑缚到竹架上。

忙完室外菜园里的活，我又返身回到屋内收拾花鸟鱼。这些给生活增加情趣的观赏动植物，也额外增加了我不少的劳动。换句话说，既被它们愉悦着，也被它们奴役着。只要是有生命的东西，都需要精心呵护，否则，它们给你带来的不是乐趣，而是烦恼。

其实，花鸟鱼并不是我的业余生活爱好。这些观赏动植物都是因为父亲的喜好代为供养的。父亲自幼生活在农村，对大自然里的花鸟鱼虫有着天然的喜好。家里祖祖辈辈都喜欢养花。打我记事起，就记得老家的太爷和太太、爷爷和奶奶、姑姑和叔叔都养花。老家的窗台上摆满了各种各样的鲜花，如月季、玫瑰、海棠、茉莉、菊花、灯笼花、太阳花、鸡冠花、美人蕉、蜀葵、凤仙花、地瓜花、桃柳……大凡北方平民百姓家里饲养的花卉，不一而足。

太爷生前养了一株几十年的老铁树，竟然在太爷去世的那一年无缘无故地枯死了。干枯的铁树叶一直被爷爷精心地收集起来挂在房梁上。后来经一位老中医的指点，将这些铁树叶熬水煮鸡蛋治好了五叔的肺结核。我也是受益者，因为小时候在老家跟五叔生活在一起，也被感染上了肺结核，后来也是用太爷留下来的铁树叶治好了我的肺结核。

20世纪60年代初期，正在读中学的五叔因肺结核而休学在家，父亲为了给五叔消愁排遣，花了将近30块钱给五叔买了一个双层可伸缩的鸟笼。在那个年代，这样的鸟笼可以说是奢侈品，是当时鸟市上最时髦的，专门用来饲养百灵鸟。"文革"前两年，父亲受工友的影响，又喜欢上了养鱼，而且是一发不可收。室内室外，到处都是父亲的养鱼缸和养鱼池。

记得是1965年，大约在八九月份的一天夜里，下半夜2点多钟，父亲那个长2米、高1米、厚0.8米，可以装8担水的最大的巨型鱼缸，不知什么原因突然爆裂，鱼缸里的30多种、200多条热带鱼瞬间冲出鱼缸，把正在炕头熟睡中的我包围在其中，黑暗中我只感觉到浑身上下都有鱼在翻腾跳跃，垂死挣扎。慌乱中我打开灯一看，天哪，大鱼缸的正面玻璃一破三瓣，满炕满地都是水和五颜六色、活蹦乱跳的热带鱼！我吓得大惊失色地高喊："爸！快起来，鱼缸破啦！"

父亲闻声赶过来，面对着满炕满地的鱼，连声叫苦，转身就把家里的洗衣盆和洗脸盆都找过来，又让我赶快到水缸里舀水，把那些还活着的鱼捡起来，放在脸盆和洗衣盆里。

妈妈也跑过来，看着浸泡在水里的被褥和炕上破碎的玻璃，急切地问我："玻璃割着你没？"我摇摇头，说："没有，你看，被褥都湿了，我怎么睡觉？"母亲没有说话，而是蹲下身帮助父亲一起捡鱼。那天夜里，我和父母几乎忙活到天亮，才把那一塌糊涂的混乱场面收拾干净。两天后，东屋的火炕因为遭水浸泡，也被拆掉了，

父亲又自己重新把它盘好。（图66）

没过两年，父亲就成了热带鱼的养鱼专家了。各种高档的热带鱼，父亲不仅会养，而且还会繁育，成为一帮鱼友当中的"大拿"，经常是成群结队地到家里来观摩父亲的养鱼经验。"文革"开始后不久，养鱼养花就成了"封资修"的生活方式。因为父亲养鱼名气太大，还被邻居贴了大字报。为了不招惹是非，母亲劝诫父亲放弃了养鱼的爱好。此后，父亲专注于自己的菜园，种菜养花，让一家人过着城市里的田园生活。

为了让父亲的老年生活过得丰富多彩，重拾旧趣，颐养天年，我和李红商量到城郊的接合部为父亲买了一处可以种菜、养鱼、赏花的住宅。这样，父亲可以重拾过去曾经有过的美好时光。可惜的是，父亲在这里享受的时光太短，为父亲供养的这些花鸟鱼也就成了我无法推卸的包袱。

收拾好院外屋里一周积攒下来的劳务，已经过了午饭的时间，我赶紧驱车到养老院看看父亲吃午饭的情况。

图66　父亲对动物园里的鱼馆流连忘返

我刚刚走进父亲的房间，就看见护工正在清理父亲排泄在厕所门口地下和短裤上的大便。不知道父亲吃了什么不干净的东西，导致他开始腹泻，真是让人感到蹊跷。为了观察父亲的病情，我在养老院陪了父亲一个下午。

我和父亲天南海北、东拉西扯地没话找话说。

父亲突然问我："你在写什么东西？"

"我在写你。"

"写我什么？我有什么好写的？"父亲不解地问。

我说："我给我妈写了一本书，给儿子写了一本书，再给你写一本书。写完你这本书，我以后就只看书，再不写书了。"

"你写了多少了？"父亲问。

"大概1/3吧。我正在抓紧时间整理过去的日记、照片和视频。争取明年父亲节之前写出来送给你。"

父亲不置可否地躺在床上，默默无语。半天才冒了一句让我感慨的话："写书太累了！"

父亲直到吃晚饭前并没有上厕所，我还以为父亲的腹泻已经好了。

看到天色已晚，我和父亲说："晚饭不要吃得太多，让肠胃休息一下。我要回家给李红做饭了。"

父亲点点头，说："走吧，不早了，回家做饭吧。"

离开父亲的房间，我又去服务台，专门交代晚上给老人晚餐注意的事项，请护工加强晚间的看护。

◎ 2021年7月14日，星期三，雨，沈阳

二十五、往事又重现

今天早晨4：50，李红就从家里出发去沈阳桃仙机场，乘坐CZ6503航班飞往上海，比正常的航班晚了一个小时，早上8：00才起飞，10：45到达上海。

早上7点刚过，养老院的护士陈敏就打电话给我，告诉老父亲夜里又拉肚子了。

接到护士小陈的报告后，我马上通知家壮购买一次性清洁手套和尿不湿床垫，并用微信通知在美国的两个妹妹，让她们和父亲视频聊天，以减少父亲因为腹泻而产生的焦虑。

紧接着，我又打电话给学谦，让他与养老院的护士长胡晓红联系，商讨如何治疗老父亲的腹泻。

父亲腹泻治疗处理好后，我开始整理从地下室搬到三楼书房里的几十本日记。为了让已经受潮的笔记本尽快干爽，我把所有的笔记本都铺展在地下晾干。面对着铺展一地的日记本，我又逐一仔细地核对日期，将它们按年月依次排列整理出来。

这看似简单的工作，却整整用去了我一下午的时间。

整理完这些日记本，我又想抓紧时间把父亲这几十年的照片整理一下，分门别类地保存，以便将来可以随时调取作为佐证和使用。

父亲的照片除了早年在照相馆留存的那些旧照，绝大部分是从2004年开始拍摄的。从那时起，我开始用相机记录父亲和母亲与我共同生活过的时光，特别是连续三年在重庆度过春节前后的日子。在手机有了高像素的镜头以后，拍摄父亲的日常生活就成了随时随地的习惯。因此，我为父亲留下了将近万张的照片和几千个视频。但是，这些照片和视频都散落在十几个硬盘中。把这些照片和视频

按照拍摄时间整理出来需要耐心，制成不同的文件夹也是颇费工夫和精力的。（图67）

李红出差不在家，省去了做晚饭的时间。我自己随意吃了几块饼干，就开始坐在电脑前整理父亲的照片。

父亲近万张的照片和几千个视频重现了旧日的时光。那些早已在记忆中淡忘了的过去，又重新回到眼前。看到父亲和母亲与我共同度过的那些日子，脑海里又重构了一幅幅曾经有过的场景。那是一段多么美好的幸福时光啊！

那时的父亲和母亲虽不年轻，但还是健康的老人。他们生活可

图67　与父亲在重庆国共"双十协定"签署地桂园的合影

以自理，外出可以同行，交流可以共叙，团聚可以共乐。每逢佳节举家团聚的时候，一家亲友相聚，其乐融融，父母的脸上都洋溢着幸福的笑容。那时并没有在意的幸福时光，如今显得如此可贵，却再也无法重现了，只有这些照片和视频记录了那曾经珍贵的过往。（图68）

母亲走后，父亲也留下了大量的生活照片。自从我回到父亲身边以后，我用手机给父亲拍摄了大量的照片和视频。留住父亲这些影像，一是出于职业习惯，因为我是学新闻专业的；二是受了挚友焦波的影响，他曾用自己的相机记录了《俺爹，俺娘》这部人间大

图68　父亲和母亲在重庆南山公园

爱的组照，影响和感动了无数的世人。（图69）

　　眼前的这些照片，随着时间的流逝，父亲的容颜和身体开始发生不经意的变化。照片上的父亲随着时光无声无息地流逝而老去。如果没有从前的那些照片的比对，简直不敢相信岁月是这样无情。从前那个容光焕发、精神矍铄的父亲已经不复存在了。如果没有眼前的这些照片和视频，我似乎无法回忆起当年父亲的音容笑貌。（图70）。

　　我庆幸自己做了一件作为儿子应该做的事情！

图69　著名摄影家焦波和我的同学朱成沛与父亲的合影

从十几个硬盘几千个照片文件夹中将父亲的照片逐一清理出来，再按照时间、地点和内容排序，不知不觉时间到了凌晨2点多。我几乎用了整整一个白天和大半个夜晚的时间，把这10多年我给父亲拍摄的照片编辑成一个文件夹，永久保存在我的电脑和硬盘里，成为我可以随时读取的珍贵历史镜头。（图71）

　　这些珍贵的照片和视频让往事重现成为可能。

图70　2009年父亲的照片

图71　2019年春节父亲的照片

◎ 2021年7月15日，星期四，阴，沈阳

二十六、爷爷和父亲走进《夕阳红》

昨夜凌晨3点才入睡，但今天早上还是按时起床了。

想起李红昨天一早到上海出差，今天一早又要赶赴杭州，忍不住给她打了个电话，让她早点起床，不要误了高铁。

早饭以后，我给养老院护士陈敏打电话，询问父亲的情况。

小陈护士说，父亲的腹泻还没有好，昨天晚上拉了6次。

听到这个消息，我马上给学谦发语音，让他用中药治疗父亲的腹泻。

安排好父亲的治疗方案后，我又把昨天夜里给父亲做的照片文件夹重新检查了一遍，将其中一些分类不甚准确的照片又做了重新梳理，直到我认为结果比较满意的时候才关闭了电脑。这是几十年工作一直追求完美所养成的习惯。

下午2点，我让家壮送我去养老院看望父亲。

见到躺在床上的父亲，我问他："吃了午饭没有？"

父亲说："不想吃。"

"为什么？"我问。

"吃了还要拉，所以尽量不吃，可以少拉。"父亲分辩说。

父亲这种逻辑似乎有理。但是，对一个年迈的老人来讲，食物的营养是保证健康的基本要求。如果腹泻还不吃饭，后果将非常严重，因为腹泻会严重脱水，引起电解质紊乱。

一般来说，电解质紊乱可以通过饮食调整，进而恢复人体的内分泌系统，调节激素水平，促进各种离子逐渐恢复到正常的水平。比如剧烈的呕吐腹泻容易引起低钾血症、低钠血症、低氯血症，日常食物补充一般是可以恢复的。食盐当中有钠、钾、氯，还有一些

水果蔬菜中也都含有钾元素。所以，如果是轻微的电解质紊乱，通过饮食是可以纠正的。

但是，这些起码的医疗常识父亲是不懂的。他认为少吃就可以减少腹泻。给父亲讲这些医学常识也未必奏效，所以我跟父亲开玩笑，说："老爹啊，我们现在都在忙着干活儿，你却忙着生病。你累不累呀？"

父亲躺在床上一脸苦笑。

看着父亲无可奈何的样子，我对父亲说："昨天晚上我给你整理照片，发现了2009年7月13日中央电视台《夕阳红》节目播出的《情暖一家人》。你看那个时候，你将近80岁的样子，多健康啊。那个时候你还能修自行车。现在你只能坐轮椅了。"

我问父亲："你还能记着那个节目吗？"

父亲说："有印象，但是记不清楚了。"

我对父亲说："我把这个节目转录到手机上了，现在放给你看一看吧。"

我坐到父亲的床头，伏在他的身边，把手机屏幕转向父亲。

这个节目的主持人是中央电视台《夕阳红》节目黄薇和张悦。节目的题目叫《情暖一家人》。（图72）

图72 《夕阳红》节目主持人黄薇和张悦

黄薇曾获得第三届中国演艺界"十大孝子"荣誉称号。主办方在给黄薇颁奖词中写道:"主持的节目让无数老人感到了夕阳的温暖。而她11年如一日地守在父亲的病床前,侍奉汤药,不离不弃,用中国妇女特有的韧劲、毅力、大孝,陪伴父亲坚守人生最后的夕阳。"

黄薇的老父亲黄德嘉是1997年因为高血压引起脑卒中而瘫痪的。为了照顾瘫痪在床的老父亲,黄薇跑遍了北京的医院和书店买来10多本书,开始自学中医按摩,掌握治疗偏瘫的常用康复办法。在照顾父亲的11年中,她除了必要的工作,放弃了一切个人的时间,全身心地照顾父亲。在黄薇的照顾下,父亲一度甚至能够自己扶着站立几分钟。但最终老父亲还是在一家人的陪伴中安详地走了。父亲离开以后,黄薇发现母亲一夜白发,精神不佳,经医生诊断,母亲患上了"居丧综合征"。这种病是老人因为相伴几十年的伴侣去世,带来心理创伤而产生的情绪问题,只能通过药物和家人的陪伴调节。

黄薇得知这种治疗方法后,就每天下班去母亲家,看着母亲吃药,陪伴母亲的生活起居,即使是出差也把母亲带在身边。在黄薇和丈夫的精心照料下,2012年,黄薇的母亲终于摆脱了"居丧综合征"。

我与黄薇的相识缘于《孝心不能等待》。2008年母亲节《孝心不能等待》出版后,一度成为各大门户网站的热搜词条,《人民日报》、中央电视台、《重庆日报》、《重庆晚报》等官方的媒体也做了广泛宣传。当时,正在中央电视台主持《夕阳红》老年节目的黄薇关注到此书的社会影响。后来,黄薇经在央视工作的另一位主持人与我取得了联系,或许因为我们有着相同的经历,彼此一见如故。

2009年5月11日,母亲节,黄薇打电话告诉我,她要到大连去乔山墓园给我母亲扫墓。翌日,黄薇又打电话与我商量在她主持的老年节目中宣传《孝心不能等待》这本书。(图73)

2009年5月14日，是妈妈逝世两周年的忌日。黄薇陪伴她的老母亲于上午9：50到达大连。大妹燕文、小妹燕玲去周水子机场迎接黄薇，从机场径直赶往乔山墓园。上午10：40到达乔山墓园为母亲扫墓。

第2天，黄薇打电话告诉我，她本周再去大连采访父亲和爷爷，要做一期《夕阳红》节目。

2009年6月16日，我给《中国日报》驻大连记者站的站长、我的大学和研

图73　《孝心不能等待》

究生两度同学朱成沛打电话，请他帮助我接待黄薇的采访，并电告父亲所在的辖区李家街街道办公室协助中央电视台的采访活动。同时电告父亲，明天将98岁的爷爷从老家熊岳接到大连。

两天后（6月18日），黄薇陪伴母亲在大连与我父亲聚会。远在千里之外重庆的我，听到这个消息，真是喜出望外，立即打电话向老人表示问候，并感谢黄薇的这种安排。

2009年6月19日，中央电视台《夕阳红》节目组采访了父亲和爷爷。但大妹燕文告诉我，黄薇的老妈妈不慎摔了一跤，好在并无大碍。我赶紧打电话告知小妹一定要时刻关照好黄薇的母亲，绝不能再出这样的意外伤害。

同时，我又电告父亲一定要把爷爷平安地送回熊岳。

2009年7月12日，我接到了黄薇的通知，打电话让父亲和姑姑观看明晚的《夕阳红》节目。（图74）

2009年7月13日，黄薇打电话告知我，节目播出的当天她已经将这期《夕阳红》节目的光盘寄发了。

图74　父子二人接受《夕阳红》节目记者采访

我一边给父亲播放着《夕阳红》的节目，一边与他回忆着这些过往。

父亲看着电视里曾经精力充沛的自己，看到九十八岁高龄的爷爷依然头脑清醒、思维敏捷、说话声音洪亮，仿佛又回到了十几年前，心情明显好多了。

借着这个机会，我让父亲起床吃点东西。我给父亲倒了一杯水，又给他拿了一包饼干，父亲坐在床头不紧不慢地吃起来。

父亲突然问我："李红怎么没来？"

我说："李红不是昨天出差了吗？你怎么忘了？"

父亲又问："去哪啦？"

我说："昨天一早从沈阳到上海，晚上12点才回到酒店。今天一早又赶往杭州，现在说话说得嗓子都哑了。"

父亲心疼地说："太累了，让她歇歇吧。"

我笑着对父亲说："那你就好好地在这养老，别一场病接着一场病的，多累呀。"

父亲无奈地摇摇头，笑了。

◎ 2021年7月16日，星期五，阴，沈阳

二十七、父亲又住院了

昨天晚上，因为整理母亲走后的家庭照片，入睡很晚。本想今天早上睡个懒觉，没想到5：57，养老院的护士陈敏就打来电话说爷爷昨天晚上拉肚子7次，上半夜2次，下半夜5次。她觉得这样仅靠在养老院吃药不行，还是需要去医院。

我告诉护士说，好，我马上处理。

于是，我抓起电话，给远在杭州的李红发去了信息，告诉了老父亲现在的情况。

10分钟以后，李红回复说，她给章院长的电话没有打通，但是已经给她发了信息。两天前，她在飞往上海的航班上遇到了章院长。昨天晚上，章院长深夜才回到沈阳。

本来还睡意蒙眬，这么一折腾我全无睡意了。翻身下床，赶快收拾屋子，把准备清洗的衣服收拾好，放进洗衣机。

我给刘家壮发去了语音，告诉他今天上午先把老人送医院，然后再去机场接李红。

等待刘家壮来家里取车的时间，我已经把院子收拾了一遍，给花浇了水。

已经没有了吃早餐的欲望，李红走了这三天里，我总共吃了三顿饭：吃了一个玉米饼子、两个粽子。冰箱里还有一穗玉米，就把它当作早餐吧。

玉米刚刚煮好，家壮就到了。趁着他擦车的时间，我三下五除二把玉米吞下肚子。然后，收拾好要带到医院的物品就出发了。

9：30我们到达养老院的时候，一群老人正在院子里做早操。领操的护理员极力地调动着老人的情绪，但是，一群老人依然是神情

木讷、动作笨拙地学着领操员的动作。说句实话，即使是这样的一群老人，我也多么希望父亲就是其中的一员。

父亲的房门是锁的，打开房门，看见躺在床上的父亲似睡非睡。我轻轻地走到父亲身边拍了拍他，说："老爹，我们去医院吧。"

父亲懵懵懂懂地看着我，没有任何表情。

我说："起来吧，咱们去医院。"

他却接着我的话茬说，昨天晚上又拉了好几次。

我说："是啊，这样不行，不能在养老院待着，还是去医院治疗吧。"

前台经理张丹和护理部主任何贵清闻讯也赶到房间帮着收拾东西。

9：30，何贵清和我们一起陪同老人前往中置盛京老年病医院。

整整一个小时零二分的车程，我们直接从急诊大门进入了医院大厅。刚刚进走廊，父亲就急着要去厕所。可是一楼的厕所只有蹲坑，没有坐便。这样的厕所父亲是不能去的，因为他自己蹲不住。

有坐便的厕所，只有在病房里有，无奈之下，只好请孙文杰主任给临时安排进房间，先解决方便的问题。

巧合的是，我们在大厅里碰见了刚刚上班的章院长。院长让孙主任马上安排老人先住进四楼消化内科的病房。

何贵清和刘家壮带着老人上楼，我在楼下办理入院手续。本来入院的病人是要在一楼的急诊室先做核酸检测，然后才能入住病房的。因为有章院长的安排，孙主任直接带着我去急诊室向护士要了一个核酸检测的试管，让护士到病房去给老人直接取样。

去收费处交核酸检测费的时候，收费员告诉我，医保卡里的钱不够了，还差64.83元钱，问我刷卡还是交现金。

我说："刷卡吧。"

交完核酸检测的费用，我就直接到二楼住院部办理住院手续。因为知道父亲的医保卡里没有费用了，所以我就提前把手机支付打开。交完住院押金，孙主任陪着我直奔父亲的病房。

护士长王凤艳带着两个护士正在房间给父亲做入院的基础检查。从头到脚仔细地检查之后，护士长说，老人长期卧床需要用气垫。

气垫床充气之后，需要我们用床单把父亲抬起来，把气垫床铺好。幸亏我们今天来了三个男人，否则的话，仅靠几个小护士根本没法完成这个任务。

气垫床铺好之后，护士张宁宁用了将近两个小时给父亲清创，由于伤口上包扎的纱布和溃疡的创口粘在了一起，要取下纱布，需要长时间用生理盐水浸润。但这位23岁的小护士非常仔细地操作，生怕让父亲感到疼痛。看到她长时间操作辛劳的样子，我给她提了个建议，用纱布蘸上生理盐水敷在创口的表面，这样可以让纱布尽快湿透，容易从皮肤上剥离开来。果然，这样做效果非常好。（图75）

13：30，章院长带着刘凡主任来到病房看望父亲，询问老父亲的症状，并做了医嘱。

14：15，护士战华芳送来了两盒治疗腹泻的药品。一盒是东北制药生产的地衣芽孢杆菌活菌胶囊（整肠生），首次4粒，第2次开始，每日三次，一次两粒。另一种药是华纳大药厂生产的蒙脱石散（华纳比乐），一天三次，一次一袋。不久，护士又送来了头孢克肟胶囊（汉光妥），一日三次，一次一粒。

14：20，主治医生张明亮和金

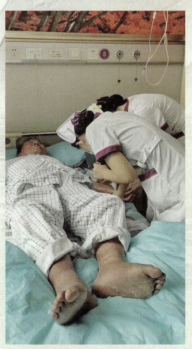

图75　护士给父亲输液

昭主任来查看父亲的伤情。金昭主任看完后，建议伤口处不要再包扎，用碘伏消毒即可。

20分钟以后，护士张宁宁带着一个助手来给父亲处理伤口，主要是用碘伏擦拭。擦拭的结果远比包扎效果要好得多。

15：30，张明亮医生推着心电图仪器来到病房，给父亲做了两次心电图，检查的结果心脏情况尚属良好。

15：36，张明亮医生引导我们到地下负一楼做了CT检查，检查的结果不甚理想，因为发现肺部有积液。

16：20，刘凡主任第3次来到病房询问父亲的病情，并叮嘱值班医生张明亮加强护理。

16：26，由医院负责招来的护工董春艳来到病房，我向她详细介绍了父亲护理方面的一些要求，又给她买了一份晚餐。

16：36，李红打来电话，从杭州飞往桃仙机场的飞机平安落地。她要先去公司处理一些积压的事项，然后再来医院。

不一会儿，张明亮医生又来到了病房，向我介绍了父亲抽血化验的结果，他把这次检验的结果和上一次做了对比，发现父亲原来一些正常的指标都出现了问题。尿酸、尿素、肌酐指标都高，蛋白和钙都低，因为连日的腹泻应该是钾低，但钾却莫名其妙地高。同时凝血也不正常，这些都是以前检查不曾有过的现象。

父亲这次住院的时间距离上次出院的时间仅仅10天，10天之内却发生了如此大的变化，这说明风烛残年的老人的健康是极易急转直下的，稍不留意就会酿成不可挽回的后果。好在父亲每次出现一些前兆和症状的时候，我们都及时把他送到医院，没有发生因我们忽视而误诊的情况。

我把这些检查的结果及时用语音给远在万里之外的妹妹和亲人们做了通报，让他们了解父亲现在的病情。

就这一点来说，真的是得益于现在的互联网和微信。这种现代通信方式可以让地球另一端的亲人们瞬间了解父亲的病情和发生的各种问题。

晚上6点，大妹从大连赶回了沈阳，从沈阳北站直接来到中置盛京老年病医院，看望病中的父亲。老父亲见到大妹，突然有一种想哭的表情，可以想见他知道自己的病给子女带来的拖累，我心中不禁一阵悲凉。

18：36，我将这次血液检查的结果悉数传给了医大一院心内科主任田文，恳请他对这些不正常的指标给予一个指导性的治疗方案。

尔后，我又把这些检查的结果发给了学谦，让他从中医的角度给出治疗的建议。

大约在一个小时之内，田文主任给出了明确的答复，提出的建议非常具体。学谦则发了一段文字，表达了他的意见："高龄应激反应后，肾功受损、离子紊乱，代谢功能也随之紊乱。暂时不要出院，恐有危险！"

我回答说："暂时不会出院，起码得在这住一个礼拜治疗观察一下，因为22号那天还要有一个彩超检查深静脉血栓的变化。怎么也要住到23号才能出去。"

19：09，李红发来信息说，她已经在来医院的路上。考虑老父亲这次换了科室和病房，为了避免上楼找寻的麻烦，我下楼出来迎接李红。

在病房待了一整天，步出室外，不禁抬头仰望，暮色初现的天空有几朵绚丽的彩云，这是连日阴雨天后夕阳赋予的色彩。这不禁让我想起了乔羽作词的一首《夕阳红》歌，歌曰：

最美不过夕阳红，
　温馨又从容，
夕阳是晚开的花，
夕阳是陈年的酒，
夕阳是迟到的爱，

夕阳是未了的情，

多少情爱化作一片夕阳红。

脑海里响起这首歌曲，人在医院前的小广场上行走，望着熙来攘往的车辆和人流。

仿佛只有几分钟的时间，等我抬头再次仰望西边的天空时，刚才还是绚丽彩霞的云朵染上了漆黑的墨色，那些微红的淡淡云丝，在暮云的掩映下忽而不见了！

用"最美不过夕阳红"来描绘人生的暮年，其实"夕阳红"是很有时限的，这段美好的时光大约是在60岁退休之后的10年之内。再往后的十年二十年，就像这暮色的晚霞一样，美好的光彩稍纵即逝，父亲的今天就像那褪了色的晚霞一样，已经再也没有美好可言了！

◎ 2021年7月17日，星期六，晴，沈阳

二十八、七不责，五不怨

清晨刚刚醒来，就收到了主治医生张明亮发来的信息和视频。

张医生的信息说，你父亲恢复得挺好，精神多了，我刚换完药，擦伤基本愈合。

视频的画面显示，父亲已经坐在床上准备吃早餐，正在和护工董春艳商量早餐吃一个鸡蛋、一碗大米粥。

看到这些信息和视频，心中顿觉释然。

早餐后收拾好厨房，走到二楼父亲的房间。抬头看见父亲床头悬挂的"福寿满堂"的匾额，这是我为父亲专门请制的。（图76）

"福寿满堂"四个字里面包含着父亲的名字：福堂。给父亲精心装饰的这个房间，是完全按照父亲的喜好布置的。我的初心就是想让父亲在这里颐养天年。但是父亲的保姆却不想和我们一起居住，她想去过二人生活。所以，父亲在这个给他布置好的房间里住

图76　父亲居家养老的房间

的时间并不长。我的良苦用心没有实现。如今望着这空荡荡的房间，不禁想起了古代圣贤在家庭教育方面的训诫："对子女七不责。对父母五不怨。"

所谓"七不责"，就是父母对子女：

一、对众不责；

二、愧悔不责；

三、暮夜不责；

四、饮食不责；

五、欢庆不责；

六、悲忧不责；

七、疾病不责。

回想自己的一生，我和妹妹从小到大几乎没有受到过父母责骂，父母也从来没有打过我们任何一人。这在我们那个童年和少年时代是罕见的。一是妈妈生性温良，从来没有从母亲的嘴里听过粗话；二是我们兄妹从小也非常听话，从不给父母惹是生非，在学校里也都是好学生，自然也没有挨打受骂的理由。

如今我们都相继迈入了老人的行列，父亲已经进入了耄耋之年，对于父母我们能够做到的就是"五不怨"。

一、不抱怨父母无能；

二、不抱怨父母啰唆；

三、不抱怨父母抱怨；

四、不抱怨父母迟缓；

五、不抱怨父母生病。

反躬自问，这五个不抱怨，我还是做到了。这个醒悟其实是在妈妈过世以后才真正体会到的。在母亲临终前后那些日子里，每天守护在妈妈的病床和遗像前，我的内心充满了愧疚和自责，感觉自己应该为妈妈做的许多事情都没有来得及做，妈妈就走了。从那时起我就想，今后我要对父亲尽一个儿子应尽的孝道，把对妈妈的那些遗憾都补偿回来。

同时，我也对步入暮年的老人有了更多的理解。从前面对着一些老人的语言啰唆，行动迟缓或者抱怨，或多或少都有些不屑，感觉这些老人的举止就是别人的麻烦。母亲的离世，让我幡然醒悟：因为我们的明天就是这些老人的今天，我们没有理由去指责和抱怨老人今天的一切。我们今天所看不惯的一切，终究要落到我们自己的头上。

昨天晚上，李红和大妹分别从杭州和大连返回，都直接去了父亲的病房。面对躺在床上愁眉苦脸的父亲，李红坦然地对父亲说："老爹，你就是想太多了。你的积蓄被拿走了，我们还可以给你挣，不要为那些钱发愁上火。放心吧，你不用为自己今后的吃穿和看病发愁。我们不会让你掉到地下。"

其实，父亲这几个月来不断生病，根本的原因不是老迈，而是他十几年的积蓄被保姆不辞而别取光了。这对节俭一生，省下每一个铜板都要积蓄起来的父亲而言，是一个致命打击。曾经手握几十万元养老金的父亲如今身无分文，难免感觉到自惭形秽。他的内伤是既无语又无奈，外化成为日益衰败的病态。

对父亲这种易碎的心态，我们都小心翼翼地呵护着，尽量不去触碰他的痛楚，但是却无法抚平他内心的伤痛。

下午，我先是去了文安路的万佳宜康养老院看望岳母。坐了不到半个小时，父亲就打电话过来，问我什么时候去看他。因为我们每天至少一次到医院去陪护父亲，尽量让他感觉像住在家里一样。今天上午，我没有过去，所以父亲就着急了。

我和李红急忙赶往医院，来到病房。护工董春艳说，父亲早上吃了一个鸡蛋、一碗稀粥，中午吃了一个馒头，晚上又吃了一个鸡蛋羹。

对于一个正在腹泻不止的老人来讲，这种饮食还算正常。但父亲却用几分戏谑的口吻告诉我，他昨天晚上一夜没闲着，一直在拉肚子。

　　护工一边给父亲喂水，一边跟我们叙述父亲折腾的一晚上。（图77）

　　从护工的口气中没有听出丝毫抱怨的情绪。这倒让我感觉到有几分释然。

　　对护工的辛苦也有了一份敬意。

图77　护工董春艳照顾父亲

二十九、护工打来求救电话

昨天晚上，离开医院以前，我让主治医生张明亮给父亲开些治咳嗽的药，父亲这两天夜里开始咳嗽。

晚上，我们又驱车去九如城养老院，到父亲的房间里给他取治湿疹的药膏和驱蚊器。父亲说，他的病房晚上有蚊子。

父亲现在需要的一切，就是我们必尽的义务。因为他已经不能自食其力了，他的生活质量的保障，只能完全靠儿女的赡养。

今天是星期日。早晨起来，到外面的果园里一看，才发现今年苹果结得太多，由于没有及时给枝干做支撑，一枝斜出的枝干被沉重的苹果压断了。从枝干枯萎的叶片看，显然已经断了几天了。这在以往是没有发生过的，但现在的主要精力在老人身上，这些果树已经被弃管了。无奈只好将折断的枝干锯掉。

9点刚过，春艳就打来电话说，父亲昨天晚上因为身上的湿疹发作，痒得几乎一夜没睡。让我赶快想办法给老人家找止痒的药膏。不然，老人和她晚上都没有办法休息。

我赶紧打电话给大妹，让她去医院的时候给父亲带去苗药师这种药膏。因为外甥女从网上给姥爷网购了一些"苗药师"存在家里。父亲使用这种药膏，感觉效果还好。

父亲的湿疹源于5年前的一次住院治疗。不知道为何原因，父亲莫名其妙地患上了湿疹。从此以后，湿疹就成为困扰他的一个久治不愈的顽疾。为了治疗父亲的湿疹，我们曾经找过多位中医和西医专家开方治疗，但都效果不佳。2017年我去贵州六盘水参与创作一部扶贫的纪录电影《三变，山变》。有一天，坐车到六盘水市委宣传部经过一个高架桥时，偶然发现桥下有一家治疗湿疹的苗医诊所。大概是出于人们常说的"有病乱投医"的心态，返回宾馆时，我没有跟宣传部要车，而是步行绕到高架桥下，去了这家苗医诊所。诊所的墙上挂着各种各样的宣传图片，以证明这家诊所的疗效。其实这个诊所就是一个药房，店里只有一个店员，在出售湿疹药膏。我一次买了10支药膏，并且要了诊所的销售名片。

出了药店，我没有打出租车，而是步行走回酒店。因为我觉得半个小时的车程距离应该不是太远，完全可以走回去，顺便看看六盘水的市容市貌。没想到坐在车上行驶的距离和时间用步行来完成是一件不对等的事儿。这一次，我用了2个小时20分钟，走了39000多步，是迄今为止我的微信运动记录上一天内最多的步数。

上午10：30，舅舅的孙女文秀打电话，要到医院来看望姑爷。我告诉了她父亲病房的楼层、科室和病床号。

下午，文秀和丈夫徐来宝到医院探望父亲。从发到一家人的微信群里的视频看，父亲的精神状态尚可，说话的中气还挺足，除了床头还挂着正在输的营养液，似乎看不出来是一个病中的老人。父亲还能讲出幽默的语言，逗得文秀哈哈大笑。

看着父亲的病已经明显好转，这些日子一直绷紧的神经终于松了下来。

◎ 2021年7月19日（星期一，阴）至7月22日（星期四，晴），沈阳

三十、父亲厌倦住院了

一转眼，父亲入院已经一周了。

父亲这次住院是因为严重的腹泻。但是，三天以后父亲又开始便秘了，而且还出现了一些其他的问题，真是按下葫芦起来瓢。老年人的病态往往就是这样接二连三，让人不知道哪个先来。

医院里，除了护工春艳全天陪护外，我和李红还有大妹白天都轮流到医院去陪护老父亲。其间，章院长还带着科主任到病房慰问了老父亲。我每天都保持着和主治医生的联系，及时了解父亲的病情和治疗的手段。坦率地讲，父亲是住院的老人当中得到照顾很周全的一个。

21号上午，父亲做了一个双下肢静脉的彩超，下午又做了一个肾彩超。

当晚5：30，我给主治医生张明亮打电话询问肾彩超的结果。结果是：正常。真是谢天谢地。

说实话，父亲的每一次检查都让我提心吊胆。因为大凡检查出来的结果都有各种各样的问题。仿佛是一辆即将报废的老旧汽车入厂检修，几乎所有的零件都要更换，否则就难以为继。

9月22日下午1：25，父亲又做了一个动脉彩超。彩超是一种无创的检查，对大多数病人来讲应该是没有痛苦的。但是因为父亲的双下肢都有斑块栓塞，检查过程中使用的耦合剂又比较凉，所以刺激父亲的双腿极不舒服，检查的过程当中，父亲的脸上始终挂着痛苦的表情。

入院的前四天，父亲一直每天都要输液。因为腹泻进食很少，所以主要靠营养液来补充。这样每天大约需要输3000cc的营养液。

挂着吊瓶要在床上躺上大半天，五六个小时，让父亲的心里异常烦躁，但又无可奈何。

为了缓解父亲的烦躁情绪，我把《孝心不能等待》送到了病房，让春艳在父亲输液时读给他听。春艳告诉我，当她读到《孝心不能等待》的一些章节时，父亲忍不住哭了。（图78）

我完全能够理解父亲此刻的心情。因为《孝心不能等待》里描写的母亲的昨天，就是父亲的今天。父亲今天能够感受到的是一种切肤之痛。他或许已经感受到自己已经走向衰亡的边缘。

既然事与愿违，我让春艳不要再给父亲读《孝心不能等待》了。

其实，从停止腹泻不再输液那一天开始，父亲就提出要出院。他说，自己实在不想在医院再待下去了。我耐心地和父亲说："老爹，没人愿意在医院待着，我们也不愿意在医院陪着你。你和我们都很辛苦，也都很累。但是，你现在的身体不允许刚刚恢复就要出院，既然住到医院里来了，我们就再好好检查治疗一下，看看还有没有其他的问题，如果一切都比较正常，我们就出院。"

后来接二连三的检查，让父亲更加烦躁不安了。

看到父亲这种精神状态和情绪，再继续在医院待下去已经有害无益了。于是，我和李红商量，明天再给老父亲做一次检查就出院吧。

图78　护工董春艳在陪伴父亲吃早餐

◎ 2021年7月23日，星期五，阴，沈阳

三十一、父亲今天出院了

今晨醒得很早，拿起手机一看，凌晨3：45。离设定的闹钟还有三个多小时，可是想起今天父亲就要出院，睡意仿佛都消失了。

脑海里回旋着父亲住院这一周来的周折和出院后即将面对的新问题，越想就越睡不着。

想睡又睡不着的时候，时间仿佛过得很慢，翻来覆去地看表，时间却总比自己想象的要慢得多，此刻就盼望着天早一点亮。这可能是失眠者共有的心态吧？

好不容易熬到了起床的时间，起身下床，洗漱，做早饭。

先是把李红送到单位上班，然后转赴中置盛京老年病医院接父亲出院。

上午10：40，我和家壮到达病房。主治医生张明亮送来了父亲出院后的药单，详细注明了用药的次数和用量。

我让护士长把父亲胳膊上尚未愈合的伤口重新包扎一次。

我们静静地等待老年病专家金星主任来病房给父亲做出院前的最后一次检查。（图79）

父亲急不可耐地要求下地，

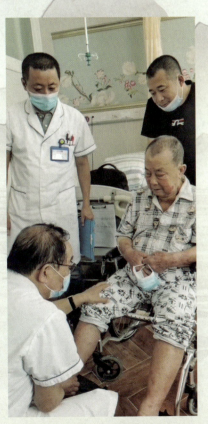

图79 金星主任给父亲做检查

坐在轮椅上，开始和家壮兴致盎然地讨论着秋菜的种植。一种活力又回到了父亲的身上，仿佛就像当年他要开始种植秋菜一样兴奋。

11：39，金星主任带着他的助手来到了病房，给父亲仔细做了检查。然后告诉老人家可以放心地出院了。同时又要求父亲在8月23日回医院，做复诊检查。

听了金主任的医嘱，父亲知道自己可以出院了，脸上立刻洋溢出笑容。

家壮推着轮椅，我和春艳拎着父亲住院的各种物品，愉快地告别了病房，走出了医院，走进了盛夏的阳光里。

11：45，坐进汽车里，父亲的精神状态明显好多了。他感觉自己仿佛是解放了一样。

我拿起手机录着窗外的视频，告诉远在万里之外的妹妹和家人，父亲今天出院了。

12点整，大妹发来视频，她已经提前到养老院把父亲的房间打扫了一遍，正等待着父亲的回归。我告诉大妹和养老院的餐厅联系一下给护工春艳和父亲留出一份午餐。

一个小时以后，我们终于又回到了养老院。

◎ 2021年7月24日，星期六，晴，沈阳

三十二、竭诚相待请护工

重新回到养老院以后，父亲的精神面貌为之一振，除了行动有些不便之外，表面看没有什么病态。

昨天午间回来以后，专门让春艳陪同老父亲吃了午餐，大妹一直陪到傍晚才离开。

今天是周六，接近中午时分，我和李红来到父亲的房间，陪着他吃午餐。（图80）

午餐以后，李红陪着父亲聊天，从父亲的言谈话语中，李红感觉到父亲对春艳这一周来的陪护很满意，也猜透了老人的心思。于是，李红给春艳通了很长时间的电话，极力劝说和动员春艳到养老院来专门伺候父亲。

春艳告诉李红，自己家的儿子今年高三，正在利用这个暑期备考体育专业。她希望能在暑期多陪着儿子和监督他准备高考，同时

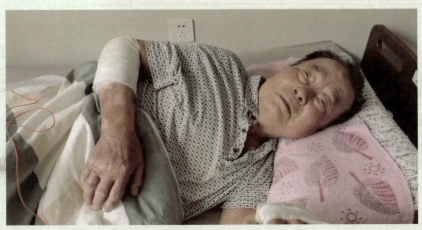

图80　陪着父亲在养老院聊天

因为家里也有些农活，准备砌院墙，所以，一时无法到养老院来陪护父亲。

春艳原本是在医院陪护病床的，没有想法到养老院来专门伺候一个老人。李红为了能够说服春艳到养老院来伺候老人，给她开出了很优惠的条件。说服养老院的经理接受春艳成为正式的护工，给她上五险一金，在养老院领基本工资。养老院的护工是隔天休息，李红和春艳商量，正常上班时，可以顺便多关照一下老父亲，休息那一天就专门陪护老父亲起居，这一天的工资由李红支付。这样春艳就可以一个月拿到双份工资。应该说，这对于一个农村出来打工的中年妇女是一个相当优惠的条件。

李红甚至跟春艳保证，只要她能够一心一意地照顾老爹，今后与她作为亲戚相处。

这样优厚的条件，也让春艳感到心动，承诺说等把家里的事情处理好就回来到养老院上班。

李红跟春艳之间的对话，老父亲都听到了，老人的心情也随之高兴起来。

父亲坐在床头，兴致勃勃地跟李红讲起当年他和母亲如何一起为持家而辛勤劳作的。父亲告诉李红，他和母亲利用工休时间到离家十几公里远的周水子苗圃搂树叶喂羊。父亲用自行车驮着装满树叶的大麻袋往家里送。等父亲送完一趟，母亲又搂了一大堆。这些树叶作为羊的过冬饲料，而羊奶却喂了猪，因为家里的人都嫌羊奶膻没人喝。（图81）

父亲的这些陈年往事，把李红逗得喜笑颜开。

父亲的心情好了，体能顿时有了改善，他提出要自己上厕所。

我说："你试试看吧，我在旁边看着你。"

果然，父亲自己推着轮椅去了厕所。不到5分钟，父亲就满脸笑容地从厕所走了出来。

看到父亲的心情大好，我提出推着父亲到养老院的院子里走一

图81　李红到养老院看望父亲

走，父亲愉快地答应了。

养老院的院子里有一个硕大的湖面。这是一个人工湖，里面放养了许多鲤鱼、草鱼和鲫鱼。宽阔的湖面上不时浮现着聚集在一起的鱼群，偶尔也有些大鱼跃出水面，在湖面激起一片涟漪。父亲看了非常高兴。我跟父亲开玩笑说，我给你买个鱼竿，你在这钓鱼吧。父亲摇摇头说，外边太热了。

环湖四周是一条用方砖铺砌的人行甬道。我把轮椅推到了湖的东边，父亲看到树丛中居然还有一个凉亭。这是他以前没有到过的地方。我跟父亲说，以后等他腿脚好了可以到凉亭里聊天，坐一会儿，打个牌多好啊。

父亲无奈地笑了笑，没有说话，大概他知道自己没有这个可能了。

我推着父亲从湖的南面绕到了东面，又回到了北边。走到了康

养楼的前面，父亲问我这是什么地方。（图82）

我告诉父亲，这是养老院的另外一座楼。他住的楼叫颐养楼，这两座楼中间是连在一起的。我们可以从这个康养楼进去，走到他的房间。

父亲愕然地问："这个养老院这么大吗？"

我说："是啊，这是一家大的房地产公司建造的。"

我推着父亲从康养楼的坡道进入了大厅。沿着长长的走廊转了两个弯儿，就回到颐养楼的餐厅。路过餐厅就回到了大堂。在大堂里，恰好碰见了蒋晓丽和大冯夫妇，他们俩都是来自大连的老乡，和父亲也显得格外热络，见面以后有说有笑。

此时的父亲完全变了一个人。

我转身看到大堂的墙壁上有一个飞镖盘，我把父亲推到了飞镖前面五六步远的地方，抓起一把飞镖交给父亲让他投掷。（图83）

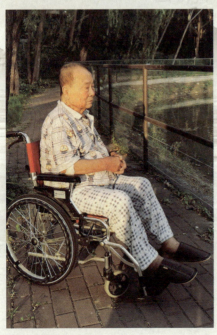

图82　陪伴父亲到养老院的庭院里散步　　图83　父亲在掷飞镖

父亲的手里握着一把飞镖，端详了一下墙上的镖盘，轻松地一甩手，居然把飞镖击中在靶心周围，得了16环。

我立即给父亲鼓掌，以激发他的热情。

结果，父亲一口气把手里的十几个飞镖都掷了出去，得分率很高，可能我也未必能够投掷出这么高的分数。

我问父亲："还想投不？"

他高兴地点了点头。

我把镖盘上的飞镖全部拔下来，又交给了父亲。

父亲又连续投了4次，居然最低的分数是6分！

从他出手的动作和反应的敏捷程度看，父亲完全不像90多岁的老人，这可能和他常年从事体力劳动与从前喜欢活动有关系。

父亲出来活动已经一个多小时了。我和他商量说，咱们回房间休息吧。

父亲点头答应称好。

回到房间，我让父亲用湿毛巾擦了擦手，然后，交给他一个西红柿。

父亲问我："从哪里得来的？"

我说是刚才从养老院的菜地里摘来的。

父亲看了看手里的西红柿，说："还不到时候。"

我说："这是最红的一个西红柿了。你尝尝，看好吃不？"

父亲咬了一口，说："还行，味道不错。"

我告诉父亲，我们家里的西红柿也红了，明天我给他送。

晚上9∶13，小妹从美国发来信息说，老爸这次改变了很多，昨天和老爸视频了两次，听他讲过去的事情，能看出来他从心里高兴，昨天还让她和服务人员聊天了，就是那个陪老爸打牌的工作人员，那人说是老爸教自己打纸牌的；最后，感谢大哥、大嫂、大姐的辛勤付出。

三十三、护理再升两级

父亲这种好的状态，仅仅让我们高兴了一天！

今天早晨，护士陈敏就把连续三天父亲的血压记录发过来了。

7月23日，高压180，低压92，脉搏88。

7月24日，高压178，低压93，脉搏97。

7月25日，高压201，低压114，脉搏96。

仅凭常识就知道，父亲的这个血压是非常危险的。我赶紧发信息给主治医生张明亮，询问解决的办法。

张明亮回复："考虑是肾性高血压。服用拜新同，每次30毫克，每日一次，同时服用呋塞米片，每次一片，每日两次。

"如果水肿好转，呋塞米片每日一次，每次一片。如水肿明显好转，就停服呋塞米。呋塞米的常见副作用是低钾。观察患者的四肢力量，如出现四肢无力需要停用。

"改善肾功，服用开同片。每次5片，每日三次。尿毒清颗粒早中晚各一袋，睡前两袋，每日4次。"

同时张明亮医生又建议："老人的食物要低盐低脂，多食用优质蛋白饮食（鸡蛋、牛奶、瘦肉都是优质蛋白），少进食豆制品。

"还需要治疗原发病肾功能不全，建议少用药物，让中医看看肾功能结果，一定避免服用对肾有损害的药物。

"必要时，去肾内科诊治，透析治疗，我认为老人家高龄尽量避免应用不必要的药物。"

应当说，张明亮医生的远程指导已经够详细的了。

二妹从微信里看到父亲的血压情况，发信息："老爸有点儿太离奇了，一回到养老院就有问题，我分析其中一个原因，是不是饮食太咸、太油了？或者是压力，在医院里有人一直陪着他，有安全感，回到养老院晚上没人陪，他就担心害怕，血压自然就升高了。"

正在养老院陪同父亲吃午餐的大妹发来视频，父亲面对饭桌上的红烧肉、西红柿炒鸡蛋、蘑菇炒油菜和鸡蛋汤，居然说："看着这些饭就够了。"

看到视频以后，我和李红也急忙赶往医院。

面对着满脸不悦的父亲，李红又开始了苦口婆心的劝解，告诉父亲有事就叫护工，就按铃，现在护理等级又增加到特级了，晚上也有专人陪着他在房间里住，晚上就不用再害怕了，这不挺好吗？

我趁机跟父亲说："你身上这些毛病都能好的，你只要心情好，这些病都会好。你看胳膊上的紫癜才几天的时间都变成正常样子了，腿上的紫癜也基本退了。出院时也给你做了全面检查，动脉做了，静脉做了，血栓也看了。你走那天，金主任专门告诉说，你现在血栓什么样子，回家以后注意什么。张医生天天给你讲，多吃点优质蛋白，吃点奶，吃点鸡蛋，吃点瘦肉，尽量少吃豆制品，对吧？再给你做红烧肉，你得吃点啊，你不吃肉不行。"

父亲对我们的劝解并不反驳，但从表情来看，他也心不在焉。

离开养老院前，李红又去专门找了丁经理，和她签订了提高父亲护理等级的协议，将父亲从二级护理提升到特级护理。

二级护理的费用是每月2700。提升到特级护理，费用是再加3800。每增加一个等级多1900块钱。住宿费是每月3800，伙食费是每月1000。这样算起来，父亲住养老院的费用是每月11000元。

李红的指导思想是只要老爹高兴，不计较费用问题。但即使这样我们心里也没底，这样的付出会不会换来父亲在这里安心养老，颐养天年。

当天晚上10点半多钟，学谦赶到养老院给父亲把脉，用中药治疗父亲的病症，但却被门卫阻拦不许入内，因为时间已经太晚了。

学谦无奈，只好给李红打电话请求帮助放行。李红赶紧请示养

图84 学谦仔细检查父亲
肿胀的双腿

老院的丁经理，让她通知门卫，让学谦进入父亲的房间，保证不影响其他老人的休息。

经过一番周折，学谦总算进到父亲的房间，看到父亲还没有入睡。做完诊疗后，学谦又劝解了父亲一番才离开养老院。但是，学谦从护工的嘴里得到信息，父亲自从回到养老院以后，经常晚上打电话，都是下半夜2点后才入睡。（图84）

听到这个信息，我真是不知如何是好。父亲这种状态，再多的养老费用也无济于事！

◎ 2021年7月26日（星期一，晴）至8月1日（星期日，阴），沈阳

三十四、养老院禁止探视了

席卷全球的新冠疫情终于降临到了沈阳。

昨天早上9：40，沈阳公布了新增病例行程轨迹。今天，按照沈阳市最新疫情防控要求，从今晚6：00起，沈阳各火车站旅客必须凭健康码方能乘车。

接踵而至的就是封闭养老院、幼儿园等场所。两位老人的养老院都被封闭了。这对于两位每天都可以见到儿女的老人来讲，这种隔离是致命的。他们就像一个需要被人照料的幼儿突然失去父母的陪伴一样惊慌和无助。

于是，我用微信通知在美国的两个妹妹和外甥、外甥女，要求他们每天都与老人视频通话，以减少父亲的忧虑和孤独。

古人云："凡事预则立。"养老院封闭这样的局面我们从来没有想到过。但是，为了保证和父亲随时都可以通话和联系，在父亲90岁的时候，我们教他学会了使用微信。这个过程反反复复教了很多次，好在父亲终于学会了用微信接收视频和语音。这对一个90来岁的老人来说，已经是非常难能可贵的了。（图85）

互联网通信给我们创造了突破封闭隔离的可能，保证与父亲每天有通话的机会。尽管如此，我们不能和父亲面对面零距离地接触，还是无法割舍心中那种牵挂。

我要求外甥刘韵经常

图85　父亲用微信与远在美国的妹妹视频

给姥爷打个视频电话，因为父亲每次接到外孙的电话都会异常兴奋，说话的语调都要高八度。

小妹告诉我，她昨天跟父亲视频时，发现父亲说话的声音哑了。我告诉小妹，老爹见不到我们，肯定要上火。

让我感觉到意外的是，27号早晨，父亲自己给我打了电话，说他一切都好，让我放心。显然，父亲是知道我们对他牵挂的。

我把这个消息告诉了大妹。大妹还是忍不住去了养老院，想和门卫通融一下，放她进去。但是门卫坚持不肯，大妹只好无奈地回家了。

28号上午，我和父亲通了一个视频，父亲告诉我，他一切都好，但是不高兴。

我只好再次发微信，要求在美国的两个妹妹每天和父亲视频聊天。

30号的上午，护士陈敏发来信息，父亲的降压药没有了。于是，我赶紧去药店买降压药，让家壮送到九如城养老院的门卫，请看门的师傅转送到护士站，再由护士长转送给父亲。今天凌晨，沈阳市疾控中心再次发布了紧急提醒，近期南京禄口国际机场出现本地新冠疫情传播链，已经波及湖南张家界、四川绵阳、辽宁大连等多个省市，并发生多起聚集性疫情，疫情防控形势严峻复杂。

这种防控封闭，对于父亲的忧虑心情来讲无异于火上浇油。父亲终于在视频电话中告诉我，他不想住养老院了。

我问他："为什么？"

父亲告诉我，他从护工那里得知他每个月的养老费高达1万多元。这个费用太高了，他不想住养老院，再给儿女再添麻烦了。

◎　2021年8月2日（星期一，雨）至8月18日（星期四，阴），沈阳

三十五、养老院封闭的日子里

养老院封闭以后，隔绝了我们与父亲面对面的交流，没有人与他说话，父亲感觉到异常孤独，要求离开养老院的想法越来越强烈。

养老院里的老人大多来自完全不同的家庭和社会背景，工作经历也不尽相同，所以彼此间很难有共同的话题进行交流。只有那些平常善于交际的老人又有打麻将或打扑克爱好的老人能够处在一起消磨时光。

父亲天生就是一个不善交际、沉默寡言的人，这一辈子除了干活儿，几乎没有什么称得上是爱好的兴趣。尽管养老院里的老人不少，但是他依然生活在一个人的世界里。

没有情感交流的老人，无论在一个怎样优越的生活空间里都是孤独的，再好的物质生活条件都无法改变他们抑郁和焦虑的心态。

尽管我们极尽可能创造了各种优越的条件，也想方设法让父亲与其他的老人接触和交流，但收效甚微。不得已，我只好和小妹燕玲通了一个很长的电话，讨论父亲离开养老院如何安排的问题。

大妹提出，如果父亲实在不愿意住养老院，就回到她家里。但这只是个权宜之计，三两天过渡是可以的，但绝非长久之计。（图86）

图86　学谦到大妹家给父亲看病

大妹虽然住在一楼，也有个小小的庭院和开辟了一个较大的公共绿地花园。但居室的空间小，父亲的轮椅在房间里没有回旋的空间。更麻烦的是父亲上厕所和洗澡非常不方便。还有就是父亲现在每天晚上睡眠很少，有的时候，一

个晚上要上10次8次厕所，这样大妹一个晚上就无法安眠，白天还要上班，半个月下来人就搞垮了。

今年5月中下旬，父亲在大妹妹家暂住时，我每隔两三天就要去大妹家接父亲来我家里洗澡，吃完一顿晚餐再送回去。到大妹妹那里居家养老，是一个无法实现的方案。

唯一可去之处只有我这里，从环境和居住条件而言是无可挑剔的，但最大的问题是父亲的房间在二楼。从室外进到房间里，要走36个台阶。这对于父亲来讲是不可逾越的障碍。父亲上下楼只能抬着。这样，每次就需要四五个年轻力壮的小伙子配合才能上下楼。

岳母曾经在这里住过，遇到紧急情况，呼叫救护车。急救人员扛着担架却无法下楼，因为楼梯的拐角太小，只好把岳母绑缚在担架上，几乎是竖立着，4个人才从楼上抬下来。

这就意味着父亲一旦上楼，就只能窝在自己的房间里，再好的居住环境对于父亲来讲，已经没有任何享受的意义了。

说实话，父亲所在的养老院条件可以说是相当好。他所居住的房间是朝阳的，离洗浴室、服务站和大门都是最近的。

为了让父亲有家的感觉，我们给他搬去了冰箱、酒柜、圆桌、沙发、鱼缸，20多平方米的房间里边有大衣柜、电视，配置的是日本的养老床，智能坐便。坐在床上就可以眺望窗外的景色，房间里冬暖夏凉。父亲喜欢养花，我还给父亲买了一窗台的君子兰和倒挂金钟。整个生活设施全是按照养老配置的，轮椅进出非常方便。

养老院里每天都安排老人早上做操、白天上课和其他的各种活动。但父亲却说住在这里像监狱一样，一点没有家的感觉，他不想再住下去了，着急上火，嗓子也哑了，眼睛也肿了。

为此，我们和几个妹妹在微信上讨论了半天，该如何处理父亲居家养老的事情。

李红说，把一楼的榻榻米拆了，给老爹支个床。但榻榻米一天见不了太阳，而且那屋子也小，轮椅也转不过来弯。另外，保姆没地方住，让保姆在客厅住沙发，人家宁可不挣这个钱。父亲晚上不睡觉，一会儿要大便，一会儿又要小便，会折腾得谁也受不了。

在保姆的选择上，大家也犯了愁。年纪轻的，肯定不会干。只有六七十岁的保姆，才可能照顾这样的老人。但父亲现在的半失能状态，六七十岁的人也很难长期支撑下去。

无奈，李红只好绞尽脑汁去找保姆。李红请曾经给岳母做过保姆的老陈太太来家里照顾父亲。几年不用的电话号码，好不容易找到了。

老陈太太说，她的儿媳妇9月份就要生孩子了。她要照顾儿媳满月以后才能来沈阳照顾父亲，时间大概是11月份。于是，李红又到家政中心找了一个60多岁的保姆。上午谈的条件很好，结果下午去见面又变卦了，借口儿子不同意，所以不来了。

李红只好请养老院的丁经理与老父亲正式谈一次退出养老院回家养老的问题，并经过特许，晚上与大妹一起去养老院参加和父亲的谈话。

8月2日晚上6点，李红和大妹一起到了养老院。李红苦口婆心地给父亲做了将近一个小时的说服，坦诚地告诉父亲居家养老的不方便，以及养老院提供的方便条件，希望他能够跟其他的老人多接触，和大家融合在一起搞活动，不要待在屋里不出去。

李红劝说老爹要高兴，父亲虽然满口答应，但从他的表情看，也是无奈地服从。

第二天，我给父亲打了几次电话，他终于接了，和我聊了一会儿。他告诉我，现在挺好的。我让父亲和养老院的员工一起打牌。他说，他的眼睛看不清楚了。我劝说父亲走出房间多和其他的老人交流。

8月4日，二妹从美国发来信息说，刚才跟老爸聊天儿了，他的情绪挺稳定，告诉我要满意现在的状况，这里挺好的，生活很方便。

我回复我二妹说，现在沈阳，也不只是沈阳，全国因为疫情封了很多地方，养老院肯定是去不了了。大家都通过微信跟老爹聊聊天儿，让他感觉到我们大家还非常关心他，不是把他扔到养老院不管了。这样，他的心情就会好多了，大家要鼓励他多跟外面的老人互动，多出去活动，吃饭的时候不要在房间里，要到饭厅去。

二妹回复我说，这些话我都说了，老爸看上去情绪不错。他自己说，有几个人能有这么好的养老条件。还说，我嫂子真能，一般的人办不成这事儿。

从8月5日起，父亲真的改变了。

养老院的护工每天都发来父亲和大家一起打牌、做操，还有坐着轮椅到院子里晒太阳的视频和照片。父亲也开始到餐厅和大家一起用餐了。（图87）

我们的感觉是父亲开始慢慢适应养老院的生活。在美国的两个妹妹几乎每天都给父亲打视频电话，但是大多数父亲没有接，后来才知道他的手机没有充电。

看到父亲参加养老院集体活动的视频和照片，我们的心情放松多了。我给妹妹们发信息说，老爸终于从郁闷中慢慢走出来了。现在开始参加集体活动，这是一个好的开端，大家都多鼓励鼓励，让他感觉这样能参加集体活动，对自己的身心健康是有好处的，我们都给他点赞。我们大家都跟老爸发视频跟他聊天，他就会感觉到现在还是一家人一样的感觉。（图88）

养老院的护工李珊珊也发来信息："爷爷最近心情挺好，经常参

图87　父亲与养老院的员工一起玩纸牌

图88　养老院的护工陪同父亲一起游戏

加我们的活动。"

8月10日的早晨，父亲自己突然给我发了一个视频，当时吓我一跳，我还以为又出了什么事，结果父亲告诉我说，他挺好的，不用惦记。（图89）

原来，父亲上午出去参加老人的活动，情绪非常好，回来给我打一个电话。真是不容易，他终于开始适应养老院的生活了。

8月13日，李红还转发了护工发给她的父亲做的绘画作品。二妹点赞说，老爸真有艺术细胞。（图90）

小妹也发信息说，画得真好。打了几次电话，老爸都没接，现在参加活动的时间多了，心情改变了很多。

此后的一周内，我们始终和养老院的员工保持联系，及时了解父亲的情况。打电话给护士陈敏，询问父亲还需要什么药和生活用品。陈敏发来视频和照片，报告父亲的腿又肿了。我及时将信息转给了主治医生张明亮和王学谦，又打电话给姜延威让他及时把中药送到九如城转给父亲。接着再给父亲打电话，督促他吃中药，又去药店买西药，给父亲送去生活用品和水果。

李红给丁经理打电话请求给中医王学谦放行，到父亲的房间里给父亲看病。最终，王学谦还是在门卫隔着栅栏给父亲把脉。

图89　父亲在养老院做早操

图90　父亲的绘画课作业

（图91）

大妹给父亲送去做好的菜，门卫不让进，只好由门卫转交给父亲。

8月14日早晨，我给护工金明打电话问父亲的情况。他发了视频，父亲的腿比原来红了，但和父亲通了两次视频电话，父亲都显得很高兴，说他很好。

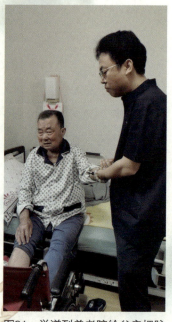

图91　学谦到养老院给父亲把脉

父亲说，要削皮器和水果。早上，我去早市买了一大堆水果，让家壮给父亲送去，并送去装茶叶的锡罐和削皮刀，让蒋晓丽转给父亲。和父亲通电话时，他很高兴，告诉我东西都收到了。

8月15日早上打电话给父亲。父亲说，他需要治疗湿疹的药膏。父亲又告诉我，他嘴的右边不舒服。我打电话给护工，让护工看看父亲的口腔有什么问题。

8月18日早晨，我给父亲通了电话，他告诉我，现在他感觉自己的腿没有劲，现在又有些肿。于是我给护士长打电话，请她把父亲的情况给我发一个视频。

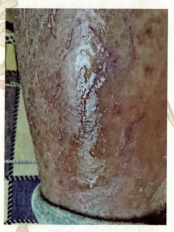

图92　父亲肿胀的双腿

护士长胡晓红发来父亲双腿的照片，并转告了父亲的情况。

从视频看，父亲的双腿情况比较严重，刚刚消肿不长时间的双腿又开始肿胀了。（图92）

父亲的健康情况又急转直下！

◎　2021年8月19日，星期四，晴，沈阳

三十六、父亲今天再次住院了

最近两天，沈阳都是天高气朗。

这是沈阳入秋以来难得的阴转晴的两个好天。

今天起床后，我就通知家壮提前到家里，把已经过季的茄子秧拔掉，给两边的香菜和胡萝卜腾出通风和光照的空间，以利于它们的生长。

上午，我打算把倒伏的黄瓜秧绑到架上，疏一疏过密的胡萝卜秧苗，再给小萝卜和小白菜打点儿防菜青虫的杀虫药。这些原本是今天上午的计划。

9点刚刚到，养老院的胡晓红护士长就打来电话说，父亲的腿肿得比较厉害，并且又开始溃破流水。这种情况两个月之前曾经出现过，当时就是紧急送往医院救治的。

护士长的电话仅仅过了10分钟，父亲自己打来微信视频告诉我，他的腿疼得厉害。我马上安抚他说，现在就联系医院，送你去住院。

我立即给中置盛京医院的张明亮医生和金星主任打电话请求安排住院。

同时把信息转给了大妹。

大妹接到信息后，即刻动身前往养老院，去给父亲准备住院的生活物品和需要携带的东西。

与此同时，我把信息迅速地告诉了李红，让她联系中置盛京老年病医院的章院长，安排父亲住院的事宜。

李红回电说，她正在联系章院长，同时已经派司机刘家壮返回住处，接我去养老院送父亲去医院。

同时，李红又告诉我，她已经给老家亲属联系好进驻盛京医院滑翔分院做骨髓移植，让我通知老家亲属尽快跟医院联系。于是，我又费了一番周折，把老家亲属的电话和医院联系的情况反馈给李红。

趁着家壮还没有返回的这段空隙，我把萝卜、小白菜、黄瓜、豆角，还有外边的果树打了一遍农药。

刚刚洗去身上的农药和汗水，家壮呼叫的电话就响了。

我赶紧拿上给父亲去医院需要备的物品和水果，与家壮匆匆忙忙赶到了养老院。

父亲的精神状态尚可。但是，他的腿确实肿胀得很严重，而且脚底裂开了许多口子。这是他不敢行走的主要原因。（图93）

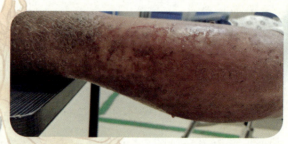

图93　父亲的双腿因血栓堵塞而造成的肿胀

在养老院护工的协助下，我们费了很大的力气才把父亲安置到车里。

11：44，我们从养老院出发前往医院。车行到沈阳站的前方，我用李红发给我的电话号码拨了孙主任的电话，结果接电话的是张主任。她说，她不知道父亲要来住院的事情。她告诉我说，孙主任是另外的电话号码。于是，我又打电话给李红核实孙主任的电话号码。果然，李红原先发给我的电话号码是错的。重新核实电话号码后，终于接通了孙主任的电话。

12：30，我们赶到了中置盛京老年病医院。孙主任亲自来到大门外迎接，帮助把老父亲推进医院。我们则被滞留在大门口检查大数据行程卡，检测体温和填写相关的表格。

完成这一套手续后，我们赶到了一楼的院长办公室。孙主任正在安排父亲住院的科室。我提出鉴于父亲此次的症状与最初一次住院的情况相同，最好还是住综合外科。孙主任认同了我的建议，让我去挂号办理入院手续。

这时，我突然感到发蒙了，因为走得非常匆忙，忘记携带父亲的身份证和医保卡。按照规定，没有身份证和医保卡是不能办理住院手续的。

孙主任看到我非常着急的样子，就说："我带你去办挂号和办入院手续吧。"

在孙主任的协调下，我以自费的方式办理了挂号和父亲的住院手续，比正常办理医保住院手续多交了1500块钱的押金。

由于父亲的病情和身体状况，我提出最好给安排一个单间。但是，当天已经没有单间可以入住，只好临时安排在其他的病房中。

护士长邹慧凌闻讯赶来，给安排了一个离护士站最近的房间，随后就和另外一名护士孙松慧开始给父亲整理床铺，并叮嘱护士给陪护的家属也安排一个床铺。

经过一个多小时的折腾，终于算把父亲暂时安置妥当。

这时，李红打电话来告诉我，她已经让护士长给父亲找一个陪床的护工。同时又让我联系老家的亲属，询问是否已经跟需要骨髓移植的医院取得联系、安排入院进仓等待手术。

时间过得真快，把这些事情处理妥当后，已经是下午2点多钟了。

14:40，当天值班的医生汪洋来到病房，询问父亲的相关情况。我向汪洋医生详细地介绍了父亲发病的历史和现状，并询问汪洋医生父亲何时开始做相关检查。

汪洋医生说，如果病人的情况允许，今天下午也可以做。考虑到我和大妹还有家壮都在病房，人手比较多，在征求父亲的同意后，我让汪洋医生开出了下午检查的报告单。

恰好就在此时，护士长给联系的护工梁淑珍赶到了。

我们4人把父亲推到了负一楼，先后做了心脏彩超、双下肢的深静脉彩超、CT和心电图。大约用了40分钟完成了4项检查。（图94）

图94　父亲在做CT检查

下午4点，我们返回病房时，护士送来了医生开出的新药：螺内酯片，一次一片，一天两次；呋塞米片，一次一片，一天三次；氢氯噻嗪片，一次两片，一天两次；头孢克肟胶囊，一次一颗，一天两次。

父亲每次住院都增加新的用药，不到三个月住了三次院，各种用药加起来多达30多种。看着这些五花八门的药品，让人实在是无语又无奈。如此多的西药，服用下去缓解的是症状，引发的可能是新的疾病。但面对痛苦不堪的父亲，只能接受这种不堪忍受的现实。

16：20，走廊里传来出售晚餐的叫卖声，我让大妹去给父亲和护工买晚餐。

父亲现在的食欲不佳，他因为担心自己大小便不方便，所以就拒绝喝水和饮食。经过我们一番工作，父亲终于在护工的帮助下开始进食。

看见父亲已经开始吃饭了，我向淑珍交代了一些相关的护理事项，然后就和妹妹离开了医院。

我和家壮又去接送一位朋友，回到自己家里已经是6点多了。

此时，李红还在办公室召集开会。

掐指一算，时间还够，于是我开始着手包饺子。因为今天早晨李红走得匆忙，早餐没有吃好，晚饭总得补偿一下。

虽然父亲住院这一天忙得精疲力竭，但生活总还得照常过啊！

◎ 2021年8月20日（星期五，雨）至8月31日（星期二，晴），沈阳

三十七、父亲又住了12天院

昨天护送父亲去医院，因为走得匆忙，忘了带父亲的医保卡和身份证。

今天一早就赶到医院，护士长周慧凌带我去住院处将父亲的自费转成了医保。

来到父亲的病房，护工梁淑珍正在喂父亲早餐。父亲正在吃一节玉米，喝小米粥。我让护工多给父亲买些荤菜吃，父亲说他不爱吃鱼肉。我和医生张明亮一起给父亲讲增加营养的重要性，老年人尤其要多吃优质的蛋白质，身体才能健康。（图95）

因为是疫情防控期间，进出医院非常麻烦，所以我一直在病房陪着父亲，一直到吃午饭才离开。

第二天中午，大妹发来语音，她去医院看父亲，被门卫挡住，只好把给父亲做好的饭菜交给护士转送。

8月22日星期日，早晨护工梁淑珍发来父亲吃早餐的视频，并且要求给父亲买痱子粉。

上午，我们摘了家里果树上的桃子、苹果，还有西红柿送给父亲，并送去了痱子粉。

在病房里，李红向梁淑珍详细交代了护理父亲的注意事项。因为

图95 护工梁淑珍在给父亲喂饭

李红下午要开会，我们安慰父亲要好好配合治疗就离开了医院。

8月23日早晨8：00，护工梁淑珍打来电话说，父亲今天要做彩超，她一个人处理不了，但医院现在又是隔离封闭，只允许一人陪床。我只好给护士长周慧凌和主治医生打电话请他们帮忙，安排护士和医导协助护工给父亲做B超。

因为缺少人手，父亲无法坐轮椅，所以只好把病房里的病床推到负一楼的彩超室，父亲在床上做的彩超。

上午10点做完彩超以后，护士长又给父亲调了一个单人间。这样，护工的休息和洗漱比较方便。

下午，梁淑珍打电话告诉我，已经做完彩超，她把父亲移到了单间。

父亲因为不能每天见到我们，心里开始焦虑。大妹知道后赶去医院看望父亲。

早晨7：47，大妹给我打电话说，她已经在沈阳站，马上就要到医院了，但不知道能不能进去。

我告诉她说，她和门卫说，她是章院长的亲属，家里的老人已经90多岁了，因为明天要会诊，医生通知家属来医院协助办理相关的手续，到病房给老人送急用物品。如果门卫让医生打电话，她就给金医生打电话让他通知门卫。

大妹顺利地进入了父亲的病房。正好赶上护工在给父亲泡脚，去掉脚上厚厚的一层死皮。

从入院后这几天的治疗结果看，父亲的双腿明显消肿，比刚入院的时候颜色好一点，不像原来发红发黑，但双下肢静脉的血栓还是一个没有解决的隐患。昨天主治医生金熙成跟我说，让我明天到医院跟金主任商量一下，看看能不能给父亲做溶栓手术。现在看吃药控制效果不好，但是，溶栓各有利弊，也有一定的危险。所以明天让我过去商量一下，看看怎么做。

8月25日，清晨雨雾蒙蒙。

早晨7点，我和家壮把李红送到沈阳北站去大连考察。不到7：30我们就到了病房，等待与金熙成和金星主任讨论父亲的溶栓治疗方案。

　　刚刚8点，金星主任就来到病房给父亲做检查。根据父亲现在双下肢静脉血栓的情况，金主任如实地告诉了我做溶栓治疗的风险。前一天，我还专门咨询了医大一院的心血管科田文主任，他是心血管方面的专家。

　　同时，我又查了一些网上的资料，做溶栓治疗和除栓手术一般情况是在12个小时之内新形成的血栓还可以，最好是三个小时之内，超过这个时间就不大容易融掉了。另外，老父亲已经90了，这个年龄不适合做溶栓，因为血管太脆了，容易破。

　　昨天，父亲抽血检查的结果是他的血凝抗凝还高。按常理说，父亲吃利伐沙班，抗凝应该低才好。正常人应该高一点好，因为这样出血很快就能止住。但父亲现在的抗凝还是高。这样一天就得服用两颗利伐沙班。

　　利伐沙班是自费药，每盒188块钱，一盒7颗。现在是一周吃一盒。今后一盒只能吃三天。这样算下来，父亲每个月服用利伐沙班就需要1600元，还有其他的几种药物加在一块，父亲一个月的退休金4000多块钱只够吃药。

　　从父亲目前的状态看，住院就是一种常态化，每隔一段时间就需要回医院住些日子治疗。这种状态今后可能是无法改变的。

　　现在，护工给父亲洗了脚，大概半个多小时，父亲坐在床上就累得不行，躺下去都要大口地喘气。今天的父亲已经完全不是几个月前那种状态了。他仿佛就像一只即将燃尽的蜡烛头，一阵微风吹过，就可能随风熄灭。

　　8月26日（星期四，晴），今天大妹去医院照看父亲，并和护工梁淑珍一起给父亲洗了澡。父亲向来都有每天洗澡的习惯。父亲原来在工厂时，车间里的粉尘很大，每天下班以后都要洗澡。天长日久，父亲就养成了每天洗澡的习惯。但自从父亲住院卧床以后，差不多将近一周没有洗澡了，这对父亲来讲是难以忍受的。

但医院的条件有限，只在卫生间里配了一个洗浴的喷头。父亲要洗澡是一件非常难办的事情。父亲因为患有湿疹，每天都要擦药膏，几天不洗澡，难受的滋味可想而知。在父亲的强烈要求下，大妹只好和护工一起给他洗了一个澡。

父亲说，洗了澡身上舒服多了，但还是感觉洗得不过瘾，水不够热。大妹劝说父亲不能总用太热的水洗澡，对老年人的皮肤损害太大。但积习难改，我们只好勉强顺从他的要求。

父亲的皮肤病导致他的手指脚趾经常发生皲裂，疼痛难忍，只好用医用橡皮膏或创可贴包裹。护工梁淑珍给我们推荐了一种她认为疗效很好的花芊神农本草一条根精油贴。这是产自台湾高雄的一种中医冷敷药膏。我立即让梁淑珍代购让父亲试一试。

尽管父亲在医院的治疗效果明显，但他日益严重的沮丧的情绪让我们感到焦虑。

小妹发信息说，她给父亲打电话，现在感觉父亲不愿意说话，这是以前从来没有过的。小妹在美国10多年没有回国探亲了，所以父亲非常牵挂。每逢小妹来电话，父亲总是问长问短，但现在父亲却不想和她说话了。

我们每次去医院看望父亲，都劝说他高兴一点，父亲虽然口头答应，但实际可以感觉他的心境并没有什么改善。

我也曾跟梁淑珍商量，在医院附近给她租一间房照顾父亲，但是她不愿意到家里照顾老人。

28日的晚上，李红下班以后，我们就去医院给父亲送一些日用品。李红感觉父亲一下子苍老了很多，容颜和气色也大不如入院时的样子。

回到家里，李红边哭边和我说，老爹这么折腾，就是我们想要他长命百岁都很难。

8月29日，今天是星期日。

清晨，天还没有亮，李红把我从梦中叫醒和我商量，老爹不回养老院住了，出院以后直接到我们家里来住，并答应给护工每个月6000块钱的护理费，同时再给父亲买一张高档的专用的护理床。随即，我们俩就在京东上开始给父亲选专用的医用护理床。

经过比较，我们选择了嘉顿老人医用护理气垫床。这是一种按照人体工程学设计的家用多功能卧床瘫痪病人手动翻身床。它可以升降，有起背、坐垫、床垫、便孔、餐桌、洗头功能，输液架、整体下屈腿等配套功能，比父亲在医院用的护理床还要高档。（图96、图97）

清晨起床后，李红去二楼父亲的房间，把柜子里的衣服都挪到女儿房间的衣柜里，并清理了父亲房间的阳台。李红开始亲自动手为老父亲回家居家养老做准备了。与此同时，开始寻找愿意到家里照顾老人的保姆。

8月30日，早晨打电话给护工梁淑珍询问父亲的情况，并告知

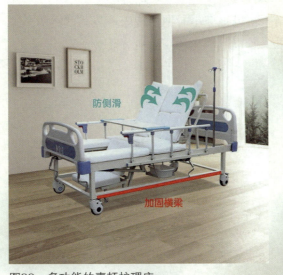

图96　多功能的嘉顿护理床

图97　嘉顿护理床的气垫

她父亲将在9月1日出院。

第2天中午，大妹从医院打来电话说，梁淑珍介绍来一个新的护工，同意到家里来照顾父亲，并且在今天下午就到病房替换梁淑珍。

当晚6：00快递公司的卡车送来了父亲的医用护理床，家壮请物业的几个小伙子帮助搬到了楼上。家壮、安琪、小洪和我4个人一起动手，用了将近一个小时把护理床安装调试完毕。

一切准备完毕，就等待父亲出院回家了。

◎ 2021年9月1日，星期三，晴，沈阳

三十八、父亲回家了

为了迎接父亲的归来，李红专门请了保洁公司来家里做彻底的大扫除。

清晨8点，保洁公司的9个保洁工来到家里清扫房间。首先把父亲的房间家具全部清理干净，做了彻底的大扫除，窗明几净。

李红亲自去九如城养老院办理了父亲的退院手续，然后，通知大妹到医院帮助护工白淑艳护送父亲回到家里。

上午11：10刘家壮到达医院，11：44父亲在妹妹和白淑艳的护送下离开医院，12：45回到家里。（图98）

图98　家壮和大妹把父亲抬回家里

家壮和大妹、淑艳一起用轮椅把父亲从后门抬到了前院。想到父亲今后很难再下到园子里来，我让父亲在院子的凉亭里稍事休息，看一下秋天的菜园儿，吃了一个刚刚从树上摘下的桃子。然后，请物业四五个保安壮小伙七手八脚用座椅把父亲抬到了二楼他的房间。（图99）

看着新买的医用护理床，父亲脸上露出了难以描述的表情。家壮费力地把父亲从椅子抱到了护理床上。

下午2：30，刘家壮和大妹去九如城养老院把父亲的衣物和用品收拾干净，送回家里，其余的家具都留在了养老院。父亲结束了在养老

图99　父亲在品尝自家树上的鲜桃

院为期90天（2021年6月3日到9月1日）的养老生活。

这90天里，父亲三次住医院，几乎一半时间在医院，一半时间在养老院。大妹曾经和父亲开玩笑说，老爹是"两院院士"。

下午3：10，学谦闻讯赶到家里给父亲把脉，开了药方，并陪着老爹聊了好长时间。父亲每次见到王大夫都很高兴，特别愿意和学谦聊天儿，学谦也能把父亲逗得很高兴。（图100）

当天晚上，李红又不厌其烦地给父亲做起了说服工作，让他从此在家里安心养老，高高兴兴地过好每一天，争取活过百岁的爷爷。

淑艳告诉李红，老爹回家以后胃口大开，比在医院吃得多了。

远在美国的两个妹妹看到父亲回家的这些视频和照片以后发来了信息。

小妹说："老爹总说看不着亲人，这次回儿子家常住，总算圆了老爹的梦想，以后就不会上火生病了。感恩嫂子的种种付出，处处为老人着想。"

二妹说："今天早晨把所有的视频都看了一遍，很被大哥大嫂所感动，老爸终于回家了，回到亲人的身边，上一周脸色还是灰黄的，回到家马上就不一样了，感恩嫂子的大爱和付出。"

看到两个妹妹的信息，李红回复："都是应该的，以后千万别谢了。"

图100　学谦陪父亲聊天

◎ 2021年9月2日（星期四，晴）至9月9日（星期四，雨），沈阳

三十九、居家养老的日子

回到家里的父亲似乎比在养老院心情要好一些。

一是他有安全感，感觉到自己跟儿子住在一起，心里踏实。二是有保姆的护理，各种生理需求可以随时处理。三是有了交流的对象，可以与保姆和家人聊天。

父亲虽然90多岁了，但是记忆力丝毫没有衰退。他一生经历过的事情都可以娓娓道来，可以记住当时的场景和当事人的姓名。我们最近从父亲的嘴里听到许多过去没有听到过的故事。因为父亲平时寡言少语，所以我们很少听他讲从前的往事。

或许父亲年轻时把精力都放在干活上，所以也没有心思跟我们讲从前的自己。现在处于半失能状态的父亲，已经无事可做了。这倒让我们知道了父亲小的时候吃了多少苦，年轻时出了多少力，他是如何离开老家到大连打工又是怎样白手起家为我们建立一个幸福而温馨的家园。（图101）

听着父亲的叙述，我的眼前仿佛又出现了年轻时父亲的形象，又看到了那个曾经不知疲倦终日劳作的父亲。父亲的一生没有大起大落，平凡而又无为，仅仅是一个吃苦耐劳、勤勤恳恳的好工人。从父亲那结实的臂膀和粗壮的双手，我看到了他为我们这个家庭辛勤劳作的一生。

平日里，父亲也喜欢和淑艳聊天，喜欢吹嘘一下自己的过去，特别是他在重庆度过的

图101　父亲接受《夕阳红》记者采访

日子。让朴实无华的淑艳感觉到如今躺在护理床上的这个老爷子有着不一般的经历。

父亲回家后，美国的两个妹妹几乎每天都给父亲通微信视频。

9月3日那一天是小妹的生日，家人都给小妹发了红包。

小妹回复："谢谢各位家人，心意收到了。感谢大哥和嫂子把老爸接回家，让老爸有了家的感觉。昨天打电话，老爸说了半个多小时，明显感觉开心了很多。心里开心，身体自然而然会慢慢恢复起来。我和燕平在外面也帮不了任何忙，我们俩从下个月开始每个月给老爸寄点生活费。每人各1000人民币，也算我们一点孝心，等我们的生活有了改善以后再多给点，辛苦你们了。"

二妹发来信息："大哥大嫂，我和小玲在外也没有帮到你们，每个月往家寄点钱，也算出点力。"

李红看到信息，回复："不用寄钱，你们在美国不容易，我还担得动。你们经常打电话给老爹他就高兴，他这次是心理、身体双重打击，毕竟90多岁了。"

小妹回复："谢谢嫂子，你替我们承担了太多的责任，我们一起努力。"

我告诉远在美国的妹妹，父亲现在虽然精神好一点，但身体大不如从前，看上去已经像一个90多岁的老人了。因为在养老院这几个月父亲不怎么吃荤菜，只愿意喝小米粥，吃点儿咸菜，所以身体完全瘦下来了。

现在关键是看父亲能不能下地，如果不能下地，从此以后卧床，就很难说父亲能不能再熬几年。

李红为了让父亲身体尽快地恢复，给父亲买了新鲜的海参，同时还买了一些补养品，希望父亲能够早日康复，恢复到从前的状态。

为了让父亲不寂寞，感受到他从前曾经有过的生活，我每次都把菜园里收获的蔬菜水果送到父亲的面前让他品评，也把园子里的新鲜蔬菜端到餐桌上，让父亲品尝。

环境的变化让父亲的心情也有了变化，加之护工淑艳尽心地照顾，让父亲的精神状态大为改善。如今父亲躺在护理床上就可以洗脚，甚至大小便都可以解决。

大妹说，嫂子选的这个护理床太高大上了，功能齐全，护理方便。

我给家人发语音，说："老爹回来已经4天了。在淑艳的照顾下恢复得不错，说话也有底气了，不像原来在医院那样。主要是护工照顾得好。淑艳不辞辛苦，白天晚上地照顾老爹，每天擦呀，洗呀，把老人收拾得干干净净。最近两天，老爹的饭量也增加了，晚上睡眠的状况也比原来好多了。你嫂子看了都很感动。"

李红也告诉小妹，说："这个淑艳真不错，我看了这么多护工，她真是最好的。每天早上起来，老爹的床上地下都是掉的皮。淑艳一点一点地收拾。每天晚上也睡不踏实。老爹一会儿撒尿，一会儿刺挠，有时候刚便完收拾完又有了，蹭得被子和裤子上都是，淑艳都给收拾了。哎呀，我可做不到。"（图102）

家人的关心和护工的照顾让父亲的精神振作起来了，他开始自己端着碗大口地吃饭，不像在医院那样闭着眼睛让人喂，早上还坐在床上自己洗脸。

二妹看了视频，发信息："太好了，老爸每天都在进步，看样子过一段时间能下地走动了。嫂子的爱心真是我们学习的榜样，对老人家有无限的耐心和爱。"

图102　淑艳精心照顾父亲

李红回复说："没什么，只是做了应该做的。"

我发信息告诉妹妹："老爹在医院和回家一周做了一个对比。我觉得，他回家心情好，东西吃得也多了。关键是护工照顾得非常周到细心，所以他气色也好了，精神头也足了。现在鼓励他自己多动动四肢，让他的肌肉保持活动，这样不至于萎缩，争取半个月左右能下地活动。"

9月6日，下了一整天的雨。

好友王兴生来家里看望老父亲，给老人带来了在农民家里买的双黄蛋，还仔细询问了父亲恢复的情况，还教父亲在床上如何锻炼四肢，为争取下地做准备，父亲听了很高兴。

趁着父亲的高兴劲儿，我又把在院子里摆放的九盆君子兰给父亲移到了他的阳台上。父亲早些年也想养君子兰，但是那时君子兰价格很高，买不起。现在父亲看着窗台上和地板上摆的都是君子兰，高兴得合不拢嘴。

9月7日，今天又在下雨。

上午，燕玲和燕平分别给父亲打电话跟父亲聊天儿。

虎子也在做完作业后给爷爷发了视频。父亲看见孙子，说话的声音顿时提高了八度。他大声地嘱咐虎子，要好好学习，不要贪玩儿，别乱花钱。

祖孙俩在沈阳共同生活了将近6年的时间。虎子的初中和高中都是和父亲在一个锅里吃饭的。所以孙子对爷爷的感情很深。从前父亲住院，虎子也经常随着我去探望。虎子赴美留学前夕，恰逢父亲在中国医科大学附属第一医院住院。祖孙两人在医院依依惜别。（图103）

虎子走后，父亲曾老泪纵横，说自己今后可能再也看不见孙子了。想不到的是，父亲的话竟然一语成谶。

下午1：22，我邀请正良街道社区医院张院长和护士李丽娟到家里看望父亲，了解父亲的病情，并探讨给父亲做定期血液检查。

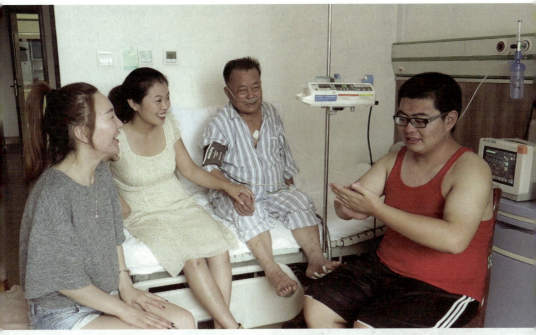

图103　囡囡、曲艺和虎子到医院看望姥爷和爷爷

对于父亲这样半失能的老人而言，一般的慢病是不需要到大医院去做常规检查和治疗的。一是对老人而言，去医院是一件非常折腾而痛苦的事情；二是增加了三甲医院的医疗负担。一般的血液检查和输液是完全可以在社区医院完成的，甚至说设立一个家庭病床也是可行的。鉴于此，我把居家附近的正良医院作为父亲今后常规治疗的去所。

李红看到正国院长来到家里的视频后，发信息说："把社区的医疗资源利用起来，不然往医院跑，太费事了，又远，又折腾，老人也受不了，光上下楼就是一个大事儿。"

大妹看了也给点赞。

当天晚上，王学谦又来家里给父亲把了脉，重新调整了药方。

（图104）

图104　学谦给父亲把脉

可以说，父亲虽然居家养老，基本上可以做到医养结合，而且还是中西医齐头并进。

9月8日，昨日的雨停了，但天气没有放晴。

中午，家壮回来接我去养老院看岳母。老人最近吃了学谦的中药身体状况明显好转，开始自己吃饭，并且可以推着老人助行器在大厅里活动。这个雅德牌助行器原来是给老父亲买的，可以辅助老人行走，相当于一个活动的扶手椅架，目的是让父亲尽量不要长时间久坐看电视。但这个辅助行走器并没有让老父亲感兴趣，而是被冷落在一旁。

后来，这个辅助行走器就送给岳母使用了。岳母倒是非常喜欢这个帮助她行走的工具，因为这样她就可以不需要护理员的搀扶自己走路了。对于一生要强的岳母来说，这是一件自强自立的利器。

我正陪着岳母在大厅外面的走廊上散步，表妹小洁打来电话说要到家里看望大舅。

表妹的电话刚挂，洪涛又打电话告诉我要给爷爷送中药。

从岳母的养老院出来，我让家壮送我去国美电器给父亲买一个专用的洗衣机。因为父亲住在二楼，每天要洗的东西很多，拿到楼下去洗，非常不方便。另外，老人的内衣裤不干净，和家人的衣服一起用一个洗衣机也不卫生。

我们跑了几家国美店，都没有买到合适的型号。这两年连续的疫情，让国美实体店显得非常萧条。去了几家店，只有我们两个顾客，里边的电器也少了许多型号。而且几家国美店的滚梯都停运了，我们只能一步一个台阶地爬上爬下。最终的结果是，我和家壮在网上选了一款洗衣机。

为了减轻淑艳的家务劳动强度，李红又专门订购了一台智能扫地机和家用电动拖地机。

9月9日，天空终于放晴了。

今天早晨，父亲吃完早饭后，居然要坐在床上看电视。体育频道一直是父亲锁定的。从前，他看各种球类比赛，特别喜欢看拳击比赛。自从父亲第三次住院以后，就一直没有看过电视，似乎他已经对电视节目失去了兴趣。现在好像他的兴趣又回来了。

图105　收获的第一根黄瓜让父亲品尝

下午2:26，张明亮医生根据我发去的父亲查血的检验报告发来了医嘱："头孢克肟，两周左右复查血常规，看看白细胞和中性粒细胞指标，如果都在正常范围，可以停药。

"利尿剂，如果没有肿胀的话，可以先停，如果有肿的趋势就可以吃上，吃利尿剂期间注意检测离子，尤其是钾离子。"

真是感谢现在的互联网和微信通信，它使远程医疗变成了现实，医患之间可以通过互联网远程诊断和把控治疗过程。

傍晚时分，我到菜园里从黄瓜架上摘下了今年秋天的第一根鲜嫩的水黄瓜，送到了父亲的手里。（图105）

我对父亲说："你尝一尝这黄瓜的味道怎么样？"

父亲把黄瓜拿在手里，在眼前端详了一会儿，才慢慢地咬了一口，一边嚼一边说："这黄瓜的味道真好！"

◎ 2021年9月10日（星期五，晴）至9月18日（星期六，晴），沈阳

四十、父亲最后一次打滚子

应朋友的邀请，我们利用这个周末去安徽六安参观一个婚纱小镇的建设项目，来去用了三天的时间，星期日晚上8：50回到沈阳桃仙机场。

接下来的一周内，父亲的状况基本保持稳定，而且有日渐趋好的迹象。

9月16日，又是一个雨天。

早上，父亲第一次下地坐在椅子上吃饭。饭后不久，二妹就从美国打来视频电话，跟父亲聊天。父亲当时显得很高兴，把自己回家来的感受和身体变化都告诉了二妹。

也许是精神力量的推动，很久没有下地的父亲居然可以推着轮椅上厕所了，又推着轮椅自己回到床上。淑艳高兴得直喊："大爷自己能走路了！"

小妹看到这个视频，发信息："心情好了，一切都会好起来，老爹知道自己锻炼身体就是好事儿。"

二妹也发信息："太好了，老爸能离开床了。"

父亲也开始坐在床上自己洗漱，像往常一样一丝不苟地洗手、擦脸。（图106）

从9月16日的早晨开始，父亲自己要求在椅子上坐着吃饭。父亲坐着吃饭的视频像喜报一样让家人高兴点赞。

图106 父亲在护理床上洗漱

我让父亲每天上下午在床上各做腿部运动50次，一边给他数数，一边让他做动作。父亲显得非常配合，用尽全力地做着每一个肢体动作。

二妹看到这个视频，发信息说："这个锻炼好，只要天天坚持，老爸就能自己走楼梯了。老爸的底子好，干了一辈子体力活，休养一阵子，能够重新站起来的。"

当晚，我又把父亲好久没有摸的扑克牌拿了出来。父亲坐在桌前开始练习抓牌，因为很久没有摸牌了，我怕父亲打牌的时候把握不住一手扑克牌，所以让父亲提前练习一下。（图107）

图107　每个节假日我们都陪父亲打滚子

李红下班以后，淑艳迫不及待地把父亲今天的表现讲述了一遍。

李红吃完饭就来到父亲的房间，和父亲天南海北地聊起来。

妹妹们看到这些视频都感激不尽。小妹发信息："老爸好开心，为自己有个好儿子、好儿媳而自豪，心满意足了。"

父亲的恢复让我很高兴，把父亲活动的视频和照片转发给了王学谦中医、章院长和金熙成医生，他们都为老人的健康状况好转感到高兴。

9月18日，今天是周末，天气晴好。

秋日的阳光早早地投射到父亲的床上。阳光明媚的室内，让父亲的面容看起来更加有光泽。

淑艳早早地起来把父亲收拾得干干净净。

我把做好的饭菜给父亲和淑艳端上来。

我高兴地喊了一声："老爹，吃饭啦。"

父亲问："吃什么？"

我说:"鸡蛋糕、肉包子,还有两个小青菜。"

淑艳坐在父亲的身旁,陪着父亲一起吃早餐。

父亲刚刚吃完早饭,小妹燕玲视频电话就打了进来,父亲又恢复了以往的常态,和小妹天南地北地聊起来。听父亲的口气和语速,不像是一个病中的老人。

中午11点刚过,好友王兴生打电话和夫人潘老师一起来看望父亲,又带来了新鲜的农家笨鸡蛋。

我告诉父亲说,兴生是原来虎子读初中的辽宁实验学校的书记,还是我们老家五婶的外甥,是自己家的亲戚。潘老师是辽宁芭蕾舞团的演员,演过芭蕾舞剧《红色娘子军》。(图108)

图108 好友王兴生经常来家里探望父亲

父亲听了哈哈大笑,坐在椅子上和客人你来我往地唠着。

当天晚上,铁成和海澜、安琪和小洪来家里聚会。晚饭后趁着人多,我和父亲说:"你和他们打一会儿滚子怎么样?"

父亲想了想,说:"好长时间没打了,都忘得差不多了。"

我说:"没关系,我帮你。"

一家人在其乐融融的氛围中陪父亲打了一个多小时的滚子。(图109)

图109 父亲在打滚子

打滚子是父亲来到沈阳之后，85岁时才学会的，此前父亲是从来不摸扑克牌的。

自从虎子出国留学以后，家里开始变得清寂起来。为了不让父亲长时间坐着看电视，也为了防止老年痴呆和抑郁，我教父亲学会了打滚子。

打滚子起源于大连。这是由经久不衰的升级游戏演变而来的，省教育厅原来的副厅长曲建武曾经和我自诩说，打滚子的游戏规则是他发明的。这种扑克游戏在大连地区深受男女老少的欢迎，风靡一时。亲朋好友聚会无不以打滚子为乐，以致大连电视台有一个频道专门二十四小时播放打滚子比赛，每年还举行专门的扑克大赛，冠军甚至可以得到一辆轿车。（图110）

图110　李红陪同老父亲打滚子

大连的打滚子通常由4个人用三副扑克进行游戏，两人一组为本家，另外一组为对家，两组互对。

三副牌共162张，每人39张，底牌6张。

常主：大小王和2。

主牌：常主、级牌和主花色牌。

级牌：当前庄家的级别就是级牌。例如，庄家开始时的级别是3，表明3是本局的级牌，当庄家的级别上升到9时，9就成了级牌。

主花色牌：每方都可以根据牌情翻出级牌，最后翻出的级牌花色为主花色。

副牌：除主牌以外的牌。

分牌：以5、10、K为分牌。

游戏规则：每一局都由一方担任庄家。庄家具有扣底牌和第一

轮的首先出牌权。第一局的庄家由亮牌方担任，做庄家的目的就是利用庄家的特权，尽量不让对手得到分牌。（图111）

抓分方：与庄家相对的另一组。抓分方的目的就是尽量地多抓分，以取得足够的分数120分抢做庄家。

牌型：有单牌，任意一张单牌。

棒子，两张牌点和花色相同的牌。

滚子，三张牌点和花色相同的牌。

打法：有活棒打法、死棒打法。

此外还有喝血（进贡）、抠底等规则。

以上这些规则对于年轻人来讲，可能学几天就基本掌握了，但对一个从来没有摸过扑克牌的85岁以上的老人来讲，这些规则还是蛮复杂的。但想不到的是父亲学了几次就学会了，而且从此以后成了常胜将军。（图112）

图111 父亲打滚子

父亲进养老院之前，无论怎么忙，我们都要抽出时间，每周至少和父亲打一次滚子，遇到大小长假我们都要和父亲打两三次，而且每次都打三个小时以上，父亲乐此不疲。有的时候都快打到半夜了，我们劝说父亲才罢手。

父亲的兴趣来源于他的手气特别好，总是能抓到好牌。记得有一次6个大小王让父亲一个人包揽了。父亲手里经常能抓到两三个滚子。这样在每一次牌局中，父亲总是能够占据上风。（图113）

最初的时候，我偶尔也放放水，让父亲赢一把。但是到后来竭尽全力，也很难打赢父亲。往往是越怕父亲手里有什么牌，他就越能抓到什么

图112 父亲是打滚子的赢家

牌；越不希望他出什么牌，他就越出什么牌。在后来的对局中，我们也不给父亲放水，而是针锋相对，绝不留情，但还是父亲的手下败将。

每一次和父亲的对局，我都把视频发到一家人里。妹妹们每每看到父亲又赢了，都为老父亲点赞。甚至小妹还嘱咐我多让父亲赢几把，让老人高兴。我坦言，实在是打不过老爹，他的手气太好了。

我们陪着父亲打牌的初心，是借着这种游戏多陪陪老人。因为父子间缺少共同话题和语言交流，如果没有这种游戏方式，彼此的交流会显得非常枯燥和无味。借着这种游戏可以有说有笑，父亲也非常喜欢这种陪伴的方式。（图114）

每到周末，父亲就会打电话问什么时候来家里打滚子，他会事先准备好水果和茶水。偶尔有个周末没去，父亲就会感觉到挺扫兴。我们也尽量把这个缺失尽快补回来，让父亲满足心愿。

这次和父亲一起打滚子，是他度过的人生最后的快乐时光，也成为我永久的记忆。（图115）

图113 父亲的手气特别好

图114 父亲打滚子一丝不苟

图115 这是父亲最后一次打滚子

◎ 2021年9月19日，星期日，晴，沈阳

四十一、张丹来家看望何爷爷

今天上午10：50，九如城养老院前台经理张丹和她的丈夫带着礼物到家里看望父亲。（图116）

九如城集团成立于2009年，是一家集医、康、养、教、研、旅于一体的养老服务综合运营商。在10多个省份、60余个城市开设连锁运营养老机构256家、社区中心860家、医院7家，拥有员工逾8000人，总床位数超50000张。

图116　张丹来家里看望何爷爷

2021年正式入驻沈阳，成为其东北的第一个养老机构项目，注册名称为沈阳九如城康养中心皇姑院，位于沈阳市皇姑区黄河北大街185号，四台子附近，院内总占地面积29000平方米，总建筑面积6800平方米，总床位数200张。

父亲是在沈阳九如城康养中心皇姑院刚刚开业不久就进住的。我们是在考察了几家养老院之后经张丹介绍最后选定的。张丹于1991年毕业于沈阳师范大学学前教育专业，曾经做过两年的幼儿教师，7年的平安保险营销，此后做了养老院的营销经理。（图117）

在张丹的力荐下，我们把老父亲送到了九如城养老院。

入住养老院那一天，张丹给父亲安排了隆重的欢迎仪式。

父亲一下车，就给围上了大红围脖，献上了鲜花。大堂门口，

图117　父亲入住养老院时受到欢迎

左右分列着两排养老院的员工，鼓掌欢迎。这种阵势还真把父亲给镇住了。他没想到进入养老院还有这样的礼节和欢迎仪式。（图118）

以下是张丹为父亲所写的怀念文章——《心中的何爷爷》，特于本书出版之际附于此。

"世间万物，皆是遇见。当温暖遇见寒冷，便有了雨；当春天遇见冬天，便有了岁月；当天空遇见地面，便有了永恒；当男人遇见女人，便有了爱。生命中总有些遇见是难以忘怀的。

即将过去的2021年，对我来说也是意义非凡的一年。

图118　父亲入住养老院下车时的情景

　　这一年最重要的决定就是我正式化身为养老新势力，为这个颇具"夕阳色彩"的行业注入了自己的活力。人生中第一次接触养老，接触到了很多不同家庭背景、文化底蕴、素质层面的爷爷奶奶，其中留给我印象最为深刻的当属何福堂爷爷。

　　还记得2021年5月29日那天，沈阳天气晴，美好的上午阳光都格外温暖，参观的车子停在了盛熙中医院的院内，为了让整体的参观感受最佳，踏着九如城院内播放的轻音乐，何爷爷在儿子、儿媳、女儿，还有司机的陪同下来到了我们养老院。（图119）

　　初次见到何爷爷，一脸的和善、慈祥，我和爷爷热情地打招呼，爷爷给予我热情的回应。我推着爷爷的轮椅在院内转了转，院里的湖光山色、鸟语花香，还有充满情怀的小菜园都颠覆了爷爷对养老院过往的认知。

　　但是，爷爷的表情让我感觉到，他的内心还是有些许的复杂和徘徊！

　　不一会儿，快到午饭时间了，我安排餐厅为他们准备了饭菜，让爷爷品尝一下，看看合不合胃口。餐厅里陆续有很多爷爷奶奶出来准备用餐了，我把爷爷一家人安排在单独的一个餐桌用餐。

　　一家人用餐后，我把养老院的许爷爷介绍给何爷爷认识，我想

图119　欢迎父亲入住的仪式

图120　父亲入住养老院后的合影

这样让他尽快找到好朋友，也许就不会感觉那么生疏了。经过各种精心的、有目的的安排，最终爷爷整体的参观感受还是不错的，也愿意来尝试一下。

2021年6月2日，李红姐给何爷爷交了入住的订金，房间要求是南向的包房，离前台也是最近的。每天我都会在前台办公，这样便于对爷爷的注意和关照。

2021年6月3日上午，何爷爷正式搬家入住。红姐请的搬家公司，带来了很多爷爷的老物件。随后一家子人都来帮爷爷收拾东西，布置房间。一旁的我最真的感受就是这份真挚的亲情和一派家的和谐，以及子女对爷爷的孝心。（图120）

爷爷到养老院后，我从爷爷的口中得知，原来爷爷有个后在一起的保姆，爷爷对她很好，也习惯了她的照顾和陪伴，但是保姆在没有告知爷爷和子女的情况下，突然借故离去，并取走了爷爷退休后三个银行卡里的全部积蓄。爷爷告诉我，被辜负的情义时常让他觉得自己活得很失败，听到爷爷这么说，我心里很难过。所以，孩子都想给爷爷换个新环境，让爷爷慢慢走出来，也希望在这里能够找到属于他自己真正的朋友圈子，有自己的生活。所以家里人选择

了环境最好的养老院。（图121）

但是我们却不曾想到，可能是爷爷固有的性格、不善于表达的内心，让他还是不适应养老院的生活和人际环境。很好的初衷并不是老人的所愿。

图121 初到养老院的父亲笑容满面

记得爷爷入住的第一天，下午我们就安排了社工小朋友推爷爷在院内散步、聊天、在活动室打牌。爷爷喜欢玩的是长牌，院里其他爷爷奶奶都没有会玩的，我们就特意请爷爷教我们，只要他开心就好。（图122）

6月5日，何主任给爷爷安排了助浴洗澡，在聊天的过程中，他们意外地发现他们爷俩居然曾经是老家同村、同族、同姓、一个族谱的亲戚。爷爷小时候和何主任的爷爷

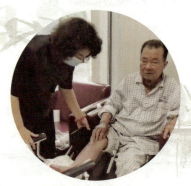

图122 李红到养老院照顾父亲

是同班同学！这似乎一下子让爷爷对我们这有了更亲近的感觉。

6月7日晚上，快要下班的时候，爷爷正在洗脚，我和爷爷问候过才离院。但是，我的内心还是充满了酸楚。这些天来，感觉爷爷总是特别客气，不愿意麻烦别人，就算是多一句的问候，都会让他觉得承受不起。

回家的路上，我的内心深深地被院里的爷爷奶奶们的各种丰富的过往经历所触动着，也坚定了我做养老的决心，想用自己的微薄之力去带给他们更多的快乐。

6月8日，爷爷邀请许爷爷去他房间做客聊天，还主动送给他何爷爷儿子写的书，看到爷爷谈到儿子的成长经历时，满脸洋溢着骄

傲与自豪。爷爷反复说着同样的过去，但每一次都像是第一次讲述那般热情。（图123）

　　6月15日，何爷爷参加早操，偶尔能融入，但还是不开心的时候多，只要我不主动逗他开心，他就会没有太多表情。院里住过那么多的老人，至今没有哪位是一直不能进入状态的，唯独爷爷的心态着实让我头疼：怎么能让他喜欢这里，愿意接受这样规律的照顾服务呢？

　　糟糕的事情还是发生了，爷爷住院了。我还记得是6月21日，我听红姐说，爷爷情况不太好，医院下了病危通知书。我想去看看爷爷，但是被谢绝了。我心里特别不踏实，充满了担忧，只能期待爷爷能转危为安。

　　6月23日，我听说爷爷好转了，松了一口气。7月3日，爷爷恢复得基本差不多了，准备出院。为了欢迎爷爷回来，我亲自打扫了房间。但是爷爷回来后特别消极，总是说自己身体不行了、活着没什么意思、拖累孩子之类的话，不怎么爱吃饭，每次都得劝了又劝，但他只是勉强吃一点点。

图123　父亲向护工介绍《孝心不能等待》

那几天，能引发爷爷话题的，就是儿女的孝心和曾经的保姆。我和爷爷畅聊了一个多小时，我知道他心里的难过伤感和隐藏的特别情感，但是，他一直抱着委屈自己、成全所有人的心态将就着，其实爷爷还是想回家。

后来，爷爷又经过两次住院后，还是被儿子接回家了，而我也感觉受挫，选择了离职。

那时候，我觉得是我让爷爷来养老院的坚持，才导致爷爷现在的状态。也许我不让他来可能会比现在好。我也开始重新思考养老的责任，我是否能够有足够的心理承受能力去面对衰老、焦虑、病态和死亡。

那时的我是难以跨过自己内心的坎的。尽管身边的同事劝我说，生老病死在养老院里是常事，不要给自己太大的压力。但我还是放弃了，选择离开养老院。

我已经离开养老院有一段时间了，一直放心不下爷爷。9月18日，中秋节前夕，我特意发微信了解爷爷现在的情况，于是买了些水果和爱人一起去爷爷家看望他。

那天，见到爷爷的状态特别好。老人家也非常感动，我能来家里看望他。我突然觉得心里释怀了许多，也真心为他高兴。爷爷说，还是家里好，保姆白姐姐照顾得也特别到位。怕打扰爷爷休息，我和爷爷待了一会儿就离开了。但我看得出来爷爷那天很高兴，我也很高兴。没有任何目的的探望，反而让我们的忘年之交显得更加纯粹。

10月18日，我回到了九如城康养中心。这一次我从头开始，答应丁总，为了保证这里老人的服务质量，一切售后都由我来负责。

12月19日，一早来上班，同事蒋姐和我说何爷爷去世了，我的脑袋嗡的一下，感觉不敢相信，前阶段明明还看到爷爷的状态那么好，现在怎么就……虽然是从别人的口中知道爷爷的离开，但我还是立刻翻看了何爷爷儿子的朋友圈，再次确认过后，我也犹豫要不要去送送爷爷。但考虑再三，我觉得人就是应该遵循自己的本心，坚持自己认为对的事，于是经得爷爷家人的同意，12月20日一早，我们从家里出发到殡仪馆去送爷爷最后一程。（图124）

当何叔叔给爷爷念悼词的时候，全程我的眼泪是不听话的，我被深深地触动着。字里行间都是满满的怀念和孝敬。我想，爷爷也一定能够感受得到。听着叔叔讲述爷爷的一生和对爷爷的评价，过往的回忆好像也能让我想象出爷爷当年的风采。参加追悼会的所有人都被感动着！

最后我想说，爷爷真的像极了一个"爷爷的样子"，慈祥、和善、淳朴、平易近人。总是为了别人着想，先他人后自己。一辈子虽然不容易，但有爱他敬他的子女，此生也是足矣吧！希望爷爷在另一个世界能够快乐幸福。

寥寥数语，不足以表达我内心的情感，也不能完全描述出我对爷爷的印象。

但我的一片真诚，我想爷爷也一定能够感受得到的。

图124　父亲的追悼会

◎ 2021年9月20日（星期一，雨）至9月22日（星期三，雨），沈阳

四十二、两位老人最后的中秋节

中秋节前后这两天，家里很热闹。

9月20日，是农历的八月十四。

中午，我和李红送保姆淑艳回家过中秋，也去看望一下淑艳的丈夫和家人。

下午，我们去养老院看望岳母。我们见到岳母时，她正在一个人默默地吃着刚刚发下的苹果。苹果是护工削了皮切成片的。

李红亲切地喊了一声："妈——"

老人抬起头冲着我们点点头，然后，用手示意我们坐下。

患上阿尔茨海默病的老岳母，现在已经很少主动讲话了。我们同她的交流绝大部分是通过表情，或者追问她才勉强地应答一下。

我们同岳母的交流就像和未满周岁的孩子一样，使用最简单和最平实的话语。李红见到母亲总是像母亲对待幼儿一样，抚摸着妈妈的脸，握着妈妈的手，和妈妈说笑话，给妈妈唱歌。（图125）

图125　李红搂着妈妈，祝生日快乐

因为岳母患有严重的糖尿病，每天靠胰岛素维持，很多含糖量稍高一点的水果都不能吃。我们都严格控制着给岳母带的水果的品种。今天我们给岳母带去的是香蕉和小西红柿。

　　李红把香蕉的皮剥开，拿在手里站在岳母的身边一口一口地喂妈妈，直到岳母把最后一口香蕉吃下才坐下。

　　这样的场景真是让人感叹，人生真是一个轮回。

　　岳母吃完香蕉，我们带着她在外面的走廊活动。大妹打电话说，舅舅的孙女儿文秀和丈夫来宝带着刚满周岁的儿子来家里看望姑爷。（图126）

　　明天是中秋节，他们提前来家里看望父亲。我告诉大妹安排晚饭，让文秀一家人在家里和父亲一起吃饭。

　　我们开车赶回的路上，大妹来电话说，文秀的儿子睡着了，所以没有吃晚饭，他们就回去了。

　　9月21日，今天是中秋节。

　　早晨给父亲做了早餐，大妹陪同父亲一起吃饭。

　　早餐后，我和李红一起准备今天晚上家人的聚餐。

　　岳母现在的身体状况已经不能接到家里团聚了。我和李红午前又赶到了养老院。老人在11点已经吃完了午饭，都回到各自的房间午休了。

　　只有岳母一个人还坐在大厅里看电视，或许知道我们会来看她，她在等待着。

　　李红坐在母亲的身边，

图126　文秀带着儿子来看望姑爷

摸着母亲的脸，夸奖母亲年轻，脸上没有皱纹，给母亲起了个美称：吴大美。（图127）

图127 李红表扬妈妈的脸上没有皱纹

岳母对这种戏称没有任何的反驳，只是默默地接受着，甚至有时莞尔一笑。

坦率地讲，李红和我对把岳母送到养老院都有一种深深的内疚，但这也是不得已而为之的选择。好在岳母对这个养老院没有排斥和拒绝，相反，她把养老院看成了自己的单位和家。

逢年过节，我们把她接回家里的时候，她反而在家里住得不习惯，当天晚上就要求回到自己的养老院。从这种意义来讲，这位已经步入垂暮之年的老人为儿女分担忧愁了。也恰恰是因为对母亲的这种歉疚，李红几乎每天都要到养老院去陪伴母亲。偶尔不能去时，就嘱咐弟弟铁成到养老院看望母亲。（图128）

在这个养老院中，岳母是唯一每天都有家人和朋友去看望的老人。

我们陪伴母亲个把钟头，就把老人送回房间，安顿她午睡了。

下午3：14，铁成和海澜也赶到了养老院看望岳母。海澜给岳母带了一个新鲜的水黄瓜，岳母三下五除二地就把它吃下去了。铁成在视频里逗着岳母，问："我姐上午来看你没？"

岳母竟然回答说："我觉得她没来。"

铁成追问道："你好好想一想，她到底来没来。"

图128　李红和铁成每天轮流来养老院看望母亲

岳母又说："没来。"

记忆，对于岳母这样的老人来讲，已经是一种力所不及的能力了。

下午4:24，安琪和小洪又出现在了姥姥的面前。

两位后生在母亲的影响下，也经常到养老院来看望姥姥。每逢季节变换，小洪的妈妈都给老人送来适时的服装和鞋帽。每逢年节和岳母的生日，老人都要换上一身新的行头，在养老院里展示一番。（图129）

安琪学着妈妈的样子，也跟姥姥一起慢声细语地聊天。

舅舅铁成看了照片，发文："老太太今天应接不暇呀。"

安琪回复说："是啊，业务繁忙。"

下午2:20，小妹夫大利从大连专程赶到沈阳来看望老父亲。

图129　安琪和小洪给姥姥送来新买的冬装

看到小妹夫到来，老父亲非常激动，他流下眼泪，说："差不点就没有看见你。"

大利随即阻止父亲，说："怎么能这么说呢，你不是挺好的吗？别这么想。"

少顷，父亲恢复了平静，和小妹夫唠起家常来。

我让小妹夫陪着父亲聊天，我和李红、大妹去做晚餐。

小妹夫拉着父亲的手，尽量说一些让父亲高兴的话。但从父亲的表情看，这些劝慰他高兴的话，并不能使他高兴。

晚餐没有在餐厅，而是挪到了父亲的房间。（图130）

面对着满桌丰盛的菜肴，看不出父亲有以往的那种高兴。李红看出了父亲的心思，极力说些让父亲高兴的话。大家都在想尽办法在这个阖家欢乐团聚的日子里让父亲高兴。

小妹夫和我们都轮番给父亲敬酒，父亲不喝酒，只用饮料应酬着。

晚餐刚刚收拾利落，表妹小洁和妹夫彦博、女儿泉鸣一家人也来到了家里。

父亲的房间从来没像今天这么热闹，来了这么多的家人。半躺在护理床上的父亲似乎被这种氛围感染，脸上也露出了一丝笑容。

图130　全家人陪同父亲过了最后一个中秋节

看得出来这种笑容很勉强。因为以往的中秋节，父亲都是坐在地下和大家有说有笑的，而今他只能躺在病榻上，和家人分享这种节日的气氛。对父亲来讲，内心不免充满着凄凉。

　　看到家人聚会的照片和视频，远在美国的妹妹都很高兴。

　　二妹和小妹都说，家里真热闹，真有节日的气氛。

　　但我心里非常清楚，我们刻意给父亲创造的这种节日的气氛，却无法改变他内心深处的苦楚和悲凉。

　　第二天上午，大妹从车库旁的花园里剪下一朵盛开的大丽花送给父亲，说是奖给父亲的光荣花。

　　父亲捧着这朵硕大的鲜花，满脸笑容地照了一张照片。（图131）

　　留给他人生的最后一个中秋节。

图131　父亲得到了一朵光荣花

◎ 2021年9月23日（星期四，阴）至9月30日（星期四，阴），沈阳

四十三、反复无常的心态和病态

中秋节刚过一天，堂妹燕秋就发来了老家的特产——苹果和海鲜。老家熊岳城曾是辽南苹果的主产地，又地处渤海湾沿岸，各种时令海鲜是当地人的口福，也是亲友们相互馈赠的佳品。

父亲见到老家的苹果，总是能勾起他的往事，讲出一大堆的故事，也许是人老了，怀旧的意识特别强烈。

下午一点刚过，表妹小洁又来家里看望舅舅。表妹高中毕业后，在大连工作，就寄宿在家里。父亲和母亲对待表妹像对待自己的女儿

图132　表妹小洁来看望舅舅

一样，所以，表妹对舅舅和舅妈有很深的感情。表妹每次从旅顺到沈阳都要来家里看望舅舅，给舅舅些零花钱和买老人喜欢吃的食物。（图132）

今天表妹从辽宁大学地铁站出来，为了给舅舅买肯德基，居然步行了一站地，返回沈阳航空航天大学站，在积家购物中心附近买了肯德基走回来。

父亲手里拿着肯德基感叹不已，为有这样的外甥女而感到高兴。

但父亲的高兴情绪没有维持多久，就被双腿的皮肤病打消了。

两天前双腿还比较正常的皮肤，现在又出现了开裂和脱皮。父

亲抱怨说，这是大妹给他洗脚造成的。

大妹说："今天秋分，天气干燥，擦点马油就好了。"

二妹发信息："不要用肥皂给老人洗皮肤，因为碱性太大。家里有芦荟胶，少擦一点，芦荟有消炎愈合伤口的作用，破皮的地方有痛感，可以先小面积地涂一点，看看效果怎么样。"

我觉得妹妹的说法有道理，但还是不专业，于是打电话给中国医科大学第一附属医院皮肤科专家何春涤医生。何主任回复说，老年湿疹可外用氢考尿素霜（每日两次，我院有药），晚上用玉泽护体乳（网购），可口服复合B族维生素加鱼肝油丸（维生素AD）。

正在参加"后疫情时代辽宁与日本大健康产业交流合作论坛"的李红也发来信息说，开会正好遇见一个日本皮肤科医生，说老年湿疹要终身治疗。

其实，父亲的皮肤病是肺栓塞治疗派生的。因为肺栓塞要常年服用抗凝药物。医生最先推荐的是华法林。华法林属于香豆素类口服抗凝药物，本品的作用是抑制肝细胞中凝血因子的合成，还能降低凝血酶导致的血小板聚集反应，可以防止血栓的形成与发展，主要用于防治静脉栓塞、肺栓塞，并预防可能导致严重甚至致命后果的继发性血栓栓塞。它的不良反应主要是出血，常见的是鼻子出血、牙龈出血、皮肤瘀斑、紫癜、瘙痒性皮疹等。因此用药期间应当测定凝血酶原时间，要严格掌握适应证，不可滥用该药物。

父亲服用华法林这种药物之后，最强烈的副作用就是皮疹和遍及全身的出血点——紫癜。因为皮疹的瘙痒，父亲忍不住去抓痒，稍一用力就会导致皮下出血，形成一大块紫癜。严重的时候，父亲的双臂和双腿甚至前后背都是青一块紫一块的皮下出血，看上去很恐怖。

父亲的皮肤病导致他浑身上下不断脱皮，每天早晨起来床上都是一层脱掉的皮屑。由于反复脱皮，父亲的皮肤变得像保鲜膜一样透明而且没有弹性，稍微用力的触碰都会导致皮肤的破损流血。

这让我们和父亲都很苦恼和无奈。不服用抗凝药就会存在生命的危险，服用抗凝药就要面对这样的痛苦。在两难选择中，只能忍受痛苦而保全生命。但这却是一种生不如死的忍受。

最近这两天父亲的心情一直不太好。我让大妹给父亲打电话陪他聊天，也让淑艳劝说父亲高兴起来。同时我又把父亲称之为"神医"的王学谦请来家里给父亲把脉，给父亲做劝说工作。

星期日的早上，李红又和父亲聊了好长时间，指出老父亲存在的心理障碍和想不通的问题，说得父亲默默无语。

大妹看了视频，说："嫂子的课上得好，这个老爹真的不好伺候，谢谢嫂子，耐心开导老爹。"

小妹也发信息："老爸这是好了伤疤忘了疼，不长记性，真气人，经常教育提醒他一下，真是无语。"

二妹则发信息："老小孩，老小孩，就是这个道理。"

李红回复："老人有事也会想不开，也正常。"

面对父亲的心态和病态，还得是从医疗上解决问题。

9月27日晚上，我们一起在学谦家里和几位沈北新区医疗系统的朋友聚会，专门研究给父亲解决家庭病床和老年皮疹的问题。

第二天，新优局长就发信息告诉我，给父亲买了贵州同济堂制药有限公司生产的润燥止痒胶囊，还有浙江东宁药业股份有限公司生产的盐酸左西替利嗪片。他说，自己家里的老人也有湿疹，用这两种药的效果比较好。

当我把两大包治疗皮肤瘙痒的新药送到父亲的面前时，他只是轻轻地叹了一口气。从表情看，他对治好自己的皮肤病已经失去了信心。

这两天，父亲耍脾气，又不想吃饭。大妹闻讯后给父亲买了汉堡包送过来。父亲只是吃了几口，并不像以往一口气吃下一个汉堡。

前几天还能自己推着轮椅上厕所的父亲，又突然急转直下。保姆淑艳给父亲洗了澡，用轮椅推他出来，父亲却突然一下歪在轮椅一旁，费了好大的劲才把他从轮椅抱到床上，不知怎么了，父亲一下子连站着的力气都没有了。一个风烛残年的老人，身体的状况就是这样瞬息万变。

9月29日，正良医院张院长冒雨到家里给父亲抽血化验。一天以后，我把化验结果发给了金熙成医生。

不久，金医生就回复："刚才我去问了金主任，金主任的意思说如果没有明显的出血（牙龈或者皮下，眼底出血）还是维持现在的量，等过完节来医院再看看，需不需要调整剂量。目前化验的结果看，对于老人来说还算可以。"

医生的这个诊断，对我们来说，真是谢天谢地了。

这起码可以让全家人过一个安宁愉快的国庆节。

四十四、劝说无果，反唇相对

国庆节的早晨，我们让父亲吃完早餐安顿好，就出发前往养老院看望岳母。

在文安路的超市里，我们破例给岳母买了苹果，又买了一些脆锅巴之类的小食品，还给养老院的年轻护工买了一些花生、瓜子和水果过节。

这些年轻的小姑娘从护理学校毕业以后就来到养老院陪护失能和半失能的老人。这对许多年轻的女孩来讲都是难以接受的职业。

这里的老人基本没有什么语言交流的能力了。每天几乎都是茫然地坐在轮椅里，面无表情、毫无目的地看着电视里的影像。对于那些没有表达能力或终日卧床的老人而言，护理的难度更是可想而知。

年轻的姑娘们不仅要给他们喂食喂水，还要不时地给他们处理大小便。这的确需要耐心、细心，还有爱心。

因为家里有同样的老人，我们对这样的护理工作感同身受，对这些年轻的护工多了一些理解和尊重。

岳母患有严重的糖尿病多年，所以在饮食上控制很严格。平日里，不给岳母含糖高的水果，也不让她吃零食。今天是国庆节，所以我们让岳母开一次荤。

面对几种儿童小零食，岳母吃得有滋有味儿。李红也时不时地逗着母亲打趣儿。岳母木然地咀嚼着小食品的表情，让我看得悲喜交加。

下午，我们回到家里开始准备国庆晚餐。大妹一家和安琪小洪夫妇都提前到来。大家一起七手八脚地把丰盛的晚餐端到父亲的房间。

　　面对满桌的丰盛菜肴，父亲没显出高兴的表情，夹到他碗里的菜肴仅仅吃了一半。对家人接二连三的敬酒和祝福的话语，父亲没有表示出热情的回应。原本是一场很热闹的家人团聚，由于父亲的不开心显得有些落寞，缺少了以往节日的气氛。

　　第二天上午，李红来到父亲的房间又开始说服起父亲，让他多吃饭，高兴点儿，别总愁眉苦脸的，让他心疼儿女的付出，快快乐乐地活好每一天。

　　父亲听着听着，突然反唇相对："难道我每天给你唱一出戏？"

　　此话一出，让李红顿时语噎，无话可说。

　　当天晚上，李红大哭一场，给妹妹们发信息："我感觉我的努力全白费了，不知道下一步该怎么办，又不能置之不理，突然觉得尽孝也是很难的事……老爹太任性了，也太自私了，你们多打电话劝劝吧，我是不敢再劝了。"

　　于是，三个妹妹轮番上阵，劝说父亲。自知理亏的父亲情绪又缓和了很多。

　　10月3日，在工地忙了一天的李红晚上回来就直奔父亲的房间，问老爹还生气不。

　　父亲反而劝李红不要生他的气，说李红太辛苦了。

　　李红说，辛苦没关系，只要老爹高兴就行。

　　果然，父亲第二天早晨又下地洗漱吃饭了。

　　外来的和尚好念经。当天晚上，我们又把学谦请到家里给父亲把脉，陪着他聊天。

　　学谦以他特有的幽默哄得父亲不时地哈哈大笑。两人天一脚、地一脚地一直聊到了夜里11：30。

　　父亲的情绪总算是雨过天晴，脸上有了笑容。

◎ 2021年10月5日，星期二，阴，沈阳

四十五、观陵山下战友魂

依照惯例，我们每年的清明节、中秋节、父亲节和岳父的忌日都去观陵山公墓给岳父扫墓。

上午9:00，我们从家驱车沿蒲河路一路向东，经平望线、旅游路、沈平路到达观陵山艺术园林公墓。

国庆期间正值沈阳的金秋季节。沿途高大的行道树已经黄绿参半，一阵秋风过后，飘飘洒洒的落叶像空中飞舞的彩蝶降落到公路上。每当汽车急速驶过，满地的落叶就像一群嬉闹的精灵追逐着车尾。一辆过后再接一辆，这些快乐的精灵不知疲倦，撒着欢儿在公路上追逐着过往的汽车。

沿途大田里的玉米大多已经收割完毕，不少农家院子的铁笼里装满了金黄的玉米。如今的新农村建设，把每个村屯的沿街围墙都做了美化处理，举目所见都是紧跟形势的标语口号和各种宣传风俗画。

远处的山峦开始呈现出秋天的色彩，红黄墨绿参差不齐，在澄澈的蓝天的衬托下，有一种逢秋悲寂寥的苍凉。

临近观陵山公墓的乡道两旁种满了波斯菊。此时正是波斯菊盛开的季节。齐胸高的波斯菊五颜六色，在秋阳里越发艳丽，摇曳生姿，煞是惹人喜爱。

跨过蒲河上游浅浅的河道，我们就到了观陵山艺术园林公墓。

选择这里作为岳父的长眠之地，既是偶然也是必然。（图133）

岳父是患直肠癌于2015年2月24日（正月初六）去世的。2015年，岳父和家人度过了最后的一个春节。大年三十，我们把岳父从省肿瘤医院接回家。老人以惊人的毅力与病魔搏斗，和我们一起度

图133　手术愈后的岳父

过了春节的七天。那时，老人每天的腹腔积液可以达到1500～2000毫升，一昼夜要释放四五次积液。即使这样，他从来没有表现出痛苦不堪的表情，依然强装笑颜和家人一起过节。

正月初六，就在假期的最后一天，在我们把他送回医院病床上后仅仅一个多小时，他就与世长辞了。

岳父走后，我们开始为老人寻找墓地。在沈阳的市区先后找了四五处，都感觉不甚满意。于是，我们向沈阳的远郊为岳父寻找更好的长眠之地。2015年2月7日上午，当我们选中骏龙泉墓园正在前往考察的途中，突然，车左边的后视镜被空中的一个不明物击得粉碎。我们停靠路边，向后走了几十米才发现，是空中悬挂的横幅绑缚的一个木块坠落下来击中了后视镜。

这个意外的事故让我们下意识地感觉到，此处的墓地可能是岳父不想长眠的地方。于是乎，我们毫不犹豫地放弃了这个选择。

在省民政厅朋友的推荐下，我们前往观陵山艺术园林公墓考察。

观陵山艺术园林公墓坐落于蒲河源头，地处沈阳、铁岭和抚顺的交界处，古称"凤鸣三郭"之地的横道河子镇上石碑山村。公墓由福寿园国际集团开发，园林占地5000余亩，风光秀丽、景色开阔，集休闲、观光、爱国教育、红色旅游、生态游和名人故里于一地。这里有中华抗战50年纪念园、张学良百年人生展馆，有长眠着许多社会各界著名人士和革命先烈的名人苑，有建于主峰龙山之上的少帅陵，有坐落于观陵山艺术园林前广场西侧的蒲源关帝庙，有总长达1100多米的九处湖面的九天湖。这里在2017年被评为国家AAA级旅游景区。

来到这里，我们的第一感受是观陵山艺术园林公墓天开地阔、气势宏伟，没有一般墓园那种阴森悲凉的感觉。这对于辛劳一生的岳父来说，应该是一个理想之地。我们当即就为岳父选择了墓穴，办好了手续。当我们前去查看墓穴时，竟意外地发现老人家的墓穴被安排在传仁区，恰好与岳父的名字——李文仁——不谋而合，这真是一种意想不到的巧合。

而更加巧合的事情发生在后边，当我们驱车返回经过邻近的下石碑山村时，居然发现在村头的一个广场内竖立着一个雷锋的塑像，塑像的基座上写着"雷锋广场"。这让我们感觉到非常意外——因为岳父曾经和雷锋在一个连队，是雷锋所在连队的文化教员。（图134）

岳父是1958年2月参军入伍的，比雷锋早两年入伍，1966年转业到沈阳市和平区消防支队做管理工作。雷锋1960年1月8日入伍到营口新兵连。3个月新兵训练结束后，雷锋被分配到运输连当驾驶员。不久，雷锋又被抽调去参加团里战士业余演出队。岳父当时在汽车连做文化教员，听过雷锋的忆苦思甜报告。在父亲的印象中，雷锋是一个非常出色、积极上进的新兵。他见过雷锋自己在补袜子。（图135）

图134　岳父光荣入伍时的照片

乡家学习

和战友们搬进了老乡家。

刘东林、畅松林、艾荣

艾荣普家借住时间最长，

图135　岳父每年与雷锋的战友们聚会

岳父生前几乎每年都参加纪念雷锋的战友聚会，他以有雷锋这样的战友而自豪。雷锋助人为乐的感人事迹也影响着岳父。记得岳母曾经讲过，她头一次到部队去看望岳父时，岳父一大早就跑到附近的集市去买了一包油条回来款待岳母。没想到岳母只吃到一根油条，剩下的油条都让岳父送给来队战友的家属了。为了这件事，岳母还曾经抱怨过，因为油条在20世纪60年代还是稀缺食品。（图136）

图136　岳父岳母年轻时候的照片

岳父的身上有着一种老黄牛的本分，平时寡言少语，埋头苦干，但却是家里的顶梁柱和凝聚力的核心。岳父是家里的司务长，一年四季早中晚三餐都是岳父操持。李红和弟弟嫌妈妈炒的菜不好吃，只吃爸爸炒的菜，所以不管什么时候都等着父亲回来炒菜。每逢节假日和周日家里总有客人，都是岳父亲自下厨，众口一词都夸岳父的手艺好。（图137）

可惜的是，这位慈祥的老父亲晚年得了直肠癌。经过手术、放疗和化疗，老人仅仅维持了两三年的时间，医治无效病故了。

让我们感觉到意外的是，岳父的长眠之地竟然是他生前战友

图137　年轻的岳父

图138　岳父与战友的合影

雷锋最后工作过的地方，这真是一种难以言说的巧合，想不到曾经在一个连队的战友的在天之灵居然在此地重逢。（图138）

　　俗话说，无巧不成书，而更令人想象不到的是一年半以后，2016年12月18日，坐落于享有"全国第一农村雷锋社区"盛誉的铁岭县横道河子镇下石碑山村的铁岭雷锋纪念馆正式开馆了。雷锋纪念馆依托雷锋在铁岭生活170天的真实史料，建成了独具铁岭特色的纪念馆。

　　纪念馆占地1万平方米，馆陈面积1000多平方米，采用现代中式民居建筑风格，简约凝重，朴实无华，庄严肃穆，这也是全国唯一建在村庄上的雷锋纪念馆。

　　这一天，我们离开观陵山墓园，直接去了一箭之地的下石碑山村雷锋纪念馆。广场上22面五星红旗迎风飘扬，轻轻摆动，寓意着雷锋22年鲜活的生命不息。我们怀着十分崇敬的心情走进雷锋纪念馆。

　　雷锋纪念馆，以雷锋在铁岭工作和生活的史料为基础，通过雷锋的39篇日记和18个故事，穿插战友的讲述、村民的回忆，真实地还原了雷锋在铁岭工作学习和生活的经历。

　　1962年2月26日至8月15日，雷锋随所在的部队在铁岭县度过人生最后的170天，留下了18则感人的故事和39篇日记、两篇讲话、一篇赠言和四封书信。展馆分为成长的历程、光辉的足迹、永恒的精神、红色的传承等四大板块，丰富的图片和文字资料，新颖独特的展示设计，富有现代感的互动体验，生动地诠释了雷锋的精神精髓和时代内涵。

　　1962年2月26日，雷锋所在的沈阳工程兵第六工区十团技术营运输连到铁岭县横道河子公社下石碑山大队二队驻扎。雷锋和战友们进驻下石碑山大队后，先是在村头的空地修建了停车场，在停车场搭建起一个军用帐篷宿营。后来在乡亲们的热情邀请下，雷锋和战友乔安山才住到了村民家里。（图139）

　　从1962年2月雷锋随部队来到横道河子镇下石碑山村进行国防

图139　岳父与连队的战友合影

施工，一直到当年8月15日因公殉职，他把人生最后的时光留在了下石碑山村。下石碑山村是雷锋生前的最后驿站，他在这里工作期间与村民结下了深厚的感情，留下了许多感人的故事。

在下石碑山村乡亲们的记忆中，雷锋个子虽然矮小，但聪明机灵。他为人谦和，非常热心，到村里不久，正赶上春耕时节，他就带领全班战友在完成任务后帮着老乡干农活，或者帮助大家挑水、起粪、扫院子。那时村里没通公交车，出门非常不方便，雷锋开车出村时经常帮大家捎脚，很多村民坐过雷锋那辆熟悉的T7-24-13苏式嘎斯车。雷锋雨夜送大嫂的故事，就发生在下石碑山村大队村边的蒲河。（图140）

走出雷锋纪念馆，仰望着广场中间的雷锋塑像，我不禁喃喃自语："老爸，您的战友也在这里陪伴你。愿你们在天堂重逢，再续战友之情。"

图140 岳父在部队打扬琴

◎ 2021年10月6日（星期三，晴）至10月11日（星期一，晴），沈阳

四十六、良药苦口下咽难

四年多来，学谦几乎是父亲的家庭医生。每隔十天半个月，学谦就要给父亲把一次脉，调整一次方剂。从某种意义来说，父亲的健康是学谦的中医和中药保障的。

父亲对学谦的医术也很认可，有时一些病症吃下几副汤药就有明显的改善。我和李红把学谦戏称为"王太医"，而父亲把学谦称为"神医"，显然学谦在父亲的眼中比我们高一个档次。（图141）

图141 学谦到医院给父亲诊脉

俗话说，忠言逆耳，良药苦口。医术虽好，但汤药却很苦。对于大多数人来讲，汤药的味道实在难以接受，这也是年轻人不接受中医的重要原因。

学谦给我们开的方剂还是酌情考虑每一剂药的味道，增添一两种中药尽量弱化药的苦味，尤其每一次给父亲开药时都尽量降低汤药的苦味儿。

这几年来，父亲也一直按照医嘱每天早晚各服一次。但最近几天，父亲开始排斥喝中药了。淑艳把热好的中药端到父亲的面前，父亲一脸苦相，反复劝说才勉强喝下去，而且经常喝到一半就不喝了，要求倒掉。淑艳只能说，喝药不能走后门儿，该吃多少就是多少。

其实，我们每次让父亲喝中药前，都让他嚼上半块巧克力，当口中有巧克力的甜蜜时再喝药，中药喝完再把剩下的半块巧克力吃下去，这样就可以减轻喝中药的不适感。后来，父亲自己要求吃山楂条，他感觉山楂条的口感比巧克力更适合。于是山楂条就作为药

引子，成了父亲喝中药的标配。

我们把父亲对中药的反应告诉了学谦。10月4日晚上8点刚过，学谦就来到家里，和老父亲聊天儿，询问父亲最近吃中药感觉怎么样。父亲告诉学谦说，他喝了中药反胃，感觉到胃里难受。学谦告诉父亲，他给父亲配的中药是专门加了"蜜"方的，吃起来苦味不大。父亲听了又笑了起来。学谦又说了一些父亲爱听的话，让他一改愁容满面的苦相。

10月5日上午，我们给岳父扫墓回来就直奔文安路的万佳宜康养老院。国庆的前5天，除3号铁成去养老院看望岳母，我和李红每天都从办公室或建筑工地返回去养老院看望老人。因为岳母从10月3日晚上开始，不知什么原因，突然莫名其妙地自己不能走路了，双腿站立不起来，精神状态也大不如前些日子。

我们和学谦相约，10月5日中午12点之前赶到养老院给岳母把脉开药。学谦如约赶到，我们一起进入养老院看望岳母。（图142）

岳母从前是排斥中医的，因为她接受不了汤药的味道。学谦拿出了哄老年患者的绝活儿，把岳母说得很高兴。李红也在一旁帮腔，吓唬岳母说，如果不吃中药就送医院打针，就像大人吓唬不懂事的小孩子一样。经过一番劝说，岳母终于点头答应了。（图143）

今天早晨8点刚过，洪涛就把熬好的中药送到家里。我们带着中药送到养老院，还带去了给岳母喝汤药的药引子——黄瓜、苹果、小食品之类的食物。总之，一个目的，就是想方设法让岳母把

图142　学谦到养老院给岳母看病

图143　学谦到养老院给岳母诊疗

中药喝下去。

没喝中药之前，李红就把岳母喜欢吃的这些东西展示给她看，告诉岳母喝了中药就给她吃这些黄瓜和水果，而且李红还边说边展示着怎样喝中药，完全就像幼儿园里的阿姨哄孩子一样。

李红一手拿着黄瓜，一手拿着药杯，对着岳母说："来，大宝贝儿，喝一口。"

岳母没有拒绝，小心翼翼地试了一口，大概是感觉口感还可以接受，紧接着又喝了一口。

于是，李红加快了鼓励的语气，一个劲儿地给岳母说好听鼓励的话，引着几个护工都围上来一起加油。

在众人齐声加油的忽悠中，岳母把一茶杯中药喝了下去。

这让坐在岳母对面录制视频的我和李红如释重负。我们就像完成了一件难以完成的工程一样，终于让岳母接受中药治疗了。

李红又对护工细心叮嘱了一番，教她如何让老人把晚上的药吃下去，我们才离开了养老院。

10月7日中午，在南航做空乘的弟媳海澜利用轮休的时间来给岳母喂中药。（图144）

10月8日下午，安琪和小洪又去养老院给姥姥喂药，还带去了小洪的妈妈给老人新买的冬装。

10月10日中午，我带着在家里煮好的花生、黄瓜和葡萄，到养老院给岳母喂中药。老人顺利地喝下了一杯中药，又三下五除二地

图144　海澜照顾已经失能的婆婆

吃下一根水黄瓜，紧接着又有滋有味地吃起煮花生。（图145）

晚上，李红又到养老院把岳母的另一袋中药喂了下去。

几天下来，我们终于让岳母跨过了吃中药的坎。

10月11日下午，我和家壮送李红和助理王菲去深圳考察。返回的路上，到养老院去给岳母喂药，又带去了岳母爱吃的煮花生。

走进养老院的活动大厅，岳母正坐在自己的座位上看电视。我的眼前一亮，好像今天的岳母变了一个人。

岳母前两天还只能坐在轮椅上，今天都能自己坐在凳子上了。护工给岳母换上了小洪妈妈买的新冬装，头发梳理得整整齐齐。岳母的精神状态焕然一新，气色和面容完全就像一个健康的老人。（图146）

护工告诉我，没有费太多的口舌，岳母已经把中药喝完了。

送上岳母爱吃的煮花生，看着她动作熟练地扒着花生，真是让人感到中药的神奇。

安琪看了视频，发信息："学谦哥太厉害。"

李红看了视频，也说："学谦的药真是得喝呀。你还得劝老爹也得喝呀！"

我回复说："是啊。你说得对呀，我回去就得拿这个视频给他看。老爹不是说我忽悠他嘛。拿老妈这个案例给他看看。已经不能下地走路的，喝了学谦的中药都是这样好了。"

图145 岳母食欲很好，也更喜欢我们送给她的小食品

图146 岳母看上去完全像一个健康的老人

◎　2021年10月12日（星期二，晴）至10月15日（星期五，晴），沈阳

四十七、有备无果，唯有放弃

岳母那边的情况刚刚有所好转，父亲这里又出了新情况。

昨天下午，我去浑河奥林匹克公园组织山东大学辽宁校友会庆祝山东大学120周年校庆的徒步活动。（图147）

晚上回来听保姆述说，今天下午推老父亲上厕所，结果老父亲一屁股坐到了地上。保姆无论如何也扶不起倒在地下的父亲。好在保姆急中生智，到物业请了两个保安把父亲从厕所抬到了床上。

父亲的身体状况又急转直下，吃饭时总是被呛着，咳嗽不止，另外就是全身大量脱皮，双腿痉挛，无法正常屈伸，还有就是出现幻觉，半夜三更总是喊保姆给他收拾东西要走。保姆无奈，只好假装起来帮他整理东西，但他又说不清楚要去什么地方。

今天夜里零点整，我刚刚睡下。手机铃声突然响了，保姆说大爷不好，请我马上下来。

我赶紧穿好衣服下到父亲的房间，只见父亲正在瑟瑟发抖。

我问父亲怎么了，他说他冷。

图147　校友会部分同学合影留念

我赶紧让保姆拿体温计给他量体温，结果是38.5℃。

我找遍家里的药箱，有的退烧药几乎都过期了。我只好和保姆说，让她用湿毛巾给父亲降降温，我马上出去买退烧药。

零时已过的沈北大街，车辆稀少，行人罕见。几乎所有的店铺都已经打烊关门了，大部分商店的霓虹灯招牌也都熄灭了。夜幕下的街道显得幽暗而凄清。我开着车循着一条又一条街道从北到南、从南到北巡回往返寻找着夜间营业药店。偶尔看见还亮着商店招牌的药店就停车前去查看，结果一次又一次地失望，所有的药店都关着门，只有个别的药店里面开着灯，却无人值守。

三环外纵横的5条大街，我用了一个小时10分钟通通跑了一遍，结果一无所获。

此时，在美国的小妹看到了父亲发烧的信息，给我发语音问，老父亲现在如何。

我告诉小妹，我现在正在外面给父亲买药。药店都关门，现在还没有买到。我正在去黄河南大街看一看，我记得那里有一家24小时营业的药店。

车行至三台子地铁站，我用余光瞟见一家药店里边亮着灯。我赶紧找到一个适合停车的地方，徒步走回这家药店。隔着橱窗玻璃往里一看，没有人值守。此刻，我下决心要把药店值班的人喊起来。

隔着门缝，我大声地喊："里面有人吗？我要买药。"

大约过了几分钟，里面走出一个50多岁睡眼惺忪的男人。他晃晃悠悠地走到门口，问我买什么药。我说："给我拿两种好的退烧药。"

那人从货架上取了两种药，递给我，说："晚上只收微信支付，不收现金。"

我迅速地付了费用，驾车急速赶回家里。回到家已经是凌晨1：46。

给满脸痛苦的父亲服了药，我坐在他的身边轻声地安慰着他。父亲就像一个受了委屈的孩子一样，捂着被子，闭着眼睛轻声地喘息着。

直到凌晨4点，再量父亲的体温降到37℃了，我才上楼睡觉。

早晨5：10，李红发语音来询问父亲的情况，还专门叮嘱，如果父亲再持续烧下去，就打120送医院，不要在家耽误。

同时，她又提醒我说，原定14日去济南参加山东大学120周年校庆的事怎么办？因为她要15日晚上才能返回沈阳。

李红的一席话把正在蒙蒙眬眬的我惊醒了。我突然想起山东大学辽宁校友会的副会长周金鹏已经给我定好了14日飞往济南的机票，校友会的秘书长王迪还把校庆活动的安排以及房间住房表传给了我，而且我还事先约定了与同年级的校友一起聚会。

去济南参加山东大学120周年校庆是一个筹划了很久的安排。早在两个月前，山东大学校庆办公室就给我发来了邀请函，请全国各地的校友会派三人到济南参加校庆。山东大学辽宁校友会由我和副会长周金鹏和秘书长王迪一同前往山东大学120周年校庆。（图148）

从中国的历史脉络看，建于1900年前后的百年高校并不多，存留下来的更是屈指可数，山东大学是其中的一所，被称为中国近代高等教育的起源性大学。

山东大学的前身是光绪二十七年（1901）在济南创办的官立山东大学堂。山东大学建校以来，随着社会的变迁，曾多次更名、停办、重建、合校、搬迁，在不同的历史时期汇纳过各类大学，也曾分出过10多所高等院校。

山东大学现在已成为一所历史悠久、学科齐全、实力雄厚、特色鲜明的教育部直属重点综合性大学。学校总占地面积8000余亩，形成了一校三地（济南、威海、青岛）的办学格局，是中国目前学科门类最齐全的大学之一，在国内外具有重要的影响。

120年来，山东大学秉承"为天下储人才，为国家图富强"的办学宗旨，培养了60万名各类人才，为国家和区域经济社会发展做出了重要的贡献。

120周年校庆

图148　山东大学120周年校庆

　　我是"文革"后1977年恢复高考后被山东大学录取的第一批大学生。1978年2月25日，我和战友梁志海收到了山东大学2月21日发出的录取通知书，我们被山东大学英美语言文学系录取为新生，报到的时间是2月27日到28日。三天后，我和梁志海身背行李，手提一袋洗漱用具，乘坐北京开往济南的列车，跨进了山东大学的校门。

　　外文系在山东大学洪家楼老校区。"文革"后刚刚复校的山东大学各方面的基础条件都比较差。外文系77级英语三个班50多名男同学住在据说是当年日据济南时的马厩里。上下双人床8个人一组，厕所是室外的旱厕，洗漱是室外的大水池。三伏天的宿舍像蒸笼，三九天的宿舍没暖气，晚上倒的一杯开水，早上就冻在茶杯里。

就是这样的学习环境和条件也没有影响我们这批"文革"后首批入学的大学生们的学习热情，并且我们都以所在的外文系有着悠久的历史和优秀的师资队伍而感到自豪。

山东大学外文系，1930年始建于青岛。1932年，青岛大学改名为山东大学后，外文系先后由梁实秋、洪深等几位著名的学者任主任。梁实秋和洪深先生都是现代文学的大家。中华人民共和国成立后，山东大学外文系的主任有吴富恒、黄嘉德、张健、陆凡、金诗伯等著名教授，他们长期从事英语教学与研究工作，为英语专业的发展奠定了坚实的基础。

山东大学外文系素以英美文学见长。1963年经教育部批准，吴富恒教授创建了美国现代文学研究室，是国内高校最早专门从事美国文学研究的学术机构，由时任山东大学副校长吴富恒教授兼主任，陆凡教授和张健教授任副主任，主要成员有黄嘉德、王文彬、欧阳基等。1978年经教育部批准研究室更名为美国现代文学研究所，由陆凡教授任所长。

我在山东大学外文系读书的4年，有幸聆听过这些国内研究英美文学的著名学者的授课。时任山东大学校长吴富恒教授早年在哈佛大学读书，师从著名学者瑞恰慈（Richards，1893—1979）教授，奠定了他后来从事西方文学理论研究的扎实基础。1982年，吴富恒校长获得了哈佛大学"荣誉法学博士"称号。

满头银发的著名教授黄嘉德先生为我们讲述莎士比亚的戏剧、十四行诗和惠特曼的诗歌。黄嘉德教授1931年毕业于上海圣约翰大学英文系，1948年获美国哥伦比亚大学研究文学院硕士学位。他长期从事英美文学研究，特别是戏剧教学和翻译研究。从30年代起，黄先生就研究萧伯纳，并翻译了弗兰克·赫里斯所著的《萧伯纳传》等名著，其萧伯纳的研究在国内学术界具有相当的影响。他从40年代起就开始从事惠特曼的研究，对惠特曼的诗歌研究造诣很深，发表过多篇高水平的论文。

温文和蔼的时任外文系主任张健教授给我们讲授翻译课。张健教授因其于1944年冬到1946年夏翻译的《格列佛游记》经典的翻译闻名翻译界，是国内首个无任何删减的权威译本。他对海明威等小说家的研究在当时国内学术界颇有影响。

儒雅干练的时任美国文学研究所所长陆凡教授多次给我们开设美国文学讲座。陆凡教授从20世纪50年代开始从事美国文学研究，70年代发表多篇研究论文。陆凡教授的西方文论研究和犹太文学的研究在当时国内学术界处于领先地位，她对一系列美国文学理论研究专著的翻译介绍都具有开拓性的意义。

这些著名的英美文学研究专家的治学精神和他们所教授的课程，深深影响着我和我的同学们。我曾经一度痴迷于英美文学名著翻译，曾经同时对照中外文两个版本逐字逐句地阅读了数十本英美文学名著，诸如，乔叟的《坎特伯雷故事集》，薄伽丘的《十日谈》，莎士比亚的《哈姆雷特》《李尔王》《麦克白》《威尼斯商人》，霍桑的《红字》，斯托的《汤姆叔叔的小屋》，马克·吐温的《汤姆·索亚历险记》《哈克贝利·费恩历险记》，德莱塞的《珍妮姑娘》，杰克·伦敦的《马丁·伊登》，海明威的《永别了，武器》《老人与海》，斯坦贝克的《愤怒的葡萄》，班扬的《天路历程》，笛福的《鲁滨孙漂流记》，斯威夫特的《格列佛游记》，雪莱的《云雀颂》，狄更斯的《雾都孤儿》《双城记》《远大前程》《大卫·科波菲尔》，萨克雷的《名利场》，哈代的《德伯家的苔丝》《无名的裘德》，夏洛蒂的《简·爱》《呼啸山庄》，简·奥斯丁的《傲慢与偏见》，萧伯纳的《圣女贞德》，惠特曼的《草叶集》等。我看到译者精彩的翻译时常拍案叫绝，并且还做了不少翻译金句的笔记摘抄，为了能够胜任文学翻译，也曾一度立志终身从事文学翻译。与此同时，我开始恶补汉语言文字和文学基础，大约用了两个学期的时间背诵《现代汉语词典》的词组和《汉语成语词典》，一边记忆一边抄写，读完了两本词典。大学的三个寒假我都没有回家度假和父母过年，而是留在学校通读了《中国新文学大系》（1927—1937）小说卷、散文卷、诗歌卷、戏剧卷，从那一时代的鲁迅、胡适、茅盾、周作人、郑振铎、阿英、郁达夫、郑伯奇、洪深、朱自清等文坛巨匠的作品中汲取滋养。为了保存这些经典著作当中的名句，我买了20多本笔记本，分门别类地摘抄了大量经典文字，类似后来出版的作文词典。由此可见，那时我对外国文学翻译的痴迷程度。

但后来的结果是，我大学毕业以后的几年内曾经校译发表了几十万字的译著，甚至信心满满地两度参加了《译林》杂志举办的翻译竞赛。以后随着学业和职业的变化，从事翻译的兴趣逐渐淡化。但大学本科打下的英文基础却为我后来能够跨学科考上硕士研究生和博士研究生创造了得天独厚的优势，既省去了复习英语的时间，又保证了能够得到较高的分数，为硕士研究生和博士研究生初试的总分数增色不少。

从某种意义来说，山东大学是改变我命运的里程碑，因此我对山东大学有着特殊的感情，没有山东大学4年的培养，就没有我后来的职业生涯和今天的经历。大学毕业以后，我曾数次回山东大学和外文系故地重游，回访老师，与同学相聚。

2011年我曾经受邀参加了山东大学110周年校庆。10年后的10月15日，山东大学120周年是甲子之年，对我而言是一个更有历史纪念意义的校庆。时任山东大学的两位主要领导在以往的工作中有交集，彼此熟悉，副校长张永兵又和我同在重庆工作过，因此邀请我参加这次校庆也给了一些安排。从时间和人脉来讲，这次参加校庆应当是绝佳和绝唱的机缘，我从精神和物质上都做了充分的准备，但父亲突如其来的发烧，让我只能忍痛放弃了去济南参加校庆的行程。

给父亲做过早饭后，我把取消去济南参加校庆的决定和原因分别告知了学校的主要领导和张永兵副校长，他们随即回复表示理解，并希望我今后有机会再去参加校庆。

放弃参加这次山东大学120周年校庆对我来说是一种遗憾，但却无悔。因为病入膏肓的老父亲不知何时会发生意外，此时我如果远离父亲去济南参加校庆活动，一定会怀着忧虑，心神不定，也是自寻烦恼。

而父亲在14日的早晨却自己下地洗脸了。

我对着老父亲问："老爹，你前天晚上折腾这一下，是不是故意不让我去济南参加校庆呢？"

父亲回答说："没呀，我是怕你走了，看不见我了。"

父亲的否认，其实是欲盖弥彰。

但此时的我，已经可以完全理解老人的心理。因为他真的老了，感到无助。当李红和我都出差在外不在他身边时，他的内心是恐惧的。他希望我们时刻都陪伴在他的身边。（图149）

10月15日上午，我在家里收看了山东电视台实况转播山东大学120周年校庆实况，还通过微信与参加校庆的校友做了现场互动，感受到了校庆的气氛，仿佛置身于现场一样，没到现场的遗憾也冰释消融了。

图149　山东大学120周年校庆会场

◎ 2021年10月16日（星期六，晴）至10月20日（星期三，晴），沈阳

四十八、岁岁重阳人不同

10月11日下午，李红飞往深圳，与沈抚新区的领导在深圳考察招商，每天都发些照片和视频报告她的行程。

照顾岳母吃饭吃药的事情，就由我、铁成和安琪来承担了。这几天我们轮流前往养老院，每天不断家里的人去照看老人。

10月14日是重阳节，下午2:10铁成发来了岳母自己推着轮椅在大厅活动的视频，并附文说："我代表大家来陪陪老妈，今天状态不错，高兴，高兴。"

安琪看到后发信息，说："哎呀，太好了！"还给姥姥鼓掌点赞。

李红发信息，说："今天重阳节，祝妈妈健康长寿。"

随后发了一组在华为总部松山湖考察的照片。

铁成走后不久，我在晚餐前赶到了养老院。我给岳母带去了自家园子里产的水黄瓜和大枣，还给岳母买了一些小食品。

我赶在岳母的晚餐前给她送点水果，让她吃点餐前水果。老人家非常喜欢我送来的水果，一颗大枣三口两口就把它吃掉了，连续吃了三颗，紧接着又吃了一根黄瓜，似乎还有意想要再吃，让我劝止了，因为晚餐马上就要开始了。

铁成看到视频后，发信息，说："姐夫辛苦了。"

我回复说："今天是重阳节，特意过来赶着老妈的饭点儿，看看她自己能不能吃，不能吃就喂喂她。还行，现在基本上可以自己吃，情况还是不错的。"

岳母这顿晚餐喝了两碗小米粥，吃了两块发糕，还有一碟儿酥肉，一碟炖豆角。这个食量对于一个80来岁的老人来讲还是相当可观的。

晚餐后，我陪着岳母聊天，逗她说，你吃的比我吃的还多。我告诉岳母，今天是重阳节，是孝敬老人的日子，所以我们都来看您。（图150）

　　岳母非常认真地点着头，听我给她说的话。

　　大约半个小时以后，到了该吃中药的时间。护工把中药热好送来，主动劝说老人把中药喝下去。

　　看着老人在护工的劝说下，一口接一口艰难地喝着中药，不禁感叹，这中药真是不好喝呀！

　　当天晚上，我让妹妹一家来家里和父亲一起过重阳节。今年父亲的身体状况已经大不如从前了，家人的团聚也缺少了往年的欢快和热闹的气氛。但当时我们没有想到的是，这竟然是父亲最后的一个重阳节。

图150　岳母最后那一年

　　10月16日的下午，铁成和他的两个结拜兄弟专程去了观陵山给岳父扫墓，这也是自岳父去世后家人每个重阳节里一个不可缺少的活动。

　　当天下午，我和李红又去了文安路的养老院照看岳母吃晚饭。

　　李红见面就问老妈："想我了没有？"

　　老人回答说："想。"

　　我们一起照看老人吃晚餐，此刻的女儿就像当年的妈妈喂自己一样，一口菜一口饭，耐心地喂着母亲，不时提醒着老人慢慢吃，那种温馨的场景令人难忘。

10月17日的下午，铁成和海澜又在晚餐前来到了养老院，陪着老人做游戏，给老人喂饭。

10月19日中午，铁成又去看望老妈，喂老妈吃饭。

10月20日午餐前，李红又赶到了养老院，给老妈喂饭，还搂着老妈拍了一张亲热的照片。下午，安琪和小洪又在晚饭前赶到养老院，照顾姥姥吃饭、喝药。（图151）

整个养老院里像岳母这样几乎每天都有家人前来照看的绝无仅有。从这一点来说，岳母虽然身在养老院，但每天都能看到自己的儿女和后代，她的心理是安全的。

对于我们来说，不仅是每年农历的九月九重阳节是孝敬老人的日子，每一天都是我们感恩父母的重阳节。

图151　母女情深

◎ 2021年10月21日，星期四，晴，沈阳

四十九、生命的烛光摇曳不定

一周前，仅仅发了一夜高烧的父亲竟然很快就恢复了正常体温，接下来的几天也基本稳定，父亲又可以下地洗脸、吃饭了。

10月17日，星期日，天气晴好，但室外的夜间气温已经降至0℃以下。为了不让菜园里的蔬菜遭受霜冻，我和淑艳今天把院子里大多数秋菜罢园了。

收获的成果令人惊喜：二三十斤的冬瓜采摘了20多个，最大的将近40斤，费了好大的力气才搬出园子，辣椒摘了三大盆，扁豆摘了三大塑料袋，白菜、菠菜、豆角收获了一大堆，连树上的枣子都基本打光了。

我知道父亲最高兴的事，就是看到自家菜园里的丰收成果。父亲现在不能与我们一起去菜地分享收获的快乐，我就把收获的成果拍成视频，播放给老父亲看，父亲看得兴奋异常。他没有想到我的园子里能收获这么多的蔬菜和瓜果。（图152）

我挑了一颗最大的枣子送给父亲。他看了看说，这个枣子差不多有一两。我让父亲尝尝这个枣子味道如何，父亲握在手里半天，没舍得咬一口。

罢园后，意味着今年园子里就坚壁清野，没有农活可做了，进入了北方的农闲季节。

第二天，见到父亲的身体和精神状态尚可，我便一大早陪同李红去杭州考察一个合作的项目。

图152　父亲抱病查看我的果园

原计划是在杭州住一个晚上，不坐夜晚飞行的航班，第二天返回沈阳。但我和李红还是不放心老父亲的身体，于是，买了当天最后一个航班，乘长龙公司8865航班，21：20起飞，23：36返回沈阳。

10月20日下午2点，表妹小洁又到家里来看望舅舅。表妹来之前给大妹打电话，询问给父亲买什么好吃的。大妹告诉表妹说，你大舅喜欢啃猪蹄。于是，表妹专门给父亲买了猪蹄、海鱼和香蕉送到家里。（图153）

表妹陪着父亲唠了一个多小时的家常。此时虽然父亲能够正常与人交流，思维和反应都没有什么异常的变化，但已经可以明显看出他的体力不支，掩饰不住他的衰老和疲倦，最为突出的是父亲的消瘦和气色的变化。从前那个容光满面、精神矍铄的老人不见了，原先丰满的脸庞凸显出颧骨、红润的面容变得灰暗无光了。（图154、图155）

坐在父亲的床头，端详着他的情态和气色，我已经隐约地感觉到，父亲的身体健康正在迅速地走下坡路，并向不可阻挡的颓势发展。尽管我和家人在千方百计地为父亲的生活和精神提供各种尽可能的保障，但父亲的生命就像一炷摇曳不定的烛光，哪怕是一股微风掠过，它都会明灭难测。

果然不出我的所料，父亲当天晚上又莫名其妙地开始腹泻了。

图154　80岁的父亲

图153　表妹小洁陪同舅舅旅游

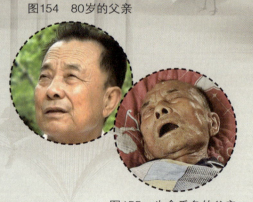

图155　生命垂危的父亲

◎ 2021年10月22日，星期五，晴，沈阳

五十、自行竟是一种享受

早上7点，送李红到沈阳北站，她今天要去大连考察一个干细胞的合作项目。

送站过后，我则带着学谦早晨刚刚送来的中药前往养老院看望岳母。

走进养老院活动大厅，岳母的座位上没有人。问过护工才知道岳母回房间睡觉了。

早晨8点刚过，老人怎么又回房间睡觉了呢？

我走进岳母的房间，她竟在酣然大睡。我不忍心叫醒老人，于是坐在她的床头，翻看微信。

时间不知不觉地过了半个小时，岳母依然在沉睡中。轻声地呼唤了几声，她也没有反应，摸摸她的脸，拍拍她的手，只是停止了鼾声。

于是，我把岳母熟睡的视频发给了李红。李红见到视频后，让我回家吃早饭，别等老妈醒了。

我说，再等一会儿，等妈醒了以后吃完中药，我再回去。

可能是我跟李红对话的声音惊醒了岳母，她突然睁开眼睛，她用沙哑的声音说："来啦。"

我笑着对她说："我来快一个小时了。你怎么大白天睡觉，昨天晚上没睡好吗？"

岳母点点头。

我说："那你接着睡吧，我回家吃早饭了。"

岳母想了想，问我："小红呢？"

我说："去大连出差啦。"

岳母说："又走了。"

我说："她事多，工作忙，她让我来看你。你放心吧，她今天晚上就回来。"

我看岳母已经醒来，大概不会接着睡了。我问她："你还睡吗？还是起来？"

岳母回答说："起来。"

我把岳母扶起坐在床边，给她把鞋穿上，又把老人行走辅助车推过来。我说："咱们出去吧，到外面活动活动。"

岳母说："行。"

我说："好，我扶你起来。"

岳母说："不用。"说着，她双手握着辅助器的把手，霍地一下站起来。

岳母起身的动作之灵活和有力，把我吓了一跳。这在过去是从来没有过的，以前岳母起身都要前后晃几下，然后借助晃动的惯性站起来，今天居然一下子就站立起来了。

岳母推着行走车转身走向门外。走廊上，老人虽然步履蹒跚，但依旧借助行走车自己走向大厅。

活动大厅里，三排桌子坐着十几位老人，迟暮的人生刻在他们的脸上，花白稀疏的头发，纵横交错的皱纹布满额头、脸颊，无神的目光显示着呆滞的神情。其中的绝大多数是坐在轮椅上，剩下的几位老人也木讷地坐在扶手椅里四顾茫然。

这些行将就木的老人，绝大多数已经是失能状态了，他们现在唯一的本能就是进食，但吃饭时却像一个刚刚学习吃饭的幼儿，动作既笨拙又迟缓，时常撒得身上地上到处都是。有的靠护工喂饭，有的只能吃流食。看着眼前这些老人，不禁感叹：人生的晚景真是凄凉啊。

岳母推着自己的行走车不紧不慢地走向自己的座位。我在岳母的身边，不停地给她鼓劲儿和加油，称赞岳母的驾驶技术很好，开着自己的"宝马"来到单位上班了。这让身边的几位老人不禁转头看着岳母，其中的一位还给岳母伸出了大拇指。显而易见，在他们的眼里，自己能够行走也是一种享受。（图156）

护工过来帮助岳母在自己的座位上坐稳，然后把中药拿去加温。几分钟过后，护工把装中药的茶杯拿来，手里还拿着一个剥好的橘子。我让护工先给老人一瓣橘子吃下去，然后再喝一口中药，可以减轻中药的苦味。如此反复，老人竟然把中药几乎喝完了。我和护工在一旁不停地夸奖，老人竟像孩子般把最后的药底子也喝了下去。

当天下午，铁成也到养老院，用同样的方法让老人喝了晚上的中药。

铁成问老人："中药苦不苦？"岳母回答说："苦。"

铁成说："苦也得吃啊，中药能治病啊，吃了身体就好啦。"

我们像哄孩子一样哄着老人吃药，就像当年我们父母哄着我们吃药一样。这真是人生的轮回呀！（图157）

两天以后，铁成和海澜又去看望岳母。老人突然想起了孙子子骏，问："子骏怎么没来？"

图156 岳母是养老院里唯一能推着辅助车独立行走的老人

图157 2020年，岳母生日时的合影

海澜告诉岳母，子骏在上海上大学呢。

岳母一脸的茫然。她已经记不得自己的孙子子骏考上了美国旧金山大学，因为疫情不能赴美，现在正在上海复旦大学上大一的课程。

铁成问老人："你想子骏啦？"

"想。"老人点点头，回答说。

阿尔茨海默病可以让老人忘却许多往事，但唯有她从小带大的孙子是不能忘却的。（图158、图159）

每一次孙子来看奶奶都是老人最高兴的时候。老人依然像小时候一样摸着孙子的手，拍拍孙子的脸，问的还是几十年来一成不变的车轱辘话。祖孙俩没有太多的话，但是挂在老人脸上的，是久违的笑容。

图158 幼年的子骏

铁成逗着老人，说："想子骏了，送你去上海，去不去？"

"去！"老人毫不犹豫地说。

铁成说："现在疫情去上海不安全，还是待在养老院里多安全呢。"

老人还是坚持说去。

铁成告诉老人，不能去。

几经分说，老人突然明白了儿子是在逗她，突然对铁成说："净跟我扯犊子。"

说得铁成跟海澜都哈哈大笑起来。

阿尔茨海默病的老人也有选择性清醒的时候！

图159 帅气的子骏

◎ 2021年10月23日，星期六，晴，沈阳

五十一、梦回重庆话当年（一）

最近几天夜里，父亲的睡眠越来越差，而白天又昏昏欲睡，精神不佳。

我打电话给张明亮医生咨询。张医生回答说老年人的睡眠绝大多数人不好。但这种状况也属正常。

父亲告诉我这些日子夜里总是做梦，梦到在重庆度过的日子。

白天，他不厌其烦地给保姆讲自己的梦和他在重庆曾经度过的岁月和见识，颇有几分自豪和炫耀的劲头。

父亲作为一个普通的工人，确实没有什么机会和可能出去旅游。1968年，他在工厂曾做过外调工作，去过东北的哈尔滨、伊春、鹤岗、双鸭山、长春、沈阳、天津、北京和上海，1985年和母亲去过一次北京到部队看我。此后就没有出过辽南。（图160）

图160　1985年与父母在八达岭长城的合影

20年后，父亲和母亲头一次从东北的大连飞往西南的重庆。从2004年到2006年，连续三个春节都是在重庆度过的。（图161）

2003年大年三十，我回大连度假，仅仅两天后，区里就出了一件重大的政治事故，而我又是负责处理这类事件的主管。为了保证节日的平安，加之当时我又负责一项较大的工程建设，节日期间不停工，我只好让父母到重庆来过年。

父母第一次来重庆是2004年1月18日，此次成行是我费了很多口舌才动员母亲来重庆的。最初，我无论如何劝母亲，她都执意不来。母亲不来的理由很单纯，就是怕影响我的工作。我曾在北京工作30年，父母仅仅去过一次北京，而且还是住在临时来队家属的周转房里。后来住房条件改善了，无论我怎样动员母亲到北京来看一看国庆观礼，母亲始终没有应允过。

母亲不来的理由是从母爱的本性出发。我那些年为了考大学、考研、考博士，为了写论文而不停地奋斗。每年的长假甚至寒假都不回大连陪伴父母过年，更没有时间带父母外出旅游。连续一二十年的拼搏不知不觉地把这种拼搏冲动演变成了惯性，又把惯性固化为一种习惯。

这种工作和学习的节奏给妈妈以强烈的影响。她感觉到儿子的每一项工作都很神圣和重要。她坚守着这样的信条不动摇——不给

图161　2004年父母在重庆

儿子添麻烦。不让儿子分心是她做母亲的本分，所以无论是国庆大典还是乔迁新居，母亲都以不变应万变，拒绝各种邀请。

这一次邀请母亲来重庆的理由很充分，就是我把自己的工作说得很重要，把去年发生的重大事故作为回不去大连过年的理由。我告诉母亲，如果他们不来，我只有一个人在重庆过年。在我的反复劝说下，母亲终于答应了我的请求来重庆陪我一起过年。

父母第一次来重庆是腊月二十八，只剩一天就是除夕了。当时区里的集资房还没有建成，只好给父母租用了一间客房。

父母对这种每天不用做饭、打扫卫生的悠闲生活非常不适应。每天早上，我抽时间陪着父母吃自助餐。中午和晚上让服务员给送客饭。他们经常把中午吃不完的饭留到晚上吃，让服务员把送来的晚餐端回去。服务员无奈只好告诉餐厅经理。餐厅经理把情况如实告诉了我。我让父母把剩下的饭菜让服务员端回去，晚餐吃新做的饭菜。母亲说，那样太糟蹋了，不能浪费。我只好极力劝说他们到楼下的餐厅去吃饭，再告诉服务员每次给他们上的饭菜尽量少，老人不舍得浪费。

大年初一早晨，我和交通局局长去华福隧道工地检查施工安全和慰问春节不休息的工人。想不到我们在经过大渡口小南海水泥厂的厂区时，司机误将一条检修坡道当成了路面，就在车即将倾覆的一瞬间，司机本能地打了一下方向盘，三菱越野车咣当一声坠落到地面。司机吓得出了一身冷汗，一车人也与死神擦肩而过。事后，我忍不住把这件事轻描淡写地给父母说了一遍，从母亲的表情可以看出她的担忧和后怕。

整个春节的七天长假，只有两天没有去施工的工地，腾出时间陪父母去了重庆的旅游胜地解放碑、朝天门码头、渣滓洞、白公馆、红岩魂广场，还有区里的几个旅游点——天赐温泉、皇田花卉、海兰云天。其中有三天，父母是随着我一起去施工现场的。（图162、图163）

2004年1月29日（大年初八），晚上我带父母去了南滨路。南滨路处于重庆市的中心地位，它北临长江，背依南山，是观赏渝中半岛夜景的绝佳长廊，由此，南滨路获得了"重庆外滩"的美誉。

南滨路旅游观光区全长25千米，占地16万平方米，是集防洪护岸、城市道路、旧城改造和餐饮、娱乐、休闲于一体的城市观光休闲景观大道。南滨路上遍布各种重庆美食餐馆，除了举办各式各样的美食节，具有重庆特色的火锅节，还举办充满时尚文化气息的大型活动，尤其是春节期间的灯展，更是令人眼花缭乱、目不暇接。

父母都是头一次看到这样大规模的延绵2千米多长的灯展和渝中半岛璀璨辉煌的夜景。各种各样的彩灯让父亲看得乐不可支，他想不到重庆的能工巧匠居然能做出这么多令人不可思议的彩灯和花灯。我笑着对父亲说："这比你做的那个走马灯怎么样？"（图164）

"这说哪去了？咱哪有这么多的材料啊？"父亲摇着头，满脸笑容地说。

重庆的朋友请父母吃了一席地道的重庆菜。虽然麻辣的味道他们还一

图162　皇田花卉出口国外的红掌

图163　父母在重庆天赐温泉

图164　父母和虎子在南滨路

时接受不了，但也觉得重庆菜确实有味道好吃。

晚餐后，母亲站在渝信餐馆的露天平台望着渝中半岛的万家灯火，说："重庆真是个好地方。"这是她生平头一次这样近距离地眺望山城的夜景，她可能做梦也想不到自己会看到这样美丽的山城，这样璀璨的夜景。

鉴于母亲当时的身体状况，大年初九，我就把她送到了三军医大附属大坪医院做了体检。体检的结果是母亲需要住院治疗。

2004年2月1日，星期日。母亲上午做完了治疗，当天的吊瓶也打完了。中午我带父母去了西坝豆腐店吃豆腐宴。饭后天气尚好，我便陪同父母去医院附近的鹅岭公园。

鹅岭公园原名鹅项岭，其地处于长江、嘉陵江南北挟持而过的陡峻、狭长的山岭上，形似鹅颈项，故而得名。环抱重庆半岛的两江在这里距离最近。（图165）

鹅岭公园位于重庆半岛最高处，背倚山城，高挑出世，挟两江而西望，览尽雄、险、旷、秀的自然风光。它位于重庆半岛最高处，瞰胜楼（两江亭）高耸九重，登楼远眺，两江风光尽收眼底，

图165　父亲从鹅岭公园眺望两江环抱的重庆

入夜观灯海，更是绝佳去处。榕湖、绳桥是鹅岭公园最著名的标志性景点，也是典型的中国传统艺术风格的园林。

鹅岭公园前身为礼园，也称宜园，是清末重庆商会首届会长富商李耀庭的别墅。清末宣统年间（1909—1911），云南恩安盐商李耀廷父子羡鹅岭之奇美而于此营造园林，名其曰"礼园"，亦称"宜园"。这是重庆最早的私家园林。光绪年间进士宋育仁《题礼园亭馆》诗曰："步虚声下御风台，一角山楼雨涧开。爽气西浮白驹逝，江流东去海潮回。俯临木杪孤亭出，静听涛音万壑哀。"对礼园风光的描摹颇有传神之处。

抗战时期，蒋介石夫妇在园中"飞阁"居住半年；英国大使卡尔也在"飞阁"居住达五年；澳大利亚大使馆曾设于园中。

1949年重庆解放后，此处为西南军区司令部驻地。邓小平、刘伯承、贺龙、李达同志先后住居此处。在邓小平同志支持下，礼园于1958年3月移交重庆市政府。1958年，重庆市政府对礼园旧址扩地修缮，新建楼台亭榭，广植林木花草，命名为"鹅岭公园"。园中有绳桥、虎台、江山一览台、盆景园、瞰胜楼（两江亭）等景点。

鹅岭公园的大部分景点我都是在公园门口处的景区介绍里给母亲一一讲述的。两江亭的九重观景台母亲根本上不去，父亲也只是勉强走了三层也不上去了。他们最感兴趣的还是盆景园。父母对那些旁逸斜出、虬曲多姿的盆景赞不绝口，特别是那些开满鲜花的盆景更是让父亲高兴得像个孩子似的，他很惊奇这些花匠是怎么培育出这么令人拍案叫绝的盆景的。

母亲住院直到2月6日才出院。一周以后也就是2月12日，父母结束了为期25天的重庆首行回到了大连。

◎ 2021年10月24日，星期日，晴，沈阳

五十二、梦回重庆话当年（二）

父母第二次来重庆是2005年1月28日，是我搬进新分的集资房（C2A4-5）的第一个星期五。

父母来的前一天，大妹和女儿囡囡刚刚从重庆回到大连。她们是去成都参加全国手工艺展，途经重庆暂住，曾帮助打扫过这个新家，是居住新家最早的亲人。

父母这次来到重庆终于住进了自己的新家。这套集资房交款时父母把自己积蓄的6万块钱替我补上了缺额。

母亲一生没住过100平方米以上的房子。这套房子买家具加装修只花了3万块钱，在常人看来是再简单不过了。但父母面对这套3室2厅的大房子还是乐得合不上嘴。母亲推开每一个房门，仔细地看着，到处摸摸试试，好像是在检查这里的一切是否真实可信。（图166）

我仔细地告诉父母每一种电器的开关功能，并让他们亲手操作几次。父母到来的前一天，我去沃尔玛超市给父母置办了新的卧具和床上用品。父母到来的第二天，我又让司机给父母买了一台29英寸的海尔电视机。看着这些全新的家具和厨房用具，母亲那副发自内心喜悦的神情，让人看得都想流泪。因为这一切来得那么迟，让一个垂暮的老人看起来有一种说不出的怜惜。

图166 父母在重庆的新家

母亲住进的集资房是一期，当时二期和三期的集资房正在拆迁旧房和开挖施工当中。户外到处是一片混乱不堪的施工现场，没有花草，没有景观，有的只是震耳欲聋的气锤和爆破声。白天空气中到处弥漫着飞扬的尘土，甚至硬化的路面都没有，雨后是一片泥泞。

面对这样恼人的环境，父母显得非常平静，好像视而不见，充耳不闻，对室外的喧嚣和纷乱十分淡定。父亲还偶尔站在阳台上看着施工的现场，感叹现在的建设机械这么先进，效率真高，一个礼拜就可以盖一层楼。

楼外，是一个建设的大工地；楼内，是一个上上下下装修的竞赛场。楼内比楼外折腾得更凶，不绝于耳的电钻声、电锯声、电锤声、气钉枪从早到晚响个不停。最先入住的人家只好忍受着这让人心烦意乱的装修交响。

重庆的春天多雨，所以父母大多时间只有待在家里，坐以待闹。我每天清晨7点上班，半夜才回到家里，对楼内楼外的喧嚣没有感觉。有时父亲也会给我抱怨几句，说这楼里楼外太吵了。母亲对此没有任何抱怨，她说哪儿盖楼都是这样，不脏不乱，怎么能盖起大楼来？对父亲的抱怨母亲说得很明理：咱家装修的时候别人不是也一样要忍着吗？

母亲就是这样宽容、大度地去看待和处理身边发生的生活琐事。母亲平时说的话既不华丽，也没有什么大道理，毫无可以让人的耳膜受到震动的冲击力，但却值得细细地品味，这是一个饱经风霜的老人从容淡定的世界观。

2005年2月9日是大年初一。我接到重庆市旅游局局长的通知，要到九龙坡区华岩寺检查节日的安全，一是因为春节期间华岩寺的香客特别多，是平时的几十倍，游客的人身安全和华岩寺的防火成为节日期间安全的重点；二是因为当时的华岩寺正在进行大规模的改建施工，施工现场的混乱和游客的聚集交织在一起，游客的疏导和施工现场的安全施工形成了直接的矛盾。

当天傍晚回来，我告诉父母今天是去寺庙检查安全工作，母亲有些不解，她觉得佛门净地还会有什么安全问题？在母亲的印象中，她去过的老家仙人岛的龙王庙是一个清雅无喧的灵境。我告诉母亲，我现在分管这个景区的建设，是景区建设安全的责任人，过几天我带你去看看就知道了。

大年初五那一天，我带着父母去了华岩寺。

华岩寺在九龙坡区华岩乡大老山，因寺南侧有一华岩洞而得名，民间传说古洞中石髓下滴成水花，故称华岩。华岩寺岩高百丈，形状像笏，寺内外竹修松茂，十分幽邃，有天池夜月、曲水流霞、帕岭松涛、远梵霄钟、疏林夜雨、双峰耸翠、古洞鱼声、寒岩喷雪等八景。寺内景区岗峦起伏，群山如莲，集山、水、洞、林、寺于一体，自古被誉为"巴山灵境""川东第一名刹"，为国家文物保护单位。

华岩寺早在1937年就曾建佛教学院。1988年，时任中国佛教协会会长赵朴初题写了"华岩寺""华岩洞"等名均嵌于山门。华岩寺分大寺、小寺。大寺殿堂建筑系传统庭园式砖木结构建筑群：分为前、中、后三殿堂，即大雄宝殿、圣可祖师堂和观音堂。

大雄宝殿内的十六尊者木浮雕，为各寺院所少见。寺庙左侧是接引殿（2007年6月3日是母亲"三七"的祭奠日，也是我五十一岁的生日，曾在这里给母亲做了超度），寺内还珍藏有印度玉佛和铜雕像、玉雕像、石雕像、木雕像、泥雕像以及大金字塔模型等。小寺便是华岩洞，与大寺隔湖相望，是华岩寺的祖庙。华岩寺内设有天王殿、藏经楼、观音堂等，寺内还有释迦牟尼、观世音、达摩尊者的岩像，藏有经书700多卷。

从前的华岩寺虽然是国家文物保护单位，又被誉为"川东第一名刹"，但年久失修，寺院的门外村民杂居，又是一处集贸市场，管理上混乱不堪。为了利用好这个历史悠久的寺庙景区，区政府决定对华岩寺进行大规模的改扩建，迁走原来的民居和集贸市场，使其成为重庆市乃至西南地区的旅游风景胜地。

这项改扩建工程的一个重点就是在寺院内竖立一座露天金佛——释迦牟尼的坐像。这座露天金佛圣像高16米，加上莲花座高约20多米，差不多有七层楼那么高，建造时是我国最大的也是世界最大的露天大佛。佛像内部以钢架结构为支撑，佛身为2毫米厚的铜板锻造而成，通体贴附24K纯金金箔。金佛共用去黄铜100吨，如此体量无法一次成型，所以分解成若干部分，先在南京晨光集团造好，再从千里之外远送到重庆华岩寺现场拼装。

金佛底座是一个八角楼，室内为万佛殿，供奉小金佛，外墙上则是分别用整块汉白玉雕刻而成的6个佛祖故事，浓缩了释迦牟尼出生、成佛、布道，直至圆寂的生平。这座全身贴满金箔的佛像于2005年9月18日竣工，同年12月25日进行开光，是国内第一家按照佛规进行"装藏"仪式的露天金佛。内部藏有佛教法器、经书、字画、珍宝等。金佛身后，立着6根石质经柱，6000多字的整部金刚经雕刻其上。（图167）

我带父母来到华岩寺时，佛像已经露出金身，正在进行底座安装和广场的铺装，施工现场一片繁忙。进香的游客如过江之鲫，摩肩接踵。望着眼前的这种景象，母亲似乎明白了我春节不能回家过年不是托词。

母亲双手垂立，静静地凝

图167　父母和姑姑、姑父在华岩寺露天大佛前的合影

望着莲花座上的释迦牟尼佛像，深深地鞠了一躬。

春节过后，正月十三（2月21日），母亲因为心脏病又一次住进了大坪医院，直到3月1日才出院。

春节过后是新一年工作的开始。当时，我在区里分管经济工作，任务十分繁忙，加班加点，经常出差。两位老人就被滞留在家里，偶尔也有一些同事帮忙照看一下老人。

由于母亲身体所限，再加上父亲听不懂重庆的方言，我上班以后，两位老人就只能待在家里做饭，收拾卫生。无奈我只好动员父母到离家里不到100米远的重庆动物园去消磨时光。

重庆动物园始建于1953年，常年展出动物230种、4000余只。年均接待中外游客近200万人次，其中每年外宾10万人次，是全国城市大型动物园之一。

动物园内，地形绵亘起伏，蜿蜒曲折，青山绿水，平湖驳岸，清新绮丽。古树名木繁茂，各类植物种类繁多，绿地率71%，绿化覆盖率85%。建有熊猫馆、猩猩馆、两栖爬行馆、金鱼馆、非洲狮馆、河马馆、豹馆、大象馆、长颈鹿馆、羚羊馆。饲养动物150余种，1200余只，其中珍稀动物有大熊猫、小熊猫、金丝猴、白头叶猴、扭角羚、角马和食火鸡等，还设有涉禽馆、水禽湖等。园中还辟有一人工湖，小岛、曲桥、景亭相连，湖中广养禽鱼。（图168）

图168 父母在重庆动物园

父母终于有了可以外出赏花散步的去处。两位老人经常在动物园里待上大半天。父亲喜欢看各种各样的热带鱼在宽大明亮的鱼缸里游弋。母亲则喜欢到对游人开放、可以喂养禽鸟类的园区，花上几块钱买上一包鸟食，唤来一大群鸟围绕在身边啄食，就像当年在家里喂养鸡雏一样。（图169）

图169　母亲在重庆动物园里喂养动物

这一年的3月20日，我刚刚结束在厦门的招商活动，引进宝龙集团在九龙坡区一个投资项目。翌日，我就接到了市委组织部的通知，抽调我到市里负责一项教育活动。左右开弓，前后夹击，工作的节奏像鞭子抽打的陀螺，甚至早晚在家陪父母吃饭的时间都没有了。

父母的足迹遍布动物园的每一个角落，终于也对动物园失去了兴趣，两位老人又开始待在家里无所事事，每天到阳台上打扫卫生，去扫除和清洗那日夜不停的建筑施工飘落的扬尘。

我也曾经反复动员父亲带着母亲到杨家坪商业步行街去走一走，逛一逛。但两位老人都有理由，父亲说，他听不懂重庆话无法与人交流；母亲说对逛街不感兴趣，也走不动。

4月9日，星期六，虽然是个阴天，我还是决心带着父母去南山看樱花。早饭后，我们打了辆出租车到了南山植物园。

南山植物园是重庆市南山风景名胜区核心景区，1995年在南山公园景区建成。植物园建有蔷薇园、兰园、梅园、山茶园、盆景园、中心景观园等区域。

植物园收集的樱花多达80余种、上万株，种植规模150余亩。从春节开始直至4月中旬，阳春樱花在和煦春风的吹拂下，次第盛开，明艳照人，形成璀璨的景观。代表品种有染井吉野、阳光樱、江户彼岸、白妙、花笠、红绯衣及垂枝樱花，如八重红枝垂、雨情枝垂、大叶垂枝早樱、仙台枝垂、菊枝垂等。及至3月中下旬，花大色艳且重瓣的晚春樱花开放，花期持续到4月中旬，品种有关山、松月、普贤像、一叶、郁金、八重红大岛、杨贵妃、红叶樱等。(图170)

四月初，正是樱花的最佳观赏期。望着眼前满树繁花、灿若云霞的樱花，父母都惊呆了。他们从来没有见过这样馥郁繁盛的花海，粉色的樱花已在枝头竞相开放，放眼望去，含苞吐蕊，花团锦簇。娇美的粉红色，初绽时涟漪萌动，盛开时美艳动人，娉娉袅袅，无尽婀娜。(图171)

父亲兴奋得有些忘乎所以，不断地拉着母亲合影。这是他一辈子看过的最多的花。粉白相映的樱花密密匝匝地立在枝头，交叠绽放，远远望去如烟如霞，恍若一幅"人在画中游"的梦幻。那天上午又巧遇薄雾，满树的樱花像一个娇媚的少女围笼着薄薄的轻纱，更有一种"轻烟笼晓鬓，细雨点新妆"的意境。那浪漫的春光让久居室内的父母时时驻足赞叹，直至今日还回萦在他们的梦中。

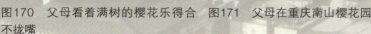

图170　父母看着满树的樱花乐得合不拢嘴　图171　父母在重庆南山樱花园

◎ 2021年10月25日，星期一，晴，沈阳

五十三、梦回重庆话当年（三）

2006年是父母在重庆共同度过的最后一个春节。

今天回想起来，也是一种难忘的疼痛。

2005年12月22日，我打电话给小妹询问父母的航班。小妹告诉我父母将在下午2点到达重庆。同时，小妹又告诉我，母亲昨天下午摔伤了。起因是母亲忙于给叔叔开门，从卫生间出来时踏翻了脚下的活动台阶，重重地摔到了地下。

当天中午因为忙于工作，等我赶到机场时，父母已经先到了。母亲正坐在旅行箱上休息，看见我，母亲艰难地站了起来。我问母亲摔得怎么样？母亲淡淡地回答了一声，还行，其实母亲这次受伤的后果是非常严重的。

母亲到达的第2天，我就请九龙坡区最好的民间骨科医生魏德海给母亲诊断，诊断的结果是：腰椎压缩性骨折。

这次摔伤，让母亲疼痛得昼夜难眠，翻身下床都成了极为困难的事情，更为严重的是伴随而来的便秘。排便时妈妈要忍受剧烈的疼痛。医生开的药方和食疗都效果甚微，只能靠大瓶的开塞露来帮助排便。但久而久之，耐药性和依赖性加剧了，病症反而更加严重。

但母亲是一个坚韧和要强的人，为了不影响我的工作，她和父亲都瞒着我，强忍着下地走动和做饭。与此同时，母亲的糖尿病也导致她的视力出现了严重的问题。倒水时拿着热水壶对着玻璃杯的外面倒，洒得满桌子都是水；切菜时把手指头放到刀下，一刀下去，鲜血涌出……

我赶紧把母亲送到大坪医院眼科做了检查。经过一段时间的治疗和重新配置了老花镜，母亲的视力有了恢复，但是大不如从前，

已经不能保证她的生活安全和清晰地看清这个世界了。

年过八旬的老母亲的身体就像一辆就要散架的破车，各种零件已经开始失能。

春节刚过，大年初八，我就带着母亲到西南医院去看牙，后来又两次带母亲去大坪医院看眼睛和检查身体。医院对于风烛残年的老人来说就是不期而至的场所。而今，随着年龄的增长和四位老人的相继离世，这种体会更加深刻了。

父母最后一次来重庆，是住的时间最长的一次（2005年12月22日至2006年4月26日）。但也是我对他们关照最少的一次。

2006年元旦刚过，我就接到了中组部的通知到北京参与起草中央文件，从一月中旬到三月中旬两个月期间往来于北京和重庆之间，此时区里和市里分担的工作并没有脱手，上中下三层重叠，就像马戏团里的抛接球的杂耍师一样，大脑和手眼要同时启动，两手不能空着，还要盯着空中那一个；干着两个，还要想着一个，随时转换不能脱手掉在地下。在这种情况下已无暇顾及来重庆和我一起生活的已经年迈的父母。

我只好给在德州的四姑和姑父打电话，请他们到重庆来帮助我陪伴父母。

2006年3月23日，四姑和姑父乘2335次（西安—贵阳）列车，来到了重庆。四姑和姑父的到来，让父母终于有了陪伴，四位老人在重庆度过了他们一生中最快乐的时光。（图172）

四姑和母亲情同姐妹，姑父和父亲如同手足。他们相聚在重庆，尽享巴渝风情，谈天说地，叙旧畅怀，好不开心，从前清寂的家里充满了欢快的笑声。

4月1日，重庆的几位朋友陪同父亲、四姑和姑父去垫江牡丹园赏花。父亲和四姑素来喜欢养花。四姑的家里养了上百盆的草花和大众花卉。四姑父是丹青高手，牡丹是国画的代表性花卉。老人一听说要去看牡丹花卉园，而且是漫山遍野的牡丹都高兴得乐不可

图172 父母和姑姑、姑父在南山樱花园

支。可惜的是因为路途太远，母亲的身体所限，只能可望不可即。

垫江作为中国山水牡丹的起源地，有山、水、岚、石、花、竹融为一体的天然古朴、幽雅宜人的良好生态环境，是牡丹的故乡，是秀山、怪石、净水、丛林的大自然智慧的发祥地。

古诗词中不乏赞扬牡丹的诗句："国色朝酣酒，天香夜染衣""春来谁作韶华主，总领群芳是牡丹""唯有牡丹真国色，花开时节动京城"。垫江牡丹系华夏牡丹之源，从西汉武帝年间种植至今已有近3000年的种植历史，在辽阔的神州大地有"华夏牡丹源"之说。

垫江牡丹优于洛阳、菏泽牡丹，性野、花香、根实，丹皮质量居全国之冠，极具开发价值。垫江牡丹开花早，花期长（比洛阳早10天，比菏泽早20天），垫江历来是我国出口牡丹皮的种植基地，素有"丹皮之乡"的美称。

垫江牡丹花型大，花姿美，花期长，其花色有大红、玫瑰红、粉红、白色等，品种有太平红、千层香、悠山艳、龙华春、鼠姑仙、罗坚红、梦神娇、醉鹿韭、长康乐等60多种，种植面积逾万亩，呈自然立体分布。与山、水、石、树、林等有机结合，浑然一体，具有特殊的美学观赏价值。

　　垫江华夏牡丹园位于重庆市垫江县澄溪镇通集村，拥有特色观景台3座，从这里可以很直观地欣赏到高山喀斯特地貌与牡丹花海的完美结合，亲眼见证垫江牡丹九大色系的震撼视觉效果。（图173）

　　来此之前，几位老人看到的都是盆栽的或公园里的牡丹。到了垫江，他们才知道世界上有如此之雍容华贵、气势磅礴、无与伦比的牡丹花海，漫山遍野，层层叠叠。置身于花海的步道中，徜徉于芬芳的氤氲里，老人完全陶醉了。

　　父亲看到每一种花色的牡丹都要求留一张照片。四姑不停地捧起身边的花朵嗅着花香。姑父则寻找那些可以入画的牡丹端详，勾画心中的腹稿。（图174）

　　因为花海的面积太大，父亲没有爬到山顶的观景台，而是让朋

图173　父亲和姑姑在垫江牡丹花海

图174　父亲在垫江牡丹园

友陪着去了山下的牡丹艺术园，去观赏那些牡丹精品。直到我们从山上下来，父亲似乎还是没有看够那些让他留恋不舍的精品牡丹，父亲一步三回头的步态让我体会到了什么是流连忘返。而今，这些国色天香好像又重新回到了父亲的梦幻里。

2006年4月7日，星期五下午，我接到中组部组织局的通知，要求我星期六赶到北京，星期日加班修改中央文件。为了能够抽出时间陪伴四位老人，我买了当天飞往北京最晚的航班。

趁着去北京前的星期六，一大早我便陪着父母和四姑、姑父去大足石刻。幸好那天早上出发时还是阴天，等到了大足县城，天已放晴。

大足石刻位于重庆市大足区境内，是唐、五代、宋时所凿造，明、清两代亦续有开凿。现为世界文化遗产，是世界八大石窟之一。

大足石刻较集中的有宝顶山、北山等19处。其中以宝顶山摩崖造像规模最大、最精美。除佛像和道教造像外，也有儒、佛、道同在一龛窟中的三教造像，而以佛教造像所占比例最大。（图175）

宝顶石刻由号称"第六代祖师传密印"的赵智凤于1174—1252年间（南宋淳熙至淳祐年间），历时70余年，总体构思组织开凿而

图175　父母和姑姑、姑父
在重庆大足石刻宝顶山合影

成，是一座造像近万尊的大型佛教密宗道场。

大足石刻代表了9—13世纪世界石窟艺术的最高水平，是人类石窟艺术史上最后的丰碑。它从不同侧面展示了唐、宋时期中国石窟艺术风格的重大发展和变化，具有前期石窟不可替代的历史、艺术、科学价值，并以规模宏大、雕刻精美、题材多样、内涵丰富、保存完好而著称于世。

1999年12月，以宝顶山、北山、南山、石门山、石篆山"五山"为代表的大足石刻，被联合国教科文组织列入《世界遗产名录》，是重庆唯一的世界文化遗产。

宝顶山摩崖造像始凿于南宋年间，四周2.5千米的内山岩上遍刻佛像，包括以圣寿寺为中心的大佛湾、小佛湾造像。以大足大佛湾为主体，小佛湾次之，分布在东、南、北三面。巨型雕刻360余幅，以六道轮回、广大宝楼阁、华严三圣像、千手观音像等最为著名。（图176）

大佛湾位于圣寿寺左下一个形似"U"字形的山湾。崖面长约

图176　父母和姑姑、姑父在大佛湾留影

500米，高约8米～25米。造像刻于东、南、北三面崖壁上，依次刻护法神像、六道轮回图、广大宝楼阁、华严三圣、千手观音、佛传故事、释迦涅槃圣迹图、九龙浴太子、孔雀明王经变相、毗卢洞、父母恩重经变相、雷音图、大方便佛报恩经变相、观无量寿佛经变相、六耗图、地狱变相、柳本尊行化图、十大明王、牧牛图、圆觉洞、柳本尊正觉像等。全部造像图文并茂，无一龛重复。

北山造像依岩而建，龛窟密如蜂房，被誉为9世纪末至13世纪中叶间的"石窟艺术陈列馆"。宝顶山大佛湾造像气势磅礴，雄伟壮观。变相与变文并举，图文并茂；布局构图谨严，教义体系完备，是世界上罕见的有总体构思、历经七十余年建造的一座大型石窟密宗道场。造像既追求形式美，又注重内容的准确表达。其所显示的故事内容和宗教、生活哲理对世人能晓之以理，动之以情，诱之以福乐，威之以祸苦。涵盖社会思想博大，令人揣思人生，百看不厌。大足石刻的千手观音是国内唯一真正的千手观音。

四位老人中只有姑父从前在杂志上看过大足石刻的有关介绍，来大足的路上，姑父还给其他三位老人讲解他所知道的大足石刻，然而等到了宝顶山大足石刻的大佛湾，姑父变得无语，他被镇住了。（图177）

四位老人中，谁也没见过在崖壁上如此多气势恢宏的雕像。我们聘请的导游小唐是一位形象、气质俱佳的重庆姑娘，操着一口标准的重庆普通话。刚开始是导游带着四位老人一起观看和介绍路过的石刻雕像，讲解雕像的寓意和背后的故事。（图178）

不久，四位老人就被一起旁听的游客包围了。司机衍武赶紧搀起母亲一步不落地跟着讲解员。母亲也全神贯注地听着讲解员的介绍，仰望着崖壁上那些天上人间的雕像。整整一里地（500米）的参观路线，母亲居然跟着大家一口气走下来没有休息，直到导游小唐跟大家道别再见，我才让母亲坐下来休息一会儿。而父亲和姑姑、姑父又折返回去，看那些没有看够的雕像和人生故事。那里聚集着

天上人间的各路神灵，把阴阳两界的因果报应阐释得栩栩如生，动人心魄。（图179）

这是他们人生第一次也是最后一次如此近距离地观赏世界文化遗产。

那些震撼心灵的雕像和神灵如今重回父亲的梦境，是顺理成章的。

图177　父母和姑姑、姑父一起到大足石刻游览

图178　导游讲述大足石刻的故事

图179　父亲对大足石刻的雕像看得津津有味

五十四、梦回重庆话当年（四）

父亲最后一次来重庆，是2009年的1月6日。

2007年5月14日，母亲病逝。

5月28日，在我的劝说下，父亲随四姑和姑父去了德州，目的是让父亲能够缓解一下母亲去世以后的孤独和痛苦。父亲在德州暂居了一个月，于6月27日回到了大连。

父亲独居后的一年多里过得让我非常牵挂。他完全失去了母亲在世时的正常生活，父亲变得意志消沉，忧郁悲观，时常唉声叹气，甚至觉得活得没意思，而且经常为一些鸡毛蒜皮的事情和大妹妹发生不快。

针对父亲的这种状况，我隔三差五地经常往家打电话劝慰父亲，好话不知说了多少。有时把父亲说得在电话的另一头呜咽无语。实在无计可施的时候，我就发动亲友给父亲打电话帮我做父亲的疏导工作，但效果却不尽人意。

2008年2月7日，我回大连陪着父亲过了母亲去世后的第一个春节，这是我人生感受的第一个备感凄凉的春节。过厅里摆放着母亲的祭台，母亲遗像的笑容宛在，但原本其乐融融的家里失去了欢乐的笑声和温馨，除夕夜丰盛的年夜饭也失去了往年的味道。（图180）

这种刻骨铭心的体验，让我感受到了父亲老年丧偶的内心痛苦与孤寂。

为了让父亲摆脱这种抑郁的心态和悲观的生活状态，我做出决定：要么接父亲到重庆和我一起生活；要么调回大连陪伴父亲。

我选择的第一方案是把父亲接到重庆，但父亲起初对一个人来重庆没有兴趣。因为他知道我的工作很忙，白天还是他一个人留在

图180　母亲去世后的第一个除夕夜

家里。直到2009年春节前（1月6日）父亲才答应来重庆陪我一起过春节。

　　父亲到达重庆的第五天，办公室的同事明维夫妇和昌荣就邀请父亲去荣昌参加当地的民俗节——荣昌杀年猪（喝刨猪汤）。荣昌杀年猪的习俗于当年被重庆市列入第二批市级非物质文化遗产名录。

　　根据史料记载，关于荣昌猪的记载最早是清朝康熙年间，1685年编修的《荣昌县志》便有"白豕"记载。同治四年（1865）增修《荣昌县志》已将白猪列为特产。在晚清宣统二年（1910），荣昌全县饲养有3万多头猪，由于猪鬃贸易兴起，加上生猪屠宰可以增加财政收入（即猪厘，俗称屠宰税），到1936年，荣昌全县的生猪超过了10万头，为105000头。随着养的猪越来越多，腊肉加工以及杀年猪等活动便一步步衍生为一种远近闻名的民俗。

　　荣昌县志记载，清朝至民国期间，荣昌县城的屠宰场设在东、南、西、北四门要道口，屠商（户）每逢端午、中秋、春节或者栽秧、挞谷时节杀猪卖肉。到民国初期，县城有屠商40余家，后增至80余家，每逢赶场天，每家可销猪一头，而乡镇屠商比县城屠商多2倍以上，全县日销猪150余头。

杀年猪是重庆荣昌农村的旧俗，是寻常百姓家年末的大事。将自家喂养了一年的肥猪进行宰杀，若宰杀顺利寓意来年光景好、家畜兴旺。立春前，走家串户喝刨猪汤其实有诸多门道和讲究，刨猪汤宴主菜是荣昌刨猪汤，热菜是冬菜烧白、清江米粉蒸肉、芸豆猪蹄、回锅肉、莲白等，凉菜是荣昌腊拼、猪卤、盘龙黑花生，当然，还有热乎乎的甑子饭。

父亲去荣昌的那一天，正好虎子和刘英姐姐也从北京赶到了重庆。在办公室同事的陪同下，祖孙二人在重庆的农村体验了一下当地的民俗。（图181）

图181　父亲、虎子和刘英姐姐在荣昌的合影

腊月里的重庆并不寒冷，依然满目葱茏。院坝里的农家菜园长势喜人。我们选择的那一家农户坐落在朝阳的半山坡上，屋前有一个平坝的院子，摆放着六张桌椅板凳，桌子上有瓜子、花生和橘子，这是农家乐里的标配，供城里来的客人享用。主人家里的猪圈里养了4头大肥猪。我们赶到时，主人正在和前来帮忙的4位邻里聊天抽烟。待到预定的客人全部到齐时，主人开始带领帮忙的人一起进到猪圈里抓猪。

一阵声嘶力竭的嚎叫后，一头硕大的肥猪被从猪圈里抬了出来，放到了杀猪台上。城里来的客人大都离得远远的，年纪小的女孩子躲到了妈妈的身后，只有三五个十几岁的男孩子跑到近前看热闹。虎子也想过去，被爷爷一把拽住，搂在胸前不让他过去。

几个杀猪匠显然都是行家里手，不到一个小时，这头肥猪就被褪毛开膛，大卸八块。农家的主妇和几个帮手早已准备好了锅灶，就等着新鲜的猪肉下锅，做刨猪汤了。

为什么荣昌的刨猪汤地道好喝？刨猪汤的所有原材料都是新鲜的，没有进过冰箱。这种鲜美用冻肉或者隔天的肉是做不出来的。两三个小时慢火细炖，猪后腿骨吊成的骨汤汤汁乳白，加入荣昌地区特有的干豇豆、已经煮耙切段的猪粉肠、柳叶形状般的肺片和猪肝、鲜嫩的猪血旺，再适当调味，一碗正宗的荣昌刨猪汤就算成了。

主妇和帮手们在灶台忙上忙下，城里的客人则垂涎欲滴地等待着锅里的美味。大人们聊天儿、斗地主。孩子们则跑到附近的菜园里嬉戏打闹。（图182）

临近中午时分，别开生面的刨猪汤在农家的平坝上开宴了。现在人们所喝的刨猪汤和从前相比，菜品、风俗已经发生了诸多变化。杀年猪菜品非常丰富，一般讲究七大碗八大碟，凉菜热菜和荤素进行搭配。数九寒天在露天吃饭，对父亲来讲是生平头一次。这次刨猪宴，父亲并没有像重庆的本地人吃的那样兴高采烈，酒足饭饱。但父亲却满足对重庆农村风俗的这种体验，让他知道了什么是"一方水土养一方人"。

图182　父亲在重庆荣昌品尝刨猪汤

春节前的1月15日和21日，我又分别送父亲去西南医院看牙和检查身体，以保证父亲健康和快乐地度过这个春节。

　　为了让父亲过好除夕夜，大年三十儿晚上，我请了几个朋友和家人一起来家里陪父亲过年。大家一边看春晚，一边包饺子。新年钟声敲响之前还到楼下放了鞭炮。朋友们陪父亲一起吃完年夜饺子都回家了。

　　整个除夕夜，尽管大家有说有笑，尽量创造快乐的气氛让父亲高兴，但我的直觉告诉我，父亲已经没有了往年的快乐，似乎母亲把他的快乐都已经带到天堂去了。

　　安顿好父亲睡下以后，我一个人独自坐在母亲的遗像前很久，很久……我呜咽着告诉母亲她走后父亲的现状，希望母亲能在天堂帮助我让父亲快乐起来。

　　不知何时，我已经睡着了，蒙眬中我觉得父亲已经起床。下地一看，父亲面色凝重，自己在包饺子。我赶紧洗漱和父亲一起做完了早饭。早饭之后，我带着父亲去了中梁山以西的贝迪度假村，陪他出来散散心。

　　春节过后，父亲的腰椎病又犯了。这是他退休后多年蹲在地上修自行车留下的痼疾。朋友介绍了江津一位专治腰椎病的医生，此后父亲每周两次去80公里以外的江津上药换药。尽管父亲每次治疗回来全身绑缚的纱布像负了重伤的伤员一样，好在他自觉疗效不错，所以一直坚持治了两个月。

　　父亲这次来重庆只有一个人，白天把他留在家里就更加孤独。为了让父亲高兴，我想尽办法把家里的冰箱装满了鱼肉、各种水果和蔬菜，希望父亲能够自己做些可口的饭菜吃。但事情的结果并未如愿，每天晚上下班回来打开冰箱一看，里面的蔬菜水果几乎未动，眼见新鲜的蔬菜都打蔫儿了。

　　我问父亲："为什么不做着吃？"

　　父亲说："吃了。"

"吃什么了？"我问他。

父亲说："挂面。"

我感觉到疑惑，因为给父亲准备的食品中好像没买挂面。于是我走进厨房，打开橱柜，发现果然有一扎去年买的挂面。拿起一看，我吃了一惊，原来一些挂面已经被虫蛀空了。父亲竟然吃了这样的挂面！

我带着几分恼火走进屋里，问父亲："那挂面生了虫的，你知道不？"

父亲说："面里的虫子怕什么？"

我回怼父亲："现在谁家里都不缺这一扎挂面，再别吃了，行不！"

但我想不到的是，第二天晚上回来，我发现那一扎挂面又少了一些。我二话不说把挂面揉成了碎粉，用力地摔进了垃圾桶。

父亲大概是听到了我在厨房里粗暴的举动，有些悻悻地关上了自己的房门。

父子俩无语，也一夜无眠。

我真的不知道该怎么对付我这个老父亲了！

3月22日是星期日，天气尚好。我临时决定带父亲去永川的茶山竹海。

茶山竹海曾因诸葛亮赐名"箕山"而号称"天下第一隐山"，位于重庆市永川区城北2公里处，占地116平方公里，拥有2万亩大型连片茶园和5万亩浩瀚竹海，交相映衬，是我国乃至世界罕见的茶竹共生景观。

景区森林覆盖率高达97%，负氧离子含量达到每立方厘米20000个，是当之无愧的"天然氧吧"。茶山竹海还是国家AAAA级旅游景区、国家级森林公园，武侠片《十面埋伏》选择这里作为外景拍摄地。（图183）

茶山竹海有桂山茶园、青龙茶园等三大片茶园和金盆竹海、竹

图183 父亲在《十面埋伏》外景地留影

图184 父亲对清明前的新茶跃跃欲试

海迷宫等六大片竹海，还有朱德楼、田坝子古墓、天子殿、薄刀岭等景点，其中薄刀岭海拔1025米，为渝西最高峰。

景区内有中华茶艺山庄、翠竹山庄和40余户旅游定点农家乐。可品尝茶水豆花、绿茶排骨、竹燕窝、竹笋炒腊肉、竹筒饭等茶、竹系列特色菜品。

我们赶到茶山竹海时是上午10点刚过。天空中只有薄薄的一层白云，阳光透过白云，温暖而又柔和。

重庆是个寡日又少风的地方，此时可谓风和日丽，正是采摘明前茶的好时节。连绵起伏的山坡丘陵是一望无际的茶园。鹅黄色的新茶在阳光的照耀下格外鲜润可人，那油亮光纤的叶片像是涂了一层蜡质，用手一掐，落在掌心，一种清凉的感觉。（图184）

顺着山势起伏的茶园，一些农妇正在采摘新茶。父亲看着手痒，想去摘又不敢。衍武对父亲说："没关系，大伯，你去摘吧。他们还得花钱雇人来采呢。"衍武把父亲领到一个采茶妇女的眼前，对她说："大姐，老爷子要帮你采茶。""要的嘛！"那采茶女高兴地回答。

采茶女抬头看了一眼父亲，觉得他一定是个外地人，没有干过采茶这种活。于是问道："好耍撒？"

父亲不知所云，茫然地点了点头。

我接过话茬，说："是撒，好要得很。"

那采茶女扑哧一乐，说道："好要个啥子嘛。"

父亲在那里帮助采茶女足足采了半个小时的新茶，还是意犹未尽。我催促衍武过去把老父亲领走，他才心不甘情不愿地跟着我们走了。（图185）

等我们到了竹海，父亲的眼前一亮。成千上万根毛竹矗立在他的前后左右。越往竹海的深处走，竹子越密集越高大。均匀有致的竹节，翠绿光亮，挺拔直立冲天际。仲春时节，正是雨后春笋破土而出、拔地而起的旺季。眼前的竹林中不时出现参差不齐茁壮成长的新竹。它们和老竹的明显区别就是笔直挺拔的竹茎上布满了白霜。稍矮的还包着笋叶，高大的竹茎上笋叶已经完全剥落，露出更加脆嫩的绿色，着实令人怜惜。

这不禁让我想起了清代诗人郑板桥的七言绝句《新竹》："新竹高于旧竹枝，全凭老干为扶持。明年再有新生者，十丈龙孙绕凤池。"

竹是世界上生长速度最快的植物。竹笋在地下的生长时间为4

图185 父亲帮采茶女采茶

年左右，可延伸到400米远的土壤里去汲取养分。当幼笋破土而出，每天生长的速度可达到2厘米，经过40多天后将步入发育的旺盛期，一个昼夜最多能长高1米，只需要6周，一根笔直的毛竹便可以长到15米高。竹子的成长让我们惊叹何谓蓄势待发。（图186）

梅兰竹菊被称为"四君子"，是中国传统文化的题材。竹子不仅是文人墨客咏吟的植物，还被誉为清雅淡泊，谦谦君子。苏轼甚至写下了"可使食无肉，不可居无竹"的诗句。

竹子作为一种极富象征意义的植物，在我们国家，每个百姓都对竹子有着浓厚的情怀，父亲就是如此。走在这无边无际的竹海里，父亲好像忘却了一切烦恼，他不时地搂着身边的竹子，用力摇晃几下，再抬头仰望，完全就像一个老顽童。（图187）

父亲太喜欢竹子了！在东北是没有毛竹的，连长成的竹竿也少见。小时候，家里我和父亲挑水的扁担就是父亲用不知从哪儿搞来的一根毛竹竿做成的。我还依稀记得父亲做扁担时的情景：他先是把那根毛竹竿一破两半，泡在水里好几天，然后拿到炉火上小心翼翼地烘烤那根浸了水的半片毛竹竿，一边烤一边压，以扩张毛竹竿

图186 宁折不弯的翠竹

图187 父亲对翠竹爱不释手

的弯曲度，使其更加平展，再把毛竹片的两头磨成一个圆角，用烧红的铁棍在毛竹片的中间烧穿一个洞孔，安上挑水的扁担钩，一副竹扁担就做成了。

北方人家用的扁担绝大多数是木头做成的，僵直又没有弹性，用这样的扁担挑水和重物，给肩头的压力很大。而父亲用毛竹做的扁担既轻又有弹性，经过延展后的竹片加大了受力的面积，给肩膀减了不少压力。我就是用父亲做的这副扁担，跟着父亲一起挑水浇园子。从10岁多一直挑到参军入伍，冬天挑水做饭、洗衣服，夏天挑水浇园子。赶上干旱的年景，两三天就要浇一遍菜园子。房前屋后的菜地浇一遍，我和父亲每人要挑五六十担水，经常要挑到披星戴月。

眼前的竹海，让我想起了父亲当年用毛竹做的那根扁担。

衍武的战友在竹海的农家乐给我们安排了一顿以竹子为特色的午餐，吃的是竹筒饭，菜都是用竹笋做的。这顿饭父亲吃得好像很开心。

午餐后，我们又去了附近的旅游一条街，到处都是用竹子做成的工艺品。父亲对各种手工艺品爱不释手，给他买他又不要。临到最后，父亲只买了两把竹子做的痒痒挠，我买了两个笔筒和一个竹根雕的罗汉。父亲拿着两根痒痒挠，喜从中来，好像不虚此行。

而今，那两把痒痒挠和两个笔筒依然还在。只是那个雕工精细、栩栩如生的罗汉，因为体积太大，留在了重庆，没有搬回沈阳。

2009年的4月4日，是清明节。

清晨，我给小妹打电话，安排他们去乔山墓园给母亲扫墓。

这一天恰逢又是个星期六，我的好友朱兴宇约我带着父亲去他曾经工作的綦江清溪河拍摄照片。

綦江区永新清溪河古名奉恩溪，是綦江境内第二大河。清溪河闻名川渝黔，以"清、幽"见长，被誉为"巴渝漓江"。是重庆近郊唯一没有被工业污染的河流，一年四季山清水秀，风光旖旎，诗意盎然。

清溪河上游段有近百座汉代崖墓，上刻有马、鱼、人物、叶脉纹等；中游段群山环抱，险峰壁立，峭壁万仞，骏马岭巍峨耸立；下游段山水风光清幽，两岸翠竹茂密。清溪河两岸绿竹扶疏，清幽惬意，白鹭翱翔，荡舟其间，可饱览自然美景。

清溪河流域是古代僰人生息繁衍的地方，在清溪河岸古驿道旁遗留有先人为求子、祈福而留下的几千根男性生殖器石刻、石雕，根体上咸丰、同治、光绪求子得灵的字迹清晰可辨，以其雄壮、挺拔、恢宏、逼真、罕见、奇特而闻名全国乃至全球，被称为神秘的"东方十字架"。其历史传说、典故趣事，神奇诱人，是古僚人、濮人及古代巴人大融合时期的文化缩影。（图188）

清溪河堪称重庆市近郊并不多见的恬适、悠然的休闲环境。清溪河良好的水质，平静、蜿蜒的河曲与两岸茂密的翠竹长廊，构成了优美的"巴渝漓江"景色。近岸、远水、半岛、山麓，构成了浓郁的山乡田园风光。

上午10点多，我们到达了清溪河。这里没有景区的大门，也不收门票。除了我们一行几个人外也没有其他的游人。显然，这还是一个原生态的自然山水佳境。如果没有朱兴宇的引路，我们真的不知道往何处去。我们沿着没有任何路标和指示牌的弯曲小路走向密林深处。

蜿蜒曲折的清溪河波平如镜，晶莹清澈，锦鳞穿梭，鹅歌鸭唱。两岸山峦起伏，翠竹重重，清风吹来，翩翩起舞，婀娜多姿。河面上空常有白鹭翱翔，有时成群的白鹭飞落在竹梢上，绿白相间，犹如繁星点点。

朱兴宇为我们找到一艘游船，虽然简陋，但也安全。登上游船，父亲并没有在船舱里落座，而是站到船头，观赏两岸的风光。（图189）

泛舟清溪河上，如在画中游，眼前像缓缓展开的一幅无尽的山

图188 清溪河生殖崇拜石刻　　图189 陪同父亲在清溪河游览

水画卷，美不胜收。

　　沿途可游览清溪河"水上十景"：溪口合流，水中隐桥，巨龟戏水，白鹤栖林，龟鸭镇河，横断逆流，太极神图，石龙卧波，宝葫吸水，天鹅恋沱。清溪河水清澈湛蓝，两边山峦起伏，翠竹繁茂，水山辉映，倒影如墨，极目之处，遮上了一层透明的薄雾。

　　清溪河的美，美在它的"幽"；清溪河之"幽"，幽在它的恬静。它有无尽的诗情画意，流水咏幽诗，白鹭传幽情，翠竹绘幽画，轻舟荡幽意，真可谓"清溪巴渝幽"。

　　鹅公沱是清溪河水上游览的终点。到了这里，我们一行弃船上岸，陪同朱兴宇去拍摄生殖崇拜石刻、僰人岩墓、永新明清街等人文古迹。（图190）

图190 父亲在清溪河观看摄影家朱兴宇拍摄

4月11日，又是一个星期六。大连在重庆的老乡邀请父亲去铁山坪过周末。

重庆铁山坪森林公园是重庆近郊的天然公园之一，也是主城区东部的一道绿色屏障，被誉为江北地域彩带上的一颗绿色宝石，是重庆近郊的天然氧吧。

公园山峦重叠，群峰俊秀，绿树成荫，百余种植物争奇斗艳，野趣横生。森林公园面积2万亩，园内森林茂密，空气清新，气候适宜，环境质量十分优越。冬无严寒，夏无酷暑，林中有温泉、古迹，有罗汉洞、滴水岩、五朵石、鹰嘴岩，还有明二世建文帝留足的僧官寺（遗址）等。

我们是午后三点多钟才到达铁山坪世纪花园酒店的。这次聚会都是在重庆的大连人。老乡见老乡，话题自然长。离开大连三四个月，突然又听到了一群老乡讲大连话，父亲感觉到很亲切，也愿意与他们交流一些大连的往事。晚饭后，一群老乡在一起打打牌，唱唱歌。但父亲既不会打牌也不会唱歌，显得很落寞。我只好早早地陪他回房间看电视。

临近半夜，老乡又来叫父亲去吃夜宵。父亲好言谢绝了，让我陪着他们去，自己睡觉去了。

第二天清晨，父亲醒得很早。我也爬起来陪着父亲外出遛一遛。昨天下午上山途中一路都是蜿蜒曲折的盘山道，父亲有点晕车。一到山上就进了酒店，对铁山坪外边一无所知。

按照酒店门口的指示牌，我带着父亲去了附近的集贸市场，恰逢这里正在举办樱桃节。市场两边的摊位有很多卖樱桃的摊位。父亲看着这里的樱桃，笑着对我说："这样的樱桃在大连没人买。"我问："为什么？"父亲说，这是野生的毛樱桃嫁接的，粒小核大。果肉只有薄薄的一层，味道也不好。这里的四个樱桃不敌大连的一个樱桃。从父亲的话语中，我看出这里的樱桃节没让他有感觉。

于是，我又带着父亲去了附近的一个花卉景观园。一到这里，

父亲又高兴了。这里不但有琳琅满目的盆景，而且还有父亲喜欢的盆景杜鹃。（图191）

此时正是杜鹃盛开的季节，那些造型秀逸的盆景杜鹃在花匠的精心修饰培育下，姿态各异，五彩缤纷，繁花似锦。父亲时常守着一株杜鹃盆景上下左右、翻来覆去地观赏，一边看一边赞叹："这花怎么养的！"我看父亲如此喜欢这里的盆景，就想给父亲买一盆带回家。结果，这里的工作人员说，这里的盆景都是私人送来参展的，只供参观不销售。

我笑着问工作人员，如果这里的盆景出售要多少钱。工作人员说，他不知道。这要看养花人要多少。我和他说您估个价看。工作人员回答，最少也要几千块钱吧。

父亲听罢，立即说了一声："不买！"头也不回地走开了。

随着气候日渐变暖，老人在室外的活动也更舒适了，于是我每天带着父亲一起上班。我的办公室毗邻重庆人民广场，广场的两边分别是三峡博物馆和人民大礼堂。广场上每天有许多外地的游人，也有不少附近的老人在此休闲聊天。我让司机把父亲送到广场让他自己在那里消磨时光，中午陪他在附近的小食店吃饭。有时晚上一

图191　父亲在铁山坪盆景展

图192　父亲在重庆新华书店翻阅《孝心不能等待》

起陪他回家，逢到晚上加班，我就让司机先送他回家歇息。（图192）

　　为了保证父亲的安全和不迷路，我给父亲配了手机。每隔一两个小时就打电话问一下他的现状。我告诉父亲，如果渴了饿了，可以到附近的小商店里买点吃喝，累了也可以找个足疗店休息一下。广场上待腻了，可以进到三峡博物馆里去参观，看看重庆的历史文化。但父亲似乎对人民大礼堂情有独钟。他说自己围着大礼堂走了一圈，差点走迷路。他告诉我，他还看了大礼堂的简介。

　　重庆市人民大礼堂1954年4月竣工，是一座仿古民族建筑群，是中国传统宫殿建筑风格与西方建筑的大跨度结构巧妙结合的杰作，也是重庆的标志建筑物之一。

　　中华人民共和国成立之初，为了表达新生的人民政权有信心带领人民走向辉煌未来的决心，掀起"建设大西南"的高潮，同时为解决会议和接待的实际问题，西南军政委员会主要领导人邓小平、贺龙和刘伯承毅然决定在西南军政委员会办公大楼对面的马鞍山上新建一座能够容纳四五千人的大礼堂并附设一个招待所。

　　它是由毕业于南京大学工程系的张家德先生设计的。重庆人民大礼堂的设计，仿明、清的宫殿形式，采用轴向对称的传统手法，结构匀称，对比强烈，布局严谨，古雅明快。

主体部分的穹庐金顶脱胎于北京天坛的祈年殿，由大礼堂和东、南、北楼四大部分组成。仿天坛有祷祝"国泰民安"之意。正中的圆柱望楼，是北京天安门的缩影。南北两翼镶嵌着类似北京紫禁城四角的塔楼。广袤的庭院中，前阶宽阔平展，梯次六重。

1997年，重庆设立直辖市，大礼堂前改建为有草坪与喷泉的人民广场，成为供游人参观、休息和举办节庆集会的重要景点和场所。

大礼堂作为重庆市的标志性建筑，被评为"亚洲20世纪十大经典建筑"。我国建筑界泰斗梁思成先生评价重庆市人民大礼堂为"20世纪50年代中国古典建筑划时代的最典型的作品"。1987年，在英国皇家建筑学会出版的《比较建筑史》中，新中国当代建筑首次载入世界建筑史册的共有42项工程，重庆市人民大礼堂位列第二。

我告诉父亲重庆市的大型活动都是在这里举办的。父亲问我是否可以进去看看？我说现在不开放，等开放的时候我带你进去。父亲点点头，满怀期待。想不到，这竟成了他的一个遗愿。

"五一"长假，我带着父亲去了一趟中山古镇。5月3日早晨，我和周毅、昌荣夫妇，还有兴宇和衍武一起陪着老父亲去了江津中山古镇。

中山古镇位于重庆市江津区南部的笋溪河畔，古镇融于渝川黔生态旅游金三角，是大娄山余脉，是国家重点风景名胜区——四面山的北大门，紧邻佛宝国家风景区和四川福宝古镇。

古街是中山古城一部浓缩的历史。我们带着老人悠闲地逛着老街。老屋夹道的古街，难掩其昔日风华，在它身上依稀残存的铅华，依旧散发着远古而诱人的清香。中间的石板路已被行人的脚步摩擦得油光锃亮，从石板路的磨损程度可以推算出这条老街的年龄。

沿街的老屋已经显露出衰朽经不起风雨的破败，而恰恰就是这些摇摇欲坠的老屋是这里独有的风韵。每家门前都是经营着当地各种土特产的小摊点。这些当地流行的食品几乎都是手工制作，现做现卖。小贩的叫卖声随着客人的脚步忽高忽低，连绵不断。整条街道充满了人间的烟火气。流连于古街，沐浴着中原古风，挨家挨户查看门上的姓氏门联和迎风招展的客栈幌子，让人们的思绪早已神游于千年的往事之中，别有一番感受与情趣。（图193）

父亲对眼前的这一切只是感觉到好奇。这种古色古香的街道在北方早已荡然无存。我告诉父亲这里吃喝用的东西，都是老百姓自己做的，很便宜。你喜欢什么就可以买什么。父亲沿着街道从头走到尾，居然两手空空，什么也没买。（图194）

中午，我们在一家吊脚楼的小食店里用餐。餐厅只有屋顶，四周都是敞开式的。笋溪河边高大的黄葛树冠遮天蔽日，遮挡住烈日的光焰，把清凉留给了餐厅。

衍武点了一桌子当地的特色菜，同行的人吃得都很开心，只有父亲没吃多少，他说这些菜都太辣了。（图195）

午餐过后返回的途中，我提议绕路去参拜一下陈独秀在江津的旧居。这是我到重庆工作8年以来一直向往的地方。

陈独秀旧居（石墙院）位于江津南部的五举乡鹤山坪，始建于1864年，原为清乾隆年间进士杨鲁丞的古宅。1938年7月，陈独秀出狱后辗转来渝，同年8月来到江津后便一直居住在这里。（图196）

陈独秀旧居具有典型的清代民居风格，是全国唯一保存完整的陈独秀居住地。旧居为四合院布局，坐南朝北，土、石、木结构，占地7亩，面积3300平方米。当年，陈独秀和夫人潘兰珍居住的三间东厢房由南至北，为卧室、客堂、书房。陈独秀在此期间，深居简出，潜心著述，除了写一些时政文章外，主要从事音韵和文字学的研究，修订《小学识字课本》，撰写了《被压迫民族之前途》《战后世界大战之轮廓》等文章，对中国革命的前途提出新的设想，尤其是对社会主义制度下的民主思想和中国文字学的研究，颇有新的见解。陈独秀晚年贫病交加，1942年5月27日病逝于此。

我们到来的下午，陈独秀旧居对外开放，但游人寥寥无几。因

图193　父亲在中山古镇的留影

图194　父亲凭栏远眺中山古镇

图195　父亲与同行的重庆朋友在中山
古镇的午餐

图196　父亲在陈独秀旧居前留影

为旧居周边没有花店，我们到路边采了几把野花随身带上。整个旧居显得格外清寂，也没有讲解员。但我们沿着参观的路线看得非常仔细，几乎把每一张图片和每一幅图表的文字都一一过目。整个参观的过程让我们对这位已故的中国共产党的创始人充满了敬意。

陈独秀是中国共产党的主要创始人和早期领导人之一，是新文化革命的先驱、文艺理论家、著名教授。陈独秀为中共第一至第五届中央委员。陈独秀一生四次坐牢、八次遭通缉、一次遇险，屡受磨难，九死一生但初心不改。正如陈独秀旧居门前的对联："行无愧怍心常坦，身处艰难气若虹。"陈独秀的一生，起伏跌宕、曲折离奇，是中国新民主主义革命艰巨而曲折的缩影。陈独秀无疑是中国近现代转型中的关键人物，历史将永远铭记他。

父亲不是党员，也不了解党史，对陈独秀几乎全然无知。当我们在陈独秀的塑像前静默矗立，神情严肃地三鞠躬并献上鲜花的时候，父亲似乎明白了这个旧居的主人曾经是一位了不起的人物。

离开陈独秀旧居的展室，我们到旧居的最后一个瞻仰地——陈独秀雕塑。一路上，我和父亲边走边说起陈独秀在中国近代史上的作用，父亲听得似懂非懂，但他好像明白了此行的目的。（图197）

在陈独秀的雕像前，父亲和我们同行的朋友一起合影留念。

2009年5月16日，母亲节后的第一个星期六，我和组织二处的同事去合川看望青岛来渝的挂职干部。好友兴宇、昌荣和合川组织部的陈刚约我带上父亲一起去游览涞滩古镇。

涞滩古镇的起始点是涞滩瓮城，瓮城是古镇的门户。涞滩瓮城是石筑古瓮城的代表作。整个瓮城呈半圆形，长约40米，半径约为30米，设有八道城门。瓮城建于同治元年（1862），是重庆地区唯一完好的军事防御性堡垒建筑，具有很高的历史、艺术、科学和鉴赏价值。（图198）

图197 父亲与同行的重庆友人在陈独秀雕像前合影

我们一行人和父亲从瓮城的拱门进入古镇。眼前的古镇又是另外一番景象，对于父亲来说也是见所未见。因为这种古镇建筑风格和气势在老家和东北是见所未见的。

古镇涞滩，分上场与下场，其间相隔咫尺，形似兄妹，一高一低，一上一下，一刚一柔，互为照应。上场坐落在雄视渠江的鹭峰山上，其势巍峨，颇具阳刚之壮美，寨墙高筑，如龙盘虎踞于山势之间。石砌的寨墙内，保留着大量的清代民居和狭窄弯曲的青石板街巷。那些错落有致的木结构老街、小青瓦建筑群，给人以亲切、宁静、温馨、古朴之感。

下涞滩在渠江边，紧靠渠江码头。一条古街，两侧民居多以前店后宅的形式出现。古老的涞滩八景——众志成城、长岩巨洞、双塔迎舟、水月交辉、石室烟霞、独树东门、古榕驭蟾、断崖观鹭，更犹如一部丰富的镇志，记录下古寨的美丽容颜与沧桑岁月。

以上这些涞滩八景随着岁月的磨蚀，有些已经名存实亡了。古镇为了旅游的需要，已经改造的老街有的也是不伦不类，缺少岁月的沧桑感。然而，也有让我们感觉到岁月沧桑真实感的二佛寺。

涞滩二佛寺是宋代石刻艺术瑰宝。涞滩古镇因二佛寺而扬名。二佛寺始建于唐，兴盛于宋，重建于清，分上下殿两殿，占地9150平方米，规模宏大，气势雄伟。宋代随着当地经济发展，香火尤

图198　父亲在重庆合川
涞滩古镇瓮城前留影

盛，并依山开凿佛像，寺内现存主要龛窟42个，全部造像有1700余尊，其中主佛像释迦牟尼佛通高12.5米，不仅为全寺造像之冠，而且也是国内著名的大佛之一。

其他佛龛以此为中心，将迦叶、十地菩萨、六位禅宗主师和众多罗汉禅僧融为一体，巧妙地缔造了一个规模庞大、气势恢宏的禅宗道场。

二佛寺的石刻堪称一绝，为我国第三石刻艺术高潮的代表作，是我国规模最大、罕见的佛教禅宗造像聚点。二佛寺下殿为两楼一底的重檐歇山式建筑，依托两块分离的巨石形成天然的山门。柱、枋、檩子则完全以自然山岩的走势和岩体布局在山岩上，参差错落、跌宕起伏，给人以巧夺天工的美感。二佛寺上殿山门石头镂空雕精美绝伦，大雄宝殿内4根高14米的整石凿成的石柱，堪称古代建筑一绝。（图199）

二佛寺里除了我们一行人，没有其他的游客。高大空旷的寺庙里寂静无声，令人肃然起敬。岁月的沉积，让那些佛像的色彩和金身已经剥落，斑驳不堪，尘封了他们的面容。不知是何原因，有的

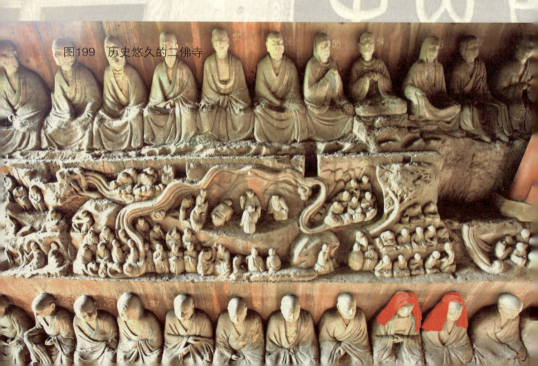

图199 历史悠久的二佛寺

佛像已经残破不全。可能是出于防火的需要，整个寺庙没有任何照明，只有从寺庙的大门里投射进来的一道光束，幽暗的室内使每一座雕像都显现出森严的神情，给人一种阴森肃杀的恐怖感。父亲表情严肃，默默无语地从二佛寺的每一个神灵雕像面前走过，直到走出寺庙的大门，他才仿佛放下了这种压抑感。（图200）

在广场的四面佛雕像前，父亲见到了二佛寺的住持。师父热情地向父亲介绍了二佛寺的历史和现状。父亲只是笑而不答，因为这是父亲生平头一次进行僧俗之间的对话，他实在也不知道该说什么和问什么。不过能与寺庙里的大和尚见面让父亲感到不虚此行。

返回的路上，我感觉父亲还在回味这次在二佛寺里与住持的奇遇，而古镇的风情和神韵，还有它饱含的古朴美和朦胧美父亲似乎没有什么感觉。

转眼之间，父亲来重庆已经将近半年了。在有限的时间里和可能的情况下，我尽量陪伴着父亲到重庆周边的景点走一走、看一看，希望他能够对重庆风土人情产生好感，愿意留下来，但结果事与愿违。（图201）

图200 寺庙的住持向父亲介绍二佛寺的历史

图201 父亲与中央电视台著名主持人任志宏、上影译制厂著名配音演员丁建华、周君记创始人周英明一起合影

图202　父亲从阳台上观看住宅小区

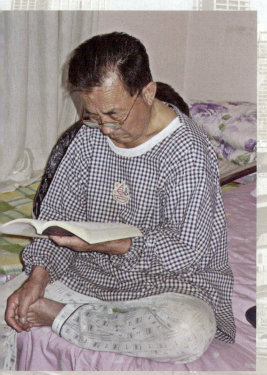

图203　父亲在重庆家中阅读《孝心不能等待》

随着天气的转暖，父亲开始要求回大连。父亲每次提出要回大连，我都设法找一个托词予以拖延，希望用这种方法让父亲打消回大连的念头。数次之后，父亲显得有点不耐烦了，他开始变得有些焦躁不安。（图202）

6月16日，外甥女囡囡从浙江义乌来到重庆，她是出生就在姥爷家长大的孩子。外甥女的到来推迟了父亲要求回大连的请求，也暂缓了我的压力。外甥女每天陪着姥爷到杨家坪商业步行街、三峡博物馆、重庆规划馆等主城内的旅游景点走一走，祖孙二人各得其所。（图203）

6月23日星期六，重庆的友人约我带着父亲和外甥女去他在南岸新买的别墅做客。我们在友人的家里待了一下午，喝茶聊天儿，直到傍晚才离开。（图204）

回来的路上，我和父亲说，我们一起去看看刚刚开通不久的朝天门大桥吧。父亲很高兴地答应了。

朝天门大桥4月29日刚刚建成正式通车。大桥连接解放碑、江北城、弹子石三大中央商务区，大桥位置是在溉澜溪青草坪。

朝天门长江大桥是重庆市境内连接江北区与南岸区的过江通道，是重庆主城区向外辐射的东西向快速干道，建成时为世界上跨度最大的拱桥。

该桥为钢桁架拱桥形式，两座主墩，主跨达552米，成为"世界第一拱桥"。大桥分上下两层，上层为双向六车道，行人可经两侧人行道上桥。下层则是双向地铁轨道，大桥西接江北区五里店立交，东接南岸区渝黔高速公路黄桷湾立交，全长1741米，是主城一条东西向快速干道。

周毅、昌荣、兴宇、衍武和我一起陪同父亲和外甥女来到朝天门大桥的桥头。（图205）

此时，夕阳已经坠落到西边的暮云里，天空还残留着一抹金黄的光芒。

图204　父亲到重庆的朋友家做客

大桥的主梁通体红色，格外醒目。设计入水桥墩少，对江面景观破坏小，而且把解放碑和朝天门这两张城市名片也融为一体。

父亲是头一次徒步走上长江的跨江大桥，他被雄伟高大厚重的桥梁震慑了。望着桥身上一片密密麻麻的像拳头大的螺帽，父亲不由得感叹道："真了不起！"（图206）

我带着父亲沿着朝天门大桥的人行步道走到了长江的江心。我指着桥下的江水对着父亲讲，这就是长江的中心点，是长江水道最深的地方。你现在就站在长江之上了。父亲凭栏远眺，望着暮色中的长江和往来的舟楫，轻轻地感叹了一声。然后，又低头看了一下脚下的江水，自言自语道："大桥这么高啊！"

图205　父亲与外甥女囡囡在朝天门大桥的合影

父亲这种平静的心态没有维持多久。5月27日，外甥女离开重庆返回义乌。父亲又开始闹着要回大连，我告诉父亲，我调回辽宁工作的事情快有结果了，等跟着我一起回去吧。

父亲原以为这是个把礼拜的事情，结果十天过去以后还是没有消息。父亲实在等不及了，他把自己的身份证和钱交给司机衍武，让他立即订票回大连。衍武无奈只好接了身份证和钱，问我老爷子一定要走怎么办？我说，别让他等了，给他订票，让他回去吧，不然会憋出病来的。（图207）

2009年6月9日，清晨起床，我给父亲整

图206　父亲感叹朝天门大桥的雄伟壮观

理好行李箱，做了早餐，让父亲吃完饭在家等候，中午我回来接他去机场。巧合的是，恰逢南岸区有去大连考察的团组和父亲是同一航班，我请他们协助父亲一路的航程，又打电话告知大妹和小妹去机场迎接父亲。

一切安排妥帖后，父亲于下午2点乘坐PN6101航班，于17：45平安抵达大连。（图208～图212）

图207　2009年6月9日父亲返回大连　　图208　父母在重庆南山植物园

图209　父亲和姑姑、姑父在重庆红岩魂广场的合影

图210　父母参观邓小平故居

图211　父亲在重庆动物园

图212　父亲在重庆南山樱花园

　　父亲这一生有幸四次到山城重庆领略巴渝风情，见到了他一生从未见过的山水风景，民俗人情；品尝了大西南的地域风味，美食佳肴；感受到了山城儿女的热情好客，以诚相待；留下了挥之不去的刻骨铭心的记忆，魂牵梦绕。

◎ 2021年10月27日（星期三，晴）至10月28日（星期四，晴），沈阳

五十五、难料生死一瞬间

九点整，我把早餐做好送到楼上，让保姆照顾父亲吃饭。

回到楼下餐厅坐定，刚刚吃了两口，就听楼上淑艳带着哭腔大声地呼喊："大爷，大爷，你怎么啦？大爷……"

我和李红闻声扔下碗筷，三步并作两步跑到了楼上。只见淑艳扶着父亲的肩膀，冲着他的脸，不停地呼喊。可是父亲却像一尊蜡像一样，坐在那里一动不动，嘴角还挂着涎水。

我正要张口问怎么回事，淑艳抢答道："我正喂大爷吃饭，他突然就一动不动，喊他也不答应。"

我和李红上前急忙交替地喊着："老爹，老爹，老爹……"

父亲依然毫无反应。

"赶快让家壮给120打电话！"李红不容置疑地说。

我赶紧大声喊司机家壮上楼，让他马上打电话呼叫120。

家壮的电话刚刚拨通，还未等接线员说话，父亲突然睁开眼睛，茫然地看着我们，不知发生了什么事情。

"老爹，你怎么啦？"李红关切地问。

"我没什么。"父亲嗫嚅地说。

"你吃饭好好的，怎么一下子就不吃啦，喊你也不答应？"淑艳抢答问道。

"120救护车还要吗？"家壮在一旁问道。

我看了一眼李红，说："等等看，先别打。"

我扶着老爹的肩膀，低身问他："老爹，你怎么了？吓死我们了！"

父亲抬抬头，看了我一眼，好像不知所云。他对刚才发生的事

没有任何感觉。

我和淑艳说："别喂了，让老爹上床休息吧。"

家壮和淑艳把父亲安顿到床上躺下，父亲叹了一口气，表情恢复了正常，好像什么事情都没有发生。

"妈呀，吓死我了，我以为大爷不行了。"淑艳带着后怕的口气说。

我用安慰的口气说："别怕，看样子老爹没大事儿。"话虽这样说，可是自己心里也没底。

李红把刚才父亲突然昏厥的视频发到一家人的群里。

大妹和小妹随即发来信息问老爹怎么了。

二妹也发来信息："我一直在上课，下课看到老爸的视频，真是吓了一跳。最后一个视频老爸又正常了。"

不到一个小时，大妹就赶到家里来看望父亲。父亲正躺在床上，有滋有味地吃着新疆的香梨。看见大妹来了，像平常一样打招呼，反应和意识都很正常，像没事人一样。

这生死瞬间的转换究竟是怎么发生的，令人大惑不解。

上午11：37，小妹发来信息说，老年人突然失去意识和直觉，有时候能自己恢复是什么病？

答案是：脑血管短暂的病变，比如微小血栓阻塞血管或者短暂的脑供血不足，都会导致突然失去意识（当然包括直觉），但是由于血管仍然够宽，够弹性（主要是血栓不够大），所以血栓很快通过了，没有造成伤害。如果是缺血性引起的，则在供血充足后，立即恢复正常。这两种情况引起的病变通常时间很短暂，只有瞬间到几秒钟。如果超出这种时间，就很可能真的是脑血管意外了。只是病变及轻微伤害的脑区极小，所以人体自愈了。此时，西医真的也检查不出来，但应立即做好预防措施，才是上策。

这种解释显然符合医学常识，也适应父亲早晨发生的情况。

父亲这边已经安定下来，我要赶去养老院照看岳母吃晚饭。临行前让大妹和淑艳继续关照父亲，有什么情况及时跟我联系。

铁成不到3点就到了养老院陪伴老妈，一个小时后外出办事。

铁成前脚走，我后脚就到了。正好是岳母吃晚饭的时间。我陪着岳母吃晚饭，看着她不紧不慢地吃着养老院的老人餐。这顿晚餐吃了将近20分钟，但都是岳母一个人自食其力。

她的动作虽然有些缓慢，但有条不紊，看得出来她的思维清晰，自主支配动作很协调，这对晚期阿尔茨海默症的老人来说是非常不容易的。我鼓励着她把餐盘里的蔬菜全部吃完，又让护工给岳母加了一碗小米粥。

图213　岳母在我们的鼓励下坚持喝中药

晚餐半个小时后，是岳母吃中药的时间了。我让护工试一试加热后中药的温度。护工回答说正合适。

我冲岳母笑了笑，说："妈，咱开始喝中药了，勇敢点，大口喝。"

岳母看了我一眼，没说话。

护工端来装着中药的茶杯，说："吴奶奶，喝中药啦。"

岳母坐在轮椅里挪了挪身子，像是做好了喝药的准备。但是，当护工把杯子送到她的嘴边时，岳母却闭上了眼睛，一脸痛苦的表情。（图213）

护工一边喊着"张大嘴"，一边把中药倒进了岳母的嘴里。

我在一旁赶紧说："咽下去。"

岳母不由自主地把含在嘴里的中药吞了下去。

"好，再来一口。"护工手疾眼快，还没等岳母反应过来，又给岳母喂上一口。

岳母在众人的忽悠下，机械地一口又一口地把一杯中药都喝下去了。

护工像完成了一件什么大事一样，高高兴兴地离开了。

而岳母却木讷地坐在椅子里，紧闭双眼，一声不响，一动不动。不知道，她是在感悟人生的晚景，还是品味中药的苦涩。

看着老人家无奈而又痛苦的表情，我的泪花在眼圈里打转，却不敢让它掉下来。

当晚，返回家时，大妹告诉我，吃晚饭时，父亲又发生了早晨的昏迷失忆现象，并且把吃下的饭都吐了。

按照小妹发来的信息，西医对这种现象也没有什么解决的好方法。我只好再次给学谦打电话，让他来给父亲用中药调一调。

28号晚上8：20，学谦如约来到家里。他给父亲把脉时发现父亲的身体不由自主地颤抖。

学谦问我："老爷子这是怎么了？从什么时候开始这样？"

"不总是这样，主要还是身体太虚弱了。"我赶忙回答说。

"老爷子，你还哪不舒服哦？"学谦认真地问。

"就是太痒了，痒得睡不着觉。"父亲有气无力地说。

学谦点点头，冲着我，说："给爷爷调调方子吧，明天把药送来。"

◎ 2021年10月29日，星期五，晴，沈阳

五十六、魂牵梦绕故乡情

一早起来到父亲的房间，问父亲："夜里睡得怎么样？"

父亲说："这些日子尽做梦。"

我问父亲："你都做些什么梦？"

"都是些乱七八糟的梦。"父亲脸上露出苦笑的表情。

我和父亲说："我先去做饭，吃完饭，你讲给我听。"

早饭后，我让父亲给我聊一聊他的梦。

父亲问我："说哪个梦？"

我说："随便说，想起哪个说哪个。"

淑艳在旁边插话，说："大爷告诉我，他梦见你当国王了！"

我不禁扑哧一笑，随口说道："真是黄粱美梦！"

父亲开始兴致勃勃、抑扬顿挫地说起他的那些梦。父亲说了大半天，我耐心地听着。这些梦都是天一脚地一脚、支离破碎的梦境。有些就是幻觉，有些梦甚至像预言。

我把父亲的梦梳理一下，其中大多数的梦境都和老家的过去有关联，已经去世将近十年的爷爷还是他梦中的主要人物。父亲梦见爷爷和他对话，给他送地瓜等。旧时的老家也时常是他的梦境。

倘若是从前，我一定认为父亲这是妄想症。但是，在今天，我想或许这就是所谓的量子纠缠所产生的意识吧。

我所受的唯物主义的教育认为：世界是物质的，没有神，没有特异功能，意识是和物质相对立的另外一种存在。

但是，科学家现在发现，我们认知的物质仅仅是这个宇宙中的5%。没有任何联系的两个量子可以如神一般地发生纠缠。把意识放在分子、量子态去分析，意识其实也是一种物质。

按照研究者的推论，人类的意识也是因为大脑中的电子和电子信号等量子级别的基础构成的物质，相互间进行包括量子纠缠等各种量子级的运转传输形成的，也就是说我们的意识也许就是量子纠缠的产物，通过量子纠缠人类的神经元控制人类的躯体。

　　既然宇宙中还有95%我们所不知的物质，那么灵魂、鬼或许都可以存在。如果说，量子有纠缠、叠加、吸引和干扰等特性，这就触及了灵魂世界，那第六感官、特异功能也可以存在。或许在这些未知的物质中有一些物质或生灵，它能通过量子纠缠完全彻底影响我们的各种状态。也许在不为我们所认知和感知的那个灵魂的世界里，爷爷和父亲就可能有了某种方式在阴阳两界之间沟通和交流。

　　如今躺在病榻上的父亲，他的躯体在此处，他的灵魂可能在彼地。俗话说，魂归故里。或许父亲此时的意识就在那个他生于斯长于斯的故乡——老家熊岳。

　　老家熊岳，是父亲旧时的一个大的地理概念，它是营口市鲅鱼圈下辖的一个镇。其实按照现在的行政区划，父亲的老家在九垄地街道联合村。1984年6月，改为九垄地满族乡，后期几经变更，成为今天的九垄地街道。

　　父亲口中的老家和我记忆中的老家有很大的反差。父亲给我讲述的都是他从小在老家如何吃苦受累，没有机会上学读书，从十二三岁就开始赶车卖菜，而这个年龄的我在老家度过的岁月都是美好的。

　　在我的记忆中，老家是一块风水宝地，背山襟水，物阜民丰。在人民公社的那个年代，几乎所有的农村都是以大田作物为主，以粮为纲，而我的老家则以经济作物——苹果为主，是辽南最大的苹果产区，也是全国最大的苹果产区，"苹果之乡"的盛誉闻名遐迩。

　　熊岳的苹果是1914年从日本引进的，苹果的品种多，品质好。那时的苹果品种主要是国光，其光泽鲜艳，脆甜可口，味正清香。

国光苹果的最大特点是易储存，保存得当可以存放一年既不变色，也不变味儿。其次还有倭锦、祝光、鸡冠、红玉、海棠、黄奎等品种，后来陆续引进了元帅、红香蕉、黄香蕉，再后来就是日本的红富士等。种植和经营苹果是生产队和社员的主业，除了生产队的苹果园，每家每户还有自家自留地的苹果园。收入自然比纯粹种粮食作物要高许多。

我出生在老家，一直长到3岁，中学以前的每个寒暑假都是在老家过的。那时的我，一年最盼望的就是寒假和暑假能回到老家，其中最重要的一个原因就是可以吃到苹果。

我留恋老家的另一个重要原因是喜欢那里的田园生活，这种影响伴随我的一生，直到今天，相比于城市的生活来讲，我更喜欢农村，喜欢那里的青山绿水，喜欢那里的田园风光，喜欢那里一年四季变换的景物，更喜欢能够养育万物的大地。

60多年前，我儿时记忆中的老家叫"号房"。"号房"旧时是指军队到某地驻扎前派人安排住房事务的地方。显然，这是前清八旗驻防时留下的旧称。

老家的村东头有一条地图上没有名称的河流，从村子中间穿流而过。这是一条季节性的通海河流。记得60年代初期的一个夏天，河水暴涨，一条鲸鱼误入河道，无法转向游回渤海湾，结果被困在村子东头河道狭窄处，苦苦挣扎了一天多的时间，最后困死在河道中间。全村的青壮年费了九牛二虎之力，才把这条死去的鲸鱼拖到生产队的场院上。生产队长下令全村的老百姓回家拿锅碗瓢盆，用斧头和锯子分割了这个庞然大物。

从未吃过鲸鱼肉的村民欢天喜地地带回家一大盆鲸鱼肉，但根本不知道该如何烹饪，结果是家家户户几乎都把这种肉质粗糙、腥味十足的鲸鱼肉倒掉了。在那个物资匮乏的年代，这个送上门的大鲸鱼让全村的百姓空欢喜了一场。

紧挨着河流的西岸是联合小学，现在是一所有着深厚文化底蕴和良好社会声誉的省级示范学校。

我小的时候，这所学校的校舍在当地也是数一数二的。学校的校舍围拢成一个回字形，校门前有一个小广场。广场的前面是村里的主干道。跨过主干道就是学校的大操场。这样规模的小学在五六十年代的农村是非常少见的。

紧挨着联合小学，是村里的一个三岔路口。三岔路口中间生长着一株老柳树。这棵老柳树的树根虬枝盘曲，四五个小孩才能合抱过来的树干已经腐朽，全被虫子蛀空。但这个老柳树的外皮依然供养着旁逸斜出的柳枝年年绿荫不断。老柳树树干的空洞就成了村里儿童嬉闹的最佳场所，孩子们在树洞里钻来钻去，你躲我藏，其乐陶陶。

爷爷的旧居就在村里主干道东边数第三户人家，是典型的辽南平顶民居。院墙外是一棵杏树，有一个进深30多米长的院子和两间东厢房，我就出生在这个旧居里。

爷爷兄弟俩分家后，二爷住在这所老房子里。爷爷则另辟新家，搬到了村子主干道的南边。这是由三户人家围拢的一个大院。另外两户是本家何姓的兄弟俩。爷爷一家这边是4间平房。（图214）

爷爷的后院有一棵枣树，一棵杏树。枣树恰好长在两家房头的中间，枝

图214　1960年爷爷在老家门前和姑姑、叔叔的合影

繁叶茂，年年果实累累。两家依照不成文的契约，各家只打属于自己这半边的枣子，绝不越界掠夺人家的果实。几十年下来，双方的老人和孩子从来没有因为枣树发生过口角和不快。而那棵杏树则归爷爷家独有，每年结的果实不多，但是杏核是甜的，我们吃完杏子总是千方百计地把杏核敲碎，吃掉里边的杏仁。

爷爷家的院子很长，院里是将近一亩地的菜园。菜园的围栏是用高粱秸秆扎成的，两三年就要更换一次新的围栏。春种夏耘，秋收冬藏。每年春天都种下各种蔬菜，这是我小时候跟爷爷学习种菜知识最多的地方。

老家的地下水源丰富，水质优良。压水井打下10米左右就可以涌出清洌甘甜的地下泉水。暑假期间，我经常和爷爷、叔叔一起压水浇园子，也享受我们劳动的成果。

南河洼，是我儿时最喜欢去的地方。这是村头那条河流的一段，距离老家住宅正南两里地以外的地方。这里最早曾是太爷的爷爷垦荒耕种的地方。

我幼年的时候，爷爷和奶奶常年住在南河洼种植蔬菜。记得我很小的时候，大约三岁，有一次爷爷背着我去南河洼，路过老莫家果园的时候，遇到了一只狼。那只狼离爷爷大概二三十米远，站在一棵苹果树下，一动不动地盯着我们祖孙俩。爷爷悄悄地对我说："别出声，那是个张三！"（在东北，管狼叫张三）爷爷镇静地蹲下身把我放下，然后不慌不忙地捡起一块大石头，轻轻地站起身来，把我护在身后，一动不动地挺直腰板站着与狼对峙。那只狼迟疑了一下，悻悻地转身走向了苹果园的深处。爷爷又默默地蹲下身子，把我重新背起来，脸冲着狼走去的方向，向后慢慢地倒走了几十米。直到看不见狼的踪影，爷爷才快步地奔向南河洼。

南河洼的河道不算宽阔，但水流干净，河底不是淤泥，而是洁白的细沙。河流的两岸长满高大的蒲草。站在岸边就可以看到水里的游鱼、螃蟹和小虾。

河岸上有一排高大的杨树，听爷爷讲，这些大杨树是太爷的爷爷种的。这些杨树的树龄不得而知，我们这些小孩子两个人是合抱不过来的。

上小学时的那些暑假，我和老家的七叔、八叔经常结伴到南河洼来游玩，捉蝈蝈，打鸟，捉鱼捞虾，那里简直就是我们孩童时代的乐园。七叔和八叔胆儿大，经常下河寻找螃蟹洞掏螃蟹。我们最高兴的事就是用带网的鸟夹子捕鸟。先在鸟夹子上拴一个秸秆里的活虫，让它来回地蠕动，以招引鸟儿的注意，然后把鸟夹子埋在鸟儿经常起落的地方。之后，我们就躲到远处的大树后面偷偷地窥视河岸树上的小鸟。

酷暑的三伏天，河边的大树下却凉风习习，屁股下的细沙松软温热。一阵轻风掠过，头顶的杨树叶相互摩擦，发出清晰有致的沙沙声响，宛若催眠曲一样令人陶醉。我们在大树下等待的时间久了，就不知不觉地躺在河边沙滩上睡着了。盖天铺地，那种午睡的舒适感觉比睡在席梦思床上还惬意，至今想来都回味无穷。可惜，至今的南河洼早被填平改造成农田，儿时的痕迹已荡然无存。

现如今的老家已经今非昔比了，大片的苹果园被葡萄大棚所取代。随着经济和旅游业的发展，联合村附近建设了仙人岛经济开发区，曲折平缓的海岸线建起了炼化工厂。辽宁团山国家级海洋公园、盖州赤山风景区、盖州青龙山虹溪谷温泉度假区、仙人岛海滨、仙人岛白沙湾黄金海岸等旅游点也在远近应运而生。从儿时妈妈的口中就知道的望儿山，如今也有了望儿山母亲节等民俗文化节。

爷爷在世的时候，我每年都带着父亲回老家几次看望爷爷。父亲对老家的变化感慨万千，他儿时的鲅鱼圈、白沙湾发生了天翻地覆的变化。这是他做梦也想不到的。而今他的梦，又回到了从前，回到了我记忆中的那个老家。

◎ 2021年10月30日，星期六，多云转雨，沈阳

五十七、父亲的父亲

不知是血缘还是亲情所系，父亲总是说他的梦里翻来覆去梦见去世已近十年的爷爷。父亲梦里的爷爷活灵活现，来去无踪，听得让人有些悚然。

父亲是家里的长子，是爷爷从小最得力的帮手。父亲十二三岁就辍学开始帮助爷爷赶车卖菜，是家里的主要劳力。晚年的父亲，因此也对自己的父亲颇有怨言。因为读书太少，文化水平低，所以很早就参加工作的父亲错过了几次离开工厂车间的机会，一直都在繁重的工种上，当了一辈子的普通工人。

父亲这样的命运其实是他自己父亲命运的翻版。

爷爷出生在清宣统三年（1911），是血统纯正的满族后裔。爷爷从16岁开始接手持家，这对一个不谙世事的少年来讲是难以承担的重任，但是经过一二十年的拼搏劳作，爷爷凭着天生的聪慧，带领全家人不仅还清了太爷欠下的债务，还置房买田，养了两个大牲口，过上了相对富裕的生活。

1945年东北解放后，经过土改，爷爷家又分得了新的土地。经过几年的劳作，爷爷又从一些经营不善的农民手中购置了新的土地。新中国成立时，爷爷家里已经拥有了15天地（东北旧时土地计量单位，一天地等于二垧，一垧地为15亩）。这么多的田地，靠爷爷一己之力是无法耕种的。作为长子的父亲，自然就是家里最主要的劳动力。爷爷还为父亲娶了媳妇。母亲的年龄比父亲大五岁，目的是给家里增加一个劳动力。母亲早晚做家务，赡养老人和照顾小姑、小叔，白天下地劳动干农活。即使这样，家里的人手也不够。爷爷还从到东北逃荒的山东人中挑选了三个雇工给家里扛活。在爷

爷的带领下，全家男女老少齐上阵，过起了丰衣足食的生活。

爷爷是一个精明能干的农民。他凭着自己的天分和苦干，走出了一条跟其他农民不同的道路。村里的农民几乎都是靠天吃饭，种大田作物和果树，而爷爷却靠智慧和终年的劳作经营菜园。种菜要比种粮辛苦得多，种植、除草、掐尖、打药、杀虫，收获、存储，销售。经过几十年的摸索，爷爷成了当地远近有名的种菜专业户。

同时，爷爷还有一手绝活——心算。从前农村集贸市场上的小贩子卖东西，算账对他们来讲是一个头疼的事。很多小贩子只有靠增减重量平账。爷爷卖菜从来都是买多少算多少，不靠增减重量算账，一口准，而且绝不缺斤短两，以次充好。

20世纪50年代初期，在北方农村还没有温室的年代，爷爷就在南河洼的菜园自行建造了一亩多地的玻璃暖房，这在当地是破天荒的事。至今我还记得妈妈和奶奶、姑姑在暖房里劳作的情景。

爷爷曾经自豪地告诉我，每年冬天都可以销售2万多斤大白菜，仅仅靠这一项收入，就可以满足一家人全年的开销。那时春节期间的一斤韭菜，就可以换一斤猪肉。家里这种富裕的生活离不开全家人的付出和辛勤劳作。父亲作为家里的长子，自然是出力最多、吃苦也最多的。从某种意义来说，他就是爷爷青少年时的翻版。

爷爷不仅种菜，而且还养蜂，养大牲口，贩卖菜种子。记得小的时候，爷爷每年带着二三十箱蜜蜂根据不同的花期到周边不同的地区采花粉。有一年，我陪爷爷从老家乘火车到大连采槐花蜜。当时我们是和信号工、检修工坐在火车的最后一节守车里，前面一节的行李车厢里就装着爷爷的几十箱蜜蜂。生平头一次坐在火车的最后一节车厢，和穿着铁路制服的员工坐在一起，让我感到特别新奇，兴奋异常。爷爷那时一年可以收获二三百斤蜂蜜。蜂蜜卖掉，蜂王浆爷爷自己享用。（图215）

那时候的夏天，老家院子里到处都是嗡嗡飞舞的蜜蜂，稍不小心就会被蜜蜂蜇着。记得妈妈给我讲过，有一年在南河洼，不知为什么蜜蜂炸了窝，恰好妈妈正在蜂箱边上择菜，一窝蜜蜂不分青红皂白地对妈妈发起了攻击。妈妈忍着痛，一边拍打，一边往河边跑，最后跳进河水里，把头埋在水里，才躲过了蜜蜂的继续攻击。结果母亲还是被蜇得像大头娃娃一样，险些丧命。

图215　爷爷养蜂的照片

爷爷一生最喜欢的就是大牲口。从自立家门开始，爷爷就知道大牲口对一个农民的重要性。从某种意义来说，在运输工具不发达的农村，一匹马就相当于一辆大货车。有了这种运输工具就有了生财之路。所以爷爷一生都爱饲养牲口。人民公社化运动以后，爷爷就在生产队当饲养员，一干就是几十年，白天备草料，半夜还要起来喂牲口。小时候暑假和寒假里，我也经常陪着爷爷住在生产队的饲养院里，白天帮着爷爷铡草料，夜里给爷爷举着马灯喂牲口。牲口圈里的味道和马匹咀嚼草料的声音，至今记忆犹新。十一届三中全会以后，实行家庭联产承包责任制。八十几岁的爷爷已经力不从心，养不了大牲口了，但爷爷还是养了两头驴，卖掉一头，自用一头。有了这头小毛驴，家里的农活就比人拉肩扛省事多了。

在极"左"思潮横行的年代，农民家里自留地的农产品，是不能在农村的集贸市场公开买卖的。但人总是要吃副食，蔬菜也是农民离不开的必需农产品。不能堂而皇之地卖菜，爷爷就通过地下渠道把自留地上多余的蔬菜销售出去。记得在1960年和1961年两个极端困难的年头，饥饿和缺粮笼罩着农村。爷爷另辟蹊径，到大连的种子店买上几十斤各种蔬菜的种子，然后分装成一两甚至更小的包装，带回农村出售。这在今天是最合法的经营不过了，但在那个年代却要担上投机倒把的罪名。爷爷既要有胆量敢干，又要有智慧不被查处治罪。

改革开放以后，爷爷曾多次感叹他没有赶上好年景。年轻力壮时，什么都不让干。农村集贸市场全面开放后，他已年迈力不从心。他感慨改革开放以后的好政策，在85岁的高龄还和村里同族的乡亲骑自行车到鲅鱼圈开发区观光，对那里的发展变化赞叹不已。（图216）

图216 《夕阳红》节目里的爷爷接受采访

按照家谱的记载：

赫舍里氏

世祖章（顺治）皇帝 底定中原 同赴京 康熙二十六年 奉旨将高祖拨往盛京（沈阳）转拨熊岳厢兰旗 骁骑校（官称）系参领 充镇军机后 吉祖（讳）吉林泰一人 留子四人 第四子 乌尔丹 系辽阳防守尉（官称）调回北京 其余三人 驻防至今 上继祖宗之衍 下绵瓜瓞之庹 宗派丰繁 历有年矣 道（光）咸（丰）年来 迁移吉林 老城 双城堡者数十余户 异乡散处 世远年湮 几不知宗族为重 唯恐失掉同宗骨肉 视为陌路之人 于是修谱书 以连疏远 因排字二十 已别辈行

廷殿逢国永 福良贵胜祥

熙成宗戴庆 安治禄清扬

按照家谱的记载，爷爷（何永川）是吉祖——吉林泰（骁骑校）长子洛多力（领催）的第五代后人，父亲是第六代。

因为是旗人，清廷对八旗子弟制定了一系列的优待政策，爷爷从小读过私塾，不仅识文断字，常年看报，自己还能提笔写文白夹杂的旧时书信。（图217）

1986年国庆节，我邀请爷爷到北京观光。我陪着爷爷走了北京主要的旅游景点：天安门广场、故宫、景山、劳动人民文化宫、中山公园、天坛、颐和园、香山、八达岭等。

让爷爷期待已久的是故宫的金銮殿——太和殿。那时的太和殿对游人是开放的。爷爷在太和殿的门口，一字一句地认真读完了介绍，然后径直走进太和殿，表情凝重，庄严肃穆。当时太和殿里的游人只有十几个，出乎我和所有人意料的是，爷爷竟然摘下帽子，捋顺双袖，扯正衣襟，甩落浮尘，双膝跪在金砖墁地上，在大庭广众面前对着高台之上的宝座——龙椅（髹金漆云龙纹宝座），按照清朝旧时的礼法行了三拜九叩之礼。大礼过后，爷爷起身站定，没有掸一下身上的灰尘，昂然走出了太和殿。

图217 百岁的爷爷精神矍铄，身体硬朗

我目瞪口呆地望着爷爷，问："你刚才怎么在太和殿里磕头？"

"那是我们大清国皇上的龙墩啊！岂有不拜之理呀？"爷爷一本正经地对我说。

图218 工作人员让爷爷照一张戏装照

我只能点头笑一笑，说："全北京也找不着几个你这样的旗人了。"（图218）

爷爷99岁那一年，按照农村的习俗，要给他过100岁的生日。我请爷爷、父亲、四姑和姑父一起去了抚顺新宾清永陵谒祖，这对爷爷来说是他生日最高贵的寿礼——到清永陵谒祖是爷爷一生的愿望，在百岁之年到清朝的发祥地抚顺新宾去启运山清永陵谒祖让他此生无憾。

那一天，全家五代人——最年长的100岁，最小的1岁，同到清永陵谒祖。那里的工作人员说，他们在这工作了这么多年，还是第一次见到百岁的老人到这里谒祖。（图219）

图219　百岁的祖父和一岁的萱萱

我们全家四代人陪着爷爷游览了清永陵的几个大殿，到了先王祖灵位和陵墓前，他每每都要坚持伏地跪拜叩首，让随行的子孙感叹不已，足以见得他对自己民族祖先的尊崇和敬仰。（图220）

此后，我们又陪着爷爷拜谒了赫图阿拉城、罕王井、努尔哈赤的诞生地等遗址。爷爷的兴致很高，不让人扶着，不坐轮椅，也不愿意拄拐杖。他说，拜祖宗要自个走。那一天，我们从早晨八点出发到下午三点多钟才返回家里。这对一个百岁老人的体力来讲是难

图220　祖孙四代
拜谒清永陵

以完成的。但是爷爷自始至终都是兴致盎然，看不出一点疲倦的感觉。（图221）

我原来的设想是，爷爷拜谒祖陵后就留在沈阳住下，这样他的生活条件和起居更方便，远比农村的条件好得多。但是爷爷看完祖陵后的第二天就要返回老家，苦口婆心地劝也不行，他说："70不留饭，80不留宿。"显然他对自己的生命是有把握的。（图222）

图221　百岁爷爷在努尔哈赤诞生地门前推碾子

一生的勤劳造就了爷爷健康的体魄，爷爷每天早睡早起。冬天晚上五六点钟上炕歇息，半夜起来喂牲口。早上五六点钟，天不亮就拿着粪筐捡粪，或者拿着篮子到大田地的玉米秸堆捡落下的小玉米穗儿，将掰下来的玉米粒儿喂牲口或鸡鸭。这种起居有节的生活规律，让爷爷的一生都健康无恙。从我们记事起爷爷就从来没住过院，偶尔的小毛病，也只是吃一点江湖大夫开的药而已。

图222　父亲、四姑、四姑父与爷爷一起看清永陵祭祖相册

直到2012年的4月中旬，爷爷才在鲅鱼圈医院住了一个星期。但因为肺炎，百岁高寿的爷爷还是走了，那是公元2012年6月21日晚10点整（农历壬辰年五月初三，夏至），享年101岁。（图223）

图223　百岁的爷爷在老家熊岳河观光

爷爷走得安详自然。据说，爷爷走的前一天还拄着龙头拐杖（他从前是拒绝用拐杖的，他认为那是他老不中用的标志），在村里的街道上遛弯儿，看见邻里还唠上几句嗑儿。他当天中午吃了一碗鸡蛋糕和米饭，晚饭喝的是牛奶，吃了三块饼干。老家的人说，爷爷是吃饱了以后走的，不会挨饿。

　　爷爷走得先知先觉，听说爷爷走的当晚，老家的叔叔婶子都在地里干活，给葡萄打药水。爷爷见到他们，说："怎么这么晚才回来，我等你们回来，我要走了。"当晚九点多钟老人感到胸闷，10点整就安静地走了。

　　爷爷真的走了，而且还是先知先觉。走的前一天晚上爷爷托梦给我说了一些话。那个梦很长，最清楚的是爷爷坐在沈阳的家里大口地嚼着米饭说，我不走了，就住在这里了。

　　第二天清晨，我把这个梦告诉了父亲。我说，爷爷托梦给我，可能有事儿，等我把武汉的国土会议开完回老家去看看他。

　　父亲说，你叔叔两天前刚刚把你爷爷从医院接回家，说是挺好的，精神和饭量都好。

　　刘韵从美国发来邮件说，听说太姥爷的白发变黑，又长新牙了。对于这些说法，我都不太相信，凭着我的直觉和爷爷托给我的梦，我预感爷爷可能会走，这种直觉是祖孙同感的。

　　爷爷的一生睿智律己，克勤克俭。他几十年奉植惟勤，躬耕不辍，直到晚年依然老骥伏枥，激励晚辈争光耀祖。生活节律、劳逸有度让爷爷在耄耋之年依然精神矍铄，身体硬朗，中气十足，说古论今，直到百岁寿诞之年还能抑扬顿挫地背诵几十首乾隆的诗词，在亲友和族人中有着很高的声望和地位，是一位颇受族人和乡里乡亲尊崇的长辈，也是本村史无前例的期颐。

　　如今爷爷已经驾鹤西去近十载了，这种说不清、道不明的梦幻又重现在父亲的脑海中，不知道这是不是父子之间的某种生命意识的感应。

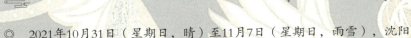

◎ 2021年10月31日（星期日，晴）至11月7日（星期日，雨雪），沈阳

五十八、喜忧参半的一周

这一周，开头是西方的万圣节，结尾是中国的立冬。

这一周，对我来说是喜忧参半，喜的是岳母的健康状况好转，忧的是父亲的身心每况愈下。

先说岳母这一边。

10月31日是星期日，下午4点前，铁成和海澜就赶到了养老院。海澜喂着老人吃晚饭。此刻，我和李红正开车前往养老院的路上。双休日到养老院看望岳母已经成了我们的必修课。（图224）

等我们赶到时，岳母已经吃完了晚饭，在看电视。铁成和海澜坐在老人的身旁下跳棋，那种氛围就像在家里一样。

今天，铁成和海澜带来了好消息：子骏在上海办好了去旧金山大学留学的签证和疫苗认证，只等待12月23日启程赴美。

11月2日下午，晚饭前我赶到了养老院。护工正挽着岳母从房间走到大厅来吃饭。看见我，护工问岳母："谁来看你啦？"

岳母看了护工一眼，说："姐夫。"（岳母从来都是按照铁成对我的称呼。）

我赶忙走过去，接过岳母安顿她坐到自己的椅子上。护工

图224　海澜利用航班轮休期间照顾婆婆

送来了今天的晚餐：豆沙包，小米粥，炒青菜和鸡块炖土豆。

我没有亲自喂岳母，而是坐在她的对面，让她自己试着吃晚饭。

岳母抬头看看我，拿起筷子自己开始吃饭。我坐在一旁，仔细观察岳母动作的协调性。

出乎我意料的是，经过这一段中医中药的调理，岳母的健康发生了喜人的变化，她可以精准地使用筷子，手的颤抖基本消失了。从岳母的表情和目光已经看不出她是一个阿尔茨海默症晚期的老人，和一个正常健康的老人并无二致。

11月3日下午2点刚过，铁成就到了养老院，他带着岳母在走廊的方厅里喊着口令："一二一，起步走。"岳母也模仿着铁成的口令，步履沉重地走着齐步。这情景就像托儿所一样，仿佛时光发生了倒转，一下子回到了四十年前。

此后的三天，铁成和李红姐弟俩每天分别去照看母亲，大家共同的感受是老人现在的状况比从前改善了很多，向越来越好的趋势发展。

而父亲这边却是令人担忧。

10月31日下午2：25，好友兴生和爱人潘老师带着新鲜的农家鸡蛋和黑鸡蛋来看望父亲。他们陪着父亲聊了一会儿天，鼓励父亲要好好养病，锻炼身体，争取能下地活动。

但现在的父亲已经基本卧床不能下地了。身体迅速消瘦，精神状态也每况愈下。（图225）

11月3日，我把父亲的身体状况如实地告诉了在美国的两个妹妹，老人已经不能自主站立上厕所了。同时，我也给学谦打电话，告诉

图225　父亲病中和愈后的对比

他，老人已经四天没有排便了，这是很反常的现象。

11月4日早晨7：45，二妹和小妹给父亲转来1万元。对于远在万里之外的儿女来说，尽孝的方式大抵仅此而已。正如老话所说，远水不解近渴。再好的孝心，也是鞭长莫及，爱莫能助。

眼见冬天就要来临，气温在急剧下降。11月5日下午，赶在上冻之前，我把菜园里最后的水果萝卜和胡萝卜都收获了。

这些日子以来，我一直想方设法让父亲高兴，但都未能奏效，而菜园里收获的萝卜和胡萝卜却让父亲高兴了。这或许让父亲想起了从前他自己收获劳动成果时的快感。对于终生热爱劳动的父亲来说，收获才是人生最大的快乐。即使到了他行将就木的时刻，也是如此。

11月6日早上，我给父亲送上了早餐。我对坐在餐桌前的父亲说："你不是爱吃饺子吗？昨天晚上包的，今天早上给你拿7个，还有西红柿炒鸡蛋和菠菜汤，赶快趁热吃吧。"

父亲用手搓搓胳膊，不置可否地笑了笑。

上午，小妹又给父亲打了一个越洋电话。我和小妹说，外来的和尚好念经，你好好劝劝老爹，让他高兴多吃饭。

小妹在电话里和父亲说了足足有一个小时，可谓语重心长，苦口婆心。但父亲这头已经没有了以往那种对话的亢奋和高兴。从语气和表情看，父亲越来越忧郁，越来越没有精气神。

中午时分，父亲的午饭还没有吃完。兴生又给父亲送来了烙饼、鸡蛋和蔬菜。兴生告诉父亲，他带来的小白菜是从他父亲的菜园里收获的，是没打农药的绿色蔬菜，让父亲放心吃。

父亲听了又高兴一阵。

为了提高父亲的食欲，让他多吃些，11月7日立冬，按照北方的习俗，立冬这一天要吃饺子。昨天晚上包的饺子，父亲并不爱吃。于是，我冒着雨雪，晚上出去买沈阳的名吃——马家烧麦。

目的只有一个，就是让父亲有好的食欲，增强身体的抵抗力，能够恢复往日的活力。

◎ 2021年11月8日（星期一，大雪）至11月14日（星期日，晴），沈阳

五十九、立冬初雪

中国古人的智慧是不可思议的。二十四节气就是中国古人对自然天象和气候认识和把握的精准体现。

昨日立冬，先是下雨逐渐开始下雪。鹅毛般的大雪纷纷扬扬地下了一夜，接着第二天又下了大半天，雪的厚度差不多达到了两尺，费了好大的劲才推开了房门。这是我回到沈阳12年来下得最大的一场雪。

这场初雪下得安宁静谧，没有狂风凛冽，没有北风呼号。九天飞降的白雪稳稳地落在地面，树梢，墙头，屋顶……覆盖了原本的世界。

雪后初霁，蓝天如洗。碧空下的银白世界，闪烁着耀眼的光芒。放眼望去，炫目的阳光下仿佛就是一个童话的世界。大地一片洁白，满眼的玉树琼枝，那是语言都难以描绘的美妙。屋顶和檐头都覆盖着厚厚的积雪，就像头上顶着白白的雪帽。

雪后的庭院简直就是一幅风景画，栅栏的铁艺造型覆盖了厚厚的积雪，呈现出意想不到的艺术美感。葡萄架上横七竖八的枝蔓就像玲珑剔透的镂雕。四角飞翘的凉亭顶着厚厚的积雪陡然长高了一截。

站在父亲房间的阳台上，我禁不住拿起手机，随手拍了几张雪景，展示给父亲看。

"这雪下得太大了！"父亲感叹道。

"你看这院子漂亮不？"我问父亲。

"漂亮，那是你照得好。"

"可惜呀，你不能下到院子里看雪了。"

"嗨!"父亲苦笑着叹口气。

望着父亲无奈的表情,我突发奇想,和父亲说:"老爹,我明天给你堆个雪人吧。"

"这么厚的雪能堆一个大雪人。"显然,父亲附和了我突如其来的念头。

父亲的认同也引发了我的兴致,我把庭院里的照片发到亲友群里,并赋了一首小诗《小院新妆》:

> 漫天飞雪落沈阳,
> 放眼四野白茫茫。
> 玉树傲立迎风雪,
> 琼花飞扬送吉祥。
> 初冬来临瑞雪到,
> 小院一改旧容妆。
> 撷取三两四点处,
> 敬献亲友共分享。

坦率地讲,这种自娱自乐,也是为了缓和一下父亲的疾病给自己造成的心理压力,放松一下自己焦虑的情绪。

接着,我给外甥女囡囡打了电话,约她明天来家里和我一起堆雪人。因为她在做布艺,手头有很多现成的材料,可以拿来装扮雪人。

第二天下午,囡囡竟然带了三个做布艺的员工,一起来到家里做雪人。她们都是学做工艺的年轻人,我就负责提供干净的白雪材料。她们四个人七手八脚地用了半个小时,就把一个一人多高的大雪人做好了。她们给雪人安上了各种装饰,把雪人打扮成一个憨态可掬的北极熊。最抢眼的是雪人的两只大熊猫眼,实在是让人忍俊不禁。

我把做好的雪人从各个角度拍了几幅照片，拿到楼上一幅一幅地展示给父亲看。

父亲看了，像个孩子似的笑了。这是久违的笑容，这开心的笑容里包含着不泯的童心。（图226）

这笑容让我感到开心、满足，甚至是一种积郁已久的解压。

此时此刻，让自知时日不多的父亲能够开心地笑一次，也是一种奢侈的祈求。

为了让这个令父亲开心的大雪人保持的时间更久一些，每隔两三天我就对雪人进行一次维修。好在天气日渐寒冷，每天融化的部分不多。这场雪洁白密实，醇厚

图226　为父亲做的北极熊雪人

绵软，黏合度很高，是做雪雕的绝佳材料，加之地面有厚厚的积雪，有充足的材料进行修补。在我的精心维护下，这个雪人一直维持到感恩节之前才坍塌融化了。

或许是受了庭院里大雪人的感召，父亲在8号的早晨又下床吃饭了，但前一天晚上给他买的马家烧麦一口没吃，只是喝了一碗粥。无论怎么劝说他吃一个，父亲都摇头说吃不下去。

与父亲朝夕相处十几年，我深深地体会到父亲的身体状况和他的情绪有着密切的联系。于是，我找了一个氛围合适的时间与父亲做了一次长谈。

　　父亲告诉我，他经常感到母亲就在他身边。我问他，是做梦吗？他说，不是，就是觉得你妈经常在我身边。（图227）

　　我清楚，这是父亲的幻觉。为什么会这样？谁也说不清楚。

　　我还是把话题拉到让父亲吃饭的问题上。父亲告诉我说，不饿就行。我反驳父亲说："你是从一个极端走向另一个极端。以前我劝你少吃，您听不进去。那个时候每天三顿饭一顿不少。早晨起来先喝奶，再吃早饭，午饭和晚饭之间还要吃甜点心和水果，把自己吃得体重严重超标，还自称自己没有三高，没住过医院。最终的结果是三天两头住院，一年有半年住在医院里。现在你又走向反面，什么都不吃了。给你准备了那么多点心和水果，你为什么不吃呢？"

图227　1960年全家和奶奶在大连的合影

父亲没有跟我更多地争辩，只是说吃多了要上厕所。原来，父亲是因为自己不能下地上厕所了，他又开始倔强地绝食了。

于是，我开始耐心地给父亲讲李红母亲身体的状况，如何从自己不能行走、吃饭，但坚持吃中药，到现在又可以像从前一样自己照顾自己了。

我以岳母做活生生的例子，事无巨细地给父亲讲多吃饭、加强营养的重要性。同时也批评了父亲这些日子不配合我好好吃饭的做法。

这次谈话持续了将近两个小时，从下午不到5点一直谈到6点多。父亲躺在床上没有不耐烦的样子，而是双手轮流搓着两颗核桃，跟我一问一答地做着交流。

我把和父亲的对话录成一组视频发到一家人的群里。小妹看了以后，发文："谢谢大哥分享这些视频。"

二妹发文："老爸的听力和大脑的思路都很好，可能是控制饮食，营养不足，脸色不太好。"

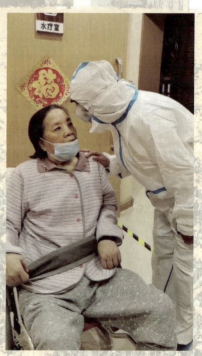

我回复两个妹妹，说："老爸为了少排便，所以不吃饭，昨天晚上做了思想工作，今天好多了。"

二妹回复："老爸要强，不想麻烦别人。"

而岳母那边养老院因为疫情封控不准家属探视，但李红还是千方百计说服养老院的负责人，把老妈接到走廊的过厅上见面，尽可能地让老人感受儿女都在身边的感觉。（图228）

图228　妈妈想我了吗？想！

◎ 2021年11月15日（星期一，晴）至11月18日（星期四，晴），沈阳

六十、生死相思两相知

我和父亲的这次长谈起到了很好的作用。父亲从精神和食欲上都发生了很大的变化。

二妹给我发信息说，她跟老爸聊了30分钟，老爸一个劲儿地表示很满意，很高兴。

我回复二妹说，老爸这两天想开了，不节食，开始吃饭了，身体就好一点，精神状态也更好一些。

大妹发信息："老爹的状态不错，能多吃点就好了，哥嫂辛苦了。"

李红回复："我刚下班往家走，主要是你哥很不容易，前两天切菜还把手指头切了，出了不少血。"

早上，我给父亲送上早餐，说："老爹，你看！你的早餐丰富不丰富？鸡蛋、香肠、油皮炖白菜，老爹，你就这么吃啊，再吃半个月，你就吃硬实了，没事在床上蹬蹬腿，等腿有劲儿后你就可以下地了。"

父亲在我的鼓励下，一顿早餐竟然吃了4个韭菜合子。

二妹看了非常高兴，发文："老爸饭量有长进，谢谢大哥大嫂的悉心照顾。"

今天午后，我上楼陪父亲。他若有所思地突然问我："你怎么这两天没去看李红她妈？"

我说："养老院因为疫情封了，现在不让探视。"

我稍停了一下，又告诉父亲，大连的疫情现在也很严重，沈阳和大连两地已经不让互相往来了。

父亲沉默无语，突然又问我一句："李红她爸走几年了？"

图229　两位老人一见如故

"六年了。"

"你怎么想起问这事了？"我不解地问。

"那是个好人呐！"

"可惜走得太早了。"父亲停顿了一会儿对我说，声音有些哽咽。

我说："是啊，他要不走，就可以来陪你聊天儿了。"

父亲摇摇头，默默无语，陷入了沉思。

两位老父亲生前只相聚过三四次，见面不多，但却相见恨晚，彼此都有好感。（图229）

岳父曾告诉女儿："你的老公公是个好人。"

父亲也告诉儿子："你的老岳父很好。"

两位老人的第一次见面是在2014年岳父生日的那一天，两家人在浑南优山美地小区相聚。两位老人头一次见面，却一见如故。相互诉说家长里短，儿女情长，就像多年没见面的老哥俩在一起互诉衷肠。（图230～图233）

岳父的那个生日过得非常快乐。大家在露天餐厅给老岳父承办

图230 岳父的生日照片

图231 父亲和岳父在优山美地样板间合影

图232 父亲和岳父母亲切交谈

图233 岳父岳母为父亲祝贺生日

了一个兴致勃勃的生日聚会。生日聚会过后我们又带着老人参观了别墅小区、高尔夫球场和海澜湖，最后又去了温室大棚采摘蔬菜。全家人兴高采烈，满心欢喜，可是谁也没有料到，这居然是岳父人生的最后一个生日！（图234～图236）

图234 李红和安琪陪同 图235 安琪子骏陪同爷爷奶奶和姥姥姥爷
岳父参观优山美地小区

图236 岳父岳母和家人游览海澜湖高尔夫球场

　　那时，岳父因为直肠癌已经做了手术，进行放疗和化疗。术后的一段时间恢复得尚可。表面来看日常生活一切正常，像是一个健康的老人。但我和李红的内心还是有些隐忧，都想趁着老人的腿脚还灵活，利用节假和双休日多带老人出去走一走。

　　我们曾带着岳父岳母去过沈阳的世博园，辽阳的广佑寺，旅顺的胜利塔、友谊塔、博物馆，逛过铁岭新城，游览荷花湖，去旅顺

采摘樱桃。（图237～图244）

两位老人的第二次见面是2014年6月29日。那一天冷热相宜，风和日丽，蓝天白云。我们陪伴两位老人一起游览了铁岭新城的核心景观——如意湖。

图237　岳父到旅顺摘樱桃

图238　岳父在旅顺海滩与钓鱼的儿童攀谈

图239　李红陪同父母游览世博园

图240　岳父岳母在沈阳世博园留影

图241　李红陪同父母在旅顺海滨

图242　岳父在旅顺胜利塔留影　图243　岳父在沈阳世博园留影

图244　李红、铁成陪同父母到铁岭旅游

站在亲水平台眺望如意湖，碧波荡漾，波光粼粼，环湖四周巍峨的建筑拔地而起，倒映在湖中，如梦如画。与如意湖一脉相连的是一眼望不到边的莲花湖。

6月下旬，正是荷花开放的旺季，数不清的荷花宛如夜空中的繁星，掩映在田田荷叶中，"出淤泥而不染，濯清涟而不妖，中通外直，不蔓不枝，香远益清，亭亭净植"的荷花，真可谓花中君子也。难怪周敦颐的《爱莲说》成为咏莲的千古绝唱。（图245）

两位老人望着挺拔秀丽、伸手可掬的荷花，满脸堆笑，赞叹不已。这可能是他们生平头一次看见如此繁盛和广袤的荷花湖。他们兴致勃勃地沿着观赏荷花的步道，一路走去，有说有笑……

两位老人的第三次见面是在2014年的7月13日。那是当年入伏前的一个星期日。李红听朋友介绍，有一家叫作九龙猪肉婆的农家乐餐厅很有特色：到此用餐的食客，无论你点多少道菜，厨师只用一个盘子给你送上来。桌面有多大盘子就有多大，所有的菜品都在一个盘子里盛上来。（图246）

图245　父亲和岳父在铁岭荷花湖合影

图246　两位老人在九龙猪肉婆农家乐聚餐

为了让两位老人开心又开眼，我们带着两家老人一起到了沈北郊外的这个农家乐。那一顿午餐确实吃得让所有的人都记忆犹新。

因为这家的菜只有一道，是五六个年轻力壮的小伙子抬到桌子上来的。这种烹饪的做法和吃法，在其他的餐厅和酒楼是见所未见、闻所未闻的。（图247）

两位老人不仅开了胃，也开了眼，还开了心。

想不到的是，所有的这些相聚，对于两位老人来说是第

图247　岳父岳母在九龙猪肉婆农家乐合影

一次，也是最后一次。仅仅半年以后，岳父的身体就急转直下，日益衰竭。岳父病重期间，父亲也曾到家里慰问岳父。两位老人都是带病相见，双手紧握却相对无言。两位老人哽咽着互道珍重，彼此安慰。2015年正月初六，岳父驾鹤西去，长眠在铁岭观陵山的青山绿水中。2018年的清明节前，父亲抱病到观陵山墓园为故去的岳父扫墓，去凭吊他心目中的这位好人。（图248、图249）

如今，已经久卧病榻的老父亲想起已故的同龄人不免令人唏嘘。

图248　岳父临终前的最后一张留影

图249　岳父岳母生前最后一次合影

◎ 2021年11月19日（星期五，晴）至11月24日（星期三，晴），沈阳

六十一、情有独钟

今天是个好天，阳光普照。

冬日的暖阳照进室内，照在父亲的护理床上。室内的温度显得比前两日要高得多。趁着这个好天，我让父亲坐在阳光下给他理个发。这是父亲最高兴的事儿。

父亲虽然是普通工人，但他一生注重自己的仪表，从来没见到父亲邋里邋遢过。当工人时，他每天都穿着干干净净的工作服上下班。退休后即使是修自行车，他也戴个围裙，不把自己的衣裤弄脏。因为工厂车间的粉尘，父亲养成了每天洗澡的好习惯。从我记事起，父亲每个月都要理一次发，从来不让自己的头发长长，而且也监督下一代不许蓄长发。在他的眼里，但凡留长发的都不是正经人。（图250、图251）

久卧病床的父亲虽然已经不照镜子，但他凭着自己的直觉也知道头发长了。一听说我要给他理发，老父亲马上来精神了。

我把父亲搀扶到阳光充足的地方，打开阳台的玻璃窗，让阳光直接照在父亲的身上，让他感觉更加温暖。

使用电推子的效率很高，不到一刻钟就把父亲的头理好了。这场大病让父

图250　仪表堂堂的父亲　　图251　父亲最后一次理发

亲的头发掉了很多，已经不像从前那样密实和发亮。其实用了不到
10分钟，父亲的头发就已经理完了，最后的五分钟是刻意给他做修
饰。一是怕父亲感觉自己的头发没有从前好了，二是怕父亲觉得我
理发不认真。

给父亲清理干净脸上、脖颈和头上的头发茬，又用温水给父亲
洗了头，然后把父亲扶到床上让他休息。

看到父亲理发的视频，大妹鼓掌点赞。

二妹发来信息："老爸今天格外精神，吃饱饭了，精神头特足。"

小妹发信息："老爸今天格外精神，脸色红润起来，精神头也
足。"

我把妹妹们对老爸的赞扬念给他听，父亲欣慰地笑了。

然后，他对我说："你把我的手表给我拿来，我要戴上。"

"你的手表在哪？"我问。

父亲用手指了指床头柜，说："在抽屉里。"

在抽屉里果然有四块手表，都是父亲戴过的。

我笑着问父亲："这里有4块表，你要戴哪块呀？"

"戴那个金的。"

我随手把爸爸的那块"金表"拿给他。父亲接过表，往手上一
戴，失望的表情立刻浮现在脸上。

父亲瘦得已经戴不住那块表了，原来的表链比现在的手腕宽松
了太多。瘦骨嶙峋的手腕只剩下干枯的骨棒，但父亲依然不肯摘下
来，而是把那块"金表"往上撸到了手腕的中部。

看着父亲凄然的表情，我和父亲说："算了，别戴了，在家里也
不需要表。"

父亲用有点沙哑的声音说："我戴着好看时间。"

"墙上不是有电子钟吗？"此话刚说完，我就意识到自己错了，
因为父亲躺在床上看不见电子钟。

父亲是一个对时间刻板的人，一向关注时间。在我的记忆里，

无论谁从外地回到家里，父亲的第一句话从来都是问"几点的飞机"或"几点的火车"，因为父亲会根据时间来推算距离的远近。所以，父亲一生都对钟表有着特殊的感情。

20世纪五六十年代，最时髦青年的标配是：手表皮鞋纯毛衣，哔叽裤子皮腰带。50年代初，父亲一个人到大连打工没有多久，这个标配就配齐了。从父亲那时留下的照片看，可以称得上是一个时髦青年，用今天的话说就是"靓仔"或者"帅哥"。

父亲给自己买了一块儿英纳格手表，这在五六十年代大概相当于今天的劳力士、浪琴、卡地亚或者雷达。在那个年代，这样的手表非一般的青年能够戴得起。父亲对自己的手表、自行车向来都是非常爱惜的。手表是在休闲外出的时候戴；工作的时候，手表都是放在工具箱里。父亲的自行车做了最豪华的包装，车把、车梁都用彩色的布包得严严实实，为了不磨损车圈上的电镀，父亲很少用车闸。骑了十几年，还是八成新。因为下雨天父亲从来不在泥里水里骑自行车，宁肯推着走或扛着走，也不让自行车受委屈。每天下班回来，父亲都要把自行车擦得干干净净。

就是这样一个珍惜自己心仪物件的人，父亲最终还是把他的手表给了二叔。1965年，二叔考上了大连卫生学校。那时大学生戴手表的并不多，但二叔说自己有块手表，可以保证上课不迟到。父亲明白二叔的意思，就把自己心爱的表给了二叔。

那时，家里唯一的计时工具就只剩下一架日本昭和十五年（1940）生产的东京牌圆挂钟。这是父亲早年在旧货市场买下的，是两天就要上一次弦的老式机械钟。这种钟表的缺点是，要按时上弦，否则的话，钟表会或慢或快，不够准时。还有一个缺点，就是钟表的垂挂不能左右倾斜，钟摆的中心必须与地面垂直。否则，钟表不会准时。另一个缺点是，经常会串点。所谓串点，就是不按正常的时刻打点，比如钟表的指针是3点，但打出的钟点可能是8下。这种串点，白天好说，可以看得见，但在夜里就可能造成误导，让母亲难以安睡。所以，父亲要经常校对打点的次数。记得小时候，我发现串点，也学着父亲的样子去调整钟点。

记得有一次父亲上弦用力过猛，把钟表两根弦的一根发条给上断了。父亲拿到钟表铺，钟表匠看了以后，无奈地摇摇头，说这钟修不了，他头一次看到这种钟，店里找不到这样钟表的发条。

父亲沮丧地抱着钟回到家里，因为对于工厂的工人来讲，家里没有计时工具就难以保证按时上班不误工。全家老小上班、上学不能没有钟表。于是，父亲自己动手把这架老式的机械钟拆了，取出发条，托人把断掉的钢发条焊上了，然后自己又小心翼翼地用钢锉和砂纸把焊点磨平打亮。父亲用自己的执着让这个跑了几十年的老式机械钟起死回生，继续为家人服务。

70年代中期，我在部队提干以后，先给每天上班的妈妈买了一块杭州生产的宝石花手表。因为妈妈每天要负责全家人的起居，有了手表，妈妈就可以安心地睡觉。后来又托上海的战友通过内部关系，给爸爸买了一块上海牌手表，才算给爸爸补上了十几年没有手表的遗憾。因为那时的手表要工业券，买一块上海表要十几个工业券。（图252）

当时部队里绝大部分的战友买浪琴或者英纳格手表，而我自己是在给父母买了手表后才买了一块烟台生产的北极星手表。我一直认为，手表就是一个简单的计时工具，什么品牌都是一样的，没有差别。到了电子表时代，报时都是一样精确，更没有什么好坏的

图252　1976年我提干以后，先给妈妈买了一块杭州产的宝石花手表

区别。

父亲一辈子都对钟表感兴趣，几次迁居，每搬一次新家，父亲都要把钟表作为家里最重要的陈设。父亲到了沈阳的新家，我们也是把钟表当作父亲的必需品，悬挂在房间和卧室最醒目的位置。

许多年来，我一直给父亲买各种各样的玩具手表。90年代初期，每逢到香港和深圳出差，我都会到电子市场去给父亲买一款二三十块港元的冒牌手表。那种以假乱真的手表让父亲喜不自禁，即使我告诉他这是假的，他也当真的戴，而且像真的一样爱惜。

后来，刘韵到了美国，每次回来也给姥爷带一块电子表。这种几十块钱的电子表的外包装看上去很豪华，其实就是哄孩子的玩具，但是父亲却视为珍宝。父亲现在手上戴的那块"金表"，实际上是镀铜的电子表，时间一长已经脱色了，但父亲还是把它当成金表戴。

看着父亲那个认真劲儿，我对父亲说："我把你的表链给紧一紧，卸几节吧。反正你还有好几块呢。"

父亲悄悄地对我说："你挑两块好表给淑艳吧，她照顾我这么长时间，我也没有什么好东西给她，就送给她两块表吧。"

我听了以后，不禁哑然失笑。这是扔到垃圾箱里都没人捡的玩具，怎么能把它作为珍贵的礼物送给别人呢！

但我没有反驳父亲，而是说："好！"

父亲走后，按照殡仪师刘浩宇的嘱咐，将家里的钟表都停在父亲去世的时刻，父亲火化以后，重新开启。

让人不可思议的是，家里所有的钟表都恢复了正常。唯有父亲房间的那个电子钟，无论如何也无法重新启动。

几经折腾，那个电子钟依然如故，停留在父亲去世的时刻，一动不动。

最终，我把这个电子钟作为父亲的祭品送走了。

◎ 2021年11月25日（星期四，晴）至12月5日（星期日，晴），沈阳

六十二、不见不散

今天，我收到了一周前（11月18日）给父亲在京东网上订购的158元的新款老年收音机"不见不散"（H1新款）。

迄今为止，我已记不清给父亲买过几个这种便携式的收音机。

父亲对音乐可以说是一窍不通，他却痴迷于音响。早在50年代初，父亲就从旧货市场给老家里买了一部德国的手摇上弦机械留声机，用的是78转的黑胶唱片。那时，父亲每次探家都要给老家买上几十张唱片，有当时流行的经典京剧《霸王别姬》《白蛇传》《定军山》《贵妃醉酒》《空城计》《借东风》《穆桂英挂帅》《杨门女将》《甘露寺》《西厢记》《大登殿》《岳母刺字》《李逵探母》《窦娥冤》《铡美案》《捉放曹》《文昭关》《锁麟囊》《野猪林》《打金枝》《打龙袍》《钓金龟》《苏三起解》《昭君出塞》《逍遥津》《桑园会》《四郎探母》等，有经典评剧《杜十娘》《孟姜女》《杨三姐告状》《小二黑结婚》《刘巧儿》《小姑贤》《花为媒》《秦香莲》《杨八姐游春》《谢瑶环》《五女拜寿》《梁山伯与祝英台》《张羽煮海》《凤还巢》《夺印》等，有传统经典吕剧《李二嫂改嫁》《王定保借当》《小借年》《姐妹易嫁》《墙头记》等。

到"文革"前，父亲给家里买了几百张黑胶唱片。这些黑胶唱片成为全村逢年过节的联欢戏，同族的大人小孩逢到喜庆的日子，都到家里来听"戏匣子"（村里人的叫法）。我和叔叔最自豪的就是亲自操纵这个手摇的留声器。

这种手摇的留声机有一个缺点，就是黑胶片对唱机的针头磨损较大，一张唱片正反面放过来，就要把针头旋转一个方向。一盒唱针大概有50枚，正常情况下，可以放百十张唱片。但老家的县城里

买不着这种唱针，只能在大连才能买到。所以，叔叔们对这种唱针非常珍惜，轻易不拿出留声机来播放唱片。

父亲买了这么多唱片，天长日久，家人听得耳熟能详，男女老少或多或少都会哼唱几句。但从没听父亲唱过一句。

母亲说，你爸别说唱歌，一辈子连个口哨都不会打（吹）。

父亲那一辈人或多或少都会点乐器，但父亲喜欢音乐，却一点音乐细胞也没有。不可想象的是"文革"中，早请示、晚汇报，人人都要唱颂歌，父亲在人群中是怎么成为南郭先生蒙混过关的？迄今为止是个谜。

60年代初，大多数人家还没有收音机的时候，父亲就买了一台上海无线电三厂生产的美多牌663-2-6型电子管收音机。这台旧式的电子管收音机一直陪伴我们到80年代中期。

小时候，每天晚上7点钟追着听"小说连播"节目，靠着这台收音机，我听了十多部长篇小说，如慕湘的《晋阳秋》，曲波的《林海雪原》，刘知侠的《铁道游击队》，罗广斌、杨益言的《红岩》，冯德英的《苦菜花》，李英儒的《野火春风斗古城》，刘流的《烈火金钢》，冯志的《敌后武工队》，周立波的《暴风骤雨》，马烽、西戎的《吕梁英雄传》，柳青的《创业史》，梁斌的《红旗谱》，杨沫的《青春之歌》，浩然的《艳阳天》《金光大道》，金敬迈的《欧阳海之歌》……可以说，这台美多牌收音机是那个时代我汲取文学艺术营养的源泉，我对文学的痴迷也起源于这台美多收音机。

这台美多收音机伴随着家人一直到80年代中期才被取代。当时我在深圳最大的电器一条街给家里买了最时兴的双卡录音机，后来是索尼录放机，再后来是多频道的熊猫收音机，再再后来就是越来越精巧和多功能的便携式老年收音机了。

2011年父亲来沈阳时，我给他买了一台"不见不散"的老年收音机。因为那时父亲经常到北陵公园去散步，很多老年人拿着收音机一边听着音乐，一边遛弯儿。父亲走累了，坐下来休息也想听点音乐和新闻。于是我就给父亲选了一款都是播放红色经典老歌的老年收音机。

10年来，父亲几乎每天都使用这个收音机听歌曲。只要不看电视，父亲就把收音机打开循环播放各种经典老歌。天长日久，播放的老歌成为父亲的背景音乐。

11月3日那天早上，我下楼去给父亲问安。

父亲对我说："那个小收音机不响了。"

我问："是不是没电了？"

父亲说："不是。"

我拿起收音机，抽出唱片卡，又重新插了一下，启动以后收音机就恢复正常了。

我笑了笑，跟父亲说："没事，小问题。"

但此后的几天"不见不散"总是出问题，也找不出原因，有时候敲一敲拍一拍，就恢复正常了。我怀疑是里边的接触不好，使用太久电路出了问题。

打开收音机的外壳看，里面都是集成块儿，自己不能修也不会修。于是，我告诉父亲，这个收音机太老了，我给你买个新的吧。

父亲说："不用，凑合着听吧。"

我说："它太老了。不给你凑合了。"

父亲听了，凄然一笑，说了一句意味深长的话："什么老了，都不中用啊！"

我给父亲买的新款收音机"不见不散"终于到了。

虽见了，却散了！（图253）

这款收音机父亲没用上半个月，人就去了——物是人非。

图253　父亲临终前两周，我又给他买了一款"不见不散"老年收音机

◎ 2021年12月6日（星期一，晴）至12月15日（星期三，晴），沈阳

六十三、每况愈下，回天乏术

只剩下最后一个月，2021年就要过去了。

进入12月，吃了一个多月中药的岳母，身体状况越来越好，精神状况也大为改善。铁成陪着老母亲一起练习齐步走，老人迈腿比铁成还高，海澜都惊叹老人的"状态奇佳"。

老人食欲很好，对我们带来的酸奶和各种小食品来者不拒，不仅可以跟我们顺畅地进行交流唠嗑，还可以跟老舅通电话，这在以前是不可想象的。（图254）

我甚至打趣和老人掰腕子，结果发现老人的手腕很有力气，完全不像一个80多岁的老妪。

李红高兴地说："老妈的状态现在越来越好。看这个样子，我妈

图254 李红给妈妈讲小时候的故事

能活到100岁。"李红甚至担心老人的阿尔茨海默病好了以后会想起老父亲。这是李红最提心吊胆担心老母亲触及的话题。

大家都认为，这是老人吃了学谦开的中药的效果。小洪说，学谦哥真是神医，姥姥现在可以说是健步如飞。李红还检讨应该早些让老母亲吃中药。

让岳母心情更高兴的是子骏完成了在上海复旦的大一课程返回沈阳，即将在12月23日赴美留学。子骏、安琪、小洪这些晚辈轮流来养老院看望老人，陪着老人聊天儿，让岳母的脸上总是挂着笑容和期盼。

然而，与岳母相比，父亲的身体状况却背道而驰。人越来越消瘦，面容枯槁憔悴，精神状态也越来越萎靡，目光里已经没有了神采。我把父亲的照片发到群里，并告诉妹妹们："看看老爹现在就是这个样子。两天晚上没睡觉，前一天晚上不停地拉肚子，大小便失禁。保姆也被折腾得受不住了。老爹现在已经到了一个不好说的程度，人看上去精气神都没了，完全就是一个行将就木的老人了，他已经不是你们过去眼中的那个老爹了。现在人也不会笑了，脸上的肌肉也都松弛了，看着真是很可怜。"

小妹看到照片和语音，立即给老父亲通了电话。父亲强打精神告诉小妹说，他现在好多了。

我和保姆在一旁都不禁打趣道："都到这个程度了，还撒谎说自己好多了。"

父亲现在既不能看电视，也不听收音机了。白天，躺在床上整日昏睡；夜里，又整夜折腾不睡。为了让父亲白天少睡觉，夜里好好休息。我白天坐在父亲的床边陪他聊天，可父亲始终是蒙蒙眬眬，说不了两句话，就把眼睛闭上睡着了。

更严重的是，我发现父亲的对话能力在严重衰退，思维和逻辑开始混乱，说话表达不清楚，对话也接不上茬了。

大妹看了视频，说："老爹体质太弱，支配不了自己的行为了。"

我把父亲春节的照片、今年6月进入养老院时的照片和现在的状况做了一个对比发到群里，让远在美国的妹妹看看老爹现在真实的状况。

这一段时间，学谦也先后来了两次给父亲把脉、出方，但都无济于事，没有扭转父亲身体日渐衰落的颓势。（图255）

但我们并没有放弃期望，哪怕有一分的希望，也要尽九十九分的努力。

图255　学谦深夜来看望病重的父亲

父亲的医保卡出了问题，卡上的钱取不出来。银行也不知所措，只能把球踢给我们处理。为此，我和家壮两个人跑了整整的一个上午。从社区到沈北医保、社保，从三个办事窗口到局长办公室，再从局长办公室到指定的办事人员那里，又从指定的办事员那里联系大连医保、社保的领导，最终的结果是等待查询。

好在费了一天的时间，最终把老父亲的医保卡问题解决了。我们期待问题解决能给父亲今后的养老提供保障。

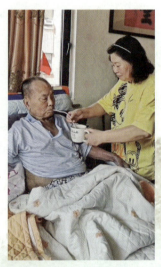

图256　大妹在家里照顾父亲

但是，过了12月10日以后，父亲的身体状况每况愈下。人坐在椅子上，喝水都困难。喝进嘴里的水都不知道该如何吞咽，水流顺着嘴角流到衣襟上，流到地下。父亲上床要靠两个人费力地抬上去，完全没有能力支配自己的躯体了。（图256）

二妹看了父亲的视频，很惊讶："老爸这几天变化就这么大？"

李红回复："现在是最好的条件、最贴心的护理、最高级别的医疗保障，已经尽全力了。"

我告诉妹妹们："老爹现在这个样子，不知道他什么时候就会撒手人寰。大家有什么话要和老爹讲，趁着他现在还有明白的时候，该说的说，该办的办，给老爹打电话吧。免得老爹走了以后，大家留遗憾。现在老爹的身体情况，可以说是朝不保夕，危在旦夕。"

12月15日上午10：45，小妹从美国发来了语音视频，父亲吃力地和小妹通话，还在安慰小妹说，他挺好。

和小妹视频过后，父亲用渴望的眼光望着我，含糊不清地说了声"唠嗑儿"。

我赶紧伏在父亲的脸旁，问："你要唠什么嗑？你有啥要说的？你给我说说。你还想干吗？有什么事？你的舌头咋了？说话怎么不好使唤啊？你说啥，我都听不清楚了。要喝水不？"

对我一连串的发问，父亲已经无言以对了！

午后，父亲又有一阵儿清醒的时候，淑艳趁机给父亲送上一块削好的梨。父亲咬了一口梨，含在嘴里，对我含含糊糊地说："我要回去。"

我赶忙问："你要回哪儿去啊？你说清楚点儿。"

父亲并没有说清他要去哪儿，而是茫然地看着我。

我劝慰父亲："你该吃吃，该睡睡，晚上别起来折腾，晚上折腾白天没精神。"

想不到，这是父亲最后一次和我有意识的对话。

我的这些话对父亲已经完全没有任何意义了。

当天晚上七点半多钟，从外地出差赶回的李红直接来到父亲的床头。

看见李红到来，老爹哭了。

李红又对老父亲做了一番苦口婆心的劝解，希望父亲能够转危为安，起死回生。

但是，此时此刻父亲的生命已经走到了尽头。

再美好的祈求和期望已经无能为力，回天乏术了！

◎ 2021年12月16日，星期四，−15℃～−12℃，沈阳

六十四、父亲最后一次住院

昨天晚上，睡眠不好，总是担心父亲夜里折腾。

早晨起来，看了一下睡眠监视手表，只睡了四个小时35分钟。

起床洗漱，下到二楼，去询问父亲昨天晚上休息的情况。

淑艳告诉我，老父亲昨天晚上睡得也不安宁，半夜起来折腾要下床。她担心老人在床上折腾的时间长，会把皮肤弄破，所以大清早就把气垫床展开充气。

早上8点，司机刘家壮到来，我让他上楼帮助我把气垫床给老人铺好。

做早饭期间，政协文史委原主任张凤羽给我发了一个信息，明天邀请我去参观沈抚新区的一个医疗科技企业。

9点刚过，虎子就从美国加州大学戴维斯分校发来视频要和爷爷讲话。虎子昨天在美国当地时间夜里凌晨一点打来电话要和爷爷通话，关心爷爷的健康情况。考虑到美国的时间已经很晚了，再加之父亲现在说话也很困难，所以就拒绝了他的要求，让他第二天早晨再给爷爷打电话。

我把虎子的视频拿到父亲的眼前，他却既无神又无声地望着远在万里之外的孙子，毫无表情，这和从前判若两人。以前大凡在美国的子孙来电话，老人的声音都会高八度，十分兴奋地与之交谈，嘘寒问暖，兴高采烈，今天却是无言无语。

虎子的电话刚刚放下，表妹小洁就从旅顺打来电话，说是要带姑姑来沈阳看望父亲。姑姑今年已经86岁了，也患有老年痴呆症，加之身体比较虚弱，所以，我拒绝了他们来沈阳看望父亲的好意。因为这样只能给年迈的姑姑增加痛苦，于事无补，对父亲的康复也

没有任何意义。

上午11点左右，学谦打来电话问父亲的情况如何。

我说，不是很好。他问我，是不是需要去家里看一看？我说，你还是来看一下，我放心。

11：27，学谦来到家里，他先是看了一下老人的状态，又伸手把了把父亲的脉相，然后和我说，我们下楼说吧。

走到楼下的客厅，我迫不及待地问学谦，老人的状况是不是非常不好。学谦面色沉重地点点头，告诉我，老人的身体状况急转直下，现在看来已经是回天乏术了。

学谦虽然是个80后的晚辈，但也有近20年的行医经历，对老年病还是胸有成竹的。

在接下来的一个多小时里，我们详细地讨论了老人的抢救原则以及后事处理等问题。

得知老人预后的最终结局，我的心既沉痛又沉静。我劝学谦回去吧。学谦坚持上楼再看一次老人。

上楼以后，我说李红今天早晨走的时候说，要时刻关注老人的血压。我让淑艳把血压计找出来给老人量血压，结果让我们都大惊失色——高压73，低压46。再测，80/40。学谦说，这样的血压，老人是撑不了多久的，还是尽快送医院吧。

我让淑艳再测一下老人的血压，拍个视频发给了中置盛京老年病医院的医师张明亮。他曾是父亲前两次住院的主治医师。父亲出院以后我们一直保持联系，父亲在居家养老期间的任何检查的结果，我都及时发给张医生做咨询。

张明亮医生秒回了我的信息，告诉我，老人这种情况顶多也就能撑两到三天。

结束和张明亮医生的语音通话之后，我赶紧给李红发信息，让她和章院长联系老人住院的事宜。

李红很快回话说，她今天早上就和章院长联系好了，刚刚已经给120急救打了电话，她正在从单位往家赶。

学谦见状，给他的云水堂医馆的员工打了电话，调了延威和洪涛等四个人来家里协助搬运老人去医院。

这是半年内父亲第4次住院了。

但是与以往不同，现在的父亲已经是命悬一线，奄奄一息。

站在父亲的病榻前，望着面无血色、瘦骨嶙峋的老父亲，我意识到这是老父亲最后停留在自己家里的时刻了，他将永远再不可能返回来了。想到这里，我的眼泪滚滚而下。

我一边抚摸着老父亲颧骨凸起的脸颊，一边向老父亲哭诉着我的心里话……

无论我怎样声泪俱下地哭诉，父亲还是依然大口地喘息着，毫无反应。（图257）

大妹燕文看到我发到群里的信息后，也在刚刚结束申请非遗答辩后，赶到了家里，协助淑艳收拾给老人去医院的物品。

15：30，李红急急忙忙地赶回了家里，告诉我120救护车马上就到了。

果然，中置盛京医院120的急救车在15：41赶到了家里。

众人七手八脚，费力地把父亲从二楼的卧室抬到了楼下，送上了救护车。（图258）

15：47，救护车一溜烟地离开了老人居住的地方——我的家。这是他魂牵梦绕却再也回不来的地方。（图259）

图257　送别父亲离家的时刻，我伤心欲绝

图258 救护人员将父亲从二楼抬下

图259 救护车将父亲送往医院

延威兄弟四人和我们的车紧随其后开往医院。

车过三环立交桥的时候，我突然发现，窗外飘起了雪花。今天天气预报是晴天，此刻怎么竟飘起鹅毛般的雪片？我不知道，这是预示着什么。

李红在路上用电话调度女儿安琪和女婿小洪赶到医院与先期到达医院的妹夫彦博会合，在医院门前迎接急救车。

用了将近一个小时的时间，我们赶到了中置盛京老年病医院，急急忙忙冲进了急救室。章院长和孙文杰主任已经提前到了急救室，协助安排老人的检查和办理入院手续。

李红跟随主治医生张明亮办理了全部的相关手续，老人被安排到了4楼3病区的15病床。

随后，开始了一系列的入院的程序性检查。

看着老人已经基本安置妥当，我告诉延威和洪涛他们先回去。

然后，安排家壮出去给大妹和淑艳买晚饭，因为医院的晚饭时间早就过点了。

家壮冒着零下十几摄氏度的寒风，跑了好远才买回了晚餐。

今天晚上，由大妹和淑艳陪护父亲过夜。一切安排妥当后，我和李红离开了医院。

李红每天中午不吃饭，如果赶回家再做晚饭，实在太晚了，于是我建议顺路找个地方吃口饭算了，这样还可以回去休息一下。于是，我们在周转房老宅——府兴苑的附近找了一家先前经常带着老父亲光顾的福义火锅店，简单地吃了一口晚饭回家了。

回到家里，李红立马开始收拾卫生，这是她一直以来的习惯。凡有客人来访前后，她都要清理一遍地面和房间。

李红在一楼擦地，我上了二楼父亲的卧室，准备整理父亲离开后凌乱的物品。一眼望见空荡荡的医护床，不禁泪水夺眶而出……我知道父亲再也不可能回来了。

父亲的床头依然悬挂着"福寿满堂"的横匾，但是那个应该享受"福寿满堂"的人走了，而且是即将走向天堂。

李红发现我在楼上老父亲的房间，立刻把我喊了出来。她知道我此刻的心情，不想让我睹物思人。

今天一天实在太累了，李红说，我们上楼休息吧。

接近午夜，我们上楼休息。但是，我的脑海里却幻想着一幕一幕父亲这些年来与我们在一起的画面，浮想联翩，思绪难眠……

不知道自己什么时候入睡的，夜里做了很多梦，醒来忘得一干二净。

看看自己的睡眠监测手表，整个晚上也只睡了3小时42分钟。

我不知道，躺在病榻上已经无法言语的父亲，昨天晚上睡了多少时间，又在想着什么……

◎ 2021年12月17日，星期五，-13℃~-8℃，沈阳

六十五、父亲生死未卜

昨天夜里，每当我醒来的时候，都打开手机看一看大妹在医院发出的监护父亲信息，还有二妹和小妹从美国回复的信息。

昨天晚上，父亲的血液化验结果出来了。张明亮医生发给我的信息是："结果出来了。我这边考虑低血容量休克、血液浓缩、急性心梗。"

"急性心梗或者肾衰竭后心肌损伤。"

"预后肯定很差的，随时有生命危险。"

大妹用语音告诉我说，张明亮医生告诉她，父亲血液化验的结果是钠和钾都十分低，是非常危险的。

看到这些信息，让本来就难以入睡的我更加辗转反侧，一夜无眠。

清晨醒来，我和李红回忆起这半年来，在帮助老父亲处理一些问题上的得失，自觉还有一些不可挽回的遗憾。

下到一楼，我刚要做饭，高鹏大姐的电话打进来，她询问我老父亲现在的情况如何。我对她如实做了汇报，并跟她道歉，今天不能参加她组织的参观活动。高鹏大姐告诉我，如果老父亲有情况一定要告诉她。我答应她，好的。但是，大姐从我的回答中听出我语气的含义。她加重语气叮嘱我，一定要告诉她："因为我是你的大姐。"一句话，让我热泪盈眶。

因为要去医院替换大妹妹，所以，早餐做得非常简单，把原先给父亲买的剩余云吞煮了一盒，又烙了两张葱油饼作为早餐。

早餐过后，我们匆匆上路。路上的交通有些堵塞，我们在11点之前赶到了医院。

到了医院，进门又成了一个难题，门卫无论如何都不让我们上楼，说是卫生局的要求，不准探视。

我们说，是病危的老人，送急用物品。

门卫说，必须有主治医生电话才能放行。无奈，我们只好给主治医生张明亮医生打电话。结果，张明亮医生没接电话，可能是他在处理病人。实在没有办法，李红只好给章院长打电话。不巧的是，章院长也没接电话。正在我们束手无策的时候，张明亮医生的电话打了过来。我把手机交给了门卫，听了张医生的话，才答应让我们进去。

父亲还像昨天一样，依然昏睡着，呼唤不醒。在自然规律面前，我们都无计可施。

李红把大妹妹带走，把她送到地铁站，回家休息。

大妹告诉我，她已经安排大利把父亲的照片和妈妈生前亲手给父亲做的装老衣服（寿衣）快递到沈阳。今天晚上或最迟明天上午就可以到达中置盛京医院。

父亲已经走到了生命的尽头。

鉴于这种情况，我把父亲在病房的视频和医生的诊断发到了一家人的群里，五分钟以后，旅顺的表妹小洁发来了回应；十分钟以后，老家的堂妹燕新也发来了回应。

13：19，大妹燕文发了信息说，大利已经买了15：47的火车票。两个小时以后把父亲的照片和寿衣亲自送到沈阳。

说实在的，这真是让我感动，因为大利的妈妈也90岁了，现在也是一个孤独的老人，因为几年前骨折，现在行动也非常不便，日常的生活还是靠大利照料着。大利放下自己的老人，亲自给老父亲送寿衣和照片是非常不容易的。但是，此刻的谢绝已经没有任何作用了。

15：55，安琪发来信息："老爸，我和小洪一会儿过去看看，我带点饭吧，想吃什么？"

我告诉安琪："安琪啊，你俩忙一天了，就不送什么吃的了。早点回去歇着吧，别往医院跑，医院进门也费事，还得下去接，就不要过来了，好吧？"

安琪回答说："那好吧，那我俩明天白天去吧。"

安琪和小洪现在是我身边最得力的两个后生。每逢家里有什么急事儿，都是最先给他们打电话，他们也是一对召之即来、来之能用的年轻人。

16∶15，父亲在淑艳的呼唤下，终于微微地睁开了眼睛。淑艳深情的呼唤，让老父亲流出了眼泪，淑艳一边替老父亲擦拭眼泪，一边轻声地抽泣着……

三个多月来，淑艳像照顾自己的父亲一样照料老人。每天早晨，她都要给父亲细心地清理全身，然后安排父亲的早餐，毫不嫌弃地为父亲处理大小便。可以说对父亲的照顾和护理是无微不至的。（图260）

图260　淑艳和大妹照顾父亲吃饭

我们都没有想到的是，父亲竟然在这么短的几天内迅速地衰竭了——不能进食，也不能说话了，甚至连呼唤他都没有反应。现在看到父亲能够睁开眼睛，让淑艳激动地流下了热泪。

18：10，大利的电话响了，他已经到了中置盛京医院的急诊大门。我急忙拿起自己的陪护证，下楼去迎接大利。

大利冒着零下十几摄氏度的严寒，风尘仆仆地从大连赶到了沈阳中置盛京老年病医院。

大利一进房间，就深情地拉起老父亲的手，呼唤着让父亲睁开眼睛。父亲好像听出来是大利的声音，微微地点头。（图261）

图261　小妹夫大利从大连赶来看望奄奄一息的父亲

大利拿出带来的一万块钱交给我，作为他和小妹和女儿曲艺对老人最后的一片心意。

18：50，大妹来接班。她在病房的外间打开了大利从大连带来的包裹，里面是母亲将近二十年前给父亲做的最后的装老衣物。

看到这些衣物让人感慨万千，母亲是在自己身体和眼神尚好的时候，把自己和父亲的后事都考虑周全了。这或许只有上一代老人能够做到的。

19：48，李红和刘家壮带着喜家德饺子来到了父亲的病房。

围拢在父亲身边，我们陪着父亲——一个无法进食的老人——吃了一次团圆饭。让他最后一次感受到家庭的氛围，在人生的尽头依然没有孤独终老的寂寞。

饭后，我们没有离开，坐在父亲的房间聊天，就像父亲在静静地聆听儿女们交流。

不知不觉时间已经到了21点，此时是病房休息的时间了。我让大利跟随我们一起回家过夜，但他坚持要在医院守候老父亲。于是，我们临时改变原来的计划，让大妹跟我们一起回家休息。

21：07，我向老父亲做了告别，然后，我们一起离开了医院。

上路仅仅十分钟，我在中办工作时的同人李长弓给我打来电话，提及刚刚在高校里发生的一件事情，由此而论到教育，再旁及他在厦大读博士研究生艰难曲折的经历。他讲得妙趣横生，一路的交通阻塞我竟然全无知觉，直到家里的车库大门打开，才知道已经回到家了。

进门打开微信，才发现张明亮医生在21：04询问我老父亲的情况如何。

我告诉他，我已经离开医院，今天晚上是护工淑艳和大利在陪护老人。我们离开的时候老人的状况和下午一样，既没有恶化也没有好转——生死未卜。

◎ 2021年12月18日，星期六，-14℃～-2℃，沈阳

六十六、父亲安详地走向极乐净土

半夜醒来，脑子里又想起父亲的后事该如何处理。

首先想到的是，该如何给父亲写一篇悼词，去评价父亲的一生。

对于父亲，最恰当的评价莫过于：勤劳，节俭，淳朴，本色。有了这八个字就可以概括父亲的一生了。

想到明天还要去护理父亲，所以不敢再往深处去想。否则，这一夜就无法睡眠了。

闹钟响起，我准备起身下床。李红让我再稍微休息一下，和我聊起了父亲与母亲。李红说，昨天当她看到大妹在整理母亲给父亲做的寿衣时非常感动，想到母亲一生为这个家庭做出的无私的奉献和崇高的人格魅力。

就在此时，外甥女陈聪的舅舅苑少平的电话打了进来。他说，陈聪和刘韵从美国洛杉矶打来电话，让他到医院来探望生命垂危的姥爷。苑少平问我，老人住在哪个医院、在什么病房，他要马上赶过来去看望父亲。

我告诉他说，现在医院管理得非常严格，不允许探视，所以，请他不要到医院来了，感谢他的关心和情谊。

打开微信，看到一家人群里大妹发来的视频，下面附着文字，说："呼吸有些急促，今天不如昨天状况好。"

原来，今天早上凌晨三点左右，父亲突然呼吸急促，血压又降到了最低。

淑艳看到此情况，感觉不好。因为怕影响我的休息，淑艳把这个信息发给了大妹。

今天早晨，大妹坐最早的一班公共汽车，6点多钟就赶到了医

院。大妹和淑艳按照惯例，每天早晨给父亲清洗身体。看到大妹发到群里的视频，刘韵惊讶道："姥爷真是瘦得皮包骨了！"

虎子也把大姑发的视频传给了我。

当他看到爷爷已经危在旦夕的视频后，他告诉我："我爷爷已经不能说话了！"

"我知道爷爷情况不好，病情有可能恶化，但我希望爷爷挺住！"

我不知道冥冥之中的父亲是不是可以感知子孙对他的关爱。

父亲的安危牵动着我们的心，已经无心去料理早餐。我和李红匆匆地吃了一口饭，就驱车前往医院。

到了医院大门，门卫依旧把我们挡在门外，执行上级的命令，是高于病人生死的。所以，没有医生的通报，门卫决不放我们进去，对于命悬一线病人的亲属也是如此。即使送应急用品，也只能让病房的护理家属到大门口接收。

这种刻板的执法方式让我们无语也无奈，不知道究竟是谁对谁错。

非常感谢主治医生张明亮，我们的电话打过去以后，他立刻做了回复，让门卫放我们进来。

我们来到病房，看到父亲的状况确实不如昨天，对于我们的呼唤已经没有任何反应了。

按照一般的推理，这种状况也应该是父亲的生命走到了尽头。我让大妹跟着家壮随车去为父亲准备最后的行装。

11：27，主治医生张明亮又一次来到父亲的病房查房。他用手电筒测试父亲的双瞳，发现瞳孔对光已经反应迟钝了。父亲的呼吸已经开始加快，而且是深度的腹式呼吸，这是危重病人即将结束生命的征兆。

下午1点，大妹带回了一个华丽的旅行箱，里面装的是孝恩寿衣店出售的全套装老用品。看着这套专业的行头让人五味杂陈，一是感叹现在的殡葬一条龙服务真是到位，二是慨叹人生谁都要接受这样的结局。

大妹说，孝恩寿衣店是怀远门附近沈阳一家规模较大的殡葬一条龙服务门市。从旅行箱里附送的一条龙服务项目表可以看出，这家服务的项目是面面俱到、十分周全的，各种祭品应有尽有。这种服务无论对死者还是对其亲人也算是一种告慰吧。

下一步就是考虑老人走后，在哪里设灵堂的大事了。就家里现在的格局看，无论放在什么地方，都不是最佳的选择。

淑艳提出一个建议，说可以考虑放在车库。因为空间比较大，来人比较多，这可能是唯一比较适合的地方。但我又觉得，灵堂设置在车库是不是有些对父亲失敬。

在我感觉到左右为难的时候，大利提议说给大连乔山墓园的殡仪师郑善强打个电话，因为他是处理殡葬仪式的行家。

通话的结果是车库是完全可以的。但是要把车库布置一下，做一些清理，如把地面铺上地毯，就可以作为临时的灵堂用。

接着，我又和郑善强商量父亲火化后，骨灰盒是否可以暂时保存在殡仪馆，这样便于我们在沈阳去殡仪馆给父亲烧头七、三七、五七、七七和百日，等到明年开春后，选择在母亲的忌日（5月14日）一起合葬。郑善强认为选日子不如撞日子，这是一个非常好的想法。

眼下能够想到的处理父亲后事的事宜都有了眉目。我给李红打了一个电话，让家壮买一块红色的地毯，准备布置车库。

13：57，父亲床头的监视仪突然发生了不可思议的逆转，父亲的血压扶摇直上，一下子冲到了194/88。值班护士也慌了神，不知道为什么会出现这种情况。她赶忙叫来值班的医生，医生赶来调整一下多巴胺注射器的流速，从十降到了七。片刻，血压又降回68/34。这种极不正常的血压让我们感到，现在对于父亲来讲反而是正常的。父亲现在的呼吸已经完全靠腹式大口地喘息了。

15：33，李红带着安琪、小洪和家壮到了父亲的病房。铁成和海澜得知父亲病危的信息后，也火速赶到了医院，加入了繁忙的事务办理中。李红告诉我已经和章亚非院长联系好老人的后事处理安排。

15：40，中置医院殡葬礼仪师刘浩宇来到病房，对我们提出的殡葬礼仪的各种问题都给予了明确的回答。同时，又取走了准备给父亲做遗像的照片。

就在我们商讨如何处理父亲殡葬仪式的时候，大妹从房间里突然呼唤我们，原来父亲的心率冲到了207/分，这是常人无法承受的心率。

紧急呼叫护士站，值班的医生和护士立刻赶到病房，改用专门的心电仪器做心率测试。但是，因为父亲的身体实在太瘦了，有些电极探头无法吸附在皮肤上，检测不到真实的信息数据。医生告诉我们，监视器上207，可能是不准确的数据。

果然不到一分钟，父亲的心率落到了97到92。

下午4点整，李红安排安琪和小洪外出给大家买今天的晚餐，顺便把殡葬礼仪需要的一些物品采购回来。

安琪他们刚刚离开病房，监视器上的数据就开始发生各种让人提心吊胆的变化：开始血氧在不断降低，然后是呼吸次数开始慢慢减少，紧接着是心率开始渐渐下降。

抚摸着父亲的手脚，他的脚趾头已经开始变凉，我意识到父亲的双脚已经开始迈向阳间的另一界了。

我告诉大家，父亲马上就要不行了。所有的人都把目光集中在监视器上。呼吸越来越慢，逐渐地归零了。

李红和大妹哭泣着呼唤父亲。但是父亲紧闭双眼像沉睡一样，没有反应。

值班医生闻讯赶到，摸一下父亲的颈动脉，感到还有微微的跳动。她说按照医学上的规定，老人现在还没有真正死亡，是假死现象。

听了医生的话，我们的心好像有了一线希望。但监视器上的数字却告诉我们，这个希望已经太渺茫了！

我抚摸着父亲枯瘦蜡黄的脸颊，心如刀绞。我含着眼泪告诉他，让他安心地上路，不要害怕。天堂那边有母亲在迎接他。

16：47，监视器上所有的线条都拉直了。

父亲，在儿女和众亲友的泪光里走完了96岁的一生。（图262）

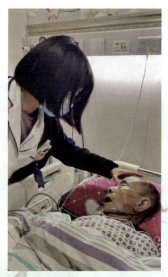

图262　医生确认父亲已经去世

随即，我用电话通知殡葬礼仪师刘浩宇来病房接送父亲。

值班医生和护士也马上来到病房，开始解除父亲身上的各种医疗仪器。

医生告诉我，根据仪器的测定，父亲故去的准确时间是16：39。

16：52，殡葬礼仪师刘浩宇带着一位助手来到房间，把父亲的医疗床推到了地下三层的殡仪间。

我们一群人紧跟其后到了地下三层。殡葬礼仪师刘浩宇开始给父亲清洗身体，换上今天下午大妹刚刚买来的寿衣。我们大家哀伤地等在外面。

从16：55到18：25，我们分头给父亲办理了死亡证明需要的身份证和户口复印件，交付了父亲三天两夜的住院费用，开具了死亡证明。

18：21，我们将父亲的棺椁抬上了沈阳市浑南区殡仪车。

18：26，殡仪车开始缓缓启动，离开中置盛京老年病医院，向回龙岗殡仪馆一路驶去。

一路上，车速并不快。司机师傅说，这样是为了让刚刚逝去的老人能够安稳地到达殡仪馆。

19：26，我们用了一个小时从中置盛京老年病医院到达了回龙岗殡仪馆。

这一路，我的大脑仿佛停止了思考，眼望着窗外的灯火，脑子里却一片空白……

我不知道，父亲即将要去的那个世界里，是否还有如此辉煌明亮的夜晚，还有如此璀璨的灯光，还有车水马龙的大街，还有万家灯火的温馨，还有人世间割舍不断的亲情，还有儿女们依依惜别的泪水……

在我脑海一片茫然的时候，我猛然间发现地面一片洁白。前面的殡仪车在路上留下两道清晰的车辙。

下雪了！明明今天是农历十一月（冬月）十五，天上还挂着一轮皎洁的明月。这样的天象怎么会下雪呢？

我不解地问李红，这也太奇怪了！我们送父亲去医院的那一天傍晚，天气预报明明也是晴天。路上，空中竟然也飘起了雪花。今天送父亲到殡仪馆，居然满地皆白。难道这是天意吗？是老天在为这样一个淳朴善良的老人送行吗？

李红回答说，老爸太善良了，所以，感动了老天。我想此话应有几分可信——天若有情天亦老，撒雪人间作花环。这应该是天意在为父亲送行吧！

用了大约一刻钟，我们就为父亲办完了存放殡仪馆的手续。

我和家壮亲自把父亲送到他的灵床，怀着依依惜别的心情，离开了那个幽冥而略有几分阴森的地下灵堂。

走出地下室，踩着地面吱吱作响的白雪，望着天上明朗的圆月，我在心里暗暗为父亲祈祷：在他紧闭的双眼里，也有一轮明亮的圆月，那是人世间和美的象征，也是他尚留在这个人世间最后的享受！

20：16，我们回到了家里。殡葬礼仪师刘浩宇开始布置灵堂。

大约用了半个小时灵堂布置好了。刘浩宇让在此的家人列队整齐，为父亲做家庭的悼念仪式。（图263）

图263　殡仪师刘浩宇在主持家庭祭拜

我们依次为父亲上香，叩首。灵堂上摆放的是我的挚友、著名摄影师、《俺爹俺娘》的作者焦波在大连家里专门为父亲拍摄的照片。（图264）

那是父亲80岁的照片，却完全没有80岁老人的容颜。他面容祥和，慈眉微笑，满脸都写满了幸福。应该说，那副面容是他一生晚景的写照。

父亲安然离去的时候，因为忙于各种后事的处理，我用了最直接、简单的方法在微信的朋友圈里发出了父亲故去的信息。

随即，我就收到了老家的堂妹燕君、福正七叔、宝家姑父等亲人发来的慰问信息。

朋友圈里的慰问信息接连不断地闪现在手机上。按照手机上的排序，他们是：国明、刘英、育文、孙兵、绪容、王雷、秦敏、力永、福志、学梅、建超、刘倩、峰山、海斌、春艳、肖云、丽佳、

图264 父亲的遗照（著名摄影家　焦波　摄）

永鑫、成沛、笑梅、庆州、李安、大和、志宏、洪英、刘睿、吴苡、英健、顺文、晶鑫、小强、浩波、桐树、刘爱萍、宝健、刘文、振华、易屏、万灵、张兵、国臣、清泉、文国、王琼、杜宏、朱虹、王波、王爱萍、兆秋、益民、志敏、元德、大勇、德和、加玉、李渐、思怡、建国、季平、王甫、万慧、晓民、永潮、兴宇、周毅、正江、祥图、王军、张珉、超良、健华、济生、振先、宪斌、亚雪、秦雅、思中、侯敏、晓进、胡奕、晓丽、丰京、卫平、宋歌、晓东、张丹、晓军、伍燕、曲泳、赵宏、丽萍、博超、顺旗……

打来电话的有：亚非、燕君、福正、万灵、学谦、学刚、国臣、孙梅、周毅、兴生、孙杰……

当天晚上10点，到家里来吊唁的有三姑的女儿孙梅、女婿洪锁和二女儿孙杰的儿子刘宇。

这些微信里的信息，是我在午夜为父亲守灵的时候，才开始翻阅到的。我坚信，还尚在人间的父亲是会感受到这些来自天南海北的亲朋好友、男女老少浓浓的情谊和哀思的……

愿在沉睡中的老父亲没有寂寞，没有恐惧。

天堂之路，一路走好！

◎ 2021年12月19日，星期日，-10℃～3℃，沈阳

六十七、深深的悼念，浓浓的情怀

昨夜，为父亲守灵到凌晨两点多，依然没有睡意。

把父亲这半年来发生的一切变成文字作为对父亲永久的纪念，是我今年产生的心愿。

似乎父子间有一种无法解释的情缘，自从今年6月父亲第一次住院，我就开始给父亲保留每天的守护日记。

我好像有一种朦胧的感觉：父亲今年会离开我们。

为了不让我们和父亲最后的日子被时光的流逝带走，我开始用照片收集以往，用视频记录今天，用文字留给未来。

自从母亲走后，我给父亲拍摄了上万张生活照片。近一年多来，我给父亲拍了上千段的视频，就是怕往事如烟，让父亲最后的人生时光被记忆湮没。

昨天父亲的离去，也是我一生中难以忘怀的一天，用文字把它记录下来，让它成为永久的记忆。

为了告慰那些关注我和父亲安危的亲朋好友、同学战友、同事同人，我把昨天的日记单独成篇发到了群里。

正在我校对日记中的文字时，大妹、小洪和家壮都来催我休息一会儿。已是凌晨3点多了，明天一早7:20，还要赶去回龙岗殡仪馆给父亲办理遗体告别仪式的手续。

为了圆满地完成父亲的后事，我必须强制自己休息一会儿。躺在客厅的沙发上，不知不觉和衣而睡。

一觉醒来，已经是早晨六点多钟，大妹已经做好了早饭。

我急忙上楼洗漱完毕，正要下楼，李红让我测一下血压，结果是163/101。李红强令我再增加一片降压药才放我下楼。

匆匆忙忙，吃了一口早饭。7：20，我们就赶紧上路了。

家壮告诉我们，刘浩宇已经提前到达了回龙岗殡仪馆，正在等待我们。于是司机加快了车速，赶在8：02到达了回龙岗殡仪馆的入口处。

想不到这里也是车满为患，告别大厅外面的广场已经停满了车，广播里重复播放着让刚来的车辆到南广场停车的信息。这种场面不禁让人感叹，逝者如斯多！

好在我们及时联系到了刘浩宇，在他的带领下，我们顺利地进入了办理告别仪式大厅，李红呈上各种手续和证明，交付了费用，很快就办完了明天告别仪式的全部手续。

8：26，我们离开服务大厅，走在人行道上，昨夜的积雪已经基本消失了。

抬头仰望，天空一片碧蓝，只是刚刚升起的旭日被一片构图吉祥的彩云遮蔽，散发着明亮但不刺眼的光芒。我被那片奇特的云朵所感染，不禁抬手把它拍了下来。

我思忖着，或许父亲的灵魂将伴随这朵彩云，飞向天堂。现在我开始相信，在尘世之外，似乎还应该有一个灵魂的世界。

回来的路上，我收到了虎子发来的信息，他希望不久将赴美国留学的子骏弟弟代他悼念爷爷，给爷爷上香、叩头。这个信息看似很平常，但是，我感到，虎子真的长大、懂事了。

车子刚刚转到沈北路，李红就开始盘算今明两天前来沈阳参加吊唁的老家亲属和好友的人数，她要安排食宿的房间和桌数。在办理与亲朋好友交往的事情上，李红绝对称得上是我最称心如意的助手，几乎没有什么闪失和遗憾。

在处理父亲后事的各种安排上，她做到了让我只满意，不操心。

9：06，我们回到了家里。学谦第一个从屋子里冲出来迎接我们。学谦日常的生活习惯是夜里看书，白天睡觉。但是，今天一大早，他就赶到家里吊唁父亲。六年来，学谦一直给父亲做中医保健。直到三天前父亲住院的当天下午，学谦还来家里帮助我判断父亲的病情，是否需要立刻送往医院。

正是在学谦的医嘱下，我才及时把父亲送到医院，至少延长了父亲两天的生存时间。

上午10点以后，李红办公室的同事陆续来到家里吊唁，最早的是王菲，然后是毕刚，接着是董加亮、谢田富、杨同舟、童彦明、白杨、王珊珊、刘彦丽、吕宝瑞、邹吉震、沈彭、王海来……

11：13，少平带着陈聪和刘韵从美国洛杉矶转达的深情和孝心来送别他们的姥爷。

少平前脚进门，小洪的父母后脚就到了。

少顷，学刚大哥也来到了灵堂，他对着老人的遗像进香、叩首，其情之真，其谊之深，令人动容。

11：50，从老家赶来的五婶和女儿燕君，搭乘燕东和福志的车来到家里。

不到半个小时，六叔福国，七叔福正，还有八叔福明的儿子超良也到了。

老家亲属的来临，顿时让我感到好像回到了许多年前春节期间的氛围，但遗憾的是，父亲已经不在我们中间，而是灵堂上供奉的那个故人。

13：35，文秀和来宝也代表妈妈那边的亲属来给父亲送行。

14：48，我们的朋友，沈阳知名的媒体人王波、爱萍夫妇也匆匆赶来。

下午3点刚过，爸爸的表妹兰英带着女儿王丹和儿子宏志专程从老家熊岳到沈阳，送别他们亲爱的哥哥和大舅。

15：55，烨琳夫妇也带着深情厚谊来到灵堂送别父亲。两个月前，父亲住院期间，他们也在百忙之中抽出时间探望老父亲。今天他们又来到家里为老父亲送别，让我们由衷地感动。

15：14，李红的友人、大连的老乡李益民也从烦琐的事务中抽身来到家里。

16：19，堂妹燕新从老家搭乘彦博和小洁的车来到家里，送别他们的大爷和舅舅。这是表妹小洁一个月里第四次从旅顺来沈阳看望自己的舅舅。

傍晚时分，家里聚满了来自各方的亲属。爸爸弟妹的后代能来的都到了，不能来的也以各种方式表达了他们的悼念之情。（图265）

这一整天前来吊唁的亲朋好友，络绎不绝，你来我往。所有的人都怀着一个心愿：愿他老人家一路走好！

父亲在人生谢幕的最后时刻，得到如此多的厚爱和深情，应该说可以含笑九泉了。

在父亲人生的最后一天里，亲朋好友人来人往，我们都在忙于迎送。只有大妹一人在默默地清理父亲生前的遗物，把父亲住过的房间的每一个角落都仔细地收拾清理一遍，把父亲没有用过的，或者仅仅穿过一次两次的衣物和日用品都整理出来送给老家的亲属。

图265　老家的亲友来沈阳吊唁父亲

晚上5点半，李红安排前来吊唁的亲友到德福佳肴餐馆的德福厅吃晚餐。

选择这里吃晚餐，是因为这里是父亲生前多次聚餐的地方。逢年过节，或是父亲和家人的生日都在这里聚会。今天为父亲送行，我们还是选择这里。

晚餐还没有开始，李红就开宗明义地说，今天我们在这里，给老爹开一个追思会，让大家把自己心中对老人的感念都讲出来。

在我们看来，这是父亲最后的晚餐。我们把圆桌的主位留给了父亲，生前滴酒不沾的父亲的座位上也斟满了一杯酒。

整个晚餐持续了两个多小时，人们都在深情地怀念父亲，老家的叔叔回忆起自己哥哥的往事，泣不成声，让大家都泪流满面。

一段段的回忆成全了父亲一个完整的形象，让老人家的人生在我们的脑海中更加丰满。

父亲仿佛还在我们身边，和我们一起共进他最后的晚餐……

◎ 2021年12月20日，星期一，-6℃～6℃，沈阳

六十八、爸爸，往生极乐，一路走好！

再过两个小时，就是12月20日，是爸爸火化的日子。

这意味着爸爸的躯体将不复存在，真正地离开我们。

从此以后，我们将永远无法见到他的容颜，触摸他的身体，只有思念和记忆中的父亲了。

从父亲停止呼吸的那一刻到现在，我的身心都在疲惫的忙碌中。

此刻，我必须让自己静下来，给父亲写一篇悼词。我这一生大半部分时间都与办公桌为伍，以文字为生，但这是我第一次为爸爸写一篇文字。

殡仪馆的告别仪式上，有专用的悼词模板，无论是谁，只要换上死者的姓名和去世的时间及享年，就是一篇通用稿，完全是例行公事，没有任何亲情和感情的色彩。以文字为生的我，不能用这样的悼词为父亲送行！

倘若如此，那也是我一生当中的遗憾。我必须用自己的文字，自己的语言，自己的情感，给父亲写一个量身定做的悼词，这是我作为儿子对父亲最后的义务！

为了尽快完成这篇悼词，我躲开亲属和家人，一个人独自坐在父亲卧室的椅子上，关上房门，开始构思悼词。

看着空荡荡的护理床，父亲的容颜出现在我的脑海里，悼词的语句也流淌在手机上，好像父亲的一生都化为文字浓缩在我的悼词里。

用了不到两个小时，父亲的悼词就完成了。我又校对和修改了悼词中个别的语句和文字。低头一看手表，还差三分钟就是午夜0点了。

按照殡葬礼仪师刘浩宇的嘱咐,午夜0点要把灵台前焚烧的纸灰包成七包,放到明天准备焚烧的衣物中。

走出父亲的房间,我来到灵堂,让为父亲守灵的女婿小洪上楼休息。

包好七包纸灰后,我给灵台上的长明灯加了油,又点燃了一炷香,向父亲的遗像深深地三叩首。(图266)

图266　父亲的祭台

肃立在父亲的遗像前,眼泪止不住地滚滚落下。因为再过十个小时,父亲就永远是一个遗像!他的躯体将成为一盒骨灰,与我们永远阴阳相隔。

望着父亲敦厚慈祥的笑脸,这12年来与父亲生活在一起的景象一幕一幕地浮现在眼前:他从一个精神矍铄、精力旺盛的老人逐渐走向衰老,从行动迟缓到步履维艰,从步履维艰到半失能,从半失能到卧床,从卧床到大小便失禁,又从失能逐渐转为虚妄臆想,再从虚妄臆想到身不由己的整夜折腾,最后是奄奄一息,气绝而亡。

亲历了父亲生命周期的最后过程,给了我许多以往不曾有过的深刻的启示,他让我看到了人生晚年的艰难,正如有人所说:"谁的晚年都是一场腥风血雨。"

其实对于父亲来讲,他的晚年是非常幸运和幸福的,李红和我竭尽所能地做到了常人能做到的和常人做不到的一切,三个妹妹和家里的亲人,甚至是护工也尽其所能,为父亲提供了全方位的生活和治病康复上的保证。对父亲的晚年而言,可以说做到了应有尽

有，无微不至。（图267、图268）

图267　二妹艳萍从美国返回到医院照顾父亲

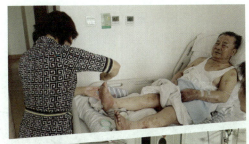

但在这个过程中，我们也看到了父亲致命的弱点，这就是他的执拗和任性，还有他晚年被人养成了衣来伸手、饭来张口的巨婴心态。一旦这种平衡被打破后，他的身心也就完全失衡和崩溃了。

这是父亲没有如我们所愿活过百岁，比爷爷寿命更长的根本原因。

图268　安琪到爷爷家看望白内障手术后的老人

此时此刻，凝望着父亲的遗像，我既感到悲痛，又感到悲哀。悲痛的是：父子永诀，从此阴阳相隔！悲哀的是：父亲有享受百岁的福分，却没有活过百岁的襟怀。

两点刚过，家壮就来到灵堂要替换我守灵。我劝他再多休息一会儿，因为这几天家壮特别辛苦，在老人临终前后这一段时间和后事的处理上日夜奔波，辛苦操劳。每天还要开车接送亲朋好友，担心他休息不好会影响行车安全。

但是，家壮坚持让我去休息。他说，我今天还有太多的事儿要处理，必须睡一会儿。确实这几天我的血压居高不下，我也担心发生意外，最终我还是听从了家壮的劝说，回到客厅的沙发上和衣躺下，不知什么时候就睡着了。

一觉醒来，已经是五点多钟。大妹他们已经开始收拾东西了。我赶紧翻身起来，洗了一把脸，换好衣服，开始准备送父亲上路了。

临近冬至的沈阳，是一年中黑夜最长的阶段。早上6点半刚过，天才开始蒙蒙亮，但各方亲友已经陆续赶到了家里的灵堂。

　　七点左右，灵堂内外聚满了前来为父亲送行的亲友，老家的六叔、七叔和李红眼含热泪，肃立在父亲的遗像前默哀。我为父亲的灵台点燃了最后一炷香。（图269）

图269　起灵前向父亲默哀

　　7∶29，灵车赶到了，工作人员把车上的音响搬了下来。少顷，哀痛的音乐伴随着袅袅升起的香烟在空气中流淌，更加剧了亲人心中的哀伤。

　　7∶43，殡仪馆的工作人员开始把明黄色的跪垫摆放在灵车前。两分钟以后，刘浩宇开始动手撤下灵台上的祭品。父亲的遗像被摆放到灵车的挡风玻璃前面。

　　十分钟以后，各种准备程序完毕，刘浩宇指挥亲属在灵车前排成四列纵队，紧接着开始了起灵仪式。

　　在父亲的灵车前，我们三鞠躬，三叩首，瓦盆儿摔过，起灵炮应声而响，随即所有的亲友上车，送灵的车队缓缓上路了。

　　车队沿着蒲南路缓慢行进，这条路是与蒲河南岸绿化带紧邻的一条路线。父亲生前可以行走时，我曾开车拉着他沿河观光。（图270）

透过玻璃窗，父亲坐在车里，一直感叹蒲河两岸的绿化改造真漂亮。父亲生前没有去过什么名山大川，但他十分喜爱大自然的青山绿水。每当他身临大自然的环境中，都会怡然开怀。意想不到的是，在他人生的最后一程，灵车居然选择沿蒲河南岸的绿化带一路前行，直到孝信路才开始转向。

按照习俗，灵车前行的路上是不停的。但在城市的道路上不可能是一路绿灯。司机用控制车速的方法巧妙地躲过红灯的阻拦，尽量选择偏僻的小路前行。

图270　父亲坐车游览蒲河风光

送灵的车队整整用了一个小时，才到达回龙岗殡仪馆。

9：23，所有参加告别仪式的亲友来到永安厅。各就各位后，父亲的遗体被工作人员推进了瞻仰灵位。

隔着透明的棺盖，可以看清父亲的容颜，清癯的面颊就像晚年的爷爷。父亲的面容安详，好像在沉睡一样。望着父亲的容颜仿佛就像沉睡在他自己的卧榻上。

但此时此刻，他是在殡仪馆的告别仪式上，想到片刻之后，就要永远与父亲天各一方，泪水止不住地模糊了我的双眼。（图271）

图271　父亲的追悼会现场

工作人员宣布告别仪式开始后，就直接让我宣读给父亲的悼词。

走进永安厅前，我曾经一次又一次地告诫自己，一定要控制自己的感情，把这篇悼词念好。

但是，当悼词呈现在我的面前时，泪水先模糊了我的视线。我极力让自己看清楚手机屏幕上的文字，但声音禁不住哽咽起来。

爸爸，往生极乐，一路走好。

爸爸，在妈妈走后的第14个年头里，您也离开了我们。至此，我们再也无法亲身感受到父爱和母爱的骨肉深情，只能回想在我们的追忆中。

爸爸，我们曾经有一个美好的愿望，就是您能活得比爷爷还要长，真的能颐养天年，寿比南山。为此，我们为您构画了新的福宅：装电梯，做坡道，建暖房，让您成为一个福寿满堂的老寿星。

然而，想不到在半年内，您竟然会精销、气颓、神散，寝食难安，迅速消瘦，由红光满面、容光焕发变得面容憔悴、形销骨立。不到三个月的时间，您竟然老了仿佛20岁。您的健康状况一日甚于一日地恶化，仅仅三天的时间，您竟然与我们无法对话交流了。眼看着您与我们渐行渐远的身影，我们竭尽全力挽留您的生命，亲友痛心疾首，回天无力。最终，您还是魂归缈缈，驾鹤西去。

今天，在您人生最后的驿站，我们向您诀别。从此以后，我们再也无法见到您的音容笑貌，我们再也无法高兴地呼唤"老爹"而得到响亮的应答。此时此刻，我们心中涌起的是对您无限的怀念和敬意。

回想您96年的人生历程，我们可以用最精准的语言概括您的一生，那就是：勤劳，节俭，淳朴，本分。这八个字是您人生最真实的写照。

您的勤劳，是从少年就开始的。13岁孩童时却赶着成年人驾驭的马车，在三更半夜寒冷的冬天，蹚冰河，过沟坎，甚至昏睡在车辕上，被识途的老马带到了集市上却浑然不知。你从18岁起就开始了常人难以承受的重体力劳动直到退休。

你一生最鲜明的特点，就是勤劳。自从我们记事起，您除了干活，什么爱好也没有。不抽烟，不喝酒，无论什么场合，什么人劝说，从来烟酒不沾。常人喜欢的那些业余爱好，您什么都没有，只有干活儿。您的一生，好像只是为干活而生存着。记得您曾经年年都是车间里的先进生产者。一张又一张的奖状贴满了一面墙。直到搬家，你还把它们精心地装裱在塑料薄膜中，压在自己的床板下，睡在荣耀的梦想里。

退休以后，你依然为补贴家用，夏干三伏，冬干三九，披星戴月，风雨无阻，终日蹲在地上精心地修理自行车，成为有口皆碑的"何师傅"。十几年如一日的劳作，使您落下了晚年的腿疾，成为折磨您的病痛根源。

在我们的记忆中，我们从小生活的那个家园里的每一砖一瓦、一花一树都浸透着您的汗水和付出，您用自己的辛勤劳作，创造了城市里的田园牧歌式的生活，让左邻右舍的同龄孩子都羡慕您带给我们的田园生活，让我们的童年和少年留下了永远不能磨灭的温馨回忆。每当想起这些，我们对您都有无限的感激和敬意。

读到此处，我再也控制不住自己的感情，不禁失声呜咽，有些念不下去的感觉。这时，我从泪光里发现参加告别仪式的亲友几乎都是泪流满面。这是每一个做儿女的和晚辈的对自己的父辈和祖辈共有的情感。

我下意识地控制着自己有些微微发抖的身体，把悼词继续念下去。

您的节俭，始于贫困，但却成为了终生不渝的习惯。在我们的记忆里，你从来没有掏过自己的腰包，哪怕去过一个最小的饭店。在我们的记忆中，家里的生活和劳动用品几乎都是您亲手制作的，从厨房用具到庭院建造，都是您亲力亲为。您从不吝啬自己的汗水和力气，你把自己青年、壮年和老年的一切力量都献给了我们家庭的幸福。无论什么时候，您总是把一分钱掰成两半儿花。你宁可忍受干渴也舍不得买一瓶饮料喝，哪怕是一瓶最便宜的纯净水，甚至是一张薄薄的面巾纸，您都要把它一分为二地使用。其实，到了晚年，您并不缺钱，完全可以对自己好点，慷慨大方点，但您依然是这样一丝不苟地节俭。无论我们怎么劝说，您都不为所动。但您从牙缝里省的那几十万元，最后竟荡然无存。这样的结局成为压断你精神脊梁的最后一根稻草，您的身心颓然倒下，让我们感到无奈而愤懑。

您的淳朴，源自您的本色。一个农民的儿子，您从来没有忘记自己的根本。您热爱土地，热爱田园劳作。我们从小就跟您学会了种瓜种豆，春耕夏耘，秋收冬藏。您对土地的感情就像一颗赤子之心，真情可鉴。每当我们向您讨教蔬菜的种植方法时，您总会兴致勃勃，滔滔不绝。即使在您卧床不能下地时，一看见我们给您展示的收获成果，您就像个孩子似的乐得满脸笑容。在人情往来中，您敦厚质朴，与人为善，舍得付出自己的真情与所有，就像一块没有雕琢的天然璞玉。这是您生命本性中天然的色彩。

你的本分，出自您的本性。在我们的印象中，您就是一个普普通通的凡人，既没有远大理想，也没有崇高目标。就是脚踏实地、不尚空谈，老老实实地做事，本本分分地做人。你安分守己，克己为人。对自己，您克勤克俭，省吃俭用，从不讲究吃穿戴用，总是穿着子孙淘汰的旧衣服其乐陶陶。对他人，您总是倾其所有，实心实意，倾囊相授，毫不吝啬。您只有养家糊口的勤奋，没有发财致富的奢求。您不攀比，不仇富，不恨人有，不笑人无。做一个自食其力、自得其乐的满足人。

爸爸，您的一生，为人诚实，善良本分，兢兢业业，踏实做事，与世无争，省吃俭用，勤俭持家。您含辛茹苦地养育我们四个儿女、两个外孙长大，给我们留下了无尽的怀念。

而如今父魂已去，遁归西天，难睹容颜，难听其声，难闻其息，难抚其手，唯有梦里方能相见。但终究是梦，醒来不见，伸手难触，您带走了我们对您的眷恋，带走了全家的团圆和笑声。

亲爱的爸爸，往生极乐，天堂静好。妈妈已经在那里等待了您十四个春夏秋冬。您梦中呼唤的妈妈，已妆容整洁，翘首以盼在天堂门口。愿您一路走好！

您的儿女及晚辈敬书

2021年12月19日，于沈阳

告别仪式，随着悼词的结束完成了。

全体亲属向父亲三叩首，父亲的遗体在大妹的哭喊中被工作人员推出了告别大厅。

10：10，我们透过屏幕看到父亲被推进12号火化炉。

10：59，父亲的骨灰被工作人员送出来，随后由殡葬礼仪师刘浩宇装进了"福满楼"骨灰盒。

11：20，父亲的骨灰盒被大妹妹和外甥女安放在回龙岗骨灰堂，九室十单元七层十四号灵室中。（图272）

拟于明年（2022年）5月14日，父亲的骨灰将在母亲的忌日送往大连乔山墓园与母亲合葬。

此后，父亲和母亲将在天堂永生极乐。

图272　父亲的骨灰寄存在回龙岗骨灰堂

◎ 2021年12月21日（星期日，晴）至12月23日（星期四，小雪），沈阳

六十九、观陵山辞行

新陈代谢是生物最基本的特征，是一切生命活动的基础，也是生命体在生命周期内的一种现象。老一代的凋谢衰亡伴随着新一代的成长和兴盛，这是人世间代际的新旧更替。

12月19日中午，铁成和海澜带着子骏一家人，到观陵山墓园祭拜，即将远赴美国旧金山留学的子骏来向爷爷道别。这是祖孙两代在阴阳两界间的互慰，这是孙子对爷爷最深情的告别。（图273）

子骏是李家唯一的长孙，是爷爷的掌中宝。

从子骏出生到上小学，都是在爷爷奶奶的看护下成长。爷爷对这个孙子倾注了无微不至的关爱和望子成龙的期待。遗憾的是爷爷没有看到今天的孙子已长大成人，即将远行。

但这种关爱和期待不会消失，它会永在。

诚如铁成在岳父告别仪式上那段刻骨铭心的悼词所写的那样：

图273　2015年春节铁成一家和父母的合影

爸爸，来世您还做我们的好父亲

　　爸爸，您在正月初六，春节长假的最后一天走了。

　　您带着对家人的眷恋，带着对生命的不舍离开了我们。

　　您用善良、仁爱、正直、诚实走完了人生七十八岁的历程。

　　您留给儿女子孙的绝不是您省吃俭用积攒的积蓄，而是您为人处世的优良品格和德行。

　　您无愧与雷锋为伍，是他的好战友，更无愧是我们的慈父，培养了好儿孙。

　　您用善良教给我们与人为善，同情弱者，关爱亲友。您是一位仁兄，尽自己的所能给亲友以最急需的资助和援助，雪中送炭。善良是您人生最闪亮的光芒，永远存留在亲朋好友的心中。

　　您用仁爱教给我们与世无争，和睦相处，广结善缘。您是一位仁者，温文仁慈，让与您相处的亲友如沐春风，和煦温馨。仁义慈爱是您留给儿女子孙永不磨灭的形象。

　　您用正直教给我们襟怀坦白，疾恶如仇，爱憎分明。您是一位强者，有男子汉的气魄和果敢，对待各种丑行您敢于说"不"。一身正气是您身居领导岗位，受人尊重的优良品行。

　　您用诚实教给我们言行一致，明礼诚信，诚恳待人。您是一位信士，为人处世，诚心诚意，童叟无欺。生命的尽头，您皈依佛门，带着对佛法的虔诚，走向天堂。

　　爸爸，两年前，您被诊断为肠癌，这对我们如晴天霹雳，五雷轰顶，我们不敢相信这种厄运会降临到您这样一位好人的头上。

　　我们用尽了所有可以和能够做到的治疗希望挽救您的生命，但病魔还是在吞噬着您的生命。

　　您越来越消瘦，越来越虚弱，各种病理症状接连出现，饱受疾病的折磨，让我们心如刀绞。

　　医疗诊断认为您不能度过羊年的春节，这让我们感到万分悲切，不敢设想如何去度过这个春节。

爸爸，我们最慈爱的爸爸，您为了全家人的幸福和快乐，竟然中断了在医院的治疗，坚持回家过年。

爸爸，从除夕到初六，您每天讲家史，说古今，让我们头一次听到许多从不知晓的故事，了解到许多尘封多年的家事。

爸爸，您用尽生命最后的力气，向我们展示着坚强，即使在连续数天没有进食的情况下，您依然陪同家人共度春节，走完生命最后的路程。

爸爸，您完成了作为家里的顶梁柱的使命，陪伴全家人度过了您人生的最后一个春节。这是您最后的贡献。

爸爸，您一生时时处处为他人着想，直到生命的最后一息。为了不给儿女添累，您在陪伴我们度过新春佳节之后，毅然驾鹤西去，您是人世间最无私的父亲。

爸爸，苍天有情，凝结成雪，漫天飞舞，那是上苍派遣下凡迎接您去天堂的使者。

爸爸，您走得无憾，已经交代了所有的心愿。

爸爸，您走得安详，您是在平静中走向天堂之路的。

爸爸，您放心地走吧，我们会办好您交办的一切。

爸爸，我们永远怀念您。

来世，您还做我们的好父亲。

女：李红 李青　　外孙女：安琪
儿：李铁成　　　　孙　子：李子骏

泣挽
2015年2月26日

老人走了，但他留下的善良、仁爱、正直、诚实还在。他的人格还在继承，还在传代。子骏的成长和辞行是告慰九泉之下爷爷灵魂最好的交代。

4天以后（12月23日）的中午，家人在浑南沈营路的肯德基泛华店为子骏饯行。他将启程去美国旧金山大学学习创业与创新精神专业。此前因为美国疫情滞留在国内一年。大一在上海复旦大学接受中美校际协作网课学习。随着美国疫情的解除，恢复在校的正常学习。（图274）

图274　为子骏赴美留学送行

这是一个简单而简约的饯行，没有节日的隆重，也没有喜庆的氛围。家人有的是期待和担忧的伴随，子骏有的是放飞和独立的渴望。

下午3：10，子骏登机启程。20：23落地广州。21：10出关登机，子骏发来信息告知："马上起飞了。"

铁成秒回："时光荏苒，你已长大成人，未来有风雨，也有霜雪。但只要你坚持与努力，就会迎来属于自己的光辉岁月，父母牵挂你的同时，更希望你在异国他乡学习顺利，生活美满。"

这是父母对孩子永远的嘱托与期待。（图275）

带着家人和父母的期待，子骏于12月24日上午10：18落地洛杉矶，10：40顺利出关，14：19抵达了目的地旧金山。

"桐花万里丹山路，雏凤清于老凤声。"18岁的子骏从此开始了他新的生活，开启了他新的人生。

图275　家人送李子骏远赴美国留学

◎ 2022年8月30日（星期二，晴）至9月8日（星期四，多云），沈阳

七十、岳母临终的日子

2022年8月30日中午11：40，李红突然打电话告诉我，说："老妈不好，你赶快开车去养老院吧，我和小刘去买寿衣。"

听到这并不意外的消息，我马上放下手里的活计，下楼开车直奔万佳宜康养老院。

从沈北蒲河岸边开到沈阳南边的浑河岸边，全程大约40分钟。一路上，我下意识地紧踩油门，车里的电子狗不停地提醒我：车超速了！

想到此时此刻生死未卜的老岳母，泪水不禁夺眶而出。去年的12月18日刚刚送走了老父亲，转眼就半年的时间，想不到又要送走我们最后的一位老人。

凄然的心情伴着飞驰的车轮，急驶向文安路的万佳宜康养老院。

停车入位，一路小跑奔向养老院。在养老院的门口，看到了沈阳急救120的救护车。一颗悬起的心，终于放下了。显而易见，老人没走，还有抢救的希望。

从救护车的车窗望去，老人已经被担架抬进了救护车。两名医护人员正在施救。我想上车陪同，却被告知，家属只准一人随车前往。无奈只好让铁成一人陪同前往医院。

我随即登车，跟随急救车一同向医院疾驶。

此时，医院实施的是疫情防控紧急时期的安保措施。要想进入医院的大门必须出示行程码、绿码和核酸检测码报告，还要做详细的登记。

一系列的进门手续完成以后，我就直奔4楼三病区，结果又遇到了两道新设置的门禁，隔开了走廊与病房之间的正常通道，没有

密码就无法进出。打了几次电话，几经周折才进了病房。

紧接着，就是入院的一系列检查，因为岳母完全没有行走能力，只好把病床推到地下负1层去做CT。幸好入院时来了五六个家人，大家七手八脚地用床单把老人抬到了CT的检查床上，检查过后又抬回了病床。

大约两个小时以后，医生向我们通报了检查的结果，老人除了原来的三高基础病和阿尔茨海默病之外，现在已经出现了心衰、肾衰和肺部感染，同时还伴随严重的褥疮感染，各项生理指标都不正常。医生向我们通报了最坏的结果。

岳母的身体状况之所以这样急转直下，究其原因，也与疫情封控有着直接的联系。3月15日是岳母的生日，我们提前一天为岳母预定了生日蛋糕，准备给老人家在养老院开一个派对，请所有的老人一起吃蛋糕，分享老人生日的快乐。但意想不到的是，第二天就在岳母的生日之日，养老院按照规定封控了！

此后将近两个月内，我们与岳母的联系只能通过护理人员视频短暂地对视。老人对于儿女的期盼，可望而不可即。这对于一个阿尔茨海默病晚期的老人来讲是致命的。

原本每天都可以看到自己儿女的老人，她的内心是有安全感的。长时间的封控让老人见不到自己的孩子，就会产生极度的恐慌和焦虑。但这种心理情绪却无法自如地表达，只能内化为一种破坏心理和生理健康的负面效能。迫于疫情防控的要求，李红不得不向养老院的负责人员求情，在我们穿着防护服、做好严格防控措施的情况下，才把老人推到养老院的门口见面一刻钟。（图276）

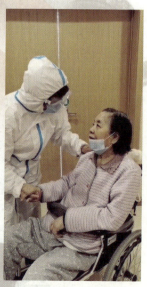

图276　李红见到渴望多日的母亲

分手时我们都眼含热泪，看着老人坐上升降梯上楼，直到不见身影，才依依不舍地离去……（图277）

两个月禁止探视解封以后，岳母的身体明显发生了变化，比以前消瘦多了，神情恍惚，基本丧失了语言交流的能力，连自己吃饭都不能自主了，甚至开始吃流食。

疫情封控缓解不到一个月，养老院按照规定再次被禁止探视。说实话，这对于失能的高龄老人而言，就是压断骆驼脊梁的最后一根稻草！尽管这期间养老院负责人对我们网开一面，偶尔允许把老人送到外面的走廊与我们见面，但岳母已经对我们失忆了，对我们的呼唤、微笑和询问，变得茫然若迷，没有了对话的能力，只是用失神的眼光看着我们，没有表情，没有喜怒哀乐，没有了表达人世间亲情的能力，老妈妈只有默默无语了……（图278）

终于，可怜的老妈妈再也支撑不下去了，她带着恋恋不舍却无法言表的情感，将要告别她的儿女，她的亲人，还有这个让她享受了温暖和幸福的人世间！

这样的结局，我们是有心理准备的。但是，作为儿女，我们还是要尽

图277　李红挥泪目送妈妈上楼

图278　疫情解封后岳母的健康急转直下

全力去延长老人的生命。我们给医生提出除了极端的抢救措施以外，无论自费与否，其他能用的医药都可以用。

一天以后，老人的情况终于有了好转，血氧从原来的70多上升到90多，各项生理指标开始趋于稳定。看着监视器上显示的血氧、血压、呼吸和心率，我们都感觉到一丝快慰。毕竟我们把老人从死亡线上又拽了回来。

在此后的几天里，我们每天都到医院照看老人，晚上由护工赵金凤陪同老人。章院长亲自到病房看望老人，并叮嘱科室的医护人员加强对老人的监护，请来沈阳四院的专家丛主任到病房会诊。

尽管已经用尽了最好的药品和所有可以采用的医疗措施，老人家依然终日昏睡，吸氧、输液、鼻饲、导尿，全身插满管子，让我们看了感觉到揪心的疼痛。

最让我难受的是，岳母所在的病室和病床恰恰就是半年前父亲临终住过的病室和病床。每次到医院走进这个病房，就能想起老父亲在这里度过的最后的日日夜夜，心中备感凄婉。

不到一年就要送走两位老人！这是何等的残酷和无奈！

在治疗上，我们用了最好的药物和最精心的护理。白天家里人轮班去医院陪护，但是千呼万唤，却唤不醒已在弥留之际的老人。岳母整日昏睡，只是偶尔睁开眼睛迷茫地望着身边的亲人，毫无意识。冥冥之中，我们能感觉到老人有一种求生的渴望和对儿女的留恋。但是无论再先进的医疗设施和治疗手段，医院是治病不救命的。

岳母的生命已经走到了尽头，仿佛是一炷即将燃尽的蜡头，一阵微风就会将它掠灭。然而，这最后的火苗依然在顽强地燃烧着，岳母同死神顽强地搏斗着，各项生理指标依然维持在正常值。

日复一日，各种药物和治疗没有让岳母的生命有转机的迹象，心衰、肾衰和呼吸衰竭的情况日益严重，表现出明显的尿毒症症状。

经验丰富的张明亮医生告诉我，老人只能维持两三天了。

其实，我们心里非常明白，如果不送到医院来进行医疗抢救的话，老人可能今天已经不在了。

对我们来说，能让老人多弥留一天就是我们最大的心愿。我们甚至祈求老人能跟我们度过最后一个中秋节。

但天不遂人愿，老人没有陪我们度过她人生最后的一个中秋节，而是选择了去观陵山陪天堂里的老伴去了。

9月8日下午4：45，我正在蒲昌路的华为手机维修店修理手机，突然间接到李红的电话，告知马上赶往医院。

几分钟后，主治大夫张明亮医生也打来电话，告知老人可能不行了，让我们赶快赶到医院去。我和司机家壮立即驱车赶往医院。

在赶往医院的路上，我给几个至亲好友发去信息，告知了岳母命悬一线的信息。

家壮一路打着双闪，急速赶路，17：48我们就赶到了病房，李红已经哭成泪人一样，看见我的到来，她抱住我放声痛哭。但是我们到来为时已晚，岳母于17：04与世长辞了！

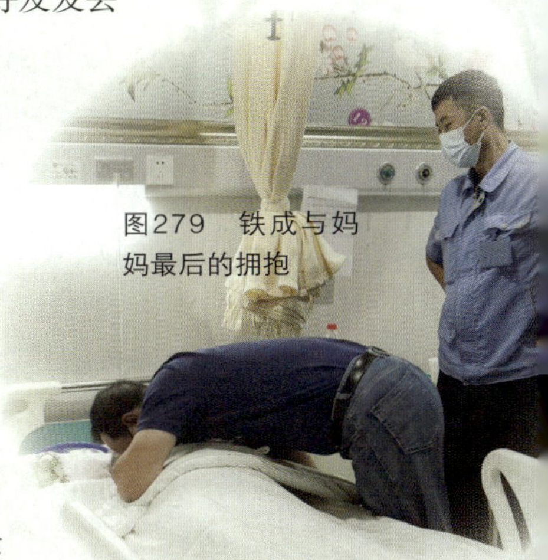

图279　铁成与妈妈最后的拥抱

主治医生张明亮发来信息和视频告知我们，他们做了最后的努力和抢救，但回天无力，老人还是去了！（图279）

经院方的同意，殡葬师刘浩宇在病房里为老人穿好了寿衣。

19：14，等到家人齐聚后，我们将老人送到了在地下负3层等候的殡仪车。

追随着岳母的灵车，家人的车辆鱼贯而出，离开了医院，前往浑南殡仪馆。

辽A–R73V5灵车压低了速度，尽量让我们尾随的车辆依次跟进。

又是一个满月未圆的时刻——八月十三。一轮朗月高挂在幽蓝的碧空中，仿佛是依然明亮却不耀眼的橘灯，为老人照亮西去的路途。

仅仅用了54分钟的时间，我们就抵达了浑南殡仪馆，办完各种手续后，岳母的仪容也装扮完毕。久被疾病折磨的老人已经很久没有化妆了，此时此刻，经过妆容的岳母，显得比生前更加年轻和雍容。一切准备完毕，母亲的灵柩被安放在守灵堂的1号厅。

守灵堂收拾得整洁干净，殡葬师刘浩宇和助手一阵忙活之后，灵堂就布置完毕了。

看着岳母最后的归宿，如此的庄严、肃穆、整洁，我们感觉到很欣慰。因为这里感受不到阴森、幽暗、恐怖和凄凉，老人仿佛在灵床上静静地安睡，享受着家人和儿女的陪伴……

互联网时代，信息的传播速度是惊人的，岳母去世的消息不胫而走，从母亲瞑目那一刻开始，吊唁和慰问的信息和亲友络绎不绝。尽管此时公共场所的疫情防控措施很严，浑南殡仪馆离主城的距离很远；但亲朋好友还是当晚闻讯而来，李红和铁成的挚友接二连三地赶到殡仪馆帮助处理后事，海林一直忙到深夜还不肯离去，铁成金兰之交的四兄弟执意不回，要为老人守夜。守灵第二天，李红和铁成的亲属、领导、同事、同学、好友，从早到晚络绎不绝地来到灵堂，为老人送行，为安卧在鲜花丛中的老母亲焚香叩首。尽管在疫情严控的情况下出入极不方便，但那些至亲好友依然克服重重困难前来浑南殡仪馆吊唁。

巧合的是，英国白金汉宫8日证实，英国女王伊丽莎白二世，当天下午在苏格兰巴尔莫勒尔堡去世，终年96岁。这位当今世界上寿命最长的国王，从1952年2月6日即位，1953年6月2日加冕，直到2022年9月8日去世，是英国历史上在位时间最长的君主。

两位身份、地位云泥之差的老人同日殒殁，对我们来说，唯一可以相提并论的就是以此能够增加记忆的深刻。

可以告慰的是，岳母的灵床被鲜花簇拥着，她安详地沉睡在鲜

花丛中。殡仪馆的工作人员用鲜花精心扎制的花圈和灵床围挡，其
图案的精致和鲜花的匹配大概不会输于英国女王的葬礼规格。（图
280）

　　对于寻常百姓家来说，老人以这样的仪式离开人间，应当说，
此生的结局是幸运和圆满的。

图280　岳母的灵堂温馨宁静

◎ 2022年9月10日（中秋节）星期六，晴，沈阳

七十一、驾鹤西翔逢中秋

今天是壬寅年中秋，是天上月圆、人间团圆的良辰吉日，从前也是阖家欢聚、把酒言欢的日子，而今天我们却要为家中的最后一位老人送行。

凌晨3点醒来，翻看手机发现女婿发来的一条信息，告知女儿昨夜含泪编辑了一段视频，翻看这段2分35秒的视频，不禁热泪盈眶……

图281　岳母的高光时代

这是岳母一生最幸福的高光时刻，视频虽短，但留给我们的思念却很长。（图281～图284）

图282　岳父岳母在澳门旅游

图283　姥姥姥爷教安琪拉二胡

图284　岳父岳母在铁岭的合影

天已放亮，东方的天空一片金黄，天边的祥云，仿佛是一只展翅飞翔的仙鹤，不断地变换着飞翔的姿态，片刻之后，就幻化为一片淡黄色的羽毛，飘逸在深邃的穹窿之中。

6点未到，守灵堂前就聚满了前来向老人告别的亲友。

6：15，起灵仪式开始，在殡仪工作人员的安排下，仪式逐项开始，当灵柩打开、给老人开光时，望着老人沉睡安详的面容，李红再也忍不住放声痛哭。

仪式之后，开始起灵。起灵的炮花冲天而起，又随即飘飘洒洒地落满了灵车前后。

由于疫情控制，告别大厅的地下做了人员间距的标识，限制告别仪式的人员数量，由于点位有限，以致参加追悼会的人员无法按点站位。参加告别仪式的众人不得不超限肃立，哀婉送别。

告别仪式在7：15开始，主持人宣布由家属宣读悼词。铁成带着哽咽的语调，宣读了事先拟好的悼词：

妈妈，愿您往生极乐，含笑九泉。

妈妈，今天是中秋节，天上月圆，人间团圆。

但是您却要驾鹤西去，往生极乐。我们作为您的儿女子孙后代和亲朋好友怀着依依惜别的心情为您送别。

您走了，走在壬寅年的金秋季节，驾鹤西去在蓝天白云的晴空里，就像您名字——秀兰一样充满诗意。

妈妈，您的离去让我们痛彻心扉，又让我们为您摆脱病痛的折磨而宽慰。因为极乐净土里没有忧伤，没有痛苦，您可以告别尘世间所有的烦恼，无忧无虑，无病无灾，一切安好，等待来生。

妈妈，在爸爸走后的七年里，您是我们心中最大的牵挂。您在养老院的日子里，每一次的陪伴我们都备加珍惜，看着您慈祥的脸庞，抚摸着您温暖的双手，总是让我们回想起儿时的记忆。感激妈妈一生给我们留下的精神财富。（图285）

回顾妈妈80多年的人生，可以概括为八个字，那就是：豁达，善良，要强，认真。

图285 李红、铁成和父母的合影

妈妈是个豁达的人，遇事从不怨天尤人，而是从容面对，妥善处理。

妈妈是个善良的人，勤俭持家，尊敬长辈，善待亲人，妈妈更是一个爽朗而有亲和力的女人，无论在亲戚朋友还是同事面前，妈妈永远被围绕在中心。在我们的记忆中，耳边总能传来妈妈爽朗的笑声。

妈妈更是个好强的人，因为学习自行车摔倒了好多次而受伤，但仍然坚持学会可以自由骑行。

妈妈是个认真的人，在几十年会计工作的岗位上兢兢业业，两袖清风，从无差错。

由于长期的伏案工作，妈妈40多岁就患上了高血压、糖尿病、冠心病，在60岁时由于心绞痛先后两次接受心脏支架手术；65岁，又做了白内障手术，不到70岁妈妈又患上了阿尔茨海默症，医生说母亲的身体就像玻璃做的，可能活不过70岁。但是在父亲无微不至的照顾下，妈妈身体保持着理想的状态。

2015年，爸爸积劳成疾，永远地离开了我们。我和姐姐及家人接过了爸爸的接力棒，给妈妈找了最好的养老院，悉心照料妈妈的生活起居，我们每天定时出现在妈妈的面前，姐姐经常给妈妈唱儿时从妈妈那里学会的《花为媒》《小女婿》《刘巧儿》《洪湖水浪打浪》……（图286）

我们和妈妈在一起的时候，和妈妈做儿时的游戏，带着妈妈一起做体操锻炼，

图286　李红向妈妈汇报当天的工作

尽力让妈妈逐渐恢复了以往的身心状态……

此时此刻，在妈妈人生最后的驿站，回想起这些过往，让我们禁不住热泪盈眶，依依不舍。

妈妈，在爸爸离开7年后的今天，您就要离开我们，去陪伴朝思暮想的爸爸。在我们看来，妈妈很幸福。从此以后，你们二老在天堂永不孤单，一起相依相伴到永远，一起在遥远的地方祝福我们。我们希望在天堂里永远回荡母亲爽朗的笑声！

最后，由衷感谢前来参加母亲告别仪式的亲朋好友，感恩你们的到来，谢谢。

妈妈，愿您一路走好，往生极乐，含笑九泉。

李红、铁成携亲人敬上

2022年9月10日

壬寅年中秋节

紧接着，播放了安琪昨夜制作的短视频，望着视频上母亲幸福亲切的面容，李红不禁失声恸哭，如今视频上那个和蔼可亲的母亲此刻却安卧在鲜花丛中。（图287）

图287　岳母的追悼会庄严肃穆

瞻仰遗容开始后，面对着一个个熟悉的面孔，李红禁不住与大家相拥而泣，每个人的脸上都带着悲戚的表情从面前走过。

　　仪式的最后，按照主持人的口令，家人在老人的灵前深深地三叩首，向亲爱的母亲做最后的告别。

　　当灵床被推离告别大厅的那一刻，李红崩溃了，她已经完全无法控制自己的感情，号啕大哭，声嘶力竭地高喊着："妈妈，一路走好！"

　　人生的涅槃仅仅用了40分钟就完成了。

　　铁成捧着"福满楼"的骨灰盒乘上专门给老妈妈借来的一辆高档轿车，他要让妈妈去天国的路上享受一下贵宾的优待，以实现做孝子的最后心愿。

　　按照事先的安排，八点一过，铁成组织的慈善团队的朋友们排成送别老人的车队，沿着四环路向北而行。一路上几乎没有往来的车辆，近似禁行的清净，以至于马路中间站着一只硕大喜鹊在专心地啄食，对越来越逼近的车辆毫不介意，直到树上的另一只喜鹊喳喳叫起，发出警告，它才不慌不忙地飞到路旁的树上。

　　车队继续沿着蜿蜒曲折的观棋路行驶。铁成说，这是沈阳最美的风景线，让老妈再欣赏一下人世间的美景，做最后一次旅游。

　　车行一个小时，即到达了山峦起伏、翠松茂密的观陵山墓园。这里三面环山，一面临水。叠水成阶的九天湖微波粼粼，倒影如画。

（图288）

图288　李红手捧遗像为母亲下葬

岳父的陵寝位于传仁区南麓的半坡上，这里视野开阔，风景一览无余，堪称风水宝地。（图289）

殡葬礼仪师口中念念有词，有条不紊地摆放着各种各样说法的祭品。经过一个多小时的合葬仪式，终于在十一点以前完成了老人入土为安、共享天堂之乐的愿望。（图290）

一切程序结束之后，走出墓区的最后一道仪式是在九天湖里放生。九条鲜活灵动的红鲤鱼被放入碧波荡漾、清澈见底的九天湖。

一转眼，摆脱被囚禁的一群红鲤鱼跃入湖水，怡然自乐，随心畅游，逍遥快活，摇头摆尾地游入湖水深处……

图289　愿二老在天堂永远安宁

图290　祝愿爸爸妈妈在天堂快乐

七十二、苍天有泪，入土永安

自古道，盖棺事定，入土为安。按照民间的习俗，只有把死者葬入坟墓，才能告慰死者的在天之灵，也使家属心安。

父亲早日入土为安，成了我的一块心病。

父亲的遗体火化后，骨灰暂时存放在回龙岗骨灰堂。没有随即入葬是因为当时的疫情封控所致。

风卷全球的新冠疫情致使大江南北几乎无一幸免之地。原本在翌年母亲的忌日（2022年5月14日）为父亲下葬的计划，被此起彼伏的疫情一拖再拖。

国庆前夕，沈阳和大连的疫情终于有了缓解的迹象，被反复封控了几次的公共场所和交通开始实施扫码登记开放。

我们终于下定决心，不再拖延，利用国庆的假期为父亲下葬。

决心已定，便开始筹划安排父亲下葬的事宜。我和乔山墓园的殡仪师郑善强商定，请他在"十一"前将父亲的墓碑铭文和遗像做完，并请他为我们选定一个下葬的日子。

善强回复说，按照皇历的最佳时间是10月3日。

吉日选定，但我的心绪却因此思绪难平。连续多日，夜里难以安眠，翻来覆去地想着父亲下葬所需要履行的每一个细节，生怕在父亲下葬过程中出现意外的疏失和麻烦。

10月1日当晚，整夜几乎都是懵懵懂懂，似睡非睡，满脑子都是今明两天要干的事情。

10月2日，清晨五点多钟我们就起床了。我先是下楼把前两天预备好的各种物品拿到车库里，然后吃了一顿简单的早餐。

8：30刚过，大妹一家就赶到了。我们商定了一下今日的行程和注意事项，便启程前往回龙岗烈士公墓。

今天的车行依然是父亲遗体告别仪式那天走的路线。路还是那条路，只是窗外的风景不同。父亲走的那天是去年的12月20日，已是寒冬的季节，而此时是深秋的沈阳。

路旁的行道树已经换上了深绿色的秋装，成片的玉米地已经开始枯黄，天空中弥漫着阴郁的浓云，给人一种压抑的感觉。

节日的道路，或许因为封控刚刚解除的原因，车辆稀少，交通还算顺畅。仅仅用了半个多小时，我们就到达了回龙岗。

因为父亲的骨灰超过了存放的日期，我们去服务大厅补交了100元的延期费用，比较顺利地办理了取走父亲骨灰的手续。

双手捧着父亲的骨灰，走出骨灰堂的时候，天空居然出现了一抹蓝天和一轮耀眼的秋阳，顿时感到阳光的温暖和明媚。

我不禁自言自语地说："老爸，我们送你回家了。"

车从沈阳东站上了绕城高速，又从苏家屯转上了沈大高速。

今天，沈大高速的车流是历年的国庆期间最少的，可以明显感觉到疫情的封控对长假旅游产生的影响。尽管如此，我们还是避开了井泉和甘泉两个服务区。一口气开了两个多小时，赶到西海服务区暂做休息。

我和大妹商定下一站到熊岳服务区停一下，让父亲最后回一次老家。如果不是疫情登记扫码的原因，我们就带着父亲的骨灰回老家走一趟，让他老人家魂归故里。

从西海到熊岳服务区之间仅有20公里，这在高速公路上是少有的间距。

从西海服务区出来，天空中是一层薄薄的阴云，没有下雨的迹象。但想不到的是，我们刚刚过了鲅鱼圈，离老家熊岳还有10公里的时候，天空中突然下起了雨，而且越下越大。挡风玻璃前的智能雨刷已经达到了最高的频次，来回抹去扑面而来的雨水。

冥冥之中，我感觉到这是老父亲对家乡的眷恋和不舍。这是父亲生于斯长于斯的故土，而今这是他最后一次告别自己的故乡，这怎么能不让他热泪长流、挥泪告别？！

车行到熊岳服务站的甬道路口，我对父亲说："老爸，咱们到家了，在此歇歇脚，让您最后再看一次老家吧。"（图291）

图291　父亲最后一次驻足故乡——熊岳

我随即把在熊岳停留的视频发到了一家人里。远在美国的外甥刘韵秒回："太有家乡味儿了，真的好久没有回去了。"

二妹也从美国发回信息："谢谢大哥，带老爸回熊岳转一圈。"

我回信息告诉他们："今天就是专程送老爸从沈阳返回大连，如果不是疫情到处扫码，我们就从熊岳站下来经过老家联合，再从李官上高速，等于老爸最后回老家一次。但是因为疫情管控，所以不能下高速，如果大数据查行程的话，可能会出麻烦，因为大家都要上学上班，不能被防疫隔离。"

二妹随即回复："大哥想得太周到了。老爸能理解这么多的麻烦，不能走联合村。"

停留大约一刻钟，雨渐渐稀疏，我们的车又上路了。

从服务区开出大约5分钟，恰好是老家村头与高速公路相接的地方。不知何时，雨霁天晴。灰蒙蒙的天空居然露出一片蓝天。我不禁感叹道，真是苍天有情啊！

从李官到金州这一路，天气乍阴乍晴。时而阳光普照，时而阴云蔽日。但过了金州隧道以后，天空中就突降雨雾，仿佛父亲已经看到了越来越熟悉的道路和家乡的景象，不禁悲从中来，泪水倾泻而下。

下午2：10，我们赶到了沈大高速公路的端点——大连后盐高速公路收费口。随着滚滚的车流，我们缓慢向前，司机家壮感觉最左侧的车流行进较快，于是一打方向就进了最左侧的车道。通过闸口后才发现，最左侧的车道旁立着一块标牌：域内车行道。定神一看，才发现通过这条车道的全是辽B车牌，也就是说只有大连的车才允许走这条车道。而我们的车算域外的，是不能直接通过的。但为时已晚，无法改道进入核酸检测的区域。我们只好硬着头皮离开服务区，筹划着在市内找一个核酸检测点，补上落地核酸检测。

下午2：40，我们到达了沙河口区西南路800-11鹤之祥殡仪殡葬用品超市。

此时，狂风骤起，冷雨斜飞。

我用力推开车门，顿感一阵寒意透彻肌肤。我赶紧抓起椅座旁的一件风雨衣，准备披上。强劲的寒风却把衣服吹得无法控制。我只好用力抓紧风雨衣，快步跑入屋内。

这里离父亲的旧居只有百步之遥，此地恰恰是早些年父亲捞鱼食的一个水塘的所在地。

冥冥之中，父亲的骨灰今天要存放在这里过夜，这或许就是天意的安排吧。

经理郑云闻讯赶回来，为我们安排了明天下葬仪式所需的全部祭品和仪式。按照善强的建议，我又预备了一个新的骨灰盒，以防已入葬15年的母亲骨灰盒发生受潮裂变的情况。李红当即决定，参照父亲骨灰盒的样式重新给母亲订购一个新的骨灰盒，在合葬时使用。

一切安排就绪，我们离开鹤之祥时，风停雨歇，天色已晚。

此时，最重要的事情就是补做落地核酸检测；否则，就会后患无穷，麻烦不断。我们原想在就近的居民区找一个核酸检测点。小妹夫告诉我们，大连的核酸检测是星期五和星期日，而且是以男女性别分日检测的。于是我们只好去了大连中心医院做核酸检测。结果出乎我们意料的是，这里核酸检测是按看病排队挂号，走的全是医院看病的程序。

无奈，我们只好从市内重新返回后盐收费站。

花了一个多小时补做了落地核酸检测，才感到心安坦然，总算是免去了日后可能的麻烦。

大连的战友为我们举办了一场因疫情隔断两年的聚会。

从这次聚会我才得知，50年前我们同批入伍的31个大连战友，如今只有三位还有单亲的父母在世，但都已是病入膏肓或风烛残年，需要床前陪护和终日照顾。

看到眼前这些即将步入古稀之年的同批战友，回想起当年入伍时青春少年的音容笑貌，不禁感慨：青春易逝，人生易老！时光如梭，岁月无情啊！

清晨起床，打开奥利加尔酒店的窗户，看到泛着水光的地面，才知道昨夜又下雨了。

早餐过后，8:15，我们离开酒店，前往鹤之祥。大约10分钟，我们就到达了父亲昨晚过夜的地方。大妹和小妹夫已经提前到达了。今天是张程君和毛厚强两位殡仪师陪同我们前往乔山墓园为父亲下葬。

双手捧着父亲的骨灰盒，我深情地说："老爸，咱们走了，送您和妈妈团聚去。"（图292）

图292　为父亲最后的送行

前往乔山墓园的路途中只是阴天，没有下雨。我们在乔山墓园正门前销售祭品鲜花的摊点停车选购。一切就绪，启动前往墓园的南路时，秋雨倾斜而下。

　　车在雨幕中蜿蜒前行，直到墓园的办公楼前。李红冒雨去办公楼为父亲办理了下葬的手续。墓园的员工门军师傅带领我们前往墓园最高处的停车场。

　　我的战友汪顺旗、付锡光、李明和同学朱成沛已经提前从北门到达。十几分钟后，表妹小洁、彦博夫妇和笑鸣也从旅顺几经周折赶到了乔山墓园。

　　此时的秋雨，毫无停歇的迹象，反而越下越大。

　　大家冒雨分别带着鲜花和祭品前往功勋区母亲的陵墓。

　　门军师傅小心翼翼地打开了墓穴封盖。张程君、毛厚强两位殡仪师开始重新整理墓穴。果然不出所料，妈妈的骨灰盒已经开裂了。眼见妈妈的骨灰被重新移放到新的骨灰盒里，不禁一阵心酸，泪水夺眶而出。（图293）

图293　苍天有泪，难舍人间

　　此时的雨越下越大，雨水和着泪水一起顺着我的面颊流淌。

　　捧着父亲骨灰盒的双手有了发酸的感觉，仿佛父亲的骨灰盒异常沉重，几乎难以托起。不知是恩重如山的父子之情，还是义不容辞的长子重任所致？

冰冷的雨水，顺着伞棚如注而下，滴落在殡仪师的后背，湿透一片。（图294）

图294　泪水伴着雨水而下

墓穴里的随葬祭品摆放完毕，张程君殡仪师对我说："请您看一下，父母双亲的墓穴还有什么需要安置的？"我说："这里还有我送给父母的祭品，请把它们一起下葬吧。"

这是一副老父亲生前用过的扑克牌，是他最喜欢打滚子用的。另外，还有我给老父亲写的一本书《孝行没有等待》的一份打印稿和重庆出版社印刷的《孝心不能等待》。

15年前，母亲清明节下葬的时候《孝心不能等待》正在出版社刊印中，随母亲骨灰一起下葬的是我自己打印的一本全书稿。今天把正式的出版物献给母亲。（图295）

张程君殡仪师郑重地接过我送给父母双亲的礼物，看着他们念念有词的操作程序，一丝不苟的工作态度，我们十分感动。

善强闻讯也冒雨从办公室赶到墓地。经过30多分钟的仪式程序，父母的合葬终于完成了。（图296）

图295　合葬仪式在秋风凄雨中举行

图296　入土永安，天堂续缘

　　张程君、毛厚强殡仪师带领所有在场的亲友为父母举行了庄严肃穆的祭奠仪式。摆供、献花、焚香、祭酒、叩首之后，张程君殡仪师在雨中宣读祭文：

　　今天是父亲何福堂、母亲贺凤云合葬的日子，在这里我代表家属对到场的亲朋好友表示由衷的感谢。

　　父母一生艰苦奋斗，辛劳勤俭，待人真诚，乐于助人，对长辈孝顺谦恭，对儿女严格爱护，他们的一生是平凡而伟大的一生。

　　追寻父母的人生轨迹，去不断地怀念父母……

　　逝者已矣，生者追思。

　　我们还想在迷茫时，倾听二老的教导；在苦难时，还想得到二老的鼓励；在远行时，还想听到二老的嘱咐；在团聚时，还想看到二老的笑容。

父母在，我们尚有来处；

父母去，我们只剩归途。

生老病死，乃人生自然规律。今天我们在这里为二老送行，愿你们与鲜花绿草为伴，与苍松翠柏同眠，愿你们在天国里幸福安乐，您二老也不会孤单。

我们会常常带着对您二老的眷恋遥望天国，为你们祈祷，祝愿。

别了，亲爱的爸爸，妈妈，

安息吧，亲爱的爸爸，妈妈。

雨水和着泪水一起交融而下，伴随着整个合葬的仪式。

在我的记忆中，大连的深秋从来没有如此持续不断的绵绵秋雨。而这场空前的秋雨，选择了此时此地。

正如善强在仪式后结束后发给我的信息所说的那样："双亲合葬，孝感动天。风雨交加，情浓于水。"

当晚，子夜过后，我依然没有睡意，脑海里回放着父母合葬的全过程。可巧，子时过后就是今年重阳节了。

而这个重阳节，我已再无双亲可以孝敬了。想到此，我拿起手机，沉吟一首七律《重阳·思亲》：

今日重阳又思亲，

心有缱绻泪沾襟。

昔日奉酒敬父母，

而今焚香祭故人。

梦里相见如旧日，

醒来拭泪有新痕。

重阳孝亲从此去，

唯留思念满乾坤。

尾声

一、哀思绵绵

父亲离世后那一刻，脑海里曾经设想过的那些处理后事的事务陡然摆在面前。我已无暇向亲友一一发出讣告，于是在微信朋友圈发了一则信息：

泣告：家父于2021年12月18日16:39离世，享年96岁。
庆良2021.12.18，16:50于沈阳

几分钟后，我的手机铃声不断响起，但我已无暇去翻看这些信息。直到父亲遗体告别、火化安置完毕后，我才一字一句地看完了全部每一个致哀的信息。

这些信息里有我的长辈、平辈和晚辈，也有我的领导、同事、同学、战友、摄友，还有我的挚友。读着他们的信息，仿佛见到他们的容貌，回想起从前相处、相知、相聚的日子。他们在我人生最痛苦的时刻，给了最暖心的安慰。看着这些来自四面八方、大江南北的抚慰，我的泪水禁不住涌出眼眶，模糊了双眼……

愿天堂里的父亲能够感知这些来自人间的真情和祈祷，在此，我代表家人向这些亲朋好友们致以最衷心的感谢！

发来唁电的有：

范国明日月轩主：祈祷致哀。

刘　英：节哀，爷爷一路走好。

王育文：庆良兄，节哀顺变。

宋国臣：愿老人家一路走好。

朱　虹：父亲长寿，你已致孝，节哀顺变，阖家安康。

王　波：祈祷致哀。尽孝之心可掬，人事之道堪赞。

AIPING：祈祷致哀。

兆　秋：节哀顺变，多多保重。

李益民：请节哀顺变，多多保重。

邢志敏：节哀，老人家一路走好，祈祷致哀。

刘元德：祈祷致哀。

尹大勇：多保重，请节哀。

李德和：节哀顺变，老人家高寿。

陈加玉：祈祷致哀。

李　诗：祈祷致哀。

侯建国：愿老人家一路走好。

黄季平：一路走好，祈祷致哀。

孙　兵：祈祷致哀。

江绪容：祈祷致哀。

王　雷：节哀。

秦　敏：祈祷致哀。

GRACE：老爸一路走好。祈祷致哀。

高力永：祈祷致哀。

王福志：祈祷致哀。

刘雪梅：祈祷致哀。

刘建超：老爷子千古。节哀保重。

刘　倩：祈祷致哀。悲歌可以当泣，远望可以当归。

安峰山：庆良兄节哀。

张海滨：致哀。

董春艳：愿天堂没有痛苦，伯伯一路走好。

0999：逝者已登仙界，生者节哀顺变。

戴永潮：祈祷节哀。

美摄帅哥阿朱：沉痛哀悼，节哀顺变。

史正江：沉痛哀悼。

马祥图：老人家高寿，虽然绝尘而去，也是了不起，愿老人家一路走好。

王 军：节哀顺变。

何超良：大爷一路走好。祈祷节哀。

王健华：老领导节哀。

宋济生：节哀顺变。读完泪目，我父亲去年离开我们，也是96岁，也是那么安详，一辈子善良淳朴。

邹振先：老人家一路走好，节哀顺变。

曾宪彬：祈祷节哀。

雪绒花高压雪：沉痛哀悼，节哀保重。

秦 雅：祈祷节哀。

马思中：老人一路走好。

王万慧：老人驾鹤西去，愿一路走好；大哥全家节哀顺变，请多保重。

王晓民（《人民日报》）：祈祷节哀。

廖万灵：祈祷节哀。

润泽如意张兵：节哀顺变。

李清泉：惊闻高堂仙逝，不胜哀挽之至；望节哀顺变，保重身体。

张文国：请师兄节哀顺变。

王琼东风：惊悉高堂仙逝，不胜哀挽之至，老人家寿高德望。愿天堂一切安好，逝者已逝，在者节哀。

刘 睿：祈祷节哀。

李英健：祈祷节哀。

顺　文：节哀顺变。

蒋晶鑫：何叔节哀。

周浩波：祈祷节哀。

梧桐树：惊悉庆良友老父离世，不胜悲痛，请庆良友节哀顺变，多多保重。

刘爱萍：祈祷节哀。

徐宝健香槟酒：祈祷节哀。

刘　文：祈祷节哀。

钟振华：节哀，愿老人家一路走好。

平淡人生易屏：节哀顺变，愿老人家一路走好。

张丽佳：老父亲高寿了，家人节哀顺变。

刘永鑫：祈祷节哀。

朱成沛舟上客：请节哀顺变，愿老人家一路走好。

徐笑梅：祈祷节哀。

李庆洲：庆良节哀，愿老人家一路走好，并慰家人，庆洲默泣。

李　安：节哀顺变，保重身体。

赵大河：高寿长者一路走好，家人节哀顺变。

任志宏：祈祷节哀！

唐洪英：庆良弟，惊悉另尊不幸病逝的噩耗，万分悲痛，愿他老人家一路走好，天堂没有痛苦，更盼您及家人节哀顺变，保重保重。

伍　燕：节哀祈祷。

刘卫平西卯洛夫：惊悉何老先生驾鹤西去，沉痛哀悼，谨向您和亲人们表示深切的慰问，望节哀顺变，保重身体。

程谟刚：祈祷节哀。

赵海林：祈祷节哀。

于媛媛：祈祷节哀。

王秀模：祈祷节哀。

陈晓军：沉痛哀悼。

甘北林：节哀祈祷。

吕力力：老人天堂一路走好，家人节哀顺变。

岳　野：节哀祈祷。

温小鸣：老爷子一路走好。

Helen Zhao：节哀祈祷。

天　涯：节哀顺变，叔叔阿姨天堂相聚无忧。

胡　奕：节哀祈祷。

丰　京：老人家大德高寿，天堂安好，师兄节哀顺变。

Sugar：节哀祈祷。

王晓东：祈祷节哀。

张　丹：祈祷节哀。

吴　苡：老人家驾鹤西去，愿在天堂一切安好，师兄节哀顺变。

曹太福：今天才看到，静默致哀，天堂走好。

侯　敏：无论老人家多高寿，依然期望常常陪伴在父亲身边，愿老人家安息，恳请您节哀保重。

李晓进：节哀保重。

梁志海（同学、战友）：

庆良，从朋友圈惊闻噩耗，心中的悲痛难以言表。叔叔他于不同年代的音容笑貌都一一涌入我的脑海。最后一次见他老人家是在阿姨走后不久，他在我心中的容貌就永远定在了他大连家中安放有你妈妈灵台的房间里。

叔叔这一生，除了你总结的那八个字之外，我觉得应该还加上"心灵手巧"（他自己打造的菜刀和你们家中各种用具都深深刻在我的记忆中）和"慈善担当"（我记得咱们放假回大连，每每遇到一些琐事，你常常随口说来：让我爸爸去做）。其实，对于像你爸爸这样的慈父，可以用来描述他的词语何止区区这几个字呀……

他的这一生和阿姨一起，含辛茹苦把你们兄妹四人各个培养得这么优秀，他自己人生中的这九十六个春秋必定是承载着满满的幸福与骄傲。

我相信，虽然他在离去时会依依不舍，但也一定是带着满足和成就感去天堂与阿姨相会的。尽管九十六岁被称为喜寿，但是亲人的离去对我们活着的人来说永远是痛苦的。多想想他老人家幸福美满的人生和终于摆脱了病痛的折磨吧，心也许会放开一些。多保重！

傅锡光（战友）：

庆良，获悉你父亲去世，深感突然和悲痛！

在我与你父亲接触和相处的时间里，让我深深地感触到，老人家一生诚恳厚道、勤劳简朴、慈祥善良，对家人和他人都极具爱心、热心、真心和责任心！对你们来说逝去的不仅是自己的慈爱的父亲，更是人生的向导、生活的呵护和坚强的依靠！

愿你父亲一路走好，并希望你和家人们节哀顺变！保重身体！！

二、长兄情怀，永世难忘

何福正

按照族谱记载，我们这一代是清室吉祖吉林泰的第六代后裔。吉祖吉林泰生有四子。我们是其长子洛多利的后人。

我的父亲何永川和伯父何永宽兄弟二人共有九子七女。老大、老二、老五是伯父所生，其余老三、老四、老六、老七、老八、老九为我父亲所生。

我们9个堂兄弟中，大哥在我的心中最朴实善良，谦虚和严厉。我很尊敬他，视如父兄。对于哥哥，在我心中有几件事让我难以忘怀。

记得在1972年，农村生活很艰苦，吃饭问题都难以解决。父亲让我去山东青岛往回买挂面。父亲说，路过大连到我大哥家去看看我哥哥和嫂子。当时我是一个从来没有离开过故土的农村孩子，也没去过大连，更不知道大哥家住哪儿。父亲告诉我，我哥家在大连春柳，我哥在大连耐火材料厂上班。乘火车到大连后，我转念一想倒不如直接去工厂找我大哥。等我赶到工厂时，恰好是下班的时间，正赶上大哥下班和工友一起往外走。工友问大哥我是谁。大哥说，这是我弟弟。大哥看到我，很是高兴。当时，我很感动，一种兄弟的亲情在心中涌起。

到了大哥家后，嫂子很热情，做好吃的招待我。在70年代，哥哥那点工资不多，还有四个儿女都要上学，日子过得也很苦，他们对我的到来，很热情，让我永生难忘。

哥哥很孝敬家里老一辈。记得在60年代和70年代，大哥一家人每次过年从大连回到农村老家看望父母和叔叔，从来不空手。60—70年代，在农村过年走亲串友最贵重的礼物就是两斤蛋糕和两瓶水果罐头。听说哥哥每年回家过年都要到商店买上两箱蛋糕（20斤），从商店要来包装纸、封贴和纸绳，带回老家以后自己分装包裹。

大哥每次回老家都要先到叔叔（我的父亲）家来看望。大哥非常喜欢和叔叔聊天，家长里短，一唠就是半天。

父亲从小喜欢书画，在十里八村是小有名气的书法家和画家。全村每年的春联几乎都是父亲撰写的。本族亲戚家的一些家具和屏风上都有父亲画的山水风景和鸟虫花鱼装饰画。大哥和父亲都有共同的爱好，就是喜欢养花、养鱼、养鸟。父亲在世的时候，家里家外都是花鸟鱼虫。因为共同的爱好，叔侄俩有很多说不完的话。

在主副食都凭票供给的年代，哥哥自己一家人把舍不得吃的白面、豆油带回来孝敬父母。农村过年有拜年风俗，哥哥带着我们兄弟和晚辈从村东头到村西头给长辈拜年，孝敬老辈。

如今，哥哥走了，那种年的味道已成往事，再也找不到那种年的味道了。

最让我难忘的是，我的亲弟弟老八生病在沈阳住院时，大哥给予的关照。

那是2013年，八弟得了再生障碍性贫血，血小板减少到危及生命的程度，这也是白血病的一种。大哥为此很是伤心着急，在大哥的儿子庆良和弟媳李红跑前跑后的帮助下，八弟终于在沈阳中国医科大学附属第一医院血液科住上院。

哥哥当时已是85岁的高龄，而且他的身体也不好。但哥哥还是抱病到医院看望八弟，给老八送饺子，送水果，给钱，问这问那，关心备至。手足之情，哥哥做到了，太有大哥样了，真是弟弟们的心中楷模。

可是八弟在沈阳医大住了一段时间后，大夫说回老家好好休息吧，这种病没什么好的治疗方法。就这样八弟回老家了，但哥哥始终放心不下，三天两头电话问候八弟的病情，那种关怀和亲情很是感人。

可惜八弟英年早逝，出院后只活了六年。当老八去了之后，哥哥悲痛至极，每当想起老八就哭，这种情感难以用语言表达，哥哥太好了！

2021年12月18日下午4：39，96岁高龄的哥哥也走了，当听到哥哥离世的噩耗，我心中很难受。因为疫情与疏忽没能见到哥哥最后一面，我感到无尽的自责与悔恨。弟弟再也看不到慈祥的哥哥，也听不到哥哥的关心和问候了。如今阴阳相隔，但兄弟之谊，却永世难忘。

长兄已去，音容笑貌，依然难以忘怀。

记得是2020年，我曾经跟长兄有一次通话。平时我和哥哥的电话联系不多，那一次我们谈了有一个小时。哥哥说到八弟去世时很动情，我和哥哥两个人都在电话里流了眼泪。后来哥哥在养老院期间，我们也曾经通过一次话。没说几句，哥哥就哭了。今天想想哥哥当时说的话，我都写不下去了……

哥哥，兄弟们想您，永远想念我的好哥哥！一生真诚善良质朴的大哥是弟弟们的楷模。弟弟也愿哥哥在天堂和嫂子安好。

人争不过命，冥冥之中自有定数。相遇与离别，这一切都是天意。缘来缘去算不出，聚聚散散莫强求。

七弟：福政

壬寅年四月初五　立夏　于熊岳老家

三、我的姥爷

刘　韵

从我记事起，姥爷就是我眼中的一家之主，不是因为年龄和辈分，而是他的勤劳和脾气。

自从我出生后，就在姥姥家长大。在我的人生里，姥爷陪我整整度过了十四年。确切地说，是养育了我十四年。在某种意义上，姥爷就是我的"父亲"，因为他爱我。

我自从上小学，就不是一个喜欢学习的孩子，不但成绩不好，更是贪玩儿。在姥爷的眼里，我是一个调皮的"外甥狗"。虽然姥爷不知道怎样督促我好好学习，但他在家教上绝对不含糊。

我清楚地记得，姥爷要求我们吃饭时两只手必须要在桌子上，上床之前必须要把脚洗干净。这两件事情绝对不可以含糊。

日复一日，年复一年，至今我无论在哪里吃饭，吃什么，双手始终会放在桌子上。不然，我会觉得姥爷会用筷子打我的脑袋。小时候被打多了，怕了。

姥爷平生喜欢看足球、拳击，还有每晚七点钟的新闻联播。新闻联播每天会在晚七点半结束。这之后就是我的黄金时间，从《乾隆皇帝》到《天龙八部》，我一集不落。那是我夜晚的精神支柱。我追的剧都会演到晚九点结束。然而，姥爷在八点四十五必须睡觉。为了这关键的十五分钟，我和姥爷经常会僵持不下，我记得唯一可以和姥爷一起追到晚九点的剧就是《水浒传》。

姥爷平时早上六点起床，和家人一起吃早饭。姥姥每天把早饭准备好后，喊我起床。我姥爷一直是个雷厉风行的人，不管是吃饭还是上厕所，都是分钟不会拖延。他仿佛那个时候就懂得"时间就是金钱"。姥爷对工作的热情和执着至今还让我印象深刻！

退休后，姥爷修自行车，雷打不动的守时和工作热情还有助人为乐的善良，让他成为受人敬重的"何师傅"。我记得非常清楚，有一次一个骑摩托车的人在楼下喊我姥爷求救，因为轮胎扎爆了。那时候，已经入冬，天色也不早，姥爷见状没有半点犹豫，便立马下楼接了这趟活儿。

也许至今没有人知道，在那么冷的天气，他是怎么用双手把摩托车的轮胎扒下来的。我只记得听见姥爷说了一句"补这个胎能多挣两块钱"。

由于常年使用双手去沾机油，用手扒轮胎，姥爷的双手没一块完好的皮肤。不夸张地说，双手全是大大小小的口子，我看着都心疼。但姥爷从没有为辛苦而抱怨过。除了过年那几天，我从来没有看见姥爷休息过、旅游过。

姥爷永远是家里最勤劳肯干的人。姥爷最看不起游手好闲、好吃懒做的人。姥爷对我的要求格外严格，记得在我小学六年级时，姥爷要求我每天放学后要去帮他把工具车推回家，我很不情愿，但又没有办法，姥爷的要求就是命令，不听就要挨打。

说到这里，别人会觉得我的姥爷是一个顽固的老头子，不讲情面。其实不然，在姥姥家，我是唯一的男孩儿。

我父亲在我四岁那年因煤气中毒，英年早逝。我妈独自带着我在姥姥家生活，姥爷格外疼爱我。

他有他的方式，姥爷的爱从未缺席过。姥爷知道我喜欢踢足球，就睁一只眼闭一只眼地让姥姥给我买球鞋、队服，给我零花钱。姥爷在家里是一毛不拔的铁公鸡。不夸张地说，一卷卫生纸能擦多少次屁股姥爷都知道，浪费卫生纸都是要挨骂的。水龙头多流一秒钟也要被骂。就是这样的姥爷，他可以放下自己的"原则"来尽量地满足我的要求。现在想想，我在姥姥家是幸福的。

说到姥爷的脾气，我小时候真的怕。姥爷生起气来，那真是山崩地裂，肯定逃不过被打。至今能想起来只有两次，其中一次让我记忆犹新，那也是第一次恨他。

那天晚上，姥爷突然开始倒腾家里的苹果缸，我万万没有想到，他老人家能倒腾那么深，把我藏在苹果缸里的听写考了2分的试卷倒腾出来了。虽然姥爷识字不多，但他知道他看到了什么，二话没说，拎起鞋架上的羽毛球拍便朝我的胳膊抡过来。我没有挡，顿时我的胳膊出现了几道血印。当时，大姨也在旁边，把平时不惯我毛病的大姨都看心疼了，大姨及时拦住了姥爷，我这才躲过一劫。

自从那次以后，我再也不敢把考了2分的听写试卷藏在苹果缸里了。

十三年的时间转瞬即逝地过去，在完成小学学业后，我便转入私立学校上初中。因为平时住校，只有周末才能回到姥姥家。记得每次回家时姥爷看到我都会笑得露出一口白牙，即使是姥爷刚干完活儿收工回来，也会在看见我那一刻忘记身上的疲惫。我也习惯了姥爷的示爱，也许是那个时候自己比较懂事了，慢慢开始发现，我的姥爷老了，已经不是以前的姥爷。

有一次，周末在家休息的时候，姥爷还想用以往的方式和我打闹，上来想和我摔跤，但没有想到，姥爷不但没有得逞，反而让我放倒在地上，姥爷倒地后，情不自禁地大笑起来，感叹"我的外甥狗长大了"。

从那时起，我知道姥爷真的老了，自己也真的长大了，再也不用担心姥爷会打我了。虽然那个时候每次回家姥爷看见我都很开心，但也逃不过姥爷对我生活习惯的管束。

那时是中国娱乐圈韩流来袭的时代，自己也开始追星，于是留起了长发，前面的刘海已经长过鼻尖。姥爷那天晚上终于没有忍住，把全家人都叫在一起，把我围在中间，指责我的形象作风问题。虽然那个时候被全家指责，但由于当时的倔强，宁肯当晚返回学校宿舍，也不愿意接受家人的批评教育。那天是我见到姥爷发火最厉害的一次了。结果在我返回学校后，学校内部就开始整顿校规校纪，我也剪回了平头，再次回家，看见姥姥、姥爷露出了欣慰的笑容。

但好景不长，少年时期的我总是会取悦自己而不经意地打破家里的平静，实在是让姥姥和姥爷操碎了心。在住校期间我染上了"网瘾"，就是打网络游戏。因为晚上玩游戏，我白天上课无精打采，一到周五放学就会跑去网吧到通宵。有一次，由于兜里没钱打通宵了，只能老老实实回家，结果睡到半夜的时候，我的发小打来电话约我去家附近的网吧会合，而且他来埋单打通宵。我怎么能禁得起这样的诱惑，毕竟打怪升级是我那时的"事业"。

那天晚上，我耍了个小聪明，把被子盖过枕头，摆了一个迷魂阵想骗过老两口。我那天晚上是玩尽兴了，但殊不知我的姥姥为了找我，已经急倒在床上，那也是姥爷最后一次对我暴跳如雷，说什么也要打断我的腿，家伙事儿都准备好了，只要我敢回家，他随时准备动手。得知后我不敢回家，我知道自己闯祸了，被逼无奈，我去了奶奶家逃难，起初奶奶家人并不知道详情，因为我不敢让爷爷知道，我的爷爷更是硬汉一条，如知此事，必将大打出手。我骗奶奶家人，说我想家了……

纸是包不住火的，消息很快传到姑姑的耳朵里。我姑处理得还是很妥当，没有告诉我爷爷，而是让我哥给我押回姥姥家，其实是想让我哥陪我，给姥姥姥爷请罪，求得原谅。到了姥姥家门口，我还是没有勇气去敲门，而是让我哥去敲门。我在四楼的楼梯口猫着，静观其变。

姥爷开门了，看见我哥后，露出他一贯的笑容，很热情地请我哥进屋，同时问道："刘韵呢?"我哥说"刘韵怕您打他，没敢回来"。

这时，我姥爷哈哈大笑起来，说道："我打他干什么，让他回来!"听到这话，我一下子蹦了出来，连忙向姥爷道歉。姥爷看见我顿时将双手举起来，搂住我的肩膀，再次哈哈大笑起来，然后马上严肃地训斥道："快去看看你姥姥，看把你姥姥气的，你个混蛋！"我屁滚尿流地跑到姥姥身前，向姥姥道歉。姥姥永远是最好哄的人，看见我人回来了，姥姥也是含泪笑了起来。

自从那件事后，姥爷再也没有向我发过脾气，因为姥爷再也没有机会向我发脾气了。

我在初中毕业后，便去了美国和妈妈团聚。在我下楼去机场的那天，我没有看到姥爷在阳台为我送别，姥姥当时在窗台迟迟不肯离去，我想姥爷不喜欢煽情的送别，他宁肯用他的方式送别自己一手养大的"外甥狗"。

我来到美国后，一去三年没有机会回家，终于在美国高中毕业后的那个暑假才有机会回家。

那是2006年的7月份，姥爷已经不再推着工具车到春柳的十字路口修车了，而是改在家里楼下修车。姥爷老了，已经推不动上百斤的两轮工具车到三里外的地方修车。即使是这样，来找姥爷修车的人还是络绎不绝，姥爷修得最好，价钱最公道。

姥爷也曾经收过一个徒弟，叫小朱，还时常让他到家里吃饭，救济他。姥爷是一个不折不扣的好人，用八个字形容姥爷："心地善良，自强不息。"

姥爷虽然上了年纪，但是，他老人家的身体非常好。在我小时的记忆里，他没有去过医院，没有打过针，有个头疼脑热顶多吃个药顶一下就过去了。回去的三个月里，我没有好好地陪伴姥爷，大部分时间是约老同学在外面玩儿，只是晚上回来睡个觉，第二天早上才能和姥爷好好吃个早饭，唠唠嗑。那时的姥爷已经对我没有脾气了，只是不停地提醒我，在美国要听妈妈的话，好好在美国生活，平时要节约，不要乱花钱，浪费。姥爷慢慢地变得慈祥了，这种对我的慈祥在家里是一件奢侈品，姥爷在家里并不是对每个人都这样。

此后，我几乎每一两年就回国看看家里的老人，每次回来和往常一样，在家里待不了多久就要和朋友聚会，能和姥爷在一起互动的时间很少。

直到2007年我永远地失去姥姥，家里发生了天翻地覆的变化。姥姥走了，姥爷从此一蹶不振。后来姥爷虽然有了陪伴，但姥姥家已经失去了昔日的温馨和幸福。姥爷的身体也随之一年不如一年。

姥爷的晚年是在沈阳与大舅一起度过的，姥爷也是在这里享尽了天伦之乐，一辈子省吃俭用的姥爷再也不需要节衣缩食，再也不需要为了多挣两块钱去扒摩托车轮胎。大舅和舅妈在姥爷的生活方面照顾得应有尽有，住院看病照顾得无微不至，姥爷得到了他的同辈人很少能得到的孝敬和关爱。

在姥爷最后的几年里，我没有在他老人家身边，但每天都能看到大舅在一家亲群里发来的姥爷日常生活的图片和视频。这些图片和视频里有全家人给姥爷过生日、逢年过节欢聚一堂的场景，也有大舅、舅妈陪姥爷一起外出游玩、打滚子娱乐的场景，更有姥爷临终前在医院接受治疗悲哀绝望的场景……

但我也总是心存侥幸地认为，姥爷身体底子好，总可以化险为夷。不幸的是，姥爷并没有如我们所愿走完百岁之年。姥爷是带着遗憾、带着伤痛走的。

我想在姥爷临走那一刻，他心里至少是坦然的，因为他可以去到姥姥身边，如果有下辈子，他不会让姥姥这么快离开他。

姥爷虽然已经不在，但是每当想起这位可敬的老人，眼前总会闪现童年的场景，那个家，那些事，那些人。

姥爷一辈子勤俭持家，热心待人，让我至今在生活中注意自己的言行，不浪费，不害人。

姥爷不是一个完美的长辈，但能在姥爷家里长大成人，我是幸运的。我希望如果有下辈子，我们可以重新开始，我会做一个更好的"外甥狗"。

刘韵

美国　加利福尼亚州　洛杉矶

四、天上相聚　人间追忆

——怀念我的姥姥、姥爷
安　琪

　　今年，是姥爷离开的第七年，是姥姥离开的第一年。在这些日子里，我内心始终很想用文字来留住我和两位我最亲近的人的回忆，可是每每回忆刚刚浮现，总有一种悲痛袭上心头，于是眼眶发热，难以成文。

　　可是最近，姥姥和姥爷时常出现在我的梦里。两位老人一定是在那一边相见了，他们托梦告诉我们，他们一切都好。对我来说，也是时候下笔来纪念那些共同的回忆，寄托这些年来不尽的思念了。

　　姥爷和姥姥是伴随我从小到大一路成长的最亲近的人。如今两位老人都已作古，但他们却时常出现在我的梦境里，记忆中的点点碎片慢慢拼凑成一张张鲜活画面，那是我的童年、我的成长、家的味道还有姥姥的歌声，时光带走了一些记忆中的情节，却带不走那些令我印象深刻的画面。

（一）记忆里的那些味道

　　从我出生起，姥爷和姥姥的家，就是我的家。那时妈妈在日本工作，从半岁开始，一直是姥姥和姥爷把我养大。

　　上幼儿园时，姥爷每天来接我回家，回家的路上遇到街边烤羊肉串的小摊，姥爷都会买上几串，满足一下嘴馋的我，然后看着我在小摊前把肉串"消灭"。如今，我早已记不清楚曾经在幼儿园里学了哪些东西、哪些小朋友与我交好，老师的样子也早已模糊，孩童时期的记忆似乎已经随着时间消散了大半，那些占据了更长时间的园中场景可以说已是遗忘殆尽。但在回家的路上，那个小摊的炉子、站在炉子前的姥爷以及翘首以盼的我，那情景我却记得格外清晰。

但相比于外面的美味，我最想念的还是姥爷的厨艺。无论是放学回家还是放假回家，最期待的就是吃到姥爷做的饭菜。对我来说，家的味道很大一部分就是来自姥爷炒制出的饭菜的味道。一道道东北家常菜在姥爷手里变得格外美味，至今，我仍不知道其中到底有怎样的玄妙，让这些普普通通的食材和调料可以拥有这独一无二的口味。

姥爷经常早晨五点骑着车去早市，买菜的同时，也带回早餐——酥脆的油条和保温桶装着的温热豆浆。2014年，姥爷手术痊愈后，我也有几次跟着姥爷一起去早市，跟在姥爷身旁，看着他和一家家常去的店铺的老板熟络地交流，熟练地采买，我想这大概就是生活最好的样子吧。

每年的春节，也是全家最热闹的时候。除夕这一天，我的任务是在上午帮姥爷一起把家中的灯笼和一串串彩灯都挂好；到了中午，姥爷会拿着熬好的糨糊，叫我一起贴春联、贴福字，家里的贴好，去贴对面楼舅舅家的，然后再去贴车库的，这些传统的仪式感一样都不能少。姥姥则是从一早就开始收拾卫生，把家里整理得干干净净、亮亮堂堂。下午是姥爷和姥姥准备年夜饭的时间，姥爷在灶台前忙碌着，姥姥在一旁打下手。炸茄盒、炸野鸡脖、炸虾仁、酱猪蹄、红烧鱼、烧茄子、炒蚕蛹、炒土豆丝、皮冻……每一道都是年夜饭桌上的抢手菜，也是我从小吃到大的味道，更是我记忆中年的味道。到了晚上十点左右，全家就要开始包饺子了。姥爷调馅、和面、擀皮，姥姥带领全家一起包饺子，有欢有笑，其乐融融，我最爱的是姥爷和姥姥包的酸菜馅和韭菜馅饺子，那种味道，让我至今想起来都回味无穷……

（二）记忆里的那些声音

姥爷是个沉稳睿智的人，他不善言辞。记忆里很少听到姥爷主动闲聊，相反，姥姥是个爱说爱笑的人，家里总是可以听到姥姥大声地聊天和开怀大笑。姥姥和姥爷两个人，一个在说，一个在听；一个在唱，一个附和。在我记忆里，这是姥姥家最温馨的画面。

姥姥唱歌很好听，那一辈的老歌张口就来，且唱得甚有韵味。《篱笆墙的影子》《渴望》《好人一生平安》《洪湖水浪打浪》……这些经典的老歌，既是姥姥平日消遣的曲调，也是儿时伴我入睡的歌谣。姥姥阿尔茨海默病愈发严重之后，这些曾经熟悉的旋律，就越来越少地从她的口中唱出了。

姥姥会唱歌，而姥爷会乐器，二胡拉得像模像样，而且是自学成才。具体演奏过哪些曲子，如今的记忆已经有些模糊了，但是深深地记得，姥爷拉琴的样子是极有魅力的。

姥爷平日里言语不多，但是当他张口与人沟通时，总是给人一种非常睿智的感觉，和他交流时，心中会感到非常的踏实和稳妥。姥爷是一名老党员，还是雷锋的战友，但他并不主动提起这些光荣的往事。他总是把曾经这些经历塑造出的品质融于日常的行动里，用行胜于言的方式，传递给我们温和待人、平和处事，不骄不躁、认真生活的道理。

（三）记忆里的那些影像

姥姥爱美。每次妈妈给姥姥买来漂亮的新衣服，试穿的过程中她总是开心得合不拢嘴，穿好后一定出来给大家展示一番，得到夸奖之后就会心满意足，并且在下一次出门时一定会喜滋滋地穿上新衣服。每天早上洗漱后，无论出门与否，姥姥都是要打扮一番的，润肤乳、打底霜，再来点口红，头发要打理得齐整柔顺，换上好看的衣衫，是一个精致的老太太。

姥姥非常爱干净。家里的床铺要铺得平整，用完的物品要归位，窗帘要拉到位，沙发垫一定是坐完就要重新铺好，看到地上掉落的头发也一定马上捡起来……记忆中的家里，无论何时，都是干净、整洁的。

姥爷年轻时也是一个帅哥。老照片中的他，一身军装，潇洒帅气，文质彬彬，让人移不开眼。退休后的姥爷，在家里也是喜欢穿一身干净利落的衣服，衬衫打底，外面套一件毛坎肩。如果外出，那么少不了西裤、翻领夹克和羊毛礼帽。

除了看报养花以及偶尔拉二胡，姥爷很少有其他娱乐活动。退休前，他总是对工作尽职尽责，又将家里兼顾得很好；退休后，他的生活重心就全部放在了家人身上。姥爷很会修理东西，家里的大件小件到他手里可以化腐朽为神奇。大四那年，回家路上，我的行李箱一个轮子磕坏了，刚进家门，姥爷就发现了，他把箱子拿走叮叮当当修了一阵后，便把它修得完好如初。如今我依然时常想起姥爷当时的一句口头语："东西坏了，来找姥爷。"

（四）姥爷的离去

得知姥爷生病住院并且要做手术时，我正在长春东北师范大学读大三，并且即将要去辽阳拍摄毕业作品。那天，像往常一样，我打电话回家问问家里是否都好。但与往常这个时间每次都是姥爷接起电话不同，这次是姥姥接的，我下意识地先问了一句："我姥爷呢？"姥姥回答我："安琪啊，我告诉你，你先别着急啊，你姥爷住院了。"我当时就有些慌神，身体一向硬朗的姥爷怎么突然住院了？我马上给妈妈打去电话，妈妈告诉我没什么大事，已经做了手术了。具体细节我现在已经记不清，只记得挂断电话后哭了一通。

后来见到姥爷时，已经是过去一个月了。我从辽阳拍完毕业作品，直接回到沈阳家里，看到姥爷瘦了一大圈。我瞬间感到眼眶发酸想哭，记忆里，我好像是忍住了眼泪。看到姥爷手术后精神状态还不错，心里还是放松了一些。当时的我还不知道姥爷的病其实非常严重，也未预料到在接下来不到两年的时间，就是我与姥爷相处的最后时光。

在之后的一年多时间里，姥爷身体状况始终不是太好，因此我在选择读研的院校时，选择了与家同处一地的辽宁大学，原因很简单，我想要离姥爷近一些。

我真正预感到即将来临的离别，是2015年的元旦。元旦前一天，我还在学校，妈妈打来电话，让我元旦回家，我们要拍照。我当时还有些疑惑，不知道为什么突然要拍照。第二天，我回到家，看着全家团聚的景象，看着老爸摆放三脚架和相机忙碌的身影，看着姥爷和姥姥整洁的一身打扮，看着家里热闹又莫名伤感的一丝气氛，我心里只闪烁着一个念头：这难道是要拍和姥爷最后的合影吗？

晚饭后，我无意听到妈妈和舅舅的聊天，话里的意思是：我的姥爷，可能已经时日无多了。虽然这一年多以来，姥爷一直病着，但我始终抱着希望有一天是会痊愈的。我很难接受，一直身体硬朗、很少生病的姥爷这次真的过不去了吗？

此后的两个月里，我尽可能地多照顾姥爷。姥爷是白天去医院治疗，晚上回家，我或者白天去医院照顾，分担一下妈妈和舅舅的压力，或者在家照顾患有阿尔茨海默病的姥姥。深夜里，总是不自觉地想到，躺在隔壁房间的姥爷，有一天真的会离我们而去吗？越想越难过，最后在眼泪中睡去。早上起床，看到精神还不错的姥爷，又是充满希望的一天。

然而，时间还是来到了告别的时刻。姥爷心里一定也是有所感知，2015年从除夕到初五，已经生命垂危的姥爷本该继续留在医院治疗，但他忍受着疼痛回家里陪着家人过年。这时的姥爷，已经病得很难下床，几乎不能进食了，但他支撑着精神给我们讲了很多很多的往事，全家人围在姥爷身边静静地倾听。

初六一早，如约送姥爷回医院治疗，已经无法下床的姥爷，却坚持要自己从卧室走到家门口，不要他人帮忙，看着姥爷撑着消瘦的身体极度艰难地走到门口，我心里难过极了，虽然姥爷还是那么坚强，但这时的他和过去那个身体硬朗的老人判若两人。

想不到姥爷竟然在回到医院后，不到一个小时就离开了我们。

我没有见到姥爷的最后一面。直到今天，这些画面依然不忍回想，我又不觉地落泪了。

在姥爷离世的第二年，我为姥姥拍了一部纪录短片，名为"一半"。患上了阿尔茨海默症的姥姥忘记了很多事，甚至写字、看报、打电话、做饭这些曾经非常熟悉的动作都忘记了。最令人担心的是，姥姥在保姆做饭不注意的时候，一个人走出家门后，竟然不知道怎样回到自己的家。但姥姥却依然记得陪伴她几十年的姥爷曾经的好，依然记得这间屋子里姥爷曾经说过的话、做过的事，依然会翻着旧影集对着发黄的老相片落泪。

在这个纪录短片的结尾，我写道："一个人的记忆是关于两个人，两个人的生活却只剩一个人。姥姥这一生没有离开过姥爷，被姥爷照顾得无微不至，如今一个人已经离去，另一个人只能孤单地回忆往日的岁月。"

2019年10月，我也和生命里的另一半组建了家庭。姥姥来到我的婚礼上，对我而言，姥姥是最特别的来宾。在婚礼誓词的环节，我也说出了心里的话："今天这个仪式，我特别希望我的姥爷可以看见，看见我终于嫁给了这个他可以放心托付的男人，我相信他可以看见。"姥姥和姥爷都看见了，这个他们抚养长大的外孙女如今也走入了人生的新阶段。

（五）姥姥和姥爷的团聚

一生开朗爱笑、处事利落、爱美、爱干净的姥姥，在患上阿尔茨海默病晚期的这些年里，逐渐地失去了她最美好的这些特质，慢慢地变成了一个真正意义的"老小孩"，全家人围着姥姥、哄着姥姥，把她当小孩子一样呵护着。

从2017年住进养老中心开始，姥姥长年以来的高血压、糖尿病、冠心病得到了一定的控制，家人每天轮番去陪姥姥，陪她吃饭、晒太阳、看电视、活动身体，给她带些好吃的，妈妈唱歌给她听，舅舅擅长哄她笑……

在姥爷走后的这些年，姥姥是我们全家的牵挂。多希望岁月再长一些，她老去得再慢一些，我们的陪伴能再久一些。

然而，自然的生命终究抵不过长年的病痛以及多年间大量的服药。今年初秋的9月8日，在经历了一个星期的入院治疗和抢救后，姥姥还是离开我们，她去和姥爷团聚了。

这一次，我以为自己做好了心理准备，然而当这一刻真正来临时，我在赶往医院的路上还是泣不成声。姥姥走得很安详，经过殡仪师的整容后，灵床上的姥姥一如往日那样面光红润、温柔慈祥，她依然还是那个我曾经爱美的姥姥。

姥姥，您去和姥爷团聚吧，为您自己，也为我们带去了这七年的想念。

姥爷去世后，经常会出现在我的梦里。而让人感到神奇又欣慰的是，在姥姥也离开之后，两位老人总是一同进入我的睡梦之中。梦中的他们一起坐在沙发上看着电视，一起修理家里的电器，一起和我说着话……

我相信，姥姥和姥爷在世界的另一端团聚了，他们轻声地告诉我们，他们现在很好……

最后，用新听到的一首歌词来表达我的心声：

人生总要历经悲与欢

我们总会有相聚有散

曾经陪伴的人已走远

或许化作天上的星星点点

夜里的星星在眨眼，那一定是离开的人在守护着我们。

姥姥、姥爷，你们的养育之恩，我们祖孙亲缘几十载，今生永远不忘怀……

外孙女　安琪　泣书

2022年12月24日

后记

养老是道难迈的坎

在现实世界中，除了时间，没有一样东西是永恒的。

生老病死都是自然现象，乃一切生物的客观规律，人亦如此，谁也逆转不了。这是人生的必由之路，亘古不变。

生老病死也是生命的常态。生来一个人，死去一个人。所以，人生，就是一个人生老病死的简称。

《淮南子》里说：生，寄也；死，归也。人生在世，必有悲欢喜乐，也逃不了生老病死。

佛经上说的"人生四苦"是指生苦、老苦、病苦、死苦，主要指的是肉体上的痛苦。佛教将出生、衰老、生病、死亡看作是人生的四大苦事，亦泛指生育、养老、医疗和殡葬。

《世说新语》中有中唐诗人裴度的一句名言："生老病死，时至则行。"诗人以坦荡的胸襟，看淡生老病死，申明生老病死是人生自然规律，无法逆转。真的到了要生、老、病、死的时候，顺其自然也就是了。

生老病死，生是启程，死是归宿，老与病则是人生最苦、最难的行程。

民间各地流传的小调《老来难》把暮年力衰、行将就木的老人做了活灵活现、生动形象的刻画：

老来难，老来难，劝人莫把老人嫌。当初只嫌别人老，如今轮到我面前。

千般苦，万般难，听我从头说一番。耳聋难与人说话，差七差八惹人嫌。

雀蒙眼，似鳔沾，鼻泪常流擦不干。人到面前看不准，常拿李四当张三。

年轻人，笑话咱，说我糊涂又装憨。亲朋老幼人人恼，儿孙媳妇个个嫌。

牙又掉，口流涎，硬物难嚼囫囵咽。一口不顺就噎着，卡在嗓喉噎半天。

真难受，颜色变，眼前生死两可间。儿孙不给送茶水，反说老人口头馋。

鼻子漏，如脓烂，常常流落胸膛前。茶盅饭碗人人腻，席前陪客个个嫌。

头发少，头顶寒，凉风飕的脑袋酸。冷天睡觉常戴帽，拉被蒙头怕风钻。

侧身睡，翻身难，浑身疼痛苦难言。盼明不明睡不着，一夜小便六七番。

怕夜长，怕风寒，时常受风病来缠。老来肺虚常咳嗽，一口一口吐粘痰。

儿女们，都恨咱，说我邋遢不像前。老的这样还不死，你还想活多少年。

脚又麻，腿又酸，行动坐卧真艰难。扶杖强行一二里，上炕如同登泰山。

无心记，记性难，常拿初二当初三。想起前来忘了后，颠三倒四惹人烦。

年老苦，说不完，仁人君子仔细参。日月如梭催人老，人人都有老来难！

对老人，莫要嫌，人生哪能净少年。人人都来敬老人，尊敬老人美名传。

一曲《老来难》道尽了人生晚年的辛酸苦楚，也是大多数风烛残年老人凄凉晚景的真实描述。

"谁的晚年都是一场凄风苦雨"！这绝不是危言耸听。

老来难，难养老。

养老是道难迈的坎，这个坎，对于父母、子女、社会、国家都是如此。

这是一道横亘在人世间难迈的坎。

大有大的难处，老有老的烦恼。

一部火遍荧屏的电视剧《都挺好》将现实生活中很多的家庭问题真实地展现在观众面前，由丧偶的苏大强用各种无理取闹搅得苏家不得安宁的剧情，让父母的养老问题延伸到我们的现实生活中来。养老不仅是每个家庭无法摆脱的问题，更是我们国家亟待解决的社会问题。

按照联合国标准，60周岁或65周岁以上的人为老年人。我国《老年人权益保障法》第二条规定，凡60周岁以上的中华人民共和国公民都属于老年人。据央视新闻报道，预计2025年我国老年人口数量增至3亿人。照国际通行划分标准，当一个国家或地区60岁及以上的人口占总人口比重达到10%，或者65岁及以上人口占总人口比重达到7%时，意味着进入老龄化；65岁及以上人口占总人口比重达到14%为深度老龄化，达到20%则进入超老龄化社会。2020年我国65岁及以上老年人口占总人口比重达13.50%，即将步入深度老龄化，预计2040年我国65岁及以上老年人口比例超过20%，进入重度老龄化社会。

我国人口红利正在削弱减退。

与人口老龄化相对应的是新生儿出生率正在逐年下降。仅以最近两年数据统计看，2020年全国人口出生率仅为8.5‰，与上一年同比下降18.3%；2021年为7.5‰，同比又下降了11.8%。各省区市新生儿出生率也均呈下降趋势，这在一定程度促使老年人口占比增加，人口老龄化程度加重。

与此同时，随着医疗水平的改善，人均寿命的提高也是社会人口老龄化的原因之一。自1978年改革开放以来，我国经济迅猛发展，人民生活水平不断提升，社会医疗水平也在逐步改善，国民健康水平得到了稳步提升，国民人均预期寿命从1981年的67.77岁上升到2022年的78.3岁。

我国人口老龄化形势严峻。根据国家统计局公布的第七次全国人口普查数据显示，截至2020年11月1日零时，我国60岁及以上老年人口达2.64亿，占总人口的18.70%。我国人口老龄化具有规模大、发展快、不平衡等鲜明特征。首先是规模大：目前，我国是世界上唯一老年人口超过2亿的国家。预计2033年突破4亿，2035年前后进入重度老龄化阶段。2050年左右，60岁及以上老年人口预计达到峰值4.87亿，占届时全国总人口的34.8%、亚洲老年人口的40%、全球老年人口的25%。其次是城乡差异大，农村60岁及以上、65岁及以上老年人口占农村总人口的比重分别为23.81%、17.72%，比城镇的比重分别高出7.99、6.61个百分点。再次是区域差异大，第七次全国人口普查数据显示，有10个省区市老年人口占比超过20%，辽宁最高，达到25.72%；西藏最低，为8.52%。从"十四五"时期国家进入中度老龄化，到2035年前后进入重度老龄化，再到2050年左右人口老龄化达峰。

我国的老年人口基数大，来势迅猛。据有关资料预测，到2025年，我国80岁以上的老年人数将达2500万人。到那时，我国60岁及以上的老年人将相当于美国的总人口，两倍于日本的总人口，其中80岁以上的老年人也将超过澳大利亚的总人口。到2050年，60岁及以上人口将达到4.87亿，那时三个中国人里就有一个老人，比今天的欧洲和日本都严重。

随着我国医疗条件的改善，人均寿命越来越长。长寿带来一个最现实问题：一个人活过了90岁，他领退休金的年头可能比他的工龄还要长。可见，如何安排和解决好亿万老年人的养老问题，将是我国21世纪的重大战略任务之一。

中国人养老出路何在？这是每一个人、每一个家庭、每一级政府都应该认真对待和思考的问题。

国际上养老方式主要有两种：一种是现收现支型，就是把你工作时缴纳的养老金存起来供你退休后养老；另一种是代际之间的循环型，就是下一代人缴费养上一代人，循环滚动。我国实行的是两者结合的方式。现行的养老体系中，政府管理的社会养老保险为第一支柱，企业缴费的企业养老保险为第二支柱，个人缴纳的个人养老保险为第三支柱。

30多年来，我国一直实行计划生育这一基本国策，出生人口减少了4亿。随着我国人口结构呈倒三角形，下一代人数骤减，老龄化的加剧将对国家养老金形成一个巨大的冲击，可能会出现天量的资金缺口，下一代年轻人交的钱远不够上一代人养老，只靠现有机制不能解决我国的养老问题。

现代的高楼大厦解决了激增人口所需要的住房问题，但同时也将每户人家封在了一个个房间之中。快节奏的忙碌生活让大多数工作在城市的儿女与远在家乡的父母无法时常见面。年轻夫妻忙碌一天回家，辅导完孩子学习、作业也想早点休息，或许没有空闲思考父母过得怎么样。有一部分隔代的孩子别说跟爷爷奶奶有多深的感情，每年能够相处十天半月都是件奢侈的事情。

很突出的一个社会现象就是，如今的很多90、00后比较淡化他们老一辈那个年代的亲缘感受，孩子和父母之间更多的是以朋友似的关系平等交流相处，因此孩子不再以父母为天，他们是一个个独立的个体。50—70后这代人，大多数家庭的子女是独生子女。当他们的父母老了，就要面临太多的难题和考验。

当今人们生活品质越来越好，活动更加丰富，部分人反而越来越不懂得血缘关系的真正含义，孝顺父母在部分人的眼中是负担，这或许不仅是某一个人的问题，而是整个社会的问题。

孝，作为一种血缘的互动亲情，蕴含着父母养育未成年子女的责任和子女赡养年老父母的义务。这种责任和义务关系既不是契约关系，也不是任何意义上的等价交换，而是亲情的自然产物，是一种不可推卸的道德责任和义务。

父母爱子女，是本性；子女爱父母，是人性。

本性是天生的，人性是后生的。

我国广大城乡中，由于年轻人在外地上学、工作等原因导致的"空巢老人"现象非常普遍。2010年左右，我国城乡空巢家庭超过50%，部分大中城市达到70%；农村留守老人约4000万，占农村老年人口的37%。2021年左右，我国空巢老人约1亿，家庭照料功能弱化，老年人养老问题日益突出。

一、养老难的第一道坎

对于老年人来说，随着医疗技术的进步，人均寿命越来越长，他们的日常生活需要大量的帮助和照料。现在儿女夫妻双方在外地工作的情况非常普遍，家中老人的照料越发成为家庭难题。

近些年来，"啃老"逐渐成为一种趋势。独生子女的父母，大多是被"啃老"的主体。不少独生子女从小娇生惯养，习惯了精致的生活方式。随着生活的压力越来越重，养不活自己小家庭的年轻一代越来越多。独生子女"啃老"已成为普遍存在的、不可避免的一种社会常态。

父母辛辛苦苦打拼多年，把孩子送上了大学。孩子大学毕业后，虽然找到了工作，不见得能养活起自己的家庭和孩子。有时父母还需要"倒贴"。"倒贴"的口子一开，就会一直依赖老人。儿女未结婚，也许父母还认为，只要孩子快乐就好。等孩子要结婚时，老人就需要面临艰难的抉择了。

到底是掏空老本帮孩子结婚呢，还是不管？绝大多数的父母，嘴巴再强硬，也仅仅是嘴硬心软罢了。

曾仕强先生认为，两个孩子，一个读书很好，一个读书一般，读书很好的孩子会出远门工作，读书一般的孩子大多留在父母的身边，会在家陪着老人，父母也算是有人相伴了，能感受到儿女在旁的温暖。时至今日，有无数的孩子外出打工，背井离乡，甚至一年到头都不回家一次，真是"人生自古两难全"。父母，又能怎么办呢？孤独终老，或将成为现实。

数据说，在大城市养老的老人，要想活得体面，至少需要花费上百万元，个人的养老花费特别高。所谓的体面养老，就是生病了，能够及时去好医院，接受高档的医疗服务，同时，你的衣食住行都比较好，不至于过得清苦。各种条件都好的高端养老机构，每月的费用至少1万~2万，甚至更高。

但是，毕竟能够付得起高消费的老年人是少数。人老了，还贫苦，这才是人生晚年最大的悲哀。高质量的养老都是用金钱堆出来的，没有财力，生病了都不敢去大医院。如今去一趟医院，做个手术，少则数万元，多则数十万元，可以让一个家庭"一夜回到解放前"。只有一个孩子的父母，基本就不敢病，也不愿意去医院治病。

身为独生子女的父母，一个孩子结婚后，两个年轻人至少要担负起双方家庭至少4个老人的养老负担，这会让他们连后代都养不起。

古往今来，两代人总是存在代沟，这是代际更迭不可避免的矛盾。父母随着逐渐变老，生活习惯、饮食要求、起居规律等都会和中年人、年轻人有很大不同，甚至起矛盾冲突。老年人有自己的生活习惯，换一个城市或者从农村到城市，甚至从自己家到子女家都未必能够适应气候、饮食、交通、语言等方面的变化，都需要重新适应，这对已经衰老的父母而言都太难了。许多老年人宁可孤独，守着破旧的老窝，也不指望和儿女住在一起。

很多孩子是跟着爷爷奶奶、外公外婆长大的。但老一辈的辛苦付出，往往难能得到子女的感谢，反而落了埋怨。"出力不讨好"是每个老年人心中难言的隐痛。本想着是帮子女减轻负担，还能享受一下天伦之乐，没想到辛苦了一辈子，到老还要受委屈。

老年人的孤独寂寞，或许不是因为没钱，也不是因为身体，而是因为精神上得不到亲情的慰藉，从而产生对生命的恐惧、孤独、失落，甚至抑郁。有的子女为了让老人排遣孤独，把父母送到养老院，和其他的老人一起过集体生活。而今各类养老院参差不齐，高端的养老院动辄每年十几万元乃至几十万元，绝大多数老年人住不起。每月费用两三千元的养老院功能欠缺，且不说软件条件，硬件条件也差强人意，根本无法满足老年人的生理和心理需求。但是，这一辈的父母，没多少人愿意住养老院，尤其是农村出身的老人更是如此。大多数的高龄老年人平日孤独寂寞，健康不佳，情绪容易失落，看电视、养宠物并不能带来多少精神慰藉。他们需要心理关怀，尤其是到了晚年，若是剩下一个人的余生，那是更为悲催。孤独才是致命伤，有许多老人在老伴离世后，就会变得郁郁寡欢，甚至也会不久于人世。

人吃五谷杂粮，孰能无病。人生不怕寂寞孤独，不怕素食简朴，只怕老来生病。老年生病是谁也抗拒不了的事情。有些人，还未到退休年龄，就已经靠吃药维持血压、血糖。人到晚年，得了老年病或慢病，被折磨的不仅是自己，还有家人。有些疾病，只要上身，就会跟随到死。更为可怕的是，如今去一趟医院，小病半个月工资，大病全年工资就没了。遇到严重的，直接让家庭"一夜回到解放前"。对于有些得了大病或绝症的老人来说，不但是自己的劫数，也是一个家庭的灾难。

出生在五六十年代的一代人，虽然没有经历过硝烟战火，但他们却没有真正享受过生活。生在那个年代的人，绝大多数是由哥哥姐姐带大的，没有感受过父母的疼爱，青少年时代又没有接受过正规的学习教育，绝大部分人的文化水平偏低。等到他们长大了，凭着一身的力气，勤俭持家，任劳任怨，埋头苦干，从身无分文、白手起家，到衣食无忧，应有尽有。他们曾是新中国建设的主力，也是每个家庭的顶梁柱。

现如今，他们上有老下有小，肩上担负着重担。对上要赡养父母、尊敬长辈，对下要抚养子女，百般呵护、加倍疼惜，甚至投资教育，把自己童年不曾有过的梦想与关爱，全部加之于子女。他们子女的婚嫁早已不比从前，讲求的是排场，比拼的是金钱，还要有楼房，屋内装修、家电齐全，一切都是钞票堆积而成的。钱从何来？都是他们这代人节衣缩食、任劳苦干积攒下来的。一场婚礼下来，他们已是所剩无几，甚至是积蓄一空。

他们中的不少人还有八九十岁的父母需要照顾和赡养。老的不得不管，小的也不能不管！早婚早育的，要帮子女洗衣做饭带孙子；晚婚晚育的要供养子女念硕士研究生，读博士研究生，出国留学……他们既要全力以赴地干活，又要呕心沥血地培养下一代，更要全身心地赡养老人。在孝敬老人的路上，每个人都有着自己的故事要述说……

然而，真正养老难的问题还在农村。虽然这些年农村发展速度快，变化也不小，这是大家有目共睹的。现在，农村随处可见的农民新居和越来越普及的小汽车，就是最好的验证。国家为了减轻农民的负担，出台了不少惠农政策。但面临的难题依然很多，老龄化是让农村老年人最头痛的事，农村养老问题难解决。虽然，国家也出台了解决农村"养老难"一系列的政策，但效果却并不理想，没有起到根本性的作用，农村老人养老问题依然还是很严峻。

以前，农村"养儿防老"的思想根深蒂固，千百年来，农村老人都是依靠"养儿防老"这种方式来保障自己的老年生活。可随着社会不断的发展变化，不可否认，传统的孝道观在年轻人心里渐渐变化。另一方面，现在子女身上的压力也非常沉重。不但要背负各种各样的车贷、房贷，工作竞争压力也越来越大。子女结婚后，都有自己的家庭需要照顾，没有更多的时间和精力顾及自己的父母，老人养老也就成了大问题。

现在很多农村老人，基本都是40到60后这一代人。这一代农民工没有什么文化知识，到城市打工只能从事一些高强度的体力活。年轻时常年在外打工赚钱，从事高强度的体力活，过度消耗和透支自己的身体。如今年龄大了，身体机能下降，各种毛病越来越多。让农村老人头疼的是身体毛病多，看病花费大。对于很多农民家庭来说，治病是一个家庭难以承受的。只要家庭成员生大病了就会返贫，养老问题也会变得更加困难。

现在农村年轻人赚钱的主要形式依旧是进城打工。那些靠十年寒窗苦读考进大学的孩子，几乎耗尽了父母的血汗钱。但是，孩子从学校一毕业就天南地北地到处闯，没人愿意回到农村继续从事农业生产。他们宁肯在城里租用地下室住，也要留在城里打工，很少有人愿意留在父母身边及时尽孝。

农村养老问题还有一个突出的情况，那就是农村养老金实际发放水平较低。2020年我国农村老年人已达1.2亿，2022年农民养老金实际平均发放水平仅为城镇职工的5%。

对于农村老人来说，不像城里老人退休后靠养老金生活。在农村，老了后养老大多也只能靠自己。现在，很多农村老人七八十岁还在下地干活。因为不干活，自己养老就不怎么宽裕。

未来要改善城乡老年人"养老难"的问题，还有很长一段路要走。

二、养老难的第二道坎

对于儿女来说，要承受两代人的"养老问题"，压力大，责任重，负担多。

在中国传统的思想里，"养儿防老"是一种传承。对于当今独生子女家庭来说，不管男孩还是女孩，都是父母最后的依靠。

我国第一代独生子女，是20世纪70年代以来提倡计划生育政策之后出现的。根据统计，截至2016年1月1日放开二孩政策，在执行了三十多年的独生子女计划生育政策之下，总共诞生了将近1.8亿独生子女，占全国的40%。而这些当时在"421"家庭结构中备受父母宠爱的独苗，如今却陷入了"124"的倒三角的重压，卷入为60岁以上的父母养老的困境和难题中。

作为独生子女，在面对父母养老的问题上，举步维艰。若夫妻都是独生子女，那么两个人将要承担起四个老人的养老问题，还要养育下一代，每走一步都是辛酸。

这一波独生子女如今正好行走到人生的中年阶段，刚刚过上小康生活，尚未完全进入到中产阶层的他们，不仅上有父母需要赡养、照顾，下有年幼的孩子需要抚养和教育，中间还有自己的职场打拼以及房贷、车贷、人际关系、教育费用支出、抗通胀、家庭财富升级等各方面问题，需要他们硬扛。

从经济上的压力来说，金钱问题是重中之重，决定着父母"老有所依"是否能够实现。80后、90后的独生子女，正好赶上社会改革的变化。教育、住房的改革让他们上学，特别是买房子都要自己掏腰包。不少人还是掏空父母的钱包才能凑齐首付，其后则长期承受还贷重压。而80后、90后中大多是"月光族"，除去生活所需与月供所剩无几，很多年轻夫妇每每入不敷出，尤其是父母的积蓄几乎都花光了，有些甚至用完了。父母一旦患病，只能手忙脚乱。

独生子女为父母养老的压力超乎你的想象。现代社会的节奏越来越快，那些80后、90后的独生子女，他们开始承受巨大的给父母养老的压力，这个压力可能大到我们都想象不到。独生子女为了拼事业，没有时间去陪伴自己的父母，没有精力去表达自己的爱，总是心有余而力不足。独生子女所面临的养老问题与生活的困难很多，常常让他们感觉到压力重重。

此外，现实是很残酷的，很多在社会打拼的年轻人和众多在外务工或经商的子女不能在父母身边，和老人团聚的机会可能每年只有一次，甚至更稀少。父母渐老，自己工作又忙，自己的小日子尚且过不好，又哪里能承担起父母的养老大业？年轻的夫妻一旦其中一个被累倒或病倒，很容易出现病倒一个拖垮整个家庭的悲剧。如果再赶上独生子女群体的下一代子女升学、就业、结婚、买房等难题，独生子女家庭将更加有心无力，而一部分农村独生子女父母的养老问题更加突出，如果他们的父母没有参与养老保险，农产品收入并不丰厚，微薄收入很难在关键时候派得上用场。

养老问题主要难在两个方面：第一难是生活照料的压力。老年人里有多种常见的老年病，比如中风、老年痴呆等。有数据显示，截至2019年，中国已有1000多万阿尔茨海默病患者，是全球患者数量最多的国家。我国65岁及以上人群中失智症患者患病率为5.6%，即有930万。这些人里，中度痴呆期的患者地点感知混乱，出门后容易走失，无法计算出10以内的加减乘除，总忘记东西放在哪个地方。而重度痴呆期的老人则认不出亲人，照镜子时连自己都不认识，以至于生活无法自理。2020年左右，在我国，在公安系统备案的每年走丢的阿尔茨海默病老人高达76万左右。这些老年慢病都需要长期身边有人照顾。在康复过程中，需要全天候24小时贴身监护照料。如果病人自己生活能自理，能吃能喝，自主行动，这对孩子来说是莫大的幸事。如果是半瘫或全瘫，失能或半失能，那就需要子女花很多的时间和精力去照料。这样，儿女不仅要照顾老人，还要工作赚钱，可以想象那种压力有多大，身心多疲惫。

对于大多数80后、90后年轻夫妇来讲，往往因为自身的能力不够强大，两个人的工资收入支撑一个三口之家的生活已经捉襟见肘了。缺钱，成为绝大多数家庭面临的第一大难题。根据国家医疗系统的统计，目前大城市医院的护工，护理老人的价格已经涨到了人均100～200元一天。在一、二线城市，价格甚至涨到了200～300元一天，还供不应求。如此，独生子女每月用于父母养老的费用就多出了6000元到9000元的开支。毫不夸张地说，父母的一场大病，足以摧毁一个中年家庭的岁月静好。

第二难是亲情慰藉问题。人到了枯木朽株的时候，面对生老病死，都会变得特别脆弱。尤其是原来两个老人，有一个先走了，就剩下一个人的时候，他会在精神上极度地依赖孩子，甚至有的老人会装病，跟小孩一样去寻求各种关注和精神上的慰藉。这样会把独生子女搞得压力山大。根据此前的人口普查数据，截至2017年，中国家庭中的人口数平均为3.22人。当父母病倒时，两个年轻人根本没有精力去照顾躺在病榻上的父母，甚至有可能因为经济困难，请不起护工，只能靠自己请假去医院陪护。他们一边是事业和就业，一边是家庭和老人，面临着非常痛苦的抉择，压力倍增。自身生活压力又大，更无暇照顾老人，现状不可谓不窘迫。此外，年轻的夫妇还要面临孩子的教育问题、家庭问题、经济问题，每一个都像一块石头，压得人喘不过气来，这种现状无异于泰山压顶。

三、养老难的第三道坎

对于社会来说，中国社会几千年形成的传统养老方式是以家庭养老为主。生活在农村的大多数老年人的生活保障能力还比较低，必须依靠家庭成员的扶助安度晚年。他们不仅需要物质上的帮助，生活上的照料，更需要精神上的慰藉。家庭养老还是现阶段我国老年人普遍认同的养老模式。

但是，随着我国老年人口的递增，人口流动活跃、独生子女养老负担重等社会问题，显然传统单一的家庭养老模式已经无法适应社会养老的需求。各种新衍生出来的养老机构和模式也存在诸多的缺陷和不足。

一是养老服务供需矛盾突出，居家养老服务供给明显不足。

二是社区养老设施建设滞后，老旧小区配套用房保障难，养老服务场地严重不足。

三是机构养老存在结构性矛盾，普惠型养老机构床位供不应求，大城市养老床位比较紧张，小城市和农村空置过剩。

四是医养、康养结合不够紧密。我国老年人平均有8年多的带病生存期，超过1.9亿的老年人患有慢性病，患有一种及以上慢性病的比例高达75%。

五是居家医养结合面临阻碍。居家养老医养结合的法律保障和制度支持欠缺，医务人员上门服务的医疗风险和医患纠纷防范、家庭医生签约服务规范和收费标准、医养结合费用医保报销等配套政策尚未明确。

六是医养结合机构数量不足。养老机构设立和运行的医疗单元成本高，医护人员就职意愿不强，绝大多数养老机构没有能力提供真正有效、及时的医疗服务。

七是长期护理保险制度尚未成熟。我国失能、半失能老年人超过4000万，2050年将达到1亿人左右，长期照护需求巨大。"一人失能，全家失衡"已经成为不少家庭面临的难题。

八是专业人才严重短缺。老龄事业和老龄产业人才普遍缺乏，养老服务人员、医养护理人员尤为短缺。工作时间长、责任大，社会认同低、薪酬待遇低，职业发展空间有限等原因，导致养老服务行业吸引力不足，人员招不来、留不住，严重制约了养老服务的供给，特别是具有医养技能的长期护理服务人员十分紧缺。

九是专业水平低。养老医护从业人员文化程度较低，专业性和职业性较弱。现阶段，大部分养老机构只能聘用年龄较大的下岗工人或农村进城务工人员作为护理员。从业者多为60~70年代人员，有的甚至在60岁以上，本身就是老年人。由于缺少鼓励专业人才从事养老服务的优惠政策和保障机制，现有护理人员半路出家居多，缺少养老服务技能培训和职业标准。养老服务从业人员普遍存在强度高地位低、流动高薪酬低、年龄高技能低的"三高三低"现象。

十是老龄工作力量相对薄弱。机构改革后，老龄工作主要由各级老龄工作委员会统筹协调，具体工作由卫健、民政、人社、医保等部门分工负责。

与此同时，养老产业的社会保障可持续性也面临挑战。

一是养老保险基金收支平衡压力加大。随着人口老龄化加剧，经济增速放缓，养老保险基金的长期稳定运行难度大幅增加。

二是多支柱养老保险体系发展迟缓。第二支柱企业（职业）年金发展动力不足，覆盖率有限。从企业年金目前参保情况看，多为央企、国企等国有企业，存在规模小、受益面窄等问题。第三支柱商业养老保险尚未广泛普及，吸引力、创新力不足，产品同质化问题突出，支柱作用不明显。社会保障基金规模有待扩大。当前社保基金筹资渠道较窄，资金来源不够稳定，整体规模与人口老龄化高峰时期养老保险基金缺口相比仍有较大差距。

三是农村老龄工作存在短板。农村老龄化程度普遍高于城市，但老龄工作普遍处于弱势。从家庭保障看，农村大量青壮年外流，空巢、留守、独居老年人增多，家庭养老功能不断弱化。从资金保障看，老龄事业经费投入不足，乡镇财政资金和村集体经济财力有限。农村老年人收入低，家庭财富储备少，城乡居民基础养老金与城镇职工基本养老金差距大。部分乡镇敬老院条件较差，房屋老旧、设备简陋、适老化程度低、改造难度大。在城市中存在的机构服务质量不高、医养结合不够、专业人才短缺等问题，农村同样存在且更为突出。

四是老年人经济社会参与不足。目前，我国60～69岁低龄老年人约1.48亿，占老年人口的55.83%。低龄、健康老人的经济社会价值未能得到有效发挥，老年人的知识、经验、技能等银发资源大量闲置，没有发挥应有的社会效能。按照目前的退休制度，我国即将迎来最大的退休潮。在今后一段时期，预计每年新增2000万左右退休人员，每年减少300万～500万劳动年龄人口。

五是银发经济发展不充分。我国老年用品产业处于起步阶段，与日本等发达国家相比，产品种类相对匮乏，行业间发展不均衡。康复辅具、护理用品等单价低、利润薄的基础产品较多，关键核心技术受制于人，产品研发相对滞后，面向老年人特定需求的适老化、个性化、智能化产品较为欠缺。老年用品质量参差不齐，监管体系和标准体系亟待健全。

六是养老服务企业经营困难。养老服务业前期投入大、投资周期长、资本回收慢。民办养老服务机构普遍存在经济效益差、赔偿风险大、缺乏投资动力的难题。目前，金融机构普遍存在"养小不养老"的倾向，对养老行业普遍慎贷、惜贷，信贷、债券、基金等融资平台缺乏具体有效的优惠措施。

七是老年友好型社会建设任重道远。无障碍环境建设存在弱项，居家适老化改造不够普及，老年人居家生活设施的安全性、便利性和舒适性有待提升。

八是信息社会造成巨大的"数字鸿沟"。信息技术、互联网应用和智能设备高速发展，日常生活中的衣食住行和就医等刚需，都在数字化、智能化，却忽视了老年人在运用新兴智能技术方面存在的障碍，给他们的日常生活和医疗带来的困难日益凸显。

九是老年人权益保障有待加强。老年优待政策落实受户籍制度限制，部分地方的常住无户籍老年人无法享受当地的优待政策等。

四、养老难的第四道坎

对于国家来说，第七次人口普查数据显示，全国人口共14.1亿，其中，60岁及以上人口超过2.6亿，65岁及以上占总人口比重为13.5%，距离深度老龄化的14.0%只差0.5%；12个省65岁及以上占比超过14%，已达到深度老龄化。这些数据表明，中国人口老龄化程度在加剧，养老事业的发展更是任重道远。

（一）养老政策

2013—2022年我国连续出台了一系列城乡养老政策。十九大报告就指出，要积极应对人口老龄化，构建养老、孝老、敬老政策体系和社会环境，推进医养结合，加快老龄事业和产业发展。

（二）养老产业

人口老龄化作为世界性问题，各个国家都相继探索和推出了一项新的就业项目——养老产业。在养老问题上，我国除积极颁布养老政策外，也学习美国、日本等发达国家鼓励发展养老产业。对于养老问题，国家十分重视，也在积极寻找解决出路。

为解决这一事关国家前途命运和民族兴旺的战略问题，全国人大已经着手调研养老事业存在的各种问题，提出解决的方案。

2022年8月30日，在第十三届全国人民代表大会常务委员会第三十六次会议上，全国人大社会建设委员会主任委员何毅亭发表了《关于实施积极应对人口老龄化国家战略、推动老龄事业高质量发展情况的调研报告》。

这次专题调研先后在山东、河南、黑龙江、河北等4省开展实地调研，委托11个省（区、市）开展调研，邀请全国人大代表和有关部门全程参与，与全国老龄委11个成员单位进行了书面研讨，力求在全面掌握人口老龄化情况的基础上，综合分析存在的短板和弱项，提出务实有效的意见和建议。

调研报告强调："有效应对我国人口老龄化，事关国家发展全局，事关亿万百姓福祉。"

截至2021年年底，全国基本养老保险参保人数达到10.3亿人；基本医疗保险覆盖13.6亿人，参保率稳定在95%以上；长期护理保险制度试点城市达到49个，覆盖近1.5亿人。初步确立以基本养老保险为基础，企业（职业）年金、个人养老金为补充的多支柱、多层次养老保险制度体系。到2021年年底，全国社保基金规模达到25929.96亿元，累计投资收益17914.33亿元。加强社会救助工作，将符合条件的农村高龄、失能等困难老年人及时纳入最低生活保障范围，满足特困人员集中供养需求。截至2021年年底，特困供养人数470.5万人，实现了应养尽养。

到2021年年底，各类养老机构总数达35.7万个、床位813.5万张，床位总数是2012年的2倍。全国区市新建居住区达标配建养老服务设施达到61.6%。深化"放管服"改革，全面放开养老服务市场，取消养老机构设立许可，实行登记备案管理，降低了创业准入的制度性成本。建立高龄津贴制度和经济困难老年人服务补贴、失能老年人护理补贴制度，实现省级全覆盖。截至2021年年底，全国享受高龄补贴的老年人3184.1万人，享受护理补贴的老年人104.7万人，享受养老服务补贴的老年人511.8万人，享受综合补贴的老年人76.1万人。

调研报告认为，从长期看，应对人口老龄化，健全老龄工作体系，推动老龄事业高质量发展需要持续改进的领域如下。

1. 统筹养老和健康服务

推进居家社区机构相协调、医养康养相结合，创新居家社区养老，支持养老机构、医疗机构向家庭和社区提供延伸服务，支持区域养老服务中心和社区养老服务机构建设，扶持社会力量投资兴办居家养老服务机构。

2. 加强健康管理服务

广泛开展老年人健康知识普及，倡导科学健康的生活方式，夯实医疗服务基础。支持国家老年医学中心发展，推进区域老年医疗中心、省级老年医疗中心建设。

3. 深化医养结合

鼓励医疗卫生机构与养老机构通过签约、派驻、托管、支援等方式开展合作。优化医养结合机构医保报销定额、报销程序和结算方式。引导部分一级和二级医院转型成为康复院、护理院和安宁疗护院，积极探索养老床位和医疗床位按需转换机制。大力发展社区嵌入式医养结合机构，出台上门医疗护理服务的促进政策和服务规范。

4. 推动中医药与老龄事业融合发展

充分发挥中医药在治未病、慢性病管理、疾病治疗和康复中的独特作用，鼓励和支持公立中医医院与养老机构开展合作，支持养老机构开设中医诊所。

5. 统筹政府、市场和社会，完善社会保障制度体系

（1）健全基本养老保险制度。统筹考虑物价变动、就业人员平均工资、人口抚养比、养老保险基金收支变化等因素，健全城镇职工基本养老金和城乡居民基础养老金动态调整机制，逐步提高城乡居民基础养老金标准，引导城乡居民选择高档次标准缴费。

（2）做强养老保险第二和第三支柱。研究增强企业年金强制性的具体办法，鼓励企业建立企业年金，扩大覆盖面，提高养老保障水平。

（3）充实全国社会保障基金。探索多种渠道充实全国社保基金，壮大储备规模，增强储备能力。

（4）完善长期护理保险制度。扩大试点范围，加强总结评估，力争"十四五"期间基本形成适应我国经济发展水平和老龄化发展趋势的长期护理保险制度框架。

（5）统筹城乡和区域协调，重点补齐基础设施建设和农村老龄工作短板，加强养老服务设施建设。落实社区养老设施配建要求，加大老旧小区改造力度。

6. 加强信息基础设施建设

加快推进养老服务数字化改革，创新智慧养老，整合养老服务、户籍、医疗、社会保险、社会救助等信息资源，推动养老服务平台迭代升级，鼓励资源共享、互联互通，避免重复建设和信息

孤岛。

7. 加强农村养老服务

结合实施乡村振兴战略，加大对农村养老事业的投入，健全县、乡、村三级养老服务网络，发挥乡镇卫生院、敬老院等机构作用。

8. 加强农村医疗健康服务

推进城乡医疗卫生资源均衡配置和基本医疗卫生服务均等化，推进农村基本医疗卫生服务工作，加大对农村地区失能老年人护理服务的扶持力度，补齐乡镇村居卫生室建设空白点，提高乡村医生和卫生院的保障水平。

9. 加强少数民族地区和少数民族群众养老服务

保障少数民族老年人合法权益，尊重少数民族风俗和养老习惯，针对少数民族地区养老服务存在的突出问题，整合既有设施、人力、基层组织资源，给予政策倾斜，加快补齐短板。

10. 统筹立法和监督工作，提供坚强有力的法治保障

推进五部法律的制定和修改。加快制定《养老服务法》《无障碍环境建设法》，修订《老年人权益保障法》《社会保险法》《医疗保障法》，进一步健全基本养老保险、基本医疗保险、长期护理保险等制度，与渐进式延迟法定退休年龄做好衔接。支持国务院及其有关部门、地方人大制定和修改相关行政法规、部门规章、地方性法规和自治条例，推动法律制度的系统完善。

这些宏观的顶层设计，为养老产业的大厦奠定了四梁八柱的基础结构。在这些宏观政策的指导下，国家会尽快构建综合养老体系，在现有国情下，尽快建立以政府保障为主、居家养老为次、商业养老为辅、慈善救助为助推的综合养老体系。党中央已经决定，稳妥推进养老保险全国统筹，推动优质医疗资源扩容下沉和区域均衡布局，完善生育支持政策体系，适时实施渐进式延迟法定退休年龄政策，积极应对人口老龄化。我们有充分的信心，可以期待中国

的养老事业将走上一个新的历史发展阶段。

尽孝与养老是一个统一体，就如同一个硬币的正反两面，相辅相成，既不可分割，也不可或缺。宣扬中华传统孝道文化和推动构建养老体系，如车之两轮、鸟之两翼，缺一不可。

养老不是一家一户的事，而是每个公民、每个家庭、每个团体、每级政府部门都应该共同为之努力的事业，因为人人都要老，人人都是建设者，也是受益者。

青壮年时代，眼光是向前看的，想的是人生奋斗拼搏的美好。

退休以后，眼光是向后看的，思考的是人生晚年将面临的种种艰难。

自从《孝心不能等待》出版后，出乎我意料的社会热议和关注，引起我深深的思考，对人生的思考、生命的思考，对代际间尽孝与养老的思考。

岁月的增长和人生阅历的丰富，特别是在照顾四位老人临终前后的那些日子里，让我在养老院和医院的病房里目睹和体验了更多的病入膏肓的老人的各种痛苦和无助、我们这一代和下一代年轻人难以言表的苦衷和无奈、不同家庭的子女善待老人的孝敬与弃之不管的冷漠。尤其是在殡仪馆告别仪式上生死离别的痛楚和陵墓前祭奠的哀思，睹物思人的怀想和每逢佳节思念双亲、情不自禁的泪水的流淌，还有和逝去的亲人时常相见在深夜的梦乡……所有的这些人生的亲历都是激励我思考的缘由和写作的动力。

我相信，不论读者的性别、年龄、职业，您都会在字里行间发现自己父母的身影和曾经有过的感同身受，因为书中有你、我、他都无法绕过和逃避的人生经历和感受，这些全真记录下来的文字是人生最直接、最真切、最生动、最深刻的感悟和体验，因为它会是每一个人曾经的或将有的人生感受和顿悟。

从客观现实上来讲，我们都没有理由去指责父母一辈、儿女一代、当今社会，甚至是政府国家在养老问题上的难堪，这不是哪一个家庭、哪一任政府能够解决好的社会难题。养老难是一个人类社会与生俱来的纠结，这是一个无法一蹴而就但又不得不解决的难题。

养老是道难迈的坎！迈过这道坎是自古以来的社会理想。《礼记·礼运大同篇》写道："大道之行也，天下为公。选贤与能，讲信修睦，故人不独亲其亲，不独子其子，使老有所终，壮有所用，幼有所长，鳏、寡、孤、独、废疾者皆有所养……是谓大同。"两千多年前，中国先贤在那样物质生活落后的时代里尚且有如此的高尚向往和美好期盼，况且为中华民族的子孙后代留下了《孝经》这样人类文明史上空前绝后的经典。今天的我们和今后的一代又一代没有理由不为这样的社会理想和境界而尽自己的绵薄之力，因为那是所有人都会经历的人生履历，是我们共同的未来！

我坚信，总有一天，随着社会的进步、经济的发展、文化的繁荣、科学的发现，养老不再是让所有的老年人难迈的坎，而成为人世间通往安详静好的坦途。

2022.12.12

于沈阳

◎老来难形象图

老来难

（ 徐蕃云 演唱 ）

选调《月儿弯弯照九州》

1=♭E 2/4

（谱曲略）

老来难来老来难，劝人莫把
千般苦来万般难，听我从头
雀蒙眼来似鳔沾，鼻泪常流

老人嫌，当初只嫌别人老，
说一番，耳聋难与人说话，
擦不干，人到面前看不准，

如今轮到我面前。
差七差八惹人嫌。
常拿李四当张三。

老来难，老来难，劝人莫把老人嫌。当初只嫌别人老，如今轮到我面前。
千般苦，万般难，听我从头说一番。耳聋难与人说话，差七差八惹人嫌。
雀蒙眼，似鳔沾，鼻泪常流擦不干。人到面前看不准，常拿李四当张三。
年轻人，笑话咱，说我糊涂又装憨。亲朋老幼人人恼，儿孙媳妇个个嫌。
牙又掉，口流涎，硬物难嚼囫囵咽。一口不顺就噎着，卡在嗓喉噎半天。
真难受，颜色变，眼前生死两可间。儿孙不给送茶水，反说老人口头馋。
鼻子漏，如脓烂，常常流落胸膛前。茶盅饭碗人人腻，席前陪客个个嫌。
头发少，头顶寒，凉风飕飕的脑袋酸。冷天睡觉常戴帽，拉被蒙头怕风钻。
侧身睡，翻身难，浑身疼痛苦难言。盼明不明睡不着，一夜小便六七番。
怕夜长，怕风寒，时常受风病来缠。老来肺虚常咳嗽，一口一口吐粘痰。
儿女们，都恨咱，说我邋遢不像前。老的这样还不死，你还想活多少年。
脚又麻，腿又软，行动坐卧真艰难。扶杖强行一二里，上炕如同登泰山。
无心记，记性坏，常拿初二当初三。想起前来忘了后，颠三倒四惹人烦。
年老苦，说不完，仁人君子仔细参。日月如梭催人老，人人都有老来难！
对老人，莫要嫌，人生哪能净少年。人人都来敬老人，尊敬老人美名传。

◎老来难民间小调

图书在版编目（CIP）数据

孝行没有等待 / 何庆良著. — 沈阳：辽宁美术出
版社，2023.11

ISBN 978-7-5314-9510-9

Ⅰ.①孝… Ⅱ.①何… Ⅲ.①日记—作品集—中国—
当代 Ⅳ.①I267.5

中国国家版本馆CIP数据核字（2023）第130904号

出 版 者：辽宁美术出版社

地　　　址：沈阳市和平区民族北街29号　邮编：110001

发 行 者：辽宁美术出版社

印 刷 者：辽宁新华印务有限公司

开　　　本：710mm×1010mm　1/16

印　　　张：31

字　　　数：420千字

出版时间：2023年11月第1版

印刷时间：2023年11月第1次印刷

责任编辑：孙郡阳

装帧设计：孙雨薇

责任校对：郝　刚

书　　　号：ISBN 978-7-5314-9510-9

定　　　价：89.00元

邮购部电话：024-83833008

E-mail：lnmscbs@163.com

http://www.lnmscbs.cn

图书如有印装质量问题请与出版部联系调换

出版部电话：024-23835227